Thomas Raab

Walter muss weg

Thomas Raab
Walter muss weg

Frau Huber ermittelt.
Der erste Fall

Roman

Kiepenheuer & Witsch

Verlag Kiepenheuer & Witsch, FSC® N001512

4. Auflage 2018

© 2018, Verlag Kiepenheuer & Witsch, Köln
Alle Rechte vorbehalten. Kein Teil des Werkes
darf in irgendeiner Form (durch Fotografie, Mikrofilm
oder ein anderes Verfahren) ohne schriftliche
Genehmigung des Verlages reproduziert oder unter
Verwendung elektronischer Systeme verarbeitet,
vervielfältigt oder verbreitet werden.
Umschlaggestaltung Barbara Thoben, Köln
Umschlagmotiv © Rüdiger Trebels
Autorenfoto © Ingo Pertramer
Gesetzt aus der Minion und der Nimbus Sans
Satz Buch-Werkstatt GmbH, Bad Aibling
Druck und Bindung CPI books GmbH, Leck
ISBN 978-3-462-05095-0

Stückwerk

Gefüllte Meerschweinchen in Peru.
Angebrütete Hühnereier auf den Philippinen.
Stierhoden in Spanien. Alles Delikatessen.
Und möglicherweise könnte in einem unerforschten Winkel Papua-Neuguineas sogar dieser rechte Unterschenkel samt rotem Kniestrumpf und Haferlschuh als Leckerbissen durchgehen. Hier allerdings, unweit des Glaubenthaler Naturlehrpfades, hat nur einer seine Freude: »*Elender Teufel!*«

Laut die Stimme, grob. Dazu das grelle Leuchten einer Taschenlampe. Hektisch durchschneidet es die Dunkelheit. »*Gleich fährst du zur Hölle.*«

Sinnlos natürlich. Klingt ja auch wirklich nicht besonders einladend, abgesehen davon hat dieser elende Teufel das Hören betreffend generell so seine Probleme. Zugewachsen die Ohren, verfilzt die Haare, und der Jüngste ist er auch nicht mehr. Entsprechend versunken, zärtlich fast, rückt er seinem Fundstück, beginnend bei der großen Zehe, nun zu Leibe, denn gut abgehangen kaut sich anders.

»*Fuß!*«*, kommen die Stimmen immer näher, als wüsste man von seinem Fundstück. Also hoch, einen Teil dieses zähen Happens in sein teils zahnloses Maul klemmen, die Witterung aufnehmen, das Leder, die Fäulnis, den Tabak, und davon. Humpelnd wie eh und je, mit verknöcherter Hüfte, blindem rechten Auge, vernarbtem Leib, aber glücklich.*

Endlich frei, der Kette entkommen. Und weder der durch den Wald hallende Schuss noch der schneidende Schmerz können ihn aufhalten.

1
Jetzt spielen sie wieder

1   Ein Tag, so wunderschön wie heute

So vergnügt wie an diesem Morgen ist die alte Huber schon lange nicht mehr aufgestanden. Ausnahmsweise einen Schuss Eierlikör hat sie sich zur Feier des Tages in den Löskaffee gekippt, das Küchenfenster geöffnet, tief eingeatmet und zufrieden über das Dorf gesehen.
Von der aufgehenden Sonne in frische Farbe getunkt, lag es gleich einem Juwel zu ihren Füßen, und nicht einmal die samt Elektrorollstuhl vor dem Gartenzaun stehende Antonia Bruckner und deren monotoner Zuruf »Du Mörderin. Du Mörderin!« konnten ihr die gute Laune verderben. Einfach das Transistorradio hat sie aktiviert.

»Das Schönste im Leben ist die Freiheit,
denn dann sagen wir: Hurra«

fand da irgendeine Göre genau die richtigen Töne, dazu die sanfte Stimme Roy Blacks. Passender hätte dieser Tag wohl kaum beginnen können. Schwarz eben, wie auch die alte Huber selbst. Ihre Strümpfe, die Schuhe, das Kleid. Ein herrlich vielversprechendes Schwarz, lebensbejahend wie der einsetzende Refrain:

»Schön ist es, auf der Welt zu sein,
wenn die Sonne scheint für Groß und Klein.
Du kannst atmen, du kannst gehen,
dich an allem freu'n und alles sehn.«

Gut, mit der Freude und dem Gehen war das für Hannelore Huber bisher nicht ganz so einfach, trotzdem gab es in ihren

Augen zumindest landschaftlich betrachtet keinen besseren Ort, um jemals schöner auf der Welt zu sein als genau hier. In Glaubenthal.

Umgeben von ausgedehnten Wäldern liegt diese Streusiedlung inmitten einer sanften, von wildromantischen Schluchten durchzogenen Hügellandschaft. Allein stehende Häuser und Bauernhöfe, die sich wie die Glieder einer Perlenkette den einen Hang hinunter, an der alten Sommerlinde samt Kriegerdenkmal vorbei und auf der Gegenseite wieder hinauf Richtung Pfarrkirche schlängeln. Für die alte Huber das Wahrzeichen dieser Gegend. Nicht aus katholischen, sondern botanischen Gründen, weil Zwiebelturm. So eine Zwiebel nämlich ist das reinste Wunderding. Antibakteriell, entgiftend, schleimlösend, schmerzlindernd, entzündungshemmend. Wer allerdings ihren Geruch und die Tränen nicht erträgt, dem bleibt der ganze Zauber verborgen.

Und ähnlich verhält es sich mit Glaubenthal.

Folglich haben zwar die Bäume dieser Region noch kaum ein Waldsterben gesehen, den Dörfern aber gehen schön langsam die Einwohner aus. So auch heute. Hannelore stört das natürlich nicht, denn wie gesagt: Wer die Zwiebel nicht schätzt, soll bleiben, wo der Pfeffer wächst.

Ein paar Minuten lang ist sie noch auf ihrer Eckbank sitzen geblieben, das tägliche Kreuzworträtsel vor Augen, den Sparkassen-Kugelschreiber in Händen. Leider vergeblich, elende vier/senkrecht: ›*Nicht leicht, aber erdet selbst den Abgehobenen*‹.

Dann wurde es Zeit aufzubrechen, schnell noch die frischen Erdbeeren aus den Blumenkisten zu ernten und schließlich den Weg hangabwärts in den Mehrzwecksaal der ehemaligen Volksschule, sprich die Aufbahrungshalle, anzutreten. Das hat sich eben so ergeben. Dort der Großbrand, hier die Schulschließung, und mehr Beerdigungen als Geburten gibt es ja ohnehin, also passt das ganz gut.

Beschwingt dabei ihr Schritt, der Gehstock nur Attrappe, Placebo, Werkzeug, und ja, kurz kam der alten Huber unterwegs sogar ein Lächeln aus. Und das will was heißen bei Mundwinkeln, die sonst kaum über die Waagrechte hinausragen. War ja auch kein lustiges Leben bisher. Genau dieser betrübliche Zustand sollte sich nun grundlegend ändern. So zumindest ihre Hoffnung.

»*Schön ist es, auf der Welt zu sein,*
sagt die Biene zu dem Stachelschwein.
Du und ich wir stimmen ein,
schön ist es, auf der Welt zu sein.«

Strahlend blau der Himmel. Alles duftet, weil Spätfrühling, alles in Schale geworfen, protzt vor Farbe. Bis auf die nach Mottenkugeln und mehrfach getrocknetem Schweiß riechenden schwarzen Flecken natürlich. Sind ja schließlich jede Menge Glaubenthaler in Trauer-Adjustierung auf den Beinen, verbreiten feierlich den Dunst des Lebens. Die Säure, den Moder, das Herbe.

Der Anzug des ehemaligen Volksschuldirektors Friedrich Holzinger zum Beispiel könnte komplett ohne Holzinger drinnen auf so ein Begräbnis gehen, und jeder hier wüsste auf Anhieb: »Ah, der alte Holzinger!« Höchstwahrscheinlich ließe sich der vergrabene Holzinger selbst dann noch finden, wenn das gesamte Friedhofsareal planiert wäre und ein Einkaufszentrum draufstünde. Momentan aber bewegt er sich noch auf eigenen Beinen, schleppend, wie die übrigen Glaubenthaler auch. Vorne die Blasmusik, dahinter das Haflingergespann mit Eichentruhe, schließlich der ganze Tross Lebender. Und bei einer derartigen Affenhitze büßt selbst der größte Atheist seine Sünden ab, denn steil ist der Weg von der Aufbahrungshalle hinauf Richtung Pfarrkirche samt umliegendem Friedhof. Auch genannt Abendland. Westen eben, wie die Sonne, Untergang, Finsternis, Erde zu Erde, Staub zu Staub.

Es folgen der Gottesdienst, die sinnentleerten Worthülsen des Dorfpfarrers Ulrich Feiler, die pfundschwere Müdigkeit, das letzte Geleit hinaus in die pralle Mittagshitze, der Beisetzungsakt.

Eine schier endlose Prozedur also, die an diesem sonnigen Tag nun endlich ihrem Ende entgegengeht. Nur noch versenkt werden muss er, der Sarg, bevor dann zügig der Retourweg in Angriff genommen und endlich das wahre Ziel dieses ganzen Aufmarsches erreicht werden kann: Die Dreifaltigkeit des Brucknerwirts, sprich Leberknödelsuppe, Schweinsbraten, Schwarzwälder Kirschtorte. Amen.

Das hat sie ja noch nie verstanden, die alte Huber, warum bei Hochzeiten zur Feier des Tages mehrstöckige Torten angeschleppt werden, so monströs, Jahrzehnte später liegen da noch trümmerweise ganze Geschosse in den Tiefkühltruhen herum, bei Scheidungen aber gibt es nicht einmal Blechkuchen. Völlig absurd, denn ginge es allein nach den Gesichtern, sind ja die unglücklich Verheirateten im Vergleich zu den glücklich Getrennten deutlich in der Überzahl. Findet dann aber so wie heute eine trostlose Ehe nicht dank Scheidungsrichter, sondern beispielsweise vermittels Hirnschlag oder Verkehrsunfall ihr lang ersehntes Ende, rückt gleich das halbe Dorf aus, Blasmusik und Ausspeisung inklusive. All das im Schneckentempo, die Schultern hängend, die Mundwinkel sowieso, weil groß in

Jubel ausbrechen lässt sich ja Anbetracht einer so frischen Leiche nicht. Und wirklich schade ist das vor allem für die alte Huber selbst, denn die heute zur Versenkung bestimmte Eichentruhe beherbergt eine längst fällige Fracht: Walter.

Ihren Gemahl.

Für Hannelore von Anfang an ein grober Rechtschreibfehler. Seit ihrer Vermählung schon steht hier der Buchstabe H an völlig falscher Stelle. »Geh mal!«, muss es heißen. Befehlsform.

Nur leider: Walter Huber wollte sich zeitlebens nie etwas sagen lassen, schon gar nicht von einer oder, noch schlimmer, seiner Frau – und blieb. Hartnäckig. Dreiundfünfzig Ehejahre, um genau zu sein.

»Na, dann gibste ihm eben den Laufpass!«, so die schwachsinnige Empfehlung der hiesigen Gemischtwarenhändlerin Heike Schäfer, die ja in Wahrheit ebenso hiesig ist wie im Winter ihre Erdbeeren, im Sommer ihre Ananas und ganzjährig ihr Rat.

In so einer kleinen ländlichen Gemeinde wie Glaubenthal käme es nämlich als Frau und zugleich Angehörige der Nachkriegsgeneration einem Hochverrat gleich, genau jenen Mann zu verlassen, der dem hilfsbedürftigen Weibchen einst in den harten Zeiten des Wiederaufbaus ein Dach über dem Kopf, einen Herd und selbstverständlich auch jede Menge Selbsterfüllung geschenkt hatte. Hausarbeit also. Oh Herz, was wolltest und willst du gefälligst mehr.

Worttreue und folglich Dankbarkeit sind somit oberstes Gebot, bis dass der Tod seines Amtes als Scheidungsrichter waltet.

Eine elend lange Warterei, die natürlich gewaltig ins Auge gehen kann. Braucht einem ja beispielsweise nur das eigene Ableben dazwischenzukommen.

Insofern wähnt sich die alte Huber, nun endlich vor dem offenen Grab stehend, als wahres Glückskind, sogar zu Gott findet sie zurück, und sollte sich gewaltig täuschen.

2 Und sie bewegt sich doch

Drei Tage ist es her. Da nahm er mittels eines Telefonanrufes zu ihr Kontakt auf. Gott.

Sie mochte ihn noch nie, diesen eitlen Pfau mit seinem stets akribisch, schmierig nach hinten gekämmten Haar, langen, geschmeidigen Fingern, seiner drahtigen Figur. Viel zu groß, viel zu braun gebrannt, viel zu geschniegelt für seinen Beruf, denn wenn es nach der alten Huber ginge, sollte sich seine Heiligkeit ja zwischen den Sprechstunden nicht selbstgefällig die Frisur samt Kragen richten, sondern in erster Linie gründlich auf seine Patienten schauen. Kurt Stadlmüller also war am Apparat.

»Hallo, Hanni!«

Schweigen.

»Ich bin's, dein Bürgermeister!«

Wieder Schweigen.

»Hannelore! Bist du dran!«

»Rufst du mich grad an oder auf?«

Kurt Stadlmüller ist der in Glaubenthal praktizierende Allgemeinmediziner, muss man wissen. Dorfarzt und Bürgermeister in Personalunion, kurz genannt: Bürgerdoktor. Ein Umstand, der informationstechnisch günstiger kaum sein kann. Sprechstunden, Hausbesuche, Leichenschau. Da lernt man seine Pappenheimer nämlich gründlich kennen. Und weil es der Herrgott in Weiß mit seiner Schweigepflicht ähnlich genau nimmt wie der hiesige Gottesdiener in Schwarz, sprich Pfarrer Ulrich Feiler, mit dem Beichtgeheimnis, hat ihm die ohnedies so wortkarge Hannelore nichts mehr zu sagen.

»Ganz schön schlecht schaust du aus!«, musste sie vergangenen Herbst notgedrungen in seinem Wartezimmer Platz nehmen, zwischen der Schleimbeutelentzündung des Postlers Emil Brunner und dem Nesselausschlag der Pfarrersköchin Luise Kappelberger.

»Dass du schlecht ausschaust, hab ich g'sagt!«, so ebendiese erneut, mit gewohnt feindseligem Unterton. Worauf sich die alte Huber zu einem heftigen Hustenanfall hat hinreißen lassen und entsprechend schnell an die Reihe kam. »Darfst vor, dann bist schneller wieder weg!«

Seit Wochen schon ausgehöhlt war ihr Zustand, energielos. Der Kopf schwer, Appetit und Schlaf zu finden ebenso, dazu eine Dauererkältung, Halsschmerzen, jedes Hausmittel sinnlos, sogar ihr Johanniskraut.

»Das wird wie beim Eselböck Alfred und der Schäfer Heike etwas Bakterielles sein«, so Doktor Stadlmüller. »Ich verschreib dir ein Antibiotikum. Außerdem tippe ich zusätzlich auf ein seelisches Tief. Kummer. Hast du schon mit Walter gesprochen?«

Hannelore verstand die Frage nicht. Als wäre für den großen Kummer dieser Ehe extra noch ein Gespräch nötig gewesen.

»Mit Walter? Worüber? Ob er zur Abwechslung zu Hause einen Finger rührt, anstatt mit dir beim Brucknerwirt oder weiß der Teufel wo herumzuhocken?« Beste Freunde eben, die beiden.

Und offenbar verstand auch Kurt Stadlmüller diese Antwort nicht, griff nur in seinen Medikamentenschrank.

»Ich geb dir versuchsweise etwas mit.«

»Spinnst du jetzt komplett! Hanf-Öl?«

»Kein Mensch wird dich verhaften, Hanni. Ist legal, frei von Suchtstoffen, lässt deine innere Unruhe verschwinden, fördert den Schlaf und wirkt als natürlicher Stimmungsaufheller besser als dein Johanniskraut. Kannst du beruhigt nehmen, dann wird das alles ein bisschen erträglicher. Auch dein Mann.« Gemeint hat er allerdings: ›Auch für deinen Mann!‹, diese Ausgeburt der Niedertracht.

Denn keine paar Tage später kam Walter die zweite Nacht hintereinander schon nicht nach Hause. Also ist sie anstandshalber zum Brucknerwirt hinuntermarschiert, die alte Huber. Ein Mindestmaß an Sorge füreinander gehört sich eben sogar in der schlechtesten Ehe, außerdem wäre es nicht das erste Mal gewesen, wenn der Stammtisch auch als Sterbebett hätte herhalten müssen. Entsprechend groß ihre Anspannung bei Betreten der Gaststube.

Völlig umsonst, denn dort saß er dann auf seiner Eckbank. Walter. Ein Frühstücksbier vor, Kurt Stadlmüller neben und offenbar jede Menge Groll in sich. Schwere Gewitterwolken hingen da noch in der Luft, so viel erkannte die alte Huber schon allein an den verbissen in ihre Richtung starrenden Gesichtern, musste also gerade ziemlich heftig gekracht haben zwischen den beiden.

»Und?«, brach sie das Schweigen: »Bist du jetzt endgültig hierher übersiedelt?« Nur da kam kein Wort zurück, wurde durch sie hindurchgesehen, als stünde nicht einmal ein Niemand hier, sondern nur das Nichts. So etwas trifft.

Sprachlos ist sie wieder hinaus, die in den Rahmen gedonnerte Tür ihr einziger Kommentar, hinterdrein zuerst Walters Gebrüll: »Ich hab geglaubt, du nimmst jetzt Haschischtropfen zur Beruhigung!«, dann die Stimme des Bürgerdoktors: »Ein elender Sturkopf bist du, Walter!« und schließlich die Brucknerwirtin Elfie: »Was nimmt die Hanni?«

Und weil Elfie Bruckner, die Pfarrersköchin Luise Kappelberger und die Gemischtwarenhändlerin Heike Schäfer hier der aktuelle Dienst sind, die örtlichen Tagesthemen, Zeit im Bild, verbreitete sich die freudige Nachricht ruckzuck in ganz Glaubenthal: »Die alte Huber schluckt jetzt Drogen gegen ihren Grant. Hoffentlich hilft's!« Kein Wort mehr hat sie seither mit diesem Kurpfuscher Stadlmüller gewechselt.

Bis eben zu diesem Anruf vor drei Tagen.

»Es ist etwas passiert, Hannelore!«

»Wird das jetzt ein Quiz? Also red. Fällt dir ja sonst nicht so schwer!«

»Etwas wirklich Schreckliches!« Überraschend kleinlaut sein Tonfall. Dazu ein Schlucken, das nervöse Schmatzen eines trockenen Rauchermundes, und endlich die Fortsetzung.

»Ich bin gerade bei der Marianne, wenn du weißt, was ich mein.«

Natürlich ein Hohn, diese Feststellung. Möglicherweise wüsste der eine oder andere Glaubenthaler bei Ban Ki-moon nicht weiter, Anne-Sophie Mutter, Lang Lang oder Kurz sogar. Marianne aber kennt hier jeder, dieses zwischen Sankt Ursula und Glaubenthal gelegene Provinzpuff. Mutterseelenallein wartet es auf weiter Flur, und wenn die Nacht einbricht, schimmert der umliegende Raps nicht mehr goldgelb, sondern kirschrot. Sogar die sanfte grüne Hügelkette dahinter leuchtet noch in einem herrlichen Rosa. Bunte Welt.

»Stell dir vor, Hanni. Die haben mich angerufen, weil, weil ... Der Walter. Er liegt hier! Bist du noch in der Leitung?«

»Gleich nicht mehr!«

»Verstehst du denn nicht?«, kam Doktor Stadlmüller endlich auf das Wesentliche zu sprechen. »Dein Mann ist –«

Tot also.

Nicht durch Verkehrsunfall oder Gehirnschlag, sondern laut ärztlicher Diagnose beides. Die zentrale Gefäßerweiterung hier, die finale Gefäßverengung dort. Ekstase und Ex. Höhepunkt und Punkt. Blöde Geschichte.

Ein Schock natürlich, so eine Neuigkeit. Und demütigend obendrein. Ohnedies schon eine Ehe führen, jede Schmeißfliege erfährt zu Hause deutlich mehr Aufmerksamkeit, und dann stirbt der werte Gemahl als Draufgabe auch noch in den Armen einer Prostituierten. Grund genug, den Göttergatten posthum gehörig zum Teufel zu schicken. Hannelore aber kam es trotzdem so vor, als hätte das alles nichts mit ihr zu tun, als liefe gerade das Transistorradio, und ein Nachrichtensprecher würde von dem Schicksal eines ihr unbekannten Pianisten berichten, seinem Spaziergang, dem Gehsteig, der Häuserzeile, dem herabstürzenden Stutzflügel. Unpersönlich zwar, und doch irgendwie: »Ach herrje! Wenigstens ein schneller Tod!« Beim besten Willen wusste sie also nicht, was sagen, wie reagieren.

Anders Bürgerdoktor Stadlmüller: »Keine Sorge, Hanni, ich regle das schon. Diskretion wird hier großgeschrieben, und die blöde Nachred braucht keiner. Wir erzählen einfach, Walter wäre bei einem Waldspaziergang verstorben und ich hätte ihn beim Joggen gefunden. Das glaubt jeder. Du kannst dich auf mich verlassen!«

Beinah ein Lacher wäre ihr ausgekommen. Diskretion? Sich verlassen können? Auf Kurt Stadlmüller? Ein Wunder wäre das. Und wenn schon Wunder, dann wohl eher Lourdes, Fátima, Bern, aber garantiert nicht Glaubenthal. In Windeseile würde hier der Spott umgehen: »Habt ihr schon gehört. Der Huber Walter hat sich zu Tode spaziert, waagrecht! Schöner kann Mann nicht sterben.«

Und je länger die alte Huber den Bürgermeister da reden

hörte, desto klarer wurde ihr: Alles nicht wichtig. Das Bordell, der Betrug, die Kränkung. Ob Kurt Stadlmüller schweigt oder spricht, die Glaubenthaler trauern oder lachen, selbst wenn von nun an möglicherweise jede Menge hoffnungsfrohe Ehefrauen ihre Männer mit ein paar Marianne-Gutscheinen überraschen. Egal.

Das Glück hat schließlich viele Gesichter, und nein, darunter müssen zwingenderweise nicht immer nur lebendige sein. Hoch lebe das Etablissement Marianne. Ein Ort allergrößter Befriedung, zuerst für Walter, und von nun an auch für Hannelore selbst.

»Sag mir, wie sie heißt.«
»Wer?«
»Die Dame, bei der es passiert ist!«
»Warum willst du das wissen?« Die pure Angst lag da plötzlich in der Stimme des Bürgermeisters. Sein nervöses Schmatzen wie ein Maul voll bitterer Medizin. Herrlich, um nachzusetzen, Druck zu erzeugen: »Sag mir, wie sie heißt, oder ich bestell mir ein Taxi und komm!« Dann endlich: »Svetlana!«

Das musste sein. Aus Anstand dieser Frau gegenüber. Denn wenn schon ein Dankgebet, dann wissen, an wen!

Gelobt sei Svetlana, in Ewigkeit, Amen.

Und jetzt also steht sie hier, die alte Huber, nach drei intensiven Tagen der Begräbnisvorbereitung, der Rennereien, der fehlenden Zeit, um nachzudenken, zur Ruhe zu kommen, hört Pfarrer Feiler Abschied nehmen von: »… unserem Walter. Gott, der Vater, der Allmächtige hat ihn in seiner großen Güte inmitten des Wunders der Natur so friedlich, ja liebevoll zu sich geholt. Möge er …!«, und erstaunlicherweise fehlt es in den Köpfen der Glaubenthaler offenbar an schmutzigen Assoziationen, ist kein schäbiges Grinsen zu sehen und somit ein Wunder geschehen. Oh heiliger Stadlmüller, bitte für uns.

Und sie sieht noch viel mehr. Sieht den alten Bibliothekar Alfred Eselböck den Blick wie stets zu Boden richten. Sieht dann doch die Traurigkeit in manchen Gesichtern, das Grübeln, Erinnern, Vor- und Zurückblättern, wie viele Seiten hält es noch bereit, das Buch des eigenen Lebens. Sieht den hiesigen Totengräber Pavel nicht. Sieht auch die Pfarrersköchin Luise Kappelberger keine ihrer obligaten Tränen vergießen, weil Grippe und bettlägerig. Sieht dafür das leise Schluchzen einer ihr fremden, rund fünfzigjährigen Frau in Reihe eins, mit schwarzem biederen Kleid, schwarzem Hut, Rosenkranz in der Hand, fast könnte man meinen, sie wäre die Witwe. Sieht ein Stück dahinter einen riesenhaften, kahlköpfigen Muskelberg mittleren Alters, mit kantigem Gesicht, klaffender Narbe auf der rechten Wange, verspiegelter Sonnenbrille, engem schwarzem Anzug und einem Strauß roter Rosen in der Hand. Vielleicht einer von Walters ehemaligen Arbeitskollegen, Männer unter sich, was weiß man schon. Sieht hinüber zur Ruhestätte ihres Vaters, spürt seine beiden Hände die ihre umfassen, wie sich plötzlich alles dreht, Dorffest, erster Mai, unter ihr die Pflastersteine des Kirchenplatzes, der Walzer, rundum die tanzenden Erwachsenen, und mittendrin sie und ihr »Papa, Papa, stellen sie den Baum wirklich auf, nur weil ich heute Geburtstag hab!«

»Aber natürlich, mein Engel, ganz allein für dich!«

Heimat, Wärme, Liebe, das alles war ihr Vater für sie, und kurze Zeit später nur noch verblassende Erinnerung, Bewohner des Jenseits. Zumindest Letzteres gilt nun auch für Walter Huber.

Nur noch zwei Taue halten seinen Sarg über der offenen Grube, der Schwerkraft ausgeliefert. Am hinteren Seil der kräftige

Birngruber Sepp, Sohn des Großbauern Sepp Birngruber und Enkel des Altbauern Sepp Birngruber. Ihm gegenüber der Biobauer Franz Schuster, nicht grad die besten Freunde. Vorne der alte Holzinger und Bürgermeister Kurt Stadlmüller höchstpersönlich als Ersatz für Bestatter Albin Kumpf, ein Saufkopf vor dem Herrn. Kaum eine Ecke hier in Glaubenthal gibt es, in der Albin nicht schon unauffindbar seinen Rausch ausgeschlafen hätte. Auch heute scheint ihm offenbar das eigene ausführliche Nickerchen wichtiger als die letzte Ruhe des Walter Huber.

Und so sehr sich die gute Hannelore dagegen sträubt, spürt sie nach diesem wunderbaren befreienden Morgen nun plötzlich doch eine Schwere in sich, als würde es gleich auch einen Teil ihrer selbst mit in die Tiefe ziehen.

Ist es die spürbare Erschöpfung? Viel geschlafen hat sie letzte Nacht ja nicht. Ist es das schwüle Wetter? Oder doch das Herz?

»Schwerkraft!«, flüstert sie nachdenklich. Wenn ein ganzes Leben abwärtsgeht, endgültig verschwindet; wenn ein Partner, der zwar jahrelang weggewünscht wurde, nun auch noch das letzte Fünkchen Hoffnung auf bessere gemeinsame Zeiten mitnimmt.

›Schwerkraft!‹, wiederholt sie in Gedanken, um dann ein ›Elender Mistkerl!‹ nachzusetzen. Schickt ihr da also tatsächlich der werte Gemahl aus dem Jenseits noch eine letzte rührende Hinterfotzigkeit, ein Zeichen, ganz im Sinne von: ›Na schau, hast mich ja doch zu etwas gebraucht!‹.

Denn auch wenn sich die beiden schon seit Jahren nicht mehr viel zu sagen hatten, lag da stets dieses Kreuzworträtsel auf dem Küchentisch, diese unausgesprochene Übereinkunft. Tag für Tag. Nie wurde nebeneinander Platz genommen, es gemeinsam ausgefüllt, sondern ausschließlich in einsamen Momenten der Sparkasse-Kugelschreiber ergriffen, wie in einer

Wahlkabine, und erst mit diesen unsichtbar vereinten Kräften aus den leeren Kästchen zuerst ein langsam wachsendes Geflecht verbundener Worte und schließlich ein fertiges Ganzes.

Nicht schlecht waren die Hubers da zu zweit, wirklich nicht schlecht. Allein aber: traurige Angelegenheit. Und jetzt also hilft er noch ein letztes Mal mit, dieser sture Bock, ringt der guten Hannelore einen Funken Trauer ab. Elende vier/senkrecht.

›Nicht leicht, aber erdet selbst den Abgehobenen‹.

Schwerkraft eben.

Ein Taschentuch presst sich die alte Huber zwecks Tarnung vor ihr Gesicht, ein Hüsteln aus sich heraus – nicht weinen, nur nicht weinen, es wäre nicht richtig –, den Kopf dabei leicht gesenkt, den Blick aber gehoben, über das behelfsmäßige Holzkreuz, die Trauergemeinde, das ganze Dorf hinweg, hinüber zu ihrem kleinen Bauernhof. Ja, ihr Hof von nun an.

Ihr Garten. Ihr Wald. Ihr Vieh.

Ihr Leben.

Flieg, Maikäfer, flieg.

Und für Walter Huber beginnt die Reise abwärts.

3 Immer so

»Hörst du, Mama. Jetzt spielen sie wieder!«
»Willst du dich auf meine Knie stellen? Dann siehst du besser.«
»Das tut dir aber weh!«
»Du weißt doch, ich spür dort nichts.«
»Fast.«
»Stimmt. Fast nichts. Nimm ruhig mein Fernglas und schau durch, ich halt dich fest. Und? Siehst du etwas?«
»Alles, Mami!«
»Fein, mein Engel.«
»War das ein wichtiger Mensch, der Herr Huber?«
»Für uns schon. Und für andere offenbar auch. Den Mann dort auf dem Hügel oben zum Beispiel.«
»Der den Kopf so einzieht wie eine Schildkröte?«
»Ja, genau. Ich glaub fast, das ist ein bekannter Politiker und wird sicher eines Tages mindestens Minister.«
»Ein richtiger Mister? So wie unsere Mister und Missis Bücher. Ein Mister Vielfraß, oder Mister Kitzel, oder Fies, Tipptopp, Quatschkopf, Hüpf, oder ...?«
»Alles auf einmal vielleicht!«
»Sind deshalb so viel Leute auf dem Friedhof? Viel, viel mehr als bei Oma?«
»Nein, nicht deshalb. Auf dem Land kommt eben das halbe Dorf zu so einem Begräbnis, das ist hier Tradition. Stell dir einmal vor, es wäre bei Oma auch die halbe Stadt gekommen, dann ...«
»Was ist das, ein Tration?«
»Tradition ist, wenn ich etwas immer mache, weil das schon Oma immer so gemacht hat ...«

»Keine Rosinen in den Apfelstrudel? Oder am Abend eine Geschichte vorlesen?«

»Ja, genau – oder zu Weihnachten immer aus Mitleid den hässlichsten Christbaum kaufen und ihn so lange schmücken, bis gar kein Baum mehr zu sehen ist.«

»Wie unser letzter mit fünf Spitzen!«

»Und zwei verwachsenen Stämmen!«

»So wie wir!«

»Ich liebe dich, weißt du das? Also – und wenn du das alles dann später auch immer genauso machst und irgendwann dann deine Kinder ...«

»Ich will doch einmal keine Kinder!«

»Das hab ich in deinem Alter sicher auch gesagt und mir dann doch nichts sehnlicher gewünscht als dich. Also, wenn du das auch alles immer so machst und dir zum Beispiel eines Tages deine fünfjährige Tochter sagt, sie will keine Kinder, aber dann trotzdem so einen Engel bekommt, dann nennt man das Tradition.«

»Glaubst du, Mama, haben uns die Menschen dort auf dem Friedhof auch so lieb, wie uns die Oma lieb gehabt hat oder die Frau Yüksel und die Beate?«

»Wer soll dich bitte nicht lieb haben können. Wirst schon sehen, wenn du dann das Kuvert vom Wirt abholst, wie die sich alle freuen!«

»Aber dich sollen sie doch liebhaben, die Leute, Mama.«

»Das wird schon klappen.«

»Und wenn nicht? Wenn wir hier trotzdem ganz alleine bleiben? Kann dann die Frau Yüksel nachkommen und die Beate? Oder gehen wir wieder zurück?«

»Zurück nicht. Aber wir können ja sonst überall hingehen. Jetzt jedenfalls sind wir einmal hier. Und ich glaube, einen viel schöneren Ort finden wir so schnell nicht.«

»Genau. Und Haustier haben wir auch schon eines. Können wir ihn behalten, Mama?«

»Auf gar keinen Fall. Und auch wenn wir ihm seinen Schwanz verarztet haben, er sich sogar von dir streicheln und diesen kaputten Socken werfen lässt, will ich nicht, dass du mit ihm allein bist. Hast du verstanden?«

»Mama, Mama, schau! Ich glaub, da passiert was.«

»Wo willst du hin?«

»Ich soll doch das Kuvert holen gehen?«

»Später. Und jetzt komm zurück, aber pronto, pronto! Amelie!«

»Ich pass schon auf …«

4 Der alte Holzinger gibt nach

So, wie das Leben mit einem gellenden Geschrei beginnt, endet es hier in Glaubenthal traditionsgemäß auch.
Laut. Unerträglich laut.
In den Augen der alten Huber ein finaler Reanimationsversuch, ein schrilles: »Lazarus, komm heraus!«, denn wer sich durch dieses elende Geschmetter der Blasmusik nicht aus seiner letzten Ruhe bringen lässt, der kann nur tot sein.
»Ab!«, gibt Friedrich Holzinger, ebenso traditionsgemäß, endlich das Kommando. In seinem mehrfach durchgeschwitzten Anzug steht er an der Grubenkante, ein paar Fliegen auf Schultern, Achseln, Rücken, lässt bedächtig den Sarg gen Grubenboden rutschen, und wenn es einen Nachteil an Brauchtum gibt, dann jenen, dass so mancher Brauchtumspfleger allein aus Altersgründen bald selbst Pfleger braucht. Ungewohnt bleiern scheint ihm das speckige Tau in seinen knorrigen Händen zu liegen. Die zentimeterlangen Augenbrauenbüsche senken sich angestrengt gen Nasenrücken, den Schweiß drückt es ihm aus den Poren, und die alte Huber wundert sich.

Ein ziemlich kleiner magerer Mann war ihr Walter, stets darauf bedacht, sein Gegenüber auf Augenhöhe herunterzubekommen, sprich ein paar Köpfe einzukürzen. Selbsterhöhung durch Fremderniedrigung. Ganze Familien, Länder oder gleich der komplette Globus mussten da schon den Schädel hinhalten, nur weil sich so ein einzelner Giftzwerg nicht richtig auswachsen durfte. Nie wird Hannelore vergessen, wie Walter unmittelbar vor der Trauung angekündigt hatte, ihr während der Zeremonie zwar den Ring anstecken, aber explizit das: »Sie dürfen die Braut jetzt küssen!« verweigern zu wollen. »Weil, soll ja weder eine Turnübung noch Volksbelustigung werden, ich auf Zehen, du mit Buckel!« Nein, Liebesheirat war das keine.

Friedrich Holzinger jedenfalls wirkt, als wäre in den Sarg noch jemand dazugelegt oder der Hohlraum ausgestopft worden. Mit irgendeinem Sondermüll vielleicht. Kaum noch halten kann er die Kiste. Ein Umstand, der sich bei Schräglage natürlich nicht verbessert.

»Gst! Kurt!«, wirft er zuerst dem Bürgermeister, dann der alten Huber einen besorgten Blick zu, da raufen sich auf seinem Anzug schon ein paar Fliegen mehr um die besten Plätze. Doch Kurt Stadlmüller reagiert nicht. Für Hannelore keine Überraschung. Denn wäre der amtierende Bürgermeister auf den ehemaligen Volksschuldirektor wenigstens halbwegs gut zu sprechen, würde er ihn ja zumindest »Vater« nennen. So aber kommt ihm bestenfalls nur ein ›Er‹: »... hat ja meine Mutter damals nicht geheiratet!« aus. »Und ›Er‹ hat sich nie für mich interessiert, warum also plötzlich jetzt? Nur weil ›Er‹ alt geworden ist?«

Das kommt eben auf den schlechtesten Dorffesten vor, wenn zu später Stunde keiner mehr weiß, wie viel eigentlich schon getrunken wurde, da finden dann kurzfristig sogar jene Körper zueinander, die sich ohne eine stattliche Ladung Alkohol niemals hätten riechen können. Und ohne eine derartige Biologie, so vermutet die alte Huber zumindest, wäre Glaubenthal wahrscheinlich längst ausgestorben.

»Kurt!«, legt Friedrich Holzinger nun an Lautstärke zu. »Gib Seil, der kippt uns sonst!« Der Bürgermeister aber wirkt wie gelähmt, starrt entsetzt in die Ferne, das Tau zwischen seinen langen Fingern fixiert, und flüstert: »Kurti!«

Worauf auch die beiden Herrn am hinteren Seil, Sepp Birngruber und Biobauer Franz Schuster, zuerst den Blick, schließlich vor Schreck ein wenig den Sarg heben. Denn jetzt sehen auch sie ihn. Diesen ramponierten und zerrupften Jungen. Dreckig seine Erscheinung, die Kleidung zerrissen, Schürfwunden an Armen und Beinen. Völlig außer Atem müht er sich den Kiesweg entlang, der steile Anstieg liegt ihm schwer in den Knochen, eine malträtierte rote Seifenkiste in der rechten, eine Hupe in der linken Hand. Hörbar. Trotz Blasmusik.

Und der alten Huber schwant Übles.

Kurti Stadlmüller ist im Anmarsch. Rein optisch das absolute Gegenteil seines groß gewachsenen, schlanken Herrn Papa. Klein, fett, lethargisch. Von Zucker gemästet, steht ihm die Vernachlässigung also ins Gesicht geschrieben. Hirntechnisch aber kannte die Natur kein Erbarmen.

Der große Kurt und der kleine Kurti. Armselig.

Da weiß die gute Hannelore nämlich auf Anhieb Bescheid, wenn der Vater dem eigenen Nachwuchs nicht nur seine Gene, sondern auch gleich noch denselben Vornamen verpasst. Ein ganz übler, widersinniger Brauch in ihren Augen. Humbug. Übergeht ja auch kein Bauer oder Gärtner mit Verstand bei seinen Kulturpflanzen die nötige Fruchtfolge, baut also beispielsweise nach der Erdapfelernte gleich wieder Erdäpfel an. Außer er will vorsätzlich dabei zusehen, wie Jahr um Jahr alles immer kränklicher wird, ertragsschwächer, kurz: nichts Besseres mehr nachkommt. Bruchlandung also vorprogrammiert. So wie auch an diesem für Hannelore launigen Morgen.

Wie gesagt, so vergnügt war sie schon lange nicht mehr aufgestanden. Und ja, möglicherweise muss rückwirkend die Mengenangabe des konsumierten Eierlikörs ein wenig nach oben korrigiert werden, nur spielt das in diesem Fall natürlich keine Rolle. Die Entscheidung, sich ihres Gehstockes zu bedienen, traf sie trotzdem absolut nüchtern, sprich rational. Kann ja keiner wissen, wie sehr sich der Stadlmüller junior weigert, aus seiner Seifenkiste zu springen.

»Bremsen!«, ruft ihm die alte Huber nämlich regelmäßig zu, und das seit Monaten.

»Bremsen? Das sind entweder Blutsauger oder irgendwas für Mädchen!«, kommt es als Antwort stets retour. Keine gute Idee. Denn wenn Routine einen treuen Gefährten hat, dann die Vorhersehbarkeit. Hannelore also weiß Bescheid, kennt den Ablauf haargenau. Immer wieder nämlich schiebt der Bursche seine rote Seifenkiste den Hügel hinauf, pausiert entsprechend oft dabei, stopft sich gleich zwei Stück seiner Wunderdroge ins Maul, linke Backe, rechte Backe, beste Freunde der Zahnarztinnung, *Werthers Echte*, lässt den goldenen Verpackungsirrsinn, Plastik und Alu, einfach zu Boden fallen, marschiert weiter und feuert seine abgelutschten Bonbons per Steinschleuder auf alles, was sich bewegt, Regenwürmer, Schmetterlinge, Rotkehlchen, sogar ein paar Schäfchenwolken hat er probiert, der Depp. Vor dem Waldrand bezieht er dann endlich sein imaginäres Starthäuschen, setzt den Helm auf, aktiviert die darauf montierte Kamera, und los geht der Spaß. Die Reifen graben sich in den Schotterweg, die Steinchen schleudert es wie Geschosse gen Himmel, die panisch davonlaufenden Hausgänse und Hühner verdammen einmal mehr die Evolution, denn einfach Abheben, Wegfliegen, Freisein, alles nur noch graue Erinnerung.

Kurti Stadlmüller hingegen lebt seinen Traum, durchquert das hubersche Anwesen, die Hühner legen aus lauter Angst schon keine Eier mehr, und peilt die Glaubenthaler Hauptstraße an. Unter sich sein selbst gebautes Geschoss, über sich der wolkenlose Himmel, in sich die Sonderbewilligung des

Walter Huber, sprich das stets wortlose Nicken und Handheben. Heute früh allerdings vor sich: die alte Huber höchstpersönlich. Wie gesagt, die Vorhersehbarkeit.

»Aus der Bahn, aber schnell! Das wird gleich ein neuer Rekord!«, so sein Gebrüll, dazu das Betätigen der Hupe. Nur leider. Sonderbewilligung abgelaufen. Schluss mit der Raserei, ein für alle Mal. Den Hühnern endlich wieder ihr Revier, ihre Eier, ihren Frieden. Höchste Zeit also, dem Stock die Gelegenheit zu bieten, sich nicht nur als Geh-, sondern auch Bremshilfe zu bewähren. Umgedreht hat sie ihn, die alte Huber, mit dem Handstück das quer über den Feldweg führende Regengitter aus seiner Rinne gehoben, und den Dingen ihren Lauf gelassen. Entsprechend der Zuwachs an Höhe und Lautstärke in der so glockenklaren, kindlichen Stimme: »Gib das wieder rein, du, du …! Mein Papa hat recht, du bist ein böses Weib!«, sah Kurti Stadlmüller das Unausweichliche auf sich zukommen.

Wobei, ausgewichen ist er ja dann doch. Rennfahrer eben.

Das Lenkrad hat er verrissen, die Seifenkiste auf die frisch gemähte Wiese umgeleitet, und lustig ist das nicht, denn auf der Spitze eines Hügels reichen schon ein paar Meter Richtungsänderung, um dann unten ganz woanders rauszukommen, in anderen Dörfer, Tälern, Ländern sogar. Direttissima ging es mit Kurti Stadlmüller abwärts in Richtung Glaubenthaler Graben. Ein mit Himbeerstauden verwachsenes Prunkstück seiner Art und in dieser sanft hügeligen Gegend sozusagen die letzte Steigerungsstufe von Steilhang. Vielleicht wird ja eines Tages zusätzlich noch ein bisschen Berg aufgeschüttet und extra eine nach Olympia nie wieder nutzbare Olympia-Abfahrt gebaut.

Entsprechend die Geräuschentwicklung des kleinen Kurti. Und imposantere Bilder hat ihm seine Helmkamera wahrscheinlich noch nie zuvor geliefert.

»Halt!«, überschlägt sich nun seine Stimme: »Die alte Huber hat mir mit ihrem Gehstock! –«, und das war es dann auch schon mit der Brüllerei. Abrupt bricht er ab. Ebenso die Blasmusik.

Denn Friedrich Holzinger kommt ein Schrei der Verzweiflung aus. Und nicht nur das. Viel länger nämlich kann er den frei schwebenden Walter, oder was da sonst noch alles in der Kiste steckt, beim besten Willen nicht mehr halten.

Dann geht es abwärts.

Hände, die gefaltet werden, sich vor die Augen legen, an die Wangen greifen, Grabsteine klammern. Die fremde Dame in Reihe eins bekreuzigt sich wieder und wieder, ganz rot schon ihre Stirn.

Und für die gute Hannelore ist es mit der Freude vorbei.

Ungespitzt rammt es die Eichentruhe in den Boden, kopfvoran. Dumpf der Einschlag, dazu das Raunen der Glaubenthaler. Kurz verharrt der Sarg, senkrecht, wie ein Minutenzeiger auf der Zwölf, dann kippt er an die Grubenwand, bleibt in Schräglage hängen, und ein Albtraum wird Realität. In Zeitlupe fast gleitet der Deckel aus seinem Rahmen, mischt eine Alkoholfahne unter den Weihrauchnebel. Ungepflegte nackte Füße werden sichtbar, behaarte Beine, kräftige Oberschenkel, dazwischen eingeklemmt eine offene Whiskyflasche. Es folgt das Modell einer sehr lose sitzenden Feingerippten, erschreckend ausgeleiert der Eingriff, darüber der mächtige Bierbauch, darauf offene rote Rosen, in der rechten Hand ein Handy. Schließlich rutscht der Deckel zur Seite, legt ein vor Schrecken entstelltes Gesicht frei, und die sonst so standfeste alte Huber kommt gehörig ins Wanken. Auf ihren Gehstock muss sie sich stützen, mit beiden Händen.

Und gut ist das, denn diese fremde, witwenhafte Frau in Reihe eins verliert zuerst ihre Gesichtsfarbe, dann das Gleichgewicht. Als würde sie dem Schrecken ins Auge blicken, weicht sie zurück, stürzt zu Boden. Auch Pfarrer Feiler kann sich mit geisterhafter Blässe kaum noch auf den Beinen halten.

Kurt Stadlmüller hingegen schmeißt sich voll Diensteifer in die Grube. Wutentbrannt dabei sein Gebrüll. »Sag bist du des Wahnsinns! Hast du eine Ahnung, was deine elende Sauferei hier anrichtet!«

Kein Spaß natürlich für all jene, die in Anbetracht solch außergewöhnlicher Ereignisse zu weit entfernt stehen, da lässt es sich schlecht in die Tiefe blicken.

Folglich darf sich die alte Huber in Reihe eins bald über Gesellschaft freuen. Kann man den Glaubenthalern natürlich nicht übel nehmen, tut sich ja sonst nicht viel in dieser Gegend. Immer lauter dabei die Stimmen.

Von hinten nach vorne: »Und wer liegt da jetzt drinnen?«

Von vorne nach hinten. »Dreimal dürft ihr raten. Das letzte Mal hab ich ihn bei mir im Stall zwischen der Alma und Zitta gefunden!«

Von oben nach unten: »Du Depp, hättest dich fast von dir selber bestatten lassen!« Von unten nach oben aber nur Stille.

Und immer enger schiebt sich der Kreis.

Das Unglück vor ein paar Wochen drüben beim Hoberstein kommt der guten Hannelore in den Sinn. Da der Abgrund, dort die Herde Lorenz-Schafe, bis dato unerklärlich die Gründe des Absturzes. Folglich lässt sie der Traube Schaulustiger den Vortritt, zieht sich zwar zurück, hört aber trotzdem Bürgerdoktor Stadlmüller handfeste Behandlungsmethoden ergreifen, dem Klang nach zu urteilen Ohrfeigen: »Jetzt halt uns nicht zum Narren, Kumpf, und hör auf mit dem Blödsinn!«

Und von Bestatter Albin Kumpf zum Narren gehalten zu werden, steht in Glaubenthal auf der Tagesordnung. Er, die

Frohnatur, der Schelm, der Kasper. Und das seit Kindesbeinen an.

Kam in Glaubenthal der Tod, schlichen auf andächtig leisen Sohlen zwar zuerst die Kumpf-Eltern in die Stube, gebückte, graue Gestalten mit stets trauriger Miene. Dahinter aber trat das Leben ein, frech, ungestüm, ohne Berührungsängste, hantierte mit den Verstorbenen, als wären sie Puppen, knüpfte den greisen Männern Zöpfe, kämmte den alten Mütterchen die Damenbärte, band wie üblich die herabhängenden Kinnladen hoch, bewegte sie dabei, sprach mit ihnen, erzählte Witze, und manch Glaubenthaler wollte ein letztes Lächeln in den auf ewig erstarrten Gesichtern entdeckt haben. Aus dem Kind Albin wurde nach Beerdigung seiner Eltern der Künstler Kumpf, gutmütig, liebevoll, gewitzt. Der Tod seine Leinwand, das Leben der Anstrich, die Leichen wie wiedererweckt. Wunderschöne, friedlich schlafende Gesichter.

Ein entsprechend der Auftragslage bald heruntergekommener Künstler. Vorbei die Zeiten, als dort das Ende kam, wo es mit der Geburt seinen Anfang nahm, die Arbeit, das Geld in der Region blieb. So also wurde der stets alleinstehende Albin Kumpf immer untätiger, versoffener, fetter, verlor aber seine gute Laune nicht. Sogar bloßgestellt zu werden, war ihm gleich: »Jaja, lacht mich nur aus, weil wer zuletzt lacht, lacht am besten. Ich nämlich. Ganz zuletzt sogar. Landet schließlich jeder eines Tages pudelnackt in aller Hässlichkeit auf meinem Tisch. Mehr bloßgestellt geht gar nicht!«

Hat ihm leider nichts genutzt. Der Schelm geht auch als Schelm zugrunde. Zwar hebt Pfarrer Ulrich Feiler noch seine kräftige Stimme, versucht sein Möglichstes: »Albin! Komm heraus.«

Lachhaft natürlich. Das hätte ihm die alte Huber nämlich

gleich sagen können: Ulrich Feiler ist kein Pseudonym für Jesus Christus, Albin nicht Lazarus, selbst ein Extraständchen der Blasmusik bliebe wirkungslos.

»Er ist tot!«, findet Kurt Stadlmüller endlich die richtige Diagnose.

Und über das schmutzige Gesicht des kleinen Kurti zieht sich eine helle Spur. Unaufhörlich kommen sie.

Stille Tränen.

5 Heilige Marianne, bitte für uns

»Weinen Sie?«

»Nicht wirklich, Kollege Swoboda. Gräser. Sind leider keine Freunde, der Mai und meine Pollenallergie!«

»Man muss ja auch schließlich nicht mit jedem Freundschaft schließen. Also, was stören Sie mich?«

»Es wäre wegen dem Liebesnest!«

»Was wäre denn damit? Ist Ihr Mann, der liebe Martin, auf Dienstreise, und jetzt wollen S' mich zu sich nach Haus einladen? Oder brüten Sie neben Ihrer Pollenallergie sonst noch etwas aus, Kollegin Unter-, Ober- –«

»Da muss ich nichts mehr ausbrüten, ist ja schon geschlüpft und ausgeflogen, die Dame! Also was machen wir jetzt mit Svetlana!«

Nur weil die Wachzimmer der Umgebung auf eines zusammengelegt wurden, bedeutet das noch lange nicht, die Dienststelle hier in Sankt Ursula wäre größer geworden.

Heißt ja auch schließlich: zusammenlegen. Sich also zu zweit oder mehrt ein Bett teilen. Und genau hier beißt sich die Katze in den Schwanz. Denn wie gesagt:

Nur weil die Wachzimmer der Umgebung auf eines zusammengelegt wurden, bedeutet das des Weiteren noch lange nicht, es wären gleich alle Beamten mit übersiedelt.

Platzmangel sieht folglich anders aus. Außer natürlich auf den Schreibtischen. Da stapelt sich die Arbeit.

Und hier kommt wieder das Bett ins Spiel, denn heillose Überforderung macht müde. Hundemüde.

So viel Kaffee kann Wolfram Swoboda also an diesem Vormittag gar nicht trinken, um seinem Körper so etwas wie Elan einzuimpfen. Lebensfreude verspürt er ohnedies nur mehr an zwei Tagen pro Jahr.

Erstens: Wenn ihm der Mechaniker Gregoric wieder die Prüfplakette auf die Windschutzscheibe seines alten BMW 3.0 csi Coupé, Baujahr 1975 klebt.

Zweitens: Wenn ihm seine Tochter Stefanie, Baujahr 1985 und wohnhaft in Stockholm, den einzigen Besuch des Jahres abstattet. 26.12. Stefanitag. Ein Segen also, der Stefanitag, weil ohne, keine Stefanie. »Frohe Weihnachten, Papa.«

24.12., 25.12, und 27.12. bis über Silvester werden dann natürlich bei ihrer Mama verbracht. Scheidung, verdammte. Er hätte ins Bordell gehen sollen, wäre ihn billiger gekommen.

Entsprechend niedrig folglich seine Reizschwelle.

»Wo ist jetzt das Problem!«

»Na, die ganze Geschichte, Kollege Swoboda!«

»Ich wiederhol mich ja nur ungern, aber: Wo ist jetzt das Problem?!«

»Ich würde dem gern nachgehen, Herr Kollege!«

»Sie würden mir dann aber auf den Sack gehen, Frau Kollegin. Das Thema ist gegessen. Und: Hunger? Hier, frische Kronberger Krapfen, fünf zum Preis von vier. Greifen Sie zu!«

Ein Feinschmecker der deutschen Sprache ist Wolfram Swoboda also nicht, eher deftige Hausmannskost. Und die braucht es auch dringend, denn diese kleine Plastikbox auf dem Nachbarschreibtisch, mit in Längsstreifen geschnittenen Karotten, Gurke, Paprika kann er nicht mehr sehen. Ohnedies kaum neue Männer dazubekommen, und dann justament eine Frau. Vegetarierin obendrein.

»Nein danke, Kollege Swoboda. Wollen Sie dafür ein wenig von mir? Ich teile gerne.«

»Ihr Kaninchenfutter? Maximal das Kaninchen. Nach zwei

Stunden bei 200 Grad. Und dazu ein guter Rotwein. Also Prost, Kollegin Unterberg-Irgendwas.«

»Unterberger-Sattler!«

Unterberger-Sattler auch noch dazu, sich also für eine Person gleich zwei Namen merken und aussprechen müssen. Jackpot.

Und aufmüpfig ist sie obendrein.

»Wo waren wir stehen geblieben. Genau: auf Ihren Sack gehen. Will ich natürlich nicht, Herr Kollege. Muss ja gewaltig wehtun. Andererseits ...«

»Sind wir jetzt lustig, Untersattler!«

»Unterberger, dann Sattler. Und weil Sie schon so schön das Thema Sack ins Spiel gebracht haben, Herr Kollege, darf ich mich gleich wiederholen: Da wäre also die Sache mit der Prostituierten Svet...!«

»Und? Das ist ein freier Mensch, kann also tun und lassen, was sie will!«

»... Svetlana Putin!«

»Putin. Find ich immer noch lustig! Glauben Sie, die beiden sind verwandt?«

»Ich vermute, Herr Kollege, sie hat nicht direkt mit dem russischen Präsidenten zu tun, außer dass Svetlana aus Moskau stammt und dem Wladimir Wladimirowitsch sicher gefallen würde, natürlich vorausgesetzt, sie singt ihm nicht in einer Kirche vor, oben ohne! Sehr lustig also! Und abgängige, möglicherweise ermordete Prostituierte sind ja überhaupt ein Heidenspaß, nicht wahr!«

Sie ist wahrscheinlich schon unsympathisch auf die Welt gekommen, diese Untersattlerin, und jeder auf der Säuglingsstation musste ein Auge auf sie werfen, nur um dann gleich eine doppelte Freude mit dem eigenen Kind zu haben, da ist sich Wolfram Swoboda sicher.

»Frau Kollegin: Svetlana Putin ist keineswegs abgängig, sondern einfach nicht mehr heimgekommen. Ist ein Unterschied. Vielleicht hat sie ja der Kreml extra einfliegen lassen, weil es dem Wladimir auf Dauer zu fad ist, beim Onanieren zwar ständig voll Bewundern seinen eigenen Namen zu stöhnen, aber nicht wirklich ein Echo zu bekommen. Ganz abgesehen davon, dass sich ja Svetlanas Arbeitgeberin Marianne Salmutter bis jetzt keine Sorgen um sie macht.«

»Wie ekelhaft Sie sind, Herr Kollege. Und hab ich gerade gehört: heimgekommen? Sie bezeichnen die Marianne, dieses Drecksloch, für die Mädchen tatsächlich als Zuhause? Ein Bordell ist kein Zuhause, außer für Sie vielleicht, sondern –«

»– ein Arbeitgeber, der seinen Angestellten einen Lebensunterhalt und auch eine Unterkunft bietet. Wir sind hier schließlich in keinem Russenmafia-Viertel, wo Menschenhandel betrieben wird oder irgendwelche Toten versenkt werden mit Betonschuhen, sondern in Sankt Ursula samt Umkreis. Die Marianne heißt also deshalb Marianne, weil Marianne Salmutter vor zwanzig Jahren beschlossen hat, nicht mehr dabei zusehen zu wollen, wie sich da ein paar Drecksbauern vor lauter Samenstau an jungen Mädels, wie sie selbst eines war, vergreifen, so viel zu Drecksloch, sondern ...«

»Von der Sal- also zur Puffmutter. Oh heilige Mutter Marianne, bitte für uns! So sehr kümmert sie sich um ihre Mädchen, dass sich erst ein Friedrich Holzinger aus Glaubenthal bei uns melden muss, wenn eines verschwindet!«

»Was sind wir hier? Ein Vermittlungsbüro, das irgendwelchen alten Lustmolchen die Lieblingsnutten zusammensammelt?«

»Solche Lustmolche wie den alten Holzinger kann sich dieses Land nur wünschen, der leistet wichtige Sozialarbeit.«

»Marianne Salmutter auch. Die weiß schon, wann sie sich Sorgen machen muss. Wenn mir hier also jemand komisch vorkommt, dann dieser heilige Holzinger.«

»Herr im Himmel!«

»Wenn Sie beten wollen, gerne. Ihr Sozialarbeiter Holzinger hat angerufen. Drüben in Glaubenthal wollten sie grad wen beerdigen, der sich aber als jemand anderer herausgestellt hat! Ich hab die gesamte Trauergemeinde unter Aufsicht des Pfarrers ins Wirtshaus geschickt, und der Bürgermeister wartet mit den drei Sargträgern beim Grab auf uns.«

»Uns? Sie wollen sagen: auf mich. Oder?«

»Genau, schauen Sie sich das an. Und danach fahren Sie gleich rüber zum Hoberstein. Da soll es in der Nacht eine Schießerei gegeben haben, und aus dem Wald hat man Geschrei gehört! Und bitte aufpassen hinter dem Steuer. Ein paar Orientierungsläufer sind dort unterwegs. Nicht, dass Sie mir jemanden über den Haufen fahren!«

»Wär das dann alles? Soll ich für Sie zwischendurch vielleicht noch einkaufen gehen, ein orthopädisches Sitzkissen besorgen und aus dem Kronberger einen Kaffee holen?«

»Ein Raumteiler wäre praktisch, Untersattler, dann Berger.«

»Wie gesagt: Unterberger, dann –«

»Auf was warten Sie.«

»– dann Sattler.«

»Na, dann reiten Sie eben nach Glaubenthal. Aber Galopp!«

2
Die Dreifaltigkeit des Brucknerwirts

6 Im Namen des Vaters ...

Schwarzbraune Holzdielen über dunkelgrünem Plastikboden.
Schwere rote Vorhänge, dahinter trübes Glas.
Ausgebleichte Tischtücher mit staubig matten Stoffblumen.
Fettverschmierte Salzstreuer, darin längst ergrauter Reis.

Ein Gedicht. Willkommen beim Brucknerwirt.

Alleinstehend liegt der Gasthof an der Dorfstraße direkt neben der Ache. Herrlich der Ausblick, wie im Grunde überall in Glaubenthal. Nur könnte dieser Ausblick natürlich noch eine Spur herrlicher sein, müsste der ein oder andere beim Ausblicken nicht justament das Häuschen von dem einen, das Grundstück von dem anderen oder überhaupt gleich den einen oder anderen höchstpersönlich sehen. Da schlummern eben von Generation zu Generation weitergegebene Konflikte tief in den Genen, und selbst wenn die Ursache dieser Konflikte keiner mehr kennt, die Glut flammt gelegentlich doch wieder auf, weil:
  A. Hunger, sprich unterzuckert.
  B. Nimmersatter Durst, sprich blunzenfett.

A. »Hunger ...

... ist der Vater des Zorns,
treibt den Wolf aus dem Wald
und hat ein scharfes Schwert.
In diesem Sinne guten Appetit und eine friedliche Mahlzeit.«

So steht es hinter der Schank geschrieben. Nur nutzt das natürlich reichlich wenig, denn selbstverständlich war die Trauergesellschaft auf Gratisverköstigung, sprich Leichenschmaus, eingestellt. Wer greift da also schon gern ins eigene Börsel.

Entsprechend aggressiv die Stimmung. Depressiv sowieso, weil wie gesagt: Willkommen beim Brucknerwirt. Das drückt aufs Gemüt.

Gesteckt voll ist die Gaststube, und mittendrin die alte Huber.

Wie ausgesetzt fühlt sie sich, bruchgelandet, nur leider nicht irgendwo auf einsamer Pilgerreise, sondern eher Jakobsweg, Santiago de Compostela. Alle da.

Gut, Kurt Stadlmüller, Sepp Birngruber, Franz Schuster und der alte Holzinger warten laut Weisung der Polizei vor dem Grab auf das Eintreffen des Dienstwagens, der Rest aber muss sich hier, beaufsichtigt von dem schwer gereizten Pfarrer Feiler, zur Verfügung halten. Auch die fremde schwarze Witwe und dieser Furcht einflößende Fleischberg eines Rosenkavaliers hocken jeder in einer der Eckbänke, er den Blick auf sein Handy gerichtet, als könnte man sich dadurch selbst verschwinden lassen.

Ein Wunsch, der auch Hannelore nicht fremd ist. Dicht gedrängt sitzt sie zwischen der Gemischtwarenhändlerin Heike Schäfer und Renate Hausleitner, Obfrau der Glaubenthaler Patchworkerinnen. Zwar bekommt sie ein mitfühlendes: »Du hast aber Pech, Hanni, meine Güte. Grad heute, woste den Walter beerdigen willst, kommste zum Handkuss« zu hören, ihre Aufmerksamkeit aber richtet sich trotzdem auf die Umgebung. Mit großer Sorge, denn verantwortlich für dieses Brodeln hier ist sie schließlich selbst.

Das wurde ihr nämlich zu blöd, diesem Affentheater vor Walters Grab noch länger zuzusehen. Logisch griff dort anfangs Betroffenheit, ja Ratlosigkeit um sich. Bürgermeister Stadlmüller aber wusste eine Erklärung: »Der arme Albin. Ich bin mir sicher, wir haben es mit einem Unglück zu tun. Das beweist auch die Whiskyflasche«, so seine Eingebung. Immerhin wäre Kumpf ein Säufer und obendrein Asthmatiker gewesen. Ungesunde Kombination. Stockbesoffen dürfte er sich wohl in Walters gut gepolsterte Eichentruhe gelegt und den Deckel geschlossen haben, eingeschlafen sein, irgendwann Atemnot, rundum Finsternis, Kortisonspray nicht dabei, ergo Erstickungstod. Arme Sau.

»Lasset uns für unseren Albin beten! Vater unser im Himmel«, schloss sich Pfarrer Feiler umgehend dieser Meinung an, brav und wie aus einem Munde gefolgt von seinen Schäfchen, »geheiligt werde dein Name …«

Nach dem: »O Herr, gib ihm die ewige Ruhe. – Und das ewige Licht leuchte ihm. – Lass ihn ruhen in Frieden. – Amen« übernahm der Bürgermeister wieder das Kommando: »Also passt auf, wir machen das nun folgendermaßen: Der Pfarrer und ich, wir laufen jetzt in die Bestattung, legen den Walter in einen Sarg. Sepp und Franz, ihr schnappt euch zwei Helfer, gebt den Deckel drauf, holt Albin aus dem Grab und führt ihn runter. Der Rest kann in der kühlen Kirche warten. Inzwischen wird der Walter heraufgebracht und dann beerdigen wir ihn, so wie es sich gehört. Was kann er denn für Albins Dummheit, und die arme Hanni natürlich. Eh schon schlimm genug das alles!« Derart hurtig haben sich die beiden auf den Weg gemacht, als wäre ihnen nicht nur dieser schier erstaunliche Tatendrang, sondern auch noch irgendein Amphetamin eingeschossen. Weit gekommen ist zumindest der Pfarrer nicht, denn Kurt Stadlmüller war nicht mehr zu bremsen.

»Moment noch!«, so die alte Huber. Sie redet ja nicht viel, aber wenn da jemand großspurig als Führer in Erscheinung tritt und sich ein Haufen Leute ohne Hinterfragen so wunderbar einig ist, wird ihr immer ganz komisch zumute: »Der Sarg war beim Abholen doch verschlossen, oder?« Ein Blick in die Runde, dazu das erwartete Schweigen. Und weiter: »Wenn es also das von Stadlmüller beschriebene Unglück gewesen sein soll, hieße das: Albin hat sich in den Sarg hineingelegt und dann eigenhändig von außen den Deckel zugeschraubt. Ein ziemliches Kunststück, wenn ihr mich fragt!«

Da liefen dann die Gehirnzellen entsprechend auf Hochtouren, gab ja auch nichts Sinnvolles als Gegenargument einzuwerfen. Nur Friedrich Holzinger war zu hören, sein Telefon in der Hand: »Ja, ich schon wieder – Nein, diesmal geht es um etwas anderes! Ich steh grad auf dem Friedhof und hab eine Leiche zu melden! – Ja, Leiche! – Logisch ist das für einen Friedhof an sich nichts Ungewöhnliches. – Wenn Sie mich vielleicht ausreden lassen...«

Danach ging es, angeführt von Pfarrer Feiler, also hierher: ins Wirtshaus.

Hochexplosiv ist die Stimmung. Kreuz und quer das Gebrüll:

»Jetzt sag schon, Pfarrer, wie lang müssen wir hier noch herumhocken, als wären wir alle Verbrecher?«

»Bin ich Pfarrer oder Wahrsager? Außerdem hat ja der Holziger vorhin mit der Polizei telefoniert und nicht ich. Die Anweisung jedenfalls lautet: Warten!«

»Und wozu? Weiß doch jeder hier, wer den Albin auf dem Gewissen hat. Der Albin höchstpersönlich! Der Bürgermeister hat völlig recht, ein Unfall war das, weil wer bitte soll ihn umbringen wollen?«

»Der Bürgermeister zum Beispiel. Die zwei haben sich doch regelmäßig wegen jeder Kleinigkeit in die Haare bekommen.«

»Wisst ihr noch, wie die nach Abholung der alten Hammerschmied vor lauter Streiterei vergessen haben, den Kofferraum zu schließen, und dann ist die alte Hammerschmied in ihrem Blechsarg weiter als bis zur ersten Kurve gar nicht erst gekommen. Den Idioten ist also alles zuzutrauen.«

»Heißt das, ihr stellt unseren Bürgermeister als Mörder hin? Also wenn wir so anfangen, dann ist hier jeder ein Verdächtiger.«

»Das kann man wohl sagen. War nicht deine Frau, bevor sie dich geheiratet hat, mit Albin gelegentlich in der Kiste, und damit mein ich keinen Sarg. Soviel ich weiß, verstehen sich die beiden heut noch prächtig!«

»Du Dreckskerl!«, hebt sich drohend der erste Salzstreuer. Und bei Hannelore steigt die Sorge um ihre eigene Gesundheit. Muss ja auch wirklich nicht sein, genau heute, an dem Tag ihrer Neugeburt, von irgendeinem Flugobjekt erschlagen zu werden, einer Maggiflasche gar. Tiefer sinken ginge kaum. Also winkt sie Gastwirt Toni Bruckner zu sich und gibt um des Friedens willen das Startkommando. Wenngleich ganz wohl ist ihr dabei nicht. Ein Leichenschmaus noch ohne beigesetzte Leiche ist schließlich nur ein Schmaus. Nicht, dass der Teufel da kulinarisch an die Wand gemalt wird.

»Achtung, heiß!«, öffnet sich nur wenige Minuten später die Schwingtür und Brucknerwirtin Elfie beweist, warum sie den jährlichen Glaubenthaler Passionsspielen als Maria Magdalena dermaßen stattliche Auslastungszahlen beschert, davon können staatlich subventionierte Sommerfestspiele nur träumen. Energisch betritt sie die Bühne, bewegt versiert ihre wallend aufgeföhnte Dauerwelle, ihr eng geschnürtes Dirndl und üppig gespanntes Dekolleté durch die Reihen, all das mit einem vollbeladenen Tablett in Händen. Und ja, Multimillionärin könnte sie längst sein, müsste jedes Mannsbild, das ihren Weichteilen im Vorbeigehen, wie der Gottessohn den Kranken, schon die Hand aufgelegt hat, Vergnügungssteuer zahlen. Sie ist hier eben die Augenweide, und böse Zungen behaupten, die ganze Innenausstattung würde nur deshalb in so heruntergekommenem Zustand belassen, um der Elfie wenigstens hier noch ihre gepflegte Erscheinung zu garantieren.

Schwungvoll werden gut gefüllte Schüsseln auf die Tische gestellt. Darin je ein Schöpflöffel, auf dass sich nach Lust und Laune selbst bedient werden kann.

»Lasst euch die Leberknödelsuppe schmecken und hört zu streiten auf!«, streckt auch Hausherr Toni derweilen seinen Kopf aus der Küche. »Zwei Knödeln pro Person sind kalkuliert!« Zwei Stück also einer Industriegroßpackung, umgeben von der mit Fertigpulver aufgerührten Brühe namens Rinderbouillon.

»Schmeckt wie bei uns!«, war sich kürzlich der durchreisende Betriebsausflug des Pavillons neun eines städtischen Sanatoriums sicher gewesen. Für die Glaubenthaler natürlich kein Nachteil. Wer dort eines Tages in der Geriatrie landet, fühlt sich nach der ersten Suppe schon wie zu Hause. Und offenbar schmeckt es wirklich. Gierig schlagen die verbogenen Löffel an die teils ausgebrochenen Keramikteller, dazu die ausgefahrenen Ellenbogen, die gekrümmten Rücken, die sich spürbar hebende Laune.

Anders bei Hannelore. Denn draußen vor dem Fenster sind Bürgermeister Stadlmüller und die übrigen drei Sargträger Holzinger, Birngruber, Schuster aufgetaucht, marschieren mit einem Vertreter der Polizei über die Amerikanerbrücke, weil einst von solchen erbaut, bleiben stehen, deuten hektisch in alle Richtungen.

»Und zur Suppe sein Lieblingslied!«, ist Elfie Bruckner neben das Prunkstück der Gaststube, eine original Wurlitzer Musikbox getreten, blickt gerührt in den Himmel, sprich an die düstere Holzdecke, drückt die Auswahltasten: »Für dich, Albin!«, und der alten Huber wird klar: Aus Walters ist Albins Leichenschmaus geworden.

Sieht man die Menschen sich sehnen, und sieht ihren Schmerz, ihre Tränen,
dann fragt man sich immer nur: Muss das so sein?
Immer nur Scheiden und Meiden, und immer nur Warten und Leiden,
und hier so wie dort ist ein jeder allein.
Schenkt euch immer nur Liebe,
schenkt euch immer Vertrauen,
nichts ist so schön wie die Worte, die ewigen Worte:
Mein Herz ist nur dein

und ja, da geht nun die Rührung um, kein Zank mehr, nur noch Leberknödelsuppe, als würde Albin Kumpf höchstpersönlich den Seinen noch eine Botschaft des Friedens, Trostes aus dem Jenseits trällern.

Wir wollen niemals auseinandergeh'n,
wir wollen immer zueinandersteh'n.

Mag auf der großen Welt auch noch so viel gescheh'n,
wir wollen niemals auseinandergeh'n.

Die Augen der alten Huber aber sind nach wie vor aus dem Fenster gerichtet. Zügig löst sich die Runde auf, und jeder der vier Sargträger marschiert in eine jeweils andere Richtung. Nur der Polizist scheint das Wirtshaus anzusteuern.

Uns're Welt bleibt so schön,
wir wollen niemals auseinandergeh'n.

Einerseits ein trauriger Text, auch die Sängerin Heidi Brühl wurde wie Albin Kumpf nur 49 Jahren alt. Andererseits beglückend natürlich. Inhaltlich. Für Hannelore jedoch könnten die Zeilen angsteinflößender gar nicht sein. Denn auf geht die Gaststubentür, und schlagartig kehrt Ruhe ein.

»Mahlzeit von meiner Seite!«, sind alle Augen nur auf eine Person gerichtet.

»Unterberger-Sattler mein Name, Dienststelle Sankt Ursula!«

Staunende Augen, weil Uniform männlich, Auftreten männlich, Geschlecht weiblich. Eine kräftige, riesenhafte Frau mit rotzender Nase und roten Augen tritt den Glaubenthalern entgegen, und nur knapp verfehlt ihre Schirmkappe den eisernen Kronleuchter.

Aufmerksam lässt sie den Blick durch die Runde schweifen, ungerührt, schweigsam. Allerdings einen Tick zu lange.

»Wissen Sie schon Bescheid?«, zeigt Pfarrer Feiler Ungeduld, »War es Mord? Und was ist mit Walter, können wir ihn endlich beerdigen!«

Kräftig ihre tiefe Stimme, streng: »Walter Huber? Beerdigen? Das könnte vermutlich noch ein Weilchen dauern. Dazu müssten wir ihn nämlich zuerst einmal finden! Kühlfächer und Särge sind alle leer. Sie dürfen hier also gern noch sitzen bleiben.«

Worauf die fremde schwarze Witwe in bitterliche Tränen ausbricht und sich bekreuzigt.

Elender vorgezogener Leichenschmaus.
Von nun an ewiges Symbol des Unglücks: Leberknödel!

7 … und des Sohnes …

»Was hast du da auf deinem Helm?«
»Was geht denn dich das an?«
»Ist das eine Kamera?«
»Eine Laserkanone! Also geh mir aus dem Weg.«
»Blödsinn. Du machst einen Film von mir, oder?«
»Ich geb doch für dich keinen Speicherplatz her!«
»Glaubst du, ich geh mit dir in einen Speicher, damit du mich dort filmen kannst, und dann lässt du mich vielleicht nie wieder raus – warum schaust du so komisch?«
»Weil du eine ziemlich dumme Ziege bist, mit deinem Stofftier in der Hand!«
»Das ist keine Ziege, sondern ein schwarzer Panther, der sieht in der Nacht viel, viel besser als du und ich zusammen!«
»Mir doch egal!«
»Und? Hast du auch eine Katze als Haustier? Oder warum hast du so viele Kratzer? Oder bist du hingefallen? Dein Holzauto sieht nämlich auch ganz kaputt aus!«
»Du wirst auch gleich kaputt ausschauen!«
»Das ist aber nicht nett.«
»Mir doch egal!«
»Dir ist aber viel egal.«
»Du auf jeden Fall. Was machst du eigentlich hier. Ich kenn dich gar nicht.«
»Ich hab geglaubt, ich bin dir egal? Ich soll beim Dorfwirt für meine Mama ein Kuvert holen, und dann geh ich mir die alte Mühle anschauen, die es hier geben soll.«
»Wehe, du gehst zur alten Mühle, dann, dann … Da ist für Mädchen Betreten verboten. Und für deine Mama sollst du

beim Dorfwirt was holen? Ein Kuvert? Ein paar Bier wahrscheinlich, weil der Supermarkt zu hat. Ist sie also eine Säuferin?«

»Wenn eine Mama ein Bier will, ist sie gleich eine Säuferin. Aber wenn dein Papa eine ganze Kiste trinkt in zwei Tagen, sagt keiner was!«

»Mein Papa ist hier der Bürgermeister, und der Doktor ist er auch. Der trinkt kein Bier, sondern Whisky.«

»Also selber Säufer.«

»Blödsinn. Mein Papa sagt, er trinkt nur ganz mangingal!«

»Ich glaub das heißt maximal. Hat mein Papa auch gemacht. Witzki getrunken und Bier und Schnaps. Und jetzt sind meine Mama und ich hierhergezogen, und mein Papa ist weg.«

»Soll ich jetzt weinen? Meine Mama ist auch weg. So wie hoffentlich bald du. Außerdem ist der Dorfwirt kein Kindergarten!«

»Selber Kindergarten. Du mit deinem Spielzeugauto.«

»Soll ich dir eine reinhaun, ich bin zehn! Und das ist eine Seifenkiste, die hab ich zusammen mit meinem Freund, dem Albin gebaut. Die gibt es nur einmal, und die werden bald ganz viele haben wollen, weil sie so schnell ist. Der Albin hat gesagt, das ist ein Prototyp.«

»Ich glaub, das heißt Prontotyp, weil meine Mama sagt immer pronto, pronto, wenn es schnell gehen soll. Und was? Du bist schon zehn? Dann bist du aber nicht sehr groß!«

»Wo willst du meine Faust denn hinhaben? Auf die Nase oder auf die Nase!«

»Ich bin genauso groß wie du, aber erst sechs. Und Mädchen haut man nicht!«

»Bei uns schon.«

»Ist deshalb deine Mama weg?«

»Die ist gestorben! So wie der Albin.«

»Weinst du gerade? Das tut mir leid!«

»Du tust mir leid, weil das wirst du auch gleich!«

»Was?«

»Sterben.«

»Da musst du mich zuerst fangen, und so wie du aussiehst, hast du schon sehr viele Chips gegessen und Eistee getrunken!«

»Mach ein Kreuzzeichen. Ich muss dich nämlich gar nicht fangen!«

»Eine Steinschleuder! Nimm die sofort runter. Das ist unfair!«

»Wieso, wenn du ja eh so schnell laufen ka–!«

»Was ist los. Warum wirst du so weiß im Gesicht?«

»Dort!«

»Wo?«

»Na dort hinten, neben der Hausmauer, da steht ein, ein …!«

»Na und?«

»Gehört der zu dir? Sieht jedenfalls genauso blöd aus wie du, mit seinem weißen Stummelschwanz und dem roten Ball im Maul!«

»Der weiße Stummel ist ein Verband, weil er nämlich den Schwanz verloren hat.«

»Verloren! Der ist ja keine Eidechse. Abgehackt wird man ihn haben oder weggeschossen! Den Kopf hätte man wahrscheinlich treffen sollen – Wieso kommt der jetzt her? Sag ihm, er soll stehen bleiben!«

»Dann nimm eben die Steinschleuder runter!«

»Das sag ich alles meinem Papa, dem Bürgermeister. Der hat ein Jagdgewehr, und beim nächsten Mal ist der dann ein Bettverleger!«

»Bist du verrückt!«

»Ha. Volltreffer! Genau auf den Kopf. Und jetzt läuft es, das blöde Vieh!«

8 ... und des Heiligen Geistes ...

Alles anders, mit einem Schlag.

Dermaßen unwirklich erscheint der alten Huber die Gesamtsituation, da haben dann sogar die staubigen Kunststoffnelken auf den Tischen des Brucknerwirts bereits ein paar Durchgänge Photosynthese hinter sich.

Siebzig Jahre lebt sie jetzt schon hier. Geburtsort Glaubenthal. Todesort wahrscheinlich auch. Und noch nie zuvor ist Derartiges passiert:

Jemand wird beerdigt.

Und dann ist das gar nicht dieser Jemand.

Dafür ist zu allem Übel die Originalbelegung des Sarges verschwunden, und justament muss das genau ihr Walter sein.

Wer schuld daran ist, weiß sie ganz genau, die gute Hannelore.

Sie selbst. Nur sie.

Denn hätte ihr Gehstock den kleinen Stadlmüller Kurti nicht direttissima gen Glaubenthaler Graben geschickt, wäre der Bengel auch nicht malträtiert vor dem Grab aufgetaucht, der Sarg somit längst unter der Erde, kein Mensch im Bilde!

Aber nein.

Entsprechend groß die Aufregung in der Gaststube, der Lärm, das Gerede, und eben diese Tränen. Denn während die Polizeibeamtin nun von Tisch zu Tisch geht, Fragen stellt, stellt sich auch die alte Huber eine: Wer bitte ist dieses penetrante fremde Frauenzimmer, das wie schon vorhin am Grab nun auf der Eckbank gar nicht mehr aufhören kann zu heulen, als wäre sie hier die Witwe, sich sogar der Gesellschaft des Pfarrers erfreut und ein Taschentuch reichen lässt – was ja ohnedies nur deshalb möglich ist, da Ulrich Feiler sich dank Abwesenheit seiner sogenannten Pfarrersköchin Luise Kappelberger ausnahmsweise frei bewegen kann. Gab es da also auch bei Walter eine heimliche Beziehung?

Einfach hingehen!, spielt die alte Huber mit dem Gedanken, sich zu dieser fremden schwarzen Witwe an den Tisch setzen und die Dame fragen: ›Muss ja ein inniges Verhältnis zu meinem Mann gewesen sein, wenn Sie hier so losplärren!‹

»Sie sind die Witwe, wurde mir gesagt. Mein aufrichtiges Beileid, Frau Huber«, wird Hannelore nun aus ihren düsteren Gedanken gerissen. Mit eindringlichem Blick steht diese riesenhafte Polizeibedienstete Unterberger-Sattler neben ihr, während rundum der Schweinsbraten aufgetragen wird. »Das ist natürlich eine schreckliche Situation. Ich kann mir vorstellen, wie es Ihnen geht!«

Na, das will sie sehen, die alte Huber, wie sich diese Situation jemand vorstellen kann. Vor allem eine junge Dame, die wahrscheinlich zwanzig Jahre jünger ist als jenes halbe Jahrhundert komatöser, dorniger Ehe, aus dem Hannelore heute hätte wiedererweckt werden sollen.

»Darf ich Ihnen ein paar Fragen stellen? Gab es vielleicht vor dem Tod Ihres Mannes irgendwelche Auffälligkeiten?«

Das braucht sie jetzt, die alte Huber, diese öden Verhöre! Schon allein beim Krimilesen fallen ihr da immer die Augen zu. Und gut ist es in diesem Fall, nicht alleine zu sitzen, Fürsprecherinnen zu haben: »Da kannst nur lachen Hanni, oder? Auffälligkeiten, nach so langer Ehe! Was soll das sein? Frische Socken.«

»Also bei meinem Jürgen und mir«, so Renate Hausleitner,

»ist es die größte Auffälligkeit, wenn er einmal daheim ist! Heute zum Beispiel hat er einen Wettkampf. Und der Walter war doch auch die meiste Zeit unterwegs.«

»Wie ist Ihr Mann eigentlich verstorben, Frau Huber?«

Mit Blick auf Hannelore gerichtet, kommt die Antwort wieder von den beiden Damen. »Unterwegs natürlich. Beim Spazierengehen irgendwo am Naturlehrpfad soll es ihn erwischt haben?«

»Einfach wie vom Blitz getroffen, mitten im Grünen?«

»Kannst im Grunde nur dankbar sein, wennst an der frischen Luft einfach umfällst!«

»Der Bürgermeister selber soll ihn gefunden haben.«

»Ruckzuck, aus und vorbei. Besser als ertrinken, würd ich mal sagen! Weil wenn ich mich richtig erinnere, wäre er ja einmal beinah in der Ache, oder?«

»Danke, die Damen!«, unterbricht die Beamtin sichtlich gereizt. »Ich komm Sie einmal in Ruhe besuchen, Frau Huber. Wir lassen Albin Kumpf jetzt obduzieren, dann weiß man mehr. Sollte sich der Bestatter freiwillig in den Sarg gelegt haben und dann erst eingeschlossen worden sein, hat er Walter Huber ja vielleicht vorher irgendwo untergebracht und wir finden Ihren Mann. Der Bürgermeister und die drei Herren suchen bereits. Wir müssen aber leider auch davon ausgehen, dass jemand Ihren Mann zuerst verschwinden hat lassen, um Albin Kumpf danach in den Sarg legen zu können. In diesem Fall wird die Suche dann womöglich langwieriger. Haben Sie vielleicht eine Idee, wem hier so etwas zuzutrauen ist?«

Mehr als ein: »Jedem ist alles zuzutrauen. Immer« bringt sie nicht heraus, die alte Huber, sieht dann, wie ihr eine Visitenkarte zugeschoben wird: »Unterberger-Sattler. Sie können mich anrufen, jederzeit«, und die Staatsgewalt den Tisch hinüber zu den Herren der Blasmusik wechselt. Auch der Sargträger Sepp Birngruber, Sohn des Blasmusikobmanns Sepp Birngruber und Enkel des ehemaligen Blasmusikobmanns Sepp Birngruber, hat dort mittlerweile Platz genommen. »Wie soll man einen Toten auch suchen? Ihn ausrufen lassen!«, so seine Erklärung: »Ich geb es auf.«

Was für ein übler Tag. Das Glück dieses Morgens scheint der alten Huber in weite Ferne gerückt. Und ja, da ortet sie in sich nun doch eine überraschende, seltsame Form des Mitgefühls. Denn bei aller, wenn auch längst verloren gegangener Liebe: Dieses Schicksal hat nicht einmal ihr Walter verdient. Entsorgt zu werden, womöglich im Irgendwo. Und in der Gaststube hebt sich die Stimmung.

B. *Nimmersatter Durst*

Das geht schnell.

So ein Krügerl entleert sich eben bei entsprechender Übung mit zwei- bis dreimaligem Ansetzen. Vor allem, wenn es nach einer versalzenen Suppe auch noch einen überfetteten Schweinsbraten zu verarbeiten gilt. Da kommen schnell ein paar Liter zusammen. Nicht zu vergessen natürlich der Heilige Geist, diese unsichtbare, aber deutlich zu spürende göttliche Kraft. Der Spiritus Sanctus sozusagen, auch genannt U-Boot, sprich: 4 cl Obstler versenkt in einer Halben Bier.

Es sind somit recht vergnügte Töne, die da vom Nebentisch aus zu Hannelore herüberklingen. Und die Herren der Blasmusik gelten ja schon nüchtern als recht lustige Truppe. Wenn dann aber so eine Frau in Polizeiuniform, die sich offenbar etwas anderes zu erledigen erdreistet, als Grundschüler über die Straße zu lassen oder den Verkehr zu regeln, auch noch einen derart ruppigen Ton an den Tag legt, klinkt sich so manches Männerhirn schwer überfordert aus, weil eigentlich Science-Fiction.

»Ob hier irgendjemand etwas Auffälliges wahrgenommen hat, war meine Frage!«

»Ja. Sie!«, so das Waldhorn.

Gelächter.

»Reißt euch zusammen, Posaunen, die Dame will wissen, warum der Walter verschwunden ist.« Dann geht es los, das Konzert. Klarinette, Trompete, Saxofon. Querflöte, große Trommel: »Raub wahrscheinlich.« – »Vielleicht ein durchreisender Organhändler.« – »Oder Goldschmied, weil ausreichend Material hat dem Walter sein Gebiss schon zu bieten.« – »Oder gleich der Brucknerwirt, da gibt's dann bald Feinschmeckerwochen mit Walter-Geschnetzeltem.«

Witze in einer Kategorie, da bräuchte es nach dem Schweinsbraten nun dringend den Saumagen. Keine Spur von Respekt, Zurückhaltung, Mitgefühl, was Hannelores Situation betrifft, von Hilfsbereitschaft ganz zu schweigen. Nur Bierseligkeit.

Und auch in der alten Huber braut sich etwas zusammen. Eine Wiedererweckung, allerdings der anderen Art. Wie konnte sie an diesem vermeintlichen Freudentag auch nur vergessen, mit welchen Schwachköpfen diese herrliche Gegend besiedelt ist.

Walter fällt ihr ein, in einem seiner raren lichten Momente. Vor dem Grab seines frisch beerdigten, herrischen Vaters sind die beiden gestanden. Er und sie.

»Kein schlechter Ort, der Friedhof!«, so seine Worte.

»Wieso?«

»Die friedlichste Menschenansammlung in ganz Glaubenthal ist das hier!« Dann gab er Erstaunliches von sich, sprach seiner Hanni aus dem Herzen: »Man kann in Ruhe herumspazieren, Blumen gießen, Unkraut zupfen, sich an den Steinmetzarbeiten erfreuen. Alles Beweisstücke dafür, wie erfolgreich auch das Leben so zupft, Unkraut vergeht eben doch.« Und ganz sicher war sich die alte Huber damals nicht: Räuspert er sich noch, oder kichert er schon.

Für die Herren der Blasmusik aber ist es nun mit dem Spaß vorbei. Denn kaum wendet sich die Polizeibeamtin ab, geht es hinter ihr los. Leise zwar, nur eben nicht leise genug: »Die riesige Politesse würd bei der Marianne gut in ein Extrazimmer passen! Als Domina. Mit Lack und Leder.«

»Gern gleich hier!«, hebt Unterberger-Sattler die Stimme, dreht sich um. »Wo ich doch schon so einen Haufen potenter Männer beisammensitzen hab« – und ja, schon allein aus rein solidarischen Gründen, sozusagen von Frau zu Frau, kann sich die alte Huber der Schadenfreude nicht erwehren.

Doch auch für sie wird es nun bitterernst.

»Sind die Herren der Blasmusik also Stammkunden im Freudenhaus Marianne?« Schweigen. »Das ist natürlich interessant! Fällt Ihnen jetzt nicht einmal mehr zu Freudenhaus und Blasmusik ein Witz ein. Na, dann hören Sie mir gut zu«, geht sie nun neuerlich auf den Tisch zu. »Denn nicht nur Walter Huber ist verschwunden, sondern auch eine der Prostituierten. Seit drei Tagen bereits. Svetlana Putin. Na, klingelt es? Ich bin mir sicher, die Dame ist einigen hier bekannt?«

Und Hannelore traut ihren Ohren nicht. Svetlana Putin. Vor drei Tagen noch Walters Todesengel, und nun selbst seit ebenfalls drei Tagen abgängig. War dieses Erlebnis so traumatisch und ist sie deshalb verschwunden? Hat sie bei Walters Tod nachgeholfen?

Zaghaft kommen nun auch die Herren zu sich.

»Putin! Ist das der Künstlername? Macht die alles mit nacktem Oberkörper. Reiten. Jagen. Angeln!« Erbärmlich schwach nun das Gelächter. Geht der Blasmusik hier also die Puste aus.

»Und überhaupt? Was sollen wir denn noch alles gewesen sein? Die Erderwärmung und Vogelgrippe?«

»Ich meld mich mit meiner Filterlosen freiwillig fürs Ozonloch!«

»Die Treibhausgase waren jedenfalls unsere Küh!«

»Wirklich, ich hab geglaubt, der alte Holzinger! Nehmen Sie sich den zur Brust, der trifft die Damen nämlich gruppenweise!«

Friedrich Holzinger und Prostituierte? Gruppenweise sogar. Gerade er? Das wird heute noch ein langer Tag, sie weiß es jetzt schon, die alte Huber. Offenbar auch für die Polizei.

Laut das aufheulende Mobiltelefon der Beamtin: »Was gibt's, Kollege Swoboda? Nein, ich bin noch nicht am Hoberstein, sondern in Glaubenthal! Was heißt immer noch!«

Dann sucht sie mit dem Abschiedsgruß: »Ich freu mich auf die Gesichter Ihrer Ehefrauen, meine Herren, wenn ich demnächst mit Mariannes Kundenkartei in der Türe stehe!« das Weite.

Und nicht nur sie. Denn unmittelbar danach tritt zuerst der Rosenkavalier den Weg ins Freie an. Eilig dürfte er es haben. Keine Minute später bricht die fremde Witwe auf, verlässt grußlos die Gaststube, wenigstens für die Verköstigung hätte sie sich bedanken können.

Und auch für Hannelore Huber wird es höchste Zeit. In ihrem Rücken der einzige jemals errungene Pokal des Kegel-Sportvereins, vor ihren Augen, als wäre auch dies eine sportliche Disziplin, das Gegröle, Geschmatze der Einheimischen, und ja, insgeheim wünscht sie diesem verdorbenen Haufen ein ebensolches Mahl.

Genug gesehen, genug gehört, vor allem aber genug zu tun. Denn da braucht sie keine Hellseherin zu sein, um zu spüren: Hier stimmt etwas gewaltig nicht. Also auf. Sich an den Tischen vorbeizwängen, sogar Pfarrer Feiler links liegen lassen: »Willst schon gehen, Hanni! Hast ja recht, ich bleib auch nicht mehr lang. Der Herr sei mit dir, denn der Glaube tröstet, wo die Liebe weint.« – »Ist schon recht, Ulrich!« Die mit beladenem Tablett aus der Küche kommende Elfie ignorieren, »Was ist los Hanni, magst keine Nachspeise?« Eisern an Gastwirt Toni Bruckner vorbeispazieren. Es übersehen, wie er die alte Antonia in die Stube hereinschiebt, »Schau, was es gibt, Mutter: Schwarzwälder Kirsch!«, wie sich ihr Mund öffnet, und ein silbrig zwischen den Lippen herabdehnender Speichelfaden das Unausweichliche verkündet.

Mit ihren 73 Jahren ist sie zwar älter als Hannelore, und dennoch wie ein Kleinkind. Folglich wird der Elektrorollstuhl aufgrund ihrer schweren Demenz mittlerweile hin und wieder gegen das mechanische Modell ausgetauscht, weil ist ja nicht lustig, wenn da plötzlich ein leise surrender Schatten kichernd in diversen offenen Hofeinfahrten verschwindet, und dann sucht ein ganzes Dorf den ganzen Tag. Oder nachts, weil schlafgewandelt wird natürlich auch.

Eine Wohltat ist das für die Glaubenthaler, wenn die Bruckner-Oma dann hin und wieder ihr Gefährt, den Gashebel auf Anschlag, die Straße emporquält, nur um sich direkt vor dem Huberhaus in Stellung zu bringen und loszubrüllen. Immer dieselben zwei Wörter. Da kennt dann wenigstens jeder ihre Koordinaten. Und sogar jetzt, inmitten der Gaststube, bremst sich Antonia Bruckner ein, um Hannelore denselben hasserfüllten Blick zuteilwerden zu lassen wie vor mehr als sechzig Jahren schon. »Du Mörderin! Du Mörderin!«

»Möglich!«, denkt sich die alte Huber im Vorbeigehen, kann ja in Albins Fall durchaus auch eine Frau den Deckel zugeschraubt haben. Dann lässt sie die Gaststube hinter sich, den dunklen, modrigen Gang, die Dunstglocke aus ranzigem Fett, Urinstein, Schimmelpilz und tritt ins Freie. Voll Tatkraft. Genug zu tun.

Sich diese falsche Witwe vorknöpfen, natürlich den Bürgermeister, wenn möglich dabei Walter finden, und somit endlich ihr Glück.

9 ... Amen

»Kollege Swoboda, hören Sie mich?«
»Undeutlich. Wo sind Sie. In einem Keller?«
»Na, wo werd ich sein! Beim Hoberstein!«
»Brav. Und wie war das jetzt mit der Schießerei?«
»Ich versteh sie so schlecht! Knistert es bei Ihnen auch so?«
»Knistern? Zwischen uns? Frau Kollegin, Frau Kollegin! Was soll ich davon halten. Und vor allem Ihr Martin. Sie sind verheiratet!«
»Und Sie geschieden. Vielleicht sollte ich also fragen: Ist Ihre Verbindung gerade auch so brüchig! Hallo, Herr Kollege, sind Sie noch dran?«

Alles, was recht ist!
Ein bisschen Schmähführen ist ja in Ordnung, aber persönlich werden muss ihm die Junge da jetzt nicht. Das war ja schließlich keine lustige Scheidung.
Gut, Wolfram Swoboda hat seine Frau betrogen. Klassiker.
Er so blöd und fährt auf einen Acker, alles dreckig, verkauft es später seiner Gemahlin trotz Privatfahrzeug als »Einsatz im Felde!«, benutzt natürlich ein Kondom, lässt aber nach Öffnen die Aluhülle fallen, die gefräßige Fußmatte freut sich, verschluckt sie in den Untergrund, die Erdklumpen aber bleiben oberhalb liegen, und wer saugt dann gründlich das Auto aus?
»Das war aber ein heftiges Abenteuer gestern, Wolfram!«
Die Scheidung dann auch. Seine Hose wurde ihm da ausgezogen, leider anders als auf dem Acker. Nicht nackt bis auf die Unterhose, sondern bis auf die Knochen.
Sie war eben nicht so blöd wie andere gutmütige Damen,

seine werte Frau Swoboda, die sich von ihren Männern wieder und wieder um den Finger wickeln oder abspeisen haben lassen mit sogenannten einvernehmlichen Lösungen, um dann langfristig, so fair muss sogar Wolfram Swoboda sein, nicht wirklich etwas einzunehmen, außer vielleicht Antidepressiva. Wolfram Swoboda jedoch hat gebrannt wie ein Luster. Gebüßt wie einer dieser Opus-Dei-Psychopathen, ständige Selbstgeißelung inbegriffen. Amen.

»Warum hab ich nur? Ach, hätt ich doch?«

Irgendwann muss es dann aber auch mal wieder gut sein dürfen, muss das ewige Sünderdasein ein Ende haben, und wenn ihm heute noch wer Vorwürfe machen darf, dann einzig und allein seine damals minderjährige Tochter Stefanie.

Nicht aber diese unaussprechliche Oberberger-Irgendwas.

»Kollege Swoboda, haben Sie gerade aufgelegt, oder ist ...«

»Ich versteh Sie so schwer, Kollegin Untergattinger, ist so ein brüchiger Empfang!«

»Besser jetzt?«

»Kommt darauf an, in welche Richtung Sie grad gehen. Sie sind doch droben am Hoberstein, oder? Wenn es Richtung Abgrund geht, würde ich sagen, es wird immer besser!«

»Schön, dass Sie sauer auf mich sind. Wenn ich so sensibel wäre wie Sie, dürft ich nicht auf die Straße raus.«

»Tun Sie sich keinen Zwang an. Und, waren sie wenigstens nett zu Ihnen, die Glaubenthaler?«

»Sie hätten jedenfalls wunderbar dazugepasst.«

»Das kann man aber schon wieder so oder so verstehen.«

»Dann würde ich vorschlagen, Sie verstehen es so!«

»Sie sind anstrengend, wissen Sie das? Und wie war das jetzt mit der Schießerei?«

»Ein Bauer hat geglaubt, einen Wolf gesehen zu haben, kurzerhand zur Flinte gegriffen und möglicherweise eine Person erwischt. Beides verboten. Schüsse dürften mehrere gefallen sein, und so einiges wurde getroffen. Unabsichtlich natürlich. Bei dem Wolf der Schwanz, der liegt hier im Wald. Und wie es aussieht, wurde eine Person verletzt, weil Bein haben wir auch eines gefunden.«

»Sag, wollen Sie mich auf den Arm nehmen?«

»Nein, ein Bein, Grö…«

»Sie finden ein Bein und sprechen von: verletzt. Alles, was recht ist.«

»Nein, links. Es ist ein linkes. Mit Fuß. Größe 42. Eine Unterschenkelprothese! Und einige Meter weiter dazu der passende Haferlschuh – Moment!«

»Ist das Musik? Hört sich nach Falco an. Der Kommissar …«

»Mein Privathandy, da muss ich ran: Was gibt's, Herr Hausleitner, Sie keuchen so, ist was mit meinen Aktien? Um Gottes willen!«

»Untersattlerin, hallo … Haben Sie gerade aufgelegt? … Verdammt, wenn da wer auflegt, dann ich, hören Sie!«

3
Witwen, Wölfe, Waffenmuster

10 Wo wir uns finden

»Ja Hanni, muss ich mir Sorgen machen?«

Krächzend, laut klingt der alten Huber die Stimme des Dorfältesten Alfred Eselböck entgegen.

Dort, wo sich einst der belebte Marktplatz befand, zwischen dem Kriegerdenkmal, der Volksschule und Postsparkasse, alle drei mittlerweile Symbole des Sterbens, trotzt er der Vergänglichkeit und sitzt unter der alten Sommerlinde.

An die zwanzig Meter ist sie hoch, breit ihre Krone, der Stamm ein Monument, ihr Alter ein Geheimnis. Da weiß hier keiner so recht, welches ihrer drei Stadien sie gerade durchlebt: »Dreihundert Jahre kommen, dreihundert Jahre stehen, dreihundert Jahre vergehen!«, so lautet die Volksweisheit.

Alfred Eselböck, aktuell Bibliothekar, einst Eisenbahner, Lokführer, und bald so lange in Rente wie berufstätig, befindet sich jedenfalls im letzten Drittel. Gegenüber der Sommerlinde ist sein Häuschen und der ehemalige kleine Ziegenstall nun die örtliche Bücherei. Öffnungszeiten täglich irgendwann. Er nimmt es eben nicht mehr so genau, und Schlange steht bei ihm auch keiner.

So also sitzt er meist gebückt auf der um den Stamm gezimmerten Holzbank, gönnt seinem Leben im kühlen Schatten der Äste den verdienten Müßiggang und liest.

»Was rennst du so aufgescheucht durch die Gegend, Hanni?«, hebt er erneut seine Stimme. »Holst du dir jetzt freiwillig einen Hitzschlag, oder was soll das werden!«

Kein Wunder. So schnell hat man die alte Huber schließlich schon lange nicht mehr durch den Ort marschieren sehen, ihre schwarze Tasche in der linken Hand, den Gehstock in der rechten. Dank Adrenalinschub als reinen Dekorationsgegenstand. Schwertkämpfen könnte sie damit, vor lauter Bluthochdruck. Stocksauer sozusagen.

Das setzt eben gewaltig zu, wenn so rein gar nichts gelingen will. Immerhin läuft sie in dieser Affenhitze bereits ein Weilchen durch die Gegend, nur um festzustellen: Ebenso wie ihr Walter ist jetzt auch noch diese schwarze Witwe verschwunden.

Stattdessen wird es demnächst hundertprozentig schwarze Wolken geben. Drückend, stechend die Hitze. Unscharf, diesig der Horizont. Nicht der Hauch eines Lüftchens. Die alte Huber kann es spüren. Etwas Bedrohliches liegt in der Luft. Mindestens ein Gewitter, Hagel womöglich, dieses Teufelszeug.

Der Tag scheint wie verflucht. Sogar die ihr ansonsten so angenehme menschenleere Gegend könnte gerade unpassender nicht sein, denn wen hätte sie bisher fragen sollen? Die aus dem Wirtshaus kommenden, hurtig nach Hause flüchtenden Ehefrauen? Sinnlos.

Die Straße, die Gärten, die Häuser, überall gähnende Leere. Das Dorf wie eine unbenutzte Filmkulisse. Mittagszeit.

Und Mittwoch ist obendrein.

Gibt ja hier so gut wie nichts mehr. Und was es gibt, hat täglich, Sonntag natürlich ausgenommen, von 7 bis 12 und 14:30 bis 18 Uhr geöffnet, außer Samstag und eben Mittwoch, da sperrt dann nach 12 Uhr gleich gar keiner mehr auf. Der Gemischtwarenladen Heike Schäfer beispielsweise, die Tischlerei Konrad, die Friedhofsgärtnerei Fuchs.

Endgültig geschlossen hingegen die Volksschule, die Zweigstelle der Post, die Sparkasse, die Bäckerei Friedrich und ein paar Kilometer entfernt der Holzhandel Königsdorfer. So schnell konnte sich da selbst der heimatverbundenste Glaubenthaler nicht mehr fortpflanzen, um nach Einstellung des Sägewerkes die Halbierung der Einwohnerzahl auf rund dreihundert zu verhindern. Sogar der wöchentliche Bauernmarkt findet nur noch viermal jährlich statt.

Aber wer weiß, vielleicht liegt ja genau in diesem Umstand der touristische Reibach. Nicht, dass sich die gute Hannelore dazu noch keine Gedanken gemacht hätte: ein Markt voll Lücken als Marktlücke. Glaubenthal als Entzugsanstalt für Konsumsüchtige. Fastenwochen statt Zwickeltage.

»Jetzt erst kriechst du aus deinem Loch, Alfred? Das zweite Mal steh ich jetzt schon hier, extra um nach dir zu schauen!«, wischt sich die alte Huber den Schweiß von der Stirn, zückt ihr stets eingestecktes Fläschchen hausgemachten Franzbranntwein und tupft sich zur Erfrischung ein paar Tropfen auf die Schläfen. Fichtensprossen, kriechender Günsel, Vogelmiere, etwas Rosmarin, alles fein geschnitten und gemörsert, mit Doppelkorn aufgefüllt, sechs Wochen dunkel gestellt, jeden zweiten Tag gut geschüttelt. Fertig. Bitter eigentlich, sich zwecks innerer Abkühlung kein kräftiges Schlückchen davon gönnen zu können.

»Welcher Mensch bitte geht bei so einer Hitze freiwillig außer Haus, außer dir, Hanni! Für einen Frühling wie diesen haben wir als Kinder bis in den Hochsommer hinein warten müssen, da sollten sich die Menschen doch langfristig eher vorm afrikanischen Klima fürchten als vor den afrikanischen Flüchtlingen!«

»Sag mir lieber, ob hier grad zwei Fremde vorbeigekommen sind. Eine Frau um die fünfzig und ein großer, kräftiger Mann so um die vierzig! Beide waren sie auf der Beerdigung.«

»Zweifelnde sollen hier vorbeigekommen sein: fünfzig Frauen und vierzig Männer? Du solltest dich zu mir in den Schatten setzen, Hanni. Klingt nach Sonnenstich!«

Mit zweiundneunzig noch gute Ohren wäre auch ein bisschen viel verlangt. Der alte Eselböck steigt ja auch auf kein Rad mehr oder schlägt Purzelbäume!

»Und du solltest deine beiden Hörapparate verwenden!«, wiederholt die alte Huber ihre Frage.

»Nein, zwei Fremde sind mir nicht aufgefallen. Aber ich sitz ja auch erst seit ein paar Minuten hier, und wenn ich steh, dann seh ich bekanntlich nicht gar so gut! Frag halt den Bürgermeister. Der kennt doch jeden. Vielleicht war sie eine Patientin!«

Auf die Idee ist die alte Huber natürlich selbst schon gekommen. Gäbe ja mehr als genug mit ihm zu besprechen.

»Stadlmüller, bist du hier?«, war sie also bereits bei seinem Domizil. Ein »vollautomatisiertes Niedrigenergiehaus«, wie der große Kurt voll Stolz nie müde zu betonen wird, bestehend aus Wohntrakt und Praxis. Gegenüber der Bestattung liegt es. Praktisch natürlich. Denn kommt hier wenig überraschend jede Hilfe zu spät, muss nicht erst groß und breit der Acheron samt Höllenhund-Spektakel in den Hades überquert werden, sondern es reicht der Katzensprung über die Bundesstraße.

Vor der Tür hat sie gestanden, ein Weilchen die Türklingel bearbeitet – »Jetzt macht schon auf!« – und sich dabei ein leises: »Niedrigenergie vor allem im Hirn!« nicht verkneifen können. Denn dort, wo einst Gemüse angebaut und aus der Regentonne gegossen wurde, erfreut sich jetzt eine dauergestutzte Grünfläche über herrliche Trinkwasserversorgung. Vollautomatisiert wie die Rasensprenkelanlage natürlich auch der dermaßen intelligente Rasenroboter, dagegen schaut der Herr Doktor mindestens so traurig aus wie sein löchriger Lollo rosso, das braunblättrige Basilikum und die kümmerlichen Kirschtomaten.

Doch vergebens. Kein Kurt, kein Kurti. Niemand zu Hause beziehungsweise kein Einlass. Was weiß man schon. Und auch von der schwarzen Witwe weit und breit keine Spur.

Also weiter Ausschau halten, vorbei an dem runderneuerten Bauernhof der Hausleitners. Prächtiger einst der Vorgarten. Kindheitserinnerung, bis auf die Straße zu riechen, ja sogar zu hören: »Grüß dich, Hanni, magst ein paar frische Stachelbeeren?« – »Schau mal, Hannerl, die Zuckererbsen sind reif.« – »Hier, für deinen Papa, sag ihm, wir haben heuer erstmals Melanzani angebaut!« Stumm ist es geworden. Die alten Hausleitners begraben und die jungen, Jürgen und Renate, haben mittlerweile sogar den noch im Hochsommer kühlen Rüben- und Kartoffelkeller zu einer garantiert auch im Winter leer stehenden Sauna umgebaut.

»Einfach nur armselig.«

Und wie sie dann schließlich hinter dem Hausleitnerhof auch noch das Dach ihres Elternhauses hervorlugen sah, Glaubenthal Nummer acht, musste die alte Huber gewaltig aufpassen, ihren Gehstock vor lauter Aufregung nicht zwischen die Beine zu bekommen, als wäre er ein Besen, weil das wäre wohl nichts geworden mit dem Davonfliegen. Eher Hüftbruch. Wie Klara Oberlechner vor einem Jahr. Und ein paar Monate später dann die Beerdigung. Gut, in diesem Fall kein Schaden.

»Na, du hast eine Grant!«, erkennt Alfred Eselböck goldrichtig. »Ich hab jedenfalls noch niemanden gesehen, der so finster durch die Gegend gelaufen wär und dabei gefunden hätt, wonach er sucht! Setzt dich halt kurz her zu mir!«

Den Besuch beim Brucknerwirt hat sich Alfred Eselböck erspart, und jeder hier weiß, er hält sich da ganz an die Worte des ehemaligen Volksschuldirektors Holzinger: »Die reinste Vorhölle ist das. Jahrzehntelang steht man in der Klasse, um aus den Kindern nicht den gleichen Idiotenhaufen wie die Eltern werden zu lassen. Und dann sitzt man in der Gaststube und muss sich eingestehen: Der Genetik entkommst du nicht! Alles umsonst!«

»Ich hätte eine Kostprobe für dich!«, richtet er sich nun auf, was nur die Hälfte seiner einstigen Höhe bedeutet, denn ein Rundrücken beugt ihn schonungslos gen Erde.

Mühselig greift er in die Außentasche seines weiten, fast lumpig wirkenden Jacketts: »Wie meine Irmgard gestorben ist, hab ich auch lang gebraucht, um zu verstehen, dass ich jetzt allein bin. Hast wieder die halbe Nacht durchgemacht, gell, Hanni. Schau, ich geb dir neuen Stoff mit.«

Und in der Tat, da ist es in den meisten Schlafzimmern der Glaubenthaler längst finster geworden, flackert aus ihrem Fenster immer noch das glühfadenwarme Licht in die Dunkelheit hinaus – und geht das Grauen um. In seltenen Fällen sogar, bis das Grau des Morgens einsetzt. Denn die alte Huber liest. Ganze Bücher sogar. Und an sich bevorzugt sie es unaufgeregt. Wenn allerdings der schwerhörige Ehemann seine Nächte vor dem Fernseher verbringt, das dumpfe, simple Männerprogramm, Bumm, Tschak, Mord und Totschlag, durch das Haus dröhnt, wie soll sich die gute Hannelore da die wohlmeinenden Empfehlungen des Bibliothekars zu Gemüte führen können? Der Maja Lunde ihre Bienen, dem Geiger Arno seinen König, oder von den Menasses die Eva? Das passt schon rein akustisch nicht. Folglich wurde zusehends eine mit der Geräuschkulisse harmonisierende Lektüre gewählt. Nichts Blutrünstiges, Brutales natürlich, aber eben doch: »Na, dann nimm halt einen Krimi!«

Und seither ermittelt sie stapelweise. Tote und Verbrecher

geistern in ihrem Hirn somit genug herum. Und wie es den Anschein hat, nicht nur dort, sondern auch in Glaubenthal.

»Hier!«, streckt ihr Alfred Eselböck ein Buch entgegen. Dabei muss er den Kopf schon sehr weit in den Nacken strecken, um überhaupt noch einen Blick zu erhaschen oder gar den Horizont zu sehen. Wenn dies aber geschieht, blinzelt aus seinen alten Augen immer noch der Schelm in diese Welt. »Jetzt, wo der Walter tot ist, kannst du ja wieder was Gscheites probieren!«

»So ein Titel, und dann ist das Ding so schlank!«, wundert sich die alte Huber.

»Wer ist krank?«

»So ein dünnes Buch!«, wird sie entsprechend lauter, »und heißt: *Ein ganzes Leben!*«

»Ich kenn dicke, da steht viel weniger drinnen! Und jetzt setz dich endlich her! Die Linde beißt nicht, sondern tröstet. Und so, wie du dreinschaust, kann dir das nicht schaden!«

Von niemandem sonst hier würde sich die alte Huber ungestraft so einen Ton gefallen lassen. Alfred Eselböcks Zellen aber schweben schon mehr über als in ihm. Wie Nordlichter. Da lässt es sich trotz seines Rundrückens eben nur ehrfurchtsvoll aufblicken. So also nimmt sie nun doch Platz, spürt sofort die kühlende Wirkung der Linde, den unsichtbaren Halt ihres Stammes. Baum der Harmonie und Gemeinschaft, der Liebe und des Friedens. Hüterin der Gerechtigkeit. In ihrem Schatten wurde zu Gericht gegangen, getanzt, gespielt, gesungen, das Gute beschworen.

Ein Weilchen wird geschwiegen, die leere Straße im Blick, die Stille im Ohr. Nur der Schrei einer Kinderstimme ist zu hören, irgendwo in der Ferne: »Hier bin ich! Hier!«

›Wenn sich der Walter auch so melden könnte!‹, geht es der

alten Huber durch den Kopf. Und offenbar kann Alfred Eselböck Gedanken lesen.

»Hast einen harten Tag heut, Hanni, das tut mir leid!«, wirft er ihr einen eindringlichen Blick zu. »Aber stell dir vor, der Sarg wäre nicht runtergefallen. Vielleicht hätte man sich über Generationen hinweg folgende Geschichte erzählt.« Feierlich wird nun seine Stimme: »Genau an jenem Tag, als Walter Huber beerdigt wurde, beschloss auch unser Bestatter Albin, seinen so freudlosen Dienst an den Nagel zu hängen, ist untergetaucht, und ward von da an nie wieder gesehen. Vielleicht ein heimlicher Lottogewinn samt Wohnsitzverlagerung nach Barbuda. Vielleicht eine berufsbedingte Depression samt zukunftsträchtigerer Umschulung: Nie mehr demoralisierter Totengräber in Glaubenthal, sondern demokratischer Geburtshelfer in Oklahoma, North Dakota oder Alabama!«

Und der alten Huber wird klar: »Gibt eigentlich keine bessere Möglichkeit, jemanden auf ewig verschwinden zu lassen, als ihn zu beerdigen. Da fragt man sich ja direkt, wer sonst noch alles so in den Glaubenthaler Särgen liegt. Und warum mir hier keiner den Walter suchen hilft, frag ich mich auch.«

»Erkläre ich dir gern, Hanni: Das sind zwar alles Stratosphärenspringer drunten beim Bruckerwirt, ob mit oder ohne Aufprall, hirntechnisch völlig egal. Aber sei nicht gekränkt und nimm es dem Haufen nicht übel. Oder würdest du zum Beispiel den toten Bruckner Toni suchen gehen wollen, nur weil ihn wer verlegt hat? Oder mich?«

Da hat er natürlich schon wieder recht.

»Ich hab den Walter irgendwann nicht einmal mehr als Lebenden gesucht, wenn er während der Woche weg war, oft die ganze Nacht über«, muss sich Hannelore nun eingestehen.

»Als wäre es das Wesen einer schlechten Ehe, zu wissen, was

der andere so treibt. Nicht einmal einer guten Ehe!«, lacht Alfred Eselböck kurz auf, nicht gar so hoch wie ein Grünspecht, sein Kichern, aber doch: »Ich glaub, Walter war mit dem Bürgermeister hin und wieder bei Pavel Bauernschnapsen! Ganz harmlos also.«

»Grad bei Pavel? Dem hat Walter doch nicht über den Weg getraut.«

»Eigentlich keine schlechten Voraussetzungen, um gegeneinander Karten zu spielen.«

»Wo wohnt der eigentlich jetzt? Drüben in Sankt Ursula?«

»Soviel ich weiß, baut er sich die alte Jagdhütte des Pfarrers um.«

»Wie bitte, diese Bruchbude drüben beim Hoberstein? Die muss doch komplett verfallen sein.«

»Grad richtig für Pavel.«

»Na, wenn du dich so auskennst, Alfred, dann weißt du ja sicher auch, was der alte Holzinger mit Mariannes Prostituierten so treibt. Ich hab vorhin in der Gaststube geglaubt, ich hör nicht recht! Grad der Holzinger.«

Und wieder ist da dieses hochhackige, leise Lachen: »Da merkt man, wie sehr sich das Ortsschild, neben dem dein Haus steht, nicht viel weniger aus dem Dorfleben und dem Tratsch heraushalten könnte als du!«

»Muss ich jetzt raten?«

Mit einem lauten Ächzen steht Alfred Eselböck nun auf und wendet sich schmunzelnd der alten Huber zu, wodurch sich die beiden nun auf Augenhöhe befinden: »Das soll dir der Friedrich lieber selber erzählen. Oder besser zeigen, heut ist doch Mittwoch, oder? Dann kommst du nicht nur auf andere Gedanken, sondern kannst noch etwas lernen. Alsdann, Hanni, da haben wir zwei ja heut noch genug zu tun. Ich geh jetzt meine Bücher ordnen!«, hebt er die Hand zum Gruße, deutet in den Himmel: »Das Wetter! Meine Güte, das Wetter! Heut kracht's noch gewaltig, wirst sehen.« Und ab. Gebeugt, aber entschlossen.

So auch die alte Huber. Nur von Entschlossenheit kann keine Rede mehr sein. War ja doch bereits ein harter, langer Tag, und die goldenen, geschmeidigen Jahre sind auch schon ein Weilchen her. Wie zu Hause geht es ihr, wenn sie während der Gartenarbeit kurz Platz nimmt, da braucht die gute Hannelore dann vor lauter Rost gleich gar nicht mehr aufstehen.

Bleiern fühlt sich ihr Körper nun an, die ganze Energie gewichen, und allein die Vorstellung, den elend langen Weg zur alten Mühle des Friedrich Holzinger hinaufzumarschieren, weiter also noch als bis zu ihrem eigenen Häuschen, erweckt die Sehnsucht nach ihrem Wohnzimmerdiwan. Die großmaschige Häkeldecke bis zu den Schultern ziehen, die Hände auf den Bauch legen und die Augen schließen! Mittagsrast also. Zehn Minuten reichen völlig. Der reinste Energieschub.

»Bauernnapping«, wie Friedrich Holzinger dieses Vergnügen zu bezeichnen pflegt.

»Bist tot?«, wie Walter einmal wissen wollte, und Hannelore hätte schwören können, zwischen dem »Bist« und »tot« das verkniffene »endlich!« gehört zu haben.

Wie der Schatten ihrer selbst fühlt sie sich mittlerweile. Und es ist ein träger, breiter Schatten, den die Sonne in ihrem Rücken nun auf den Asphalt malt. Zumindest optisch lässt es sich gut daran festhalten. Ihre eigenen schwarzgrauen Umrisse das Kutschenpferd, ihr müder Körper die schwere Fracht.

›Zieh mich, alter Ackergaul, gern auch heim. Hüahop. Hinter mir die Sintflut.‹ Und immer fetter wird dieses Ross, dehnt sich befremdlich in die Breite. Ein Schatten, der sich plötzlich teilt und die alte Huber abrupt anhalten lässt.

Seltsames Phänomen.

Wenn sich da nicht gerade unbemerkt ein eigener Körperteil gelöst oder eine zweite Sonne auf das Firmament geschummelt hat, bleibt im Prinzip nur noch die Möglichkeit: Jemand ist hinter ihr, auf leisen Sohlen. Hoffentlich nicht besagte Sintflut.

»So ein Kindergarten! Soll ich mich jetzt erschrecken, oder was?«, dreht sie sich nun um, muss ihren Blick senken, um überhaupt etwas zu sehen und augenblicklich zu wissen:

Kein Ton mehr.

Nicht bewegen. Nur nicht bewegen.

11 Freiwild

Gehört hat sie ja schon oft davon, sogar im Radio: »*... und wenn er vor dir auftaucht, vermeide jede Hektik, laufe nicht weg, bleibe respektvoll auf Abstand, beobachte ihn. Wer das nervlich nicht durchsteht, braucht auch nicht stehen zu bleiben, kann langsam zurückweichen, aber dabei immer den Blick auf das Tier gerichtet!*
Sollte er unwahrscheinlicherweise auf dich zukommen, angreifen wollen, zeige ein aggressives Verhalten, schreie, klatsche, nimm einen Stock, Steine, geh einen Schritt auf ihn zu, sei eine größere Bedrohung für ihn als er für dich, halte Augenkontakt, atme tief durch und versuche, ruhig zu bleiben. Er kann deine Angst riechen.«

Für die alte Huber war das bisher trotzdem in etwa so präsent wie: ›In Ägypten wurde ein Archäologe von einer Mumie wiederbelebt‹, oder: ›Im Tibetischen Hochland wurde ein Bergsteiger von einem Yeti entdeckt‹.

Alles sehr weit weg.

Bis vor wenigen Wochen.

Die ersten Pilze dieses Jahres wollte sie sammeln, trocknen, einschweißen. Morcheln. Eine Delikatesse. Die Trüffel der einfachen Leut. Weit war sie den Glaubenthaler Naturlehrpfad in Richtung Hoberstein marschiert und schließlich vom Weg abgekommen. Absichtlich. Hinein in den Sumpf, in fremdes Gebiet. Immer tiefer in den dichter werdenden Wald war sie vorgestoßen, vorangepeitscht von diesem unhaltbaren Jagdtrieb, der selbst den vegetarischen Schwammerlsucher und fleischfressenden Weidmann zu Brüdern werden lässt.

Beute muss her, Beute, Beute, Beute.

Irgendwann, wie aus dem Nichts, ein Zaun. Zwischen dem undurchsichtigen Geäst. Aus Maschendraht, rostig, durchlaufend, wie eine Reliquie, als wäre er stehen geblieben, vergessen worden, Absperrung eines Versuchslabors. Und sie konnte es spüren, die alte Huber, ja riechen. Dahinter wartet sie. Die Beute.

Also darüber, der alte, morsche Baumstumpf vor ihren Augen wie ein Geschenk. Ebenso dahinter. Einer Familienaufstellung gleich standen die Pilze vor ihr, groß, klein, sich nahe, einander fern.

Dann sah sie ihn. Im satten Grün majestätisch zwischen den Tannen stehen. Die alte Huber hölzern, starr, selbst wie ein Baum.

Er witternd, abgeklärt, wie selbstverständlich.

Die Wölfe also erobern die Wildnis zurück beziehungsweise holt sich die Wildnis ihre Wölfe wieder. Wie auch immer.

Nur sie beide. Magischer Moment. Eine gefühlte Ewigkeit lang.

Bis er seine Ohren spitzte, den Kopf hob, davonlief.

Sich nicht zu bewegen also hilft.

Anders jetzt.

Dieser nämlich, möglicherweise derselbe wie vor einigen Wochen, dürfte sich das leere Dorf zunutze gemacht haben und ihr schon ein Weilchen gefolgt sein, bevor er sich aus Hannelores Schatten gelöst und auf gleiche Höhe aufgeschlossen hat.

Und dort steht er jetzt. Regungslos. Der alten Huber gegenüber. Wie der lebende Beweis, warum ›Hund‹ generell als Steigerungsstufe in Richtung ›Noch schlechter als ohnedies schon‹ herhalten muss. Elend. Hundeelend. Gemein. Hundsgemein.

Schwer. Hundig. Gebraucht. ScHund.

Denn mehr auf den Hund gekommen geht sogar bei einem Hund, geschweige denn Wolf kaum.

Ja, Wolf, inmitten des Ortsgebiets, da ist die Angst nun mehr als berechtigt. Insbesondere bei einem derartigen Anblick.

Seltsam verkrümmt verharrt er auf der Hauptstraße, einen roten Knäuel in sein Maul geklemmt, starrt der alten Huber entgegen und lächelt. Zumindest erweckt die rechts an seinen Lefzen aufsteigende Narbe diesen Eindruck. Ein ganzes Eck scheint hier zu fehlen, legt die Zähne frei, lässt in langen Fäden den Speichel auf den Asphalt tropfen. Und auch der Rest ist nicht viel schöner. Tiefe Falten, lange Striemen, wund der Hals. Das rechte Ohr nur mehr fragmentarisch vorhanden, der Schwanz ein verdreckter, einbandagierter Stumpf. Spuren nicht nur vieler Lebensjahre. Seltsames, unheimliches Bild.

Kein Wort bringt die alte Huber über ihre Lippen, und obwohl ihr für gewöhnlich das dümmste Rindvieh an ehrlicher Gesellschaft noch lieber ist als der klügste Mensch, verspürt sie nun doch die Sehnsucht nach dem alten Jagdgewehr ihres Vaters.

Langsam weicht sie zurück.

Auch der Wolf reagiert, kommt näher.

Tollwut!, ist Hannelores erster Gedanke.

Ein scharfes »Gscht!« stößt sie heraus, nicht undankbar, ihren Stock in Händen zu halten. Und das dezente Anheben zeigt Wirkung. Wenn auch nicht die gewünschte.

Seelenruhig hockt sich dieses räudige Vieh auf die Straße, setzt seinen Stummelschwanz in Bewegung, schabt damit über den Asphalt, als würde die gute Hannelore eine ihrer eingebrannten Pfannen ausreiben. Dazu öffnet sich das vernarbte, geifernde Maul und lässt mit einer dumpfen Landung dieses rote verknotete Gewirr aus Wolle zu Boden fallen.

Und Hannelore Huber erscheint das sonst so idyllische menschenleere Dorf wie ein Fluch. Ein wenig Gesellschaft wäre jetzt ein Geschenk des Himmels. Und der Himmel zeigt sich großzügig.

12 Ich glaub, er mag dich

Glockenklar die Stimme. Hell.
»Halt! Steh!«
Ein Kind.
Die Straße kommt es entlanggelaufen, auf flinken Beinen.
»Da bist du ja.«
Und je geringer die Distanz, desto größer der Kontrast zu diesem räudigen Wolf. These und Antithese.
Die Fäulnis da. Die Frische dort. Auf entzückend getrimmt. Mit Latzhose, rosa T-Shirt, zwei blonden Flechtzöpfen, bunten Farbstiftspuren an Händen, Wangen, Ohren sogar, einem schwarzen Stofftier in der einen, einem Briefumschlag in der anderen Hand, und diesen großen, alles in sich aufnehmenden, dunklen Herzensbrecheraugen. Heimtückische Gravitation.
Außer Atem bleibt es neben dem Wolf stehen.
»Ich hab schon geglaubt, du bist verschwunden!«
Ein Wolf, der sich streicheln lässt.
»Brav, Brav ...«
Ein Wolf, der, weil ja ein stinknormaler Hund nicht mehr reicht, offenbar als Haustier gehalten wird, von Stadtmenschen entweder auf dem Schwarzmarkt als Spitz erstanden: »Keine Sorge, der wächst nicht mehr!«, oder in einem Anflug von Mitleid aus dem Straßengraben geklaubt, frisch überfahren. Und so zugerichtet, wie dieses arme Vieh aussieht, ist ihm die Flucht vor seinen Besitzern oder seinem Rudel definitiv nicht übel zu nehmen.
Ein Wolf, der die alte Huber fixiert.

»Ich glaub, er mag dich.«

Auf den Lippen des Mädchens ein offenes Lächeln, dahinter blendend weiße Milchzähne. Lückenlos. Aber was nicht ist, kann ja noch werden. Zuckersüß das alles, wie einst in Hannelores Grundschulzeiten die Kappelberger Luise und Oberlechner Clara.

Und wenn sie eines weiß, die alte Huber, dann wie hinterfotzig Zucker ist. Entsprechend groß die Vorsicht und Resistenz gegen alles, was da nun an Blendwerk der Niedlichkeit so aus dem Ärmel geschüttelt wird.

»Bist du die Frau Huber, von der im Wirtshaus alle reden und von der ihr Mann zuerst gestorben und dann davongelaufen ist?«

Na, das war ja klar, kaum nach Verlassen der Gaststube dort zum Gespött zu werden. Lebhaft vorstellen kann sie sich das Gerede: »Kein Wunder, wenn ihr der Walter sogar als Toter noch davonläuft!«, oder: »Jetzt hat er wenigstens seine Ruh!«, oder: »Ich kann euch sagen, was die Hölle ist: Endlich sterben dürfen, und dann auch noch im Grab mit der Ehefrau zusammenliegen müssen, sie über dir, weil leben ja länger, die Weiber!«

»Hallo, Frau Huber?«, neigt sich die Kleine nun vor, streckt dabei, einer Balletttänzerin gleich, ihren Körper empor und hebt ihre Stimme: »Meine Oma war auch schwerhörig. Soll ich lauter sprechen?«

Also zurückweichen, jedes Lächeln vermeiden, die Körpersprache wirken lassen.

»Das hab ich nicht bös gemeint, weil meine Oma war ja noch gar nicht so alt wie du, wie sie gestorben ist, sondern erst siebzig.«

Das darf doch nicht wahr sein! Nur weil die gute Hannelore mit ihren siebzig aussieht, wie auch in ihrer Kindheit eine waschechte Siebzigjährige eben ausgesehen hat, gezeichnet von der schweren Arbeit, dem harten Leben, den vielen Sorgen! War die Oma dieser Kleinen also eine jener Damen, die da gelegentlich während des Thermenaufenthaltes in Sankt Ursula einen Ausflug nach Glaubenthal unternehmen und über den sogenannten hausgemachten Tiefkühlapfelstrudel der Brucknerwirtin Elfriede herfallen. Damen mit aufrechter Haltung, körperbetonter Kleidung, üppig gefüllten Blusen, gefärbter Haarpracht und keinem Gebiss natürlich, das samt Reinigungstablette über Nacht, so wie die Damen selbst untertags, in seinem Whirlpool liegt, sondern ein fixes strahlend weißes.

Und auch die Kleine strahlt, lacht, alles Freude an ihr.

»Ich bin die Amelie. Amelie Glück. Verstehst du? Glück wie Pech, nur das Gegenteil.«

Zu Herzen gehende Freude.

Unangenehm.

»Und ich heiß nicht nur Glück, ich hab sogar welches, weil wir wohnen jetzt auch in Glaubenthal, meine Mama und ich.«

Na wunderbar. Neben Kurti Stadlmüller gleich die nächste distanzlose Göre. Also einfach weitergehen, mit regungsloser ernster Miene. Das muss doch wirken, verdammt. Und es wirkt wie Autan gegen Gelsen, Zeitgeschichte gegen Faschismus.

Denn die Kleine weicht ihr nicht von der Seite. Mitleidig nun ihr Blick: »Oder hast du Angst vor dem Wolf? Brauchst du nicht«, dabei zupft sie die alte Huber am Ärmel. »Pass auf, pass auf, ich zeig dir was«, legt sie das Kuvert ab, setzt ihren schwarzen Plüschpanther drauf, und wendet sich ihrem offenbar namenlosen Haustier zu, das immer noch regungslos auf der Straße sitzt. Ein Wolf, der sich seinen vor sich liegenden roten Ball wegnehmen lässt.

»Der tut nichts und will nur spielen!« Eine Aussage mit dem Wahrheitsgehalt eines Wahlplakates und der Aussicht auf die Notaufnahme.

Dann das Ausholen.

»Schau!«

Schließlich der Wurf.

Und zumindest das Nichtstun trifft zu. Keinen Millimeter bewegt sich das Vieh von der Stelle. Zirkus als Zukunftsperspektive fällt als Option also aus. Stattdessen landet dieses seltsame Gemenge aus Knoten, Maschen und Fäden genau vor den Füßen der alten Huber. Und jetzt schaut sie wirklich, muss sich auf ihren Spazierstock stützen. Denn nie und nimmer geht es hier um ein Spiel, um ein simples: »Hol mir den Ball«.

Hier wurde ihr etwas gebracht.

»Dann will er eben, dass du ihn wirfst!«, kommt die Kleine nun gelaufen, bückt sich, und schon hat es die alte Huber in der Hand.

Etwas, das ihr vertrauter nicht sein könnte.

Die rote Wolle, das Waffenmuster.

»Wo hast du den her!«, beginnt sie nun zwangsweise doch ein Gespräch. Entsprechend strahlend die Kinderaugen, freudig die Stimme, wie ein sprudelndes Bächlein.

»Am Waldrand ist er gelegen. Ich bin gerade in unserem Garten baumgekraxelt und hab ihn gesehen und sofort meine Mama geholt. Weißt du, meine Mama ist Krankenschwester, wir kennen uns mit Wunden aus. Den Schwanz hat ihm wer abgeschnitten oder abgeschossen. Und dann …«

»Nicht, wo du den Wolf herhast. Den Kniestrumpf.«

»Ach so. Den hat er im Maul gehabt.«

»So?«

Ein Lachen, hell, unbekümmert.

»Nein, natürlich nicht so, den Ball hab ich daraus gemacht!«

»Das mein ich nicht. Ob er sonst noch was im Maul gehabt hat, will ich wissen.«

»Das versteh ich nicht. Wie: Sonst noch was?«

»Das dazugehörige Bein zum Beispiel!«

»Du bist aber gar nicht lustig.«

Lustig!

Nein, lustig war das alles nicht. Die schmerzenden Hände, die vielen Arbeitsstunden, überhaupt die Überwindung, ihrem Mann etwas zu schenken, und dann als Dank eine seiner so seltenen Wortmeldungen zu bekommen: »Zur Abwechslung etwas Gestricktes. Sind die Socken wenigstens wärmer als die Haube vom Vorjahr?«

In seinem Ohrensessel direkt neben dem Adventkranz ist Walter Huber gesessen, weil Christbaum gab es im Hause Huber seit Jahren schon keinen mehr. In seiner Hand eine Flasche Jägermeister. Von den ohnedies schon bitteren Zeiten waren ihm eben die Weihnachtsfeiertage die bittersten: »Völlig sinnloses Fest, ohne Kinder, ohne Enkel!«

Entsprechend freudlos die Begutachtung seines neuen Paars Strümpfe: »Rot. Weil Weihnachten ist, oder warum? Und wozu zwei? Glaubst du, mir ist kalt da unten?«

Kraftvoll dann die Armbewegung, energisch das Ausschwingen, krachend der Aufprall seiner rechten Unterschenkelprothese, direkt vor Hannelores Füßen.

Aber sie hat es ihm heimgezahlt, die alte Huber.

Hat dem Bestatter Albin Kumpf zwecks Ankleidens des Toten nicht nur den Trachtenanzug, die Haferlschuhe, das gebügelte Hemd und die Unterwäsche in die Hand gedrückt. »Schau nicht so, Albin, wenn er sie doch so gerngehabt hat. Und Schweißfüße kann er ja wohl keine mehr bekommen!«

Bös natürlich. Leichenschändung irgendwie. Nur ab und zu so ein Sahnehäubchen Gehässigkeit muss schon sein, aus reinster Seelenhygiene, die gute Hannelore gönnt sich ja sonst nichts.

Und jetzt also liegt ein Exemplar hier auf dem Asphalt.

Getragen von einem Wolf, apportiert irgendwo aus dem Unterholz des Glaubenthaler Waldes.

»Das darf doch alles nicht wahr sein!«, flüstert sie und starrt nachdenklich ins Leere.

»Was darf nicht wahr sein?«

Das fehlt gerade noch, mit diesem kleinen farbigen Zeigefinger lästig angetippt zu werden, wie von einem Buntspecht.

»Was, Frau Huber? Jetzt sag schon?«

Dazu dieser Redeschwall: »Kennst du den Socken? Gehört der vielleicht deinem Mann, der verschwunden ist?«

Und jetzt tut sich etwas, erhebt sich das räudige Vieh, ruckartig, streckt seinen Kopf, spitzt das vorhandene, komplette Ohr. Ein Wittern, Lauschen, Spähen.

»Das war ein wichtiger Mann, gell? Weil meine Mama glaubt, dass da sogar irgend so ein Mister bei seiner Beerdigung zugeschaut hat! Soll ich dir suchen helfen? Ich kann das, Frau Huber, glaub mir! Meine Mama sagt immer, ich bin eine gute Finderin. Außerdem ...«

Brechend laut ist der Knall. Aus dem Hinterhalt.

Und nein, Donner ist es keiner.

13 Jürgen und sein Gold

Als sich der Anlageberater und Orientierungsläufer Jürgen Hausleitner an diesem Morgen die letzte Mahlzeit rührte, während sich ein Tross trauernder Glaubenthaler gerade durch den Ort schob, als würde eine Ork-Armee einmarschieren, seine Ehefrau Renate inklusive, wusste er noch nicht, dass dieser kommende sein letzter Orientierungslauf sein würde.

Brav sein Rivella hatte er am Vortag getrunken, sich abends den Kaiserschmarrn einverleibt, in aller Früh dann die Banane, den Smoothie, schluckweise den Espresso, ansonsten aber ja nichts Harntreibendes, und natürlich seinen selbst gemachten Energieriegel, bestehend aus Haferflocken, Erdnussbutter, Proteinpulver, fein gehackten Datteln, Feigen, getrockneten Preiselbeeren, Mandelmilch, Kokosflocken und Zimt.

Er war bestens vorbereitet, guter Dinge, sogar seine Söhne haben ihm geschrieben, ein Wunder eigentlich, denn vor 10 Uhr stehen die beiden Großstädter in ihrer Studentenbude sonst nie auf: »Zeig ihnen den Arsch, Papa! Aber verirr dich nicht im Moor, *Smiley, Muskel-Emoji, Zwinker-Smiley, Kackhaufen-Emoji, Tränenlach-Smiley*!«

Eine Stunde vor dem Start dann noch als letzten Energieschub eine weitere Banane, er träumt schon von Bananen, ganzen Plantagen, Containerschiffen, dann war es so weit.

Auf die Orientierungslaufschuhe wechseln, darauf die kurzen Stahlspitzen kontrollieren, die Karte, den Kompass, die Postenbeschreibung. Startpunkt: der Tennisplatz in Sankt Ursula, dort, wo immer wieder auch der Blutspende-Bus steht.

Dann ging es endlich los. Alle Spannung löste sich, und diese

Spannung sollte nicht das Einzige sein. Ein ganzer Haufen Leute, die da durch den Wald davontraben, Richtung Hochmoor, Hoberstein. Und normalerweise ist Jürgen Hausleitner ja ganz vorne dabei.

Anfangs sah es auch gut aus. Wild durch das Dickicht hat er sich geschmissen, ist über Unwägbarkeiten gesprungen wie die Impala-Antilope in seinem Wohnzimmer, bevor sie nur noch als Schädel an der Wand hing, ließ sich von Dornen nicht beirren, absolvierte die ersten Posten. Irgendwann aber war da dieses schmerzhafte Ziehen in der Schließmuskelgegend, dieser Gedanke an das entsprechende Emoji seiner Söhne. Es musste etwas raus, schwallartig. Laufenderweise natürlich eine Tragödie, so etwas.

Also schnell ein Plätzchen suchen. Nur ist das natürlich nicht leicht, wenn da jede Menge andere Damen- und Herrschaften durch die Büsche huschen. Kurz hätte er es ja versuchen wollen, hinter einem Felsen, aber zu ungünstig der Platz. Also weiter. Panisch mittlerweile.

Elend ging es ihm, ein verzweifeltes Herumirren.

Dann endlich die Erlösung und zeitgleich die Einsicht: Karte und Kompass fehlen. Liegen wahrscheinlich hinter dem Felsen. Also zurück. Nur leider, dieser Felsen wurde in der Zwischenzeit offenbar abgetragen, war unauffindbar. Überhaupt dürfte ihm da jemand die ganze Gegend umgestellt haben, weil welcher Orientierungsläufer verliert schon seine Orientierung, seinen Stolz, verirrt sich womöglich und fängt auch noch zu rufen an? Nicht er. Jürgen Hausleitner. Niemals.

Durch den Mischwald aus Fichten, Föhren und Birken ging es, zwischendurch wurde es immer sumpfiger, freie Flächen, Moosbeeren, Woll- und Pfeilgras, Torfmoose. Irgendwo musste er doch endlich sein, kann sich ja schließlich nicht in

Luft auflösen, so ein Naturlehrpfad, überhaupt das ganze Starterfeld verschwunden, kein anderer Läufer weit und breit, um ihm hilfesuchend zuzuwinken: »Ich hab Karte und Kompass verloren!« oder sich heimlich an dessen Fersen zu hängen.

Dann blieb er stehen, sah zuerst dieses goldene Glänzen. Wie in einem Schaufenster dekoriert, funkelt es von grünem Moos umgeben. Kurzsichtig, wie er ist, hoffte er noch auf ein Schmuckstück, eine Uhr vielleicht. Keine, wie es sie alle paar Monate mit einer Vorteilspackung röstfrischer Kaffeebohnen bei Tchibo zu kaufen gibt oder samt Hühnerflügeln und Dosenbier bei irgendeinem Discounter, sondern etwas Teures. Immerhin ist er Anlageberater und wäre wohl schlecht beraten, jedwede Wertanlage liegen zu lassen. Aber leider nur Müll, hat hier also jemand irgendeine Verpackung weggeschmissen, goldener Aludreck.

»Alles Schweine!«, sah er sich um, gefolgt von einer derart schlagartigen Übelkeit, wie zuletzt nur beim Absturz des Bitcoin-Kurses. Und ja, da waren noch ausreichend Haferflocken, Erdnussbutter, Proteinpulver, fein gehackte Datteln, Feigen, getrocknete Preiselbeeren, Mandelmilch, Kokosflocken und Zimt in seinem Inneren, um sich umfangreich übergeben zu können.

Dann hat er doch gerufen. Angerufen. Eine seiner Klientinnen, sprich die Polizei. Denn hier war doch noch jemand, zwar ein Stück entfernt, aber deutlich zu sehen.

Eine Ferse, nur keine, an die er sich mehr hätte hängen können.

Ein Winken, allerdings hilfesuchend in seine Richtung.

Sinnlos. Da kam jede Rettung zu spät.

Denn nur noch bis zum Ellenbogen ragte die Hand aus dem Sumpf.

14 Nicht getroffen

Ruckartig ist das Tier auf seinen Beinen, startet los, verschwindet im hohen Gras hinter den Häusern. Und instinktiv stellt sich die alte Huber vor das Mädchen.

Wer als Kleinkind schon an der Seite des Vaters durch den Wald marschieren und das Jagdgewehr tragen durfte, kennt sich eben aus. Da wird dann die Normalität des Tötens, wie sie ein Großstädter nur eingeschweißt in Styroporschalen aus Kühlregalen kennt, eine grundehrliche; ist es keine Überraschung mehr, wenn Ober-, Unterschale, Blatt und Keule vor dem Verzehr tatsächlich laufen, sich Rücken und Filet an Baumstämmen reiben konnten. Und obwohl hier in Glaubenthal heute noch das Schlachtmesser oder Hackbeil regelmäßig zum Einsatz kommen, den Knall einer Büchse hört man trotzdem bevorzugt in den Wäldern oder auf weiter Flur, und nicht inmitten des Dorfes – die Mundhöhle des Hilbert Obermoser vor sechs Jahren natürlich ausgenommen. Anders jetzt.

Kurti Stadlmüller steht auf der Straße, ein Jagdgewehr in seiner Hand. Vereinzelt kriechen ein paar Glaubenthaler aus den Häusern, auch der Brucknerwirt spuckt die ersten neugierigen Gäste aus. Gibt ja schließlich etwas zu sehen.

Amelie Glück hingegen schaut nicht nur, sondern läuft. Auf Kurti zu. Fuchsteufelswild. »Was hast du getan?«

»Ich hab es dir ja gesagt!«, brüllt er: »Bald kannst du ihn als Bettverleger verwenden!«

»Vorleger!«, flüstert die alte Huber und beobachtet zuerst Besorgniserregendes, dann höchst Erstaunliches.

Denn erneut hebt Kurti mit den Worten: »Da ist ein Wolf

im Dorf!« die Waffe, gibt als Draufgabe noch einen weiteren Schuss gen Himmel ab, und unten beim Brucknerwirt bricht nicht nur der Birngruber Sepp in Gelächter aus, sondern die gesamte Blasmusik. Ist ja auch keine Kleinigkeit, die Physik. Zuerst der Rückstoß, dann die Rückenlage.

»Hört ihr nicht!«, rappelt sich Kurti mühsam wieder hoch. »Ein Wolf!«

»Ja sicher, und ein Säbelzahntiger auch. Gib das Ding lieber weg, du Depp, bevor du damit zum Mond fliegst!«

»Ich knall ihn ab. Ihn, und, und …!«, wird Kurti immer leiser, und nur eine Person gibt es, die offenbar begreift, welche Dimension derartige Worte aus dem Mund eines Kindes bedeuten.

Schnell ist sie, die kleine Amelie, stößt Kurti zur Seite, zögert nicht lange, schnappt sich das Jagdgewehr, sprintet los,

»Bleib stehen!«,

und läuft und läuft,

»Das gehört meinem Papa!«,

läuft auf das Wirtshaus und die dort stehende Spaßgesellschaft zu, »Die ist viel schneller als du, Kurti!«, läuft weiter bis zur Amerikanerbrücke und bleibt dort keuchend stehen.

»Komm auf keine blöden Ideen!«, hebt der Brucknerwirt seine Stimme, und dort, wo zuvor nicht der Hauch solch einer blöden Idee zu finden war, ist die Fantasie nun kaum zu bremsen. Vor aller Augen geht Amelie Glück auf das Geländer zu, beugt sich ein Stück über den Handlauf, blickt in die Tiefe, und in den Köpfen der älteren Generation läuft wahrscheinlich der gleiche Film ab wie nun auch bei Hannelore Huber. Die Erinnerung an eine längst vergessene Tradition.

Die heißen Sommertage. Der Traktorschlauch. Fest unter beide Arme musste man ihn klemmen. Der Sprung von der

Amerikanerbrücke hinein in die Glaubenthaler Ache. Aber nur von dort. Denn weiter oben bei der alten Mühle zu starten hieße, dank der wuchtigen Granitsteine, die das Flussbett verblocken, schon tot bei der Brücke anzukommen.

Und auch von hier aus durfte man nicht zögern, sondern musste die Furcht besiegen, bis drei zählen, sich selbst überlisten und dann bei zwei schon starten. Hinein. Irgendwann die eisige Temperatur nicht mehr spüren. Nur noch hingeben, treiben lassen. Spätestens bei der Hoberstein-Schlinge, dort, wo das Wasser ein letztes Mal ruhiger wird, das Ufer erreichen, bevor es in engen Passagen die Sankt-Ursula-Stromschnellen hinuntergeht, Baumstämme, Gesteinsbrocken, Wasserfälle, immer weiter und weiter, bis nach Sankt Ursula und möglicherweise sogar ins Schwarze Meer. Und alle jene, die nüchtern diese Reise unternahmen, haben auch rechtzeitig den Ausstieg geschafft, sind durch das Hochmoor zurückspaziert, vielleicht sogar inklusive Abstecher hinauf in die alte verfallene Jagdhütte der Pfarre mit den dort stehenden Schnapsflaschen. Walter hingegen wäre einmal, so wie der ertrunkene Saufkopf Kröger, beinah nicht mehr heimgekommen, ist eines Nachts in die Ache gesprungen. Beide mit hohem Pegel! Die Ache, weil zu viel Hochwasser, Walter, weil zu viel Heiliger Geist.

Amerikanerbrücke. Symbol der Angst und Freiheit gleichzeitig.

Amerika allein. Einst Symbol der Freiheit, heute der Angst.

Seit Jahrzehnten schon springt hier keiner mehr, gibt es das Erlebnisbad Sankt Ursula, die Schwimmbecken in den Gärten.

»Nicht springen, um Gottes willen!«, melden sich also die ersten Stimmen zu Wort. Die alte Huber aber vermutet anderes.

Und sie liegt richtig. Denn Amelie Glück lässt natürlich

nicht sich selbst fallen, sondern: »Bist du verrückt, das gehört dem Bürgermeister!«

Nichts da. Den Forellen gehört es von nun an. Wie ein Stein saust das Jagdgewehr in die Tiefe und Amelie Glück davon.

Als wären die beiden Schüsse das Wecksignal nach ausgiebiger Mittagsruh, füllt sich der Ort ein wenig mit Leben.

»Wer war die Kleine?«

»Jedenfalls ein kluges Kind!«

»Und wo sind die Erziehungsberechtigten?«

»Haben S' den Walter eigentlich schon gefunden?«

Die alte Huber aber steht trotzdem wie abwesend auf der Straße, vor ihren Füßen Amelies Kuvert samt schwarzem Plüschpanther, in ihrer Hand Walters roter Socken.

›Rot. Farbe der Liebe. Lächerlich. Grad von dir?‹, hämmert ihr seine Stimme durchs Gemüt, und das trifft sie im Nachhinein natürlich doppelt. Elender Dreckskerl. Die Bordellbesuche, dieses fremde, wie vom Erdboden verschluckte hysterische Frauenzimmer, und weiß der Teufel, wo er sich sonst noch herumgetrieben hat.

»Liebe«, pfaucht sie. »Dass ich nicht lach!«

Sobald ein Mensch von Liebe spricht, kann ja von Liebe gar keine Rede sein. Walter ist der beste Beweis. Ausschließlich um Fortpflanzung geht es da. Mehr nicht. Und wenn nach dem allerschönsten Fortpflanzen irgendwann der Fortpflanzungspartner fort ist, tot oder lebendig, sich also keiner mehr aus dem Staub machen kann, was bleibt dann übrig? Eine idiotensichere Rechenaufgabe ist das. Sozusagen zwei minus eins. Fortpflanzen ohne Fort. Ergibt Pflanzen. Einfach nur Pflanzen.

Das ist Liebe. Wahre Liebe.

Um sowohl in guten als auch schlechten Zeiten die ganze Sache mit dem Zusammenhalt und Überleben zu sichern, gehört so einem Erdenbürger zuallererst ein Haufen Erde verpasst, dazu eine Hand voll Saatgut, eine Gießkanne und natürlich ein Erste-Hilfe-Kurs, ein botanischer, davon ist sie überzeugt, die alte Huber. Selbstredend, wer hier in Glaubenthal den prächtigsten Gemüsegarten sein Eigen nennt.

»Kann mir gestohlen bleiben, die ganze Bagage!«, sieht sie nun das Treiben auf der Straße, das Gerede.

Eine leichte Brise ist aufgekommen, lässt die Blätter der Bäume rascheln. Die Kirchenuhr meldet die volle Stunde, und wie zum Trost lacht der alten Huber der Zwiebelturm entgegen. An rohe Zwiebelscheiben muss sie denken, wie sie heut noch bei Husten in einem Säckchen an ihrer Brust hängen, zum Entgiften in den Socken stecken, bei Prellungen, Insektenstichen, Schmerzen aller Art auf der Haut liegen.

»Die Zwiebel lindert den Schmerz!«, flüstert sie nachdenklich, und schlagartig schießen ihr neue Kräfte ein, direkt erleuchtet fühlt sie sich: »Logisch! Die Zwiebel, meine Güte!« Das wird also nichts werden mit dem Mittagsschlaf.

Krachend beugt sie ihre müden, alten Knochen, steckt das Kuvert, das Stofftier, den Socken in ihre Tasche, und marschiert los. Zielstrebig. Obwohl es erneut, wie heute Vormittag schon, den steilen Anstieg zu bewältigen gilt.

Wo auch sonst soll es eine verzweifelt weinende Frau, die sich bei jeder Gelegenheit ein Kreuzzeichen verpasst, zwecks Linderung wohl hintreiben, ganz im Sinne des Pfarrers Feiler:

Der Glaube tröstet, wo die Liebe weint.

15 Earl Grey und weiche Eier

Schon beim Bründlmayer Heinrich und seiner Kathi, dem letzten Grab also, bevor man in die Kirche hineinstolpert, kann es die alte Huber säuseln hören. Und keine paar Meter weiter, neben dem Weihwasserbecken, weiß sie dann: Es ist der Schmerzhafte.

»... derfüruns s'schwere Kreuz getragen hat. Heiie Mahia Muttahottes bitt für nsünder jetznd inda ...!«, geht es mit einer Geschwindigkeit, da wird klar: Die Dame macht das öfter. Und wohl schon ein Weilchen, denn Jesus, der Blut geschwitzt hat, Jesus, der gegeißelt, und Jesus, der mit Dornen gekrönt worden ist, liegt bereits hinter ihr.

Sie muss also direkt vom Brucknerwirt heraufgehetzt sein, und wer weiß, vielleicht wurde ja schon im Gehen zu beten begonnen. Mit dem Freudenreichen. Bevor dann nach dem Schmerzhaften der Glor- und der Lichtreiche folgen. Seine Zeit kann ja jeder Mensch verbringen, wie er will, und wer, so wie diese Dame, offenbar immer seinen Rosenkranz eingesteckt hat und zum Beispiel Earl-Grey-Trinker ist, kann sich freuen. Die 59 Perlen im Sekundentakt durch die Finger gleiten lassen, das Ganze dreimal, ergibt knapp drei Minuten, die optimale Ziehzeit des Tees. Bei grünem Tee sind es zwei Rosenkranzrunden, für das perfekt wachsweiche Ei dann fünf.

Und die Perlen halten nicht still, geben ein leises Rieseln, Klappern von sich. Aus der ersten Reihe natürlich. Leise, monoton, wie ein laufender Motor die Stimme der Fremden, dabei bewegt sich ihr Kopf leicht auf und ab. »Gegrüsteihstdu Mahia, vollerNande ...«

Folglich hört sie auch die an den leeren Bänken vorbeigehende alte Huber nicht. Und viel Zeit, um sich des Besuches bewusst zu werden, bleibt ihr auch nicht, denn im Vergleich zur geringen Zahl der hier vorhandenen Reihen scheint der monströse Barockaltar in all seiner der Zeit entsprechenden Hässlichkeit wie pure Verschwendung.

»… Du bist jebeneDeid unter denFauen …!«

Vielleicht wusste die Amtskirche ja damals schon, wie sich das im Lauf der Zeit so entwickeln wird mit den Zulaufzahlen. Da ist es langfristig natürlich klüger, man baut für seine Vorstellungen kleinere Säle.

Für die alte Huber hat sich das mit der katholischen Religion mittlerweile erledigt. So wie mit allen anderen auch. Erstens, weil man ja jedes Theater nicht zu ernst nehmen darf, und was sonst sollen diese ganzen Inszenierungen auch anderes sein, und zweitens aus rein logischen Gründen. Sie weiß zwar nicht genau, ob es einen Gott, welchen Geschlechts auch immer, Schöpfer von Himmel, Erde, Licht geben soll, mindestens die Zwiebel und Linde lassen es vermuten. Sie weiß nur: Ein Gott, so klein, um überhaupt von einem mickrigen, ohnedies nur marginal genutzten Menschenhirn erdacht zu sein, ist es garantiert nicht.

»Ehre sei dem Vater, undesohnes, undes hei…«

»Stör ich!«, schiebt sich die alte Huber nun neben die Dame, und schlagartig bricht das Gebet ab, scheppert der Rosenkranz nicht mehr, sorgt Schnappatmung für atemlose Stille. Kurz wird zu Hannelore gesehen, der Blickkontakt flüchtig beziehungsweise flüchtend. Dann herrscht Regungslosigkeit. Unbeholfen. Ein Schweigen der Sorte: »Herr im Himmel, hilf mir!«

Ein Weilchen sitzen die beiden Damen nun nebeneinander. Angespannt die Stimmung. Der Atem der Fremden wird schneller, ein innerer Kampf findet da statt.

Und für Hannelore wird es Zeit.

»Huber mein Name, Witwe des Verstorbenen. Ich vermute, das wissen Sie! Und Sie sind jetzt wer?«

Dann geht es los, lösen sich die Dämme, und die Dame fängt bitterlich zu weinen an. Der Zwiebel alle Ehre. Es dauert entsprechend, bis endlich eine Antwort zusammengebracht wird.

»He-, He-, Hertha, Mü-, hü-hüller«, ringt sich die Unbekannte hinter einem Stofftaschentuch nun ab. Schluchzend.

»Und den Walter kannten Sie woher?«

Keine Antwort. Nur das Geheule.

Alles schön und gut, aber eine kleine Missstimmung, ja Eifersucht, darf sich bei der alten Huber jetzt schon einstellen. Betroffene Witwe gibt es hier schließlich nur eine, so zumindest ihre Annahme.

»Na, offenbar kannten sie ihn ja recht gut! Abgesehen davon hätten Sie sich spätestens im Wirtshaus bei mir vorstellen können, als mein Gast!«, setzt sie also nach. In scharfem Ton.

Ein Ton, der Wirkung zeigt.

»Es tu-hu-t mir leid, ich war so gescho-ho-hockt. Mei-hei-hein Mann Bertram und Wa-ha-ha-lter waren Freunde. Und eigentlich so-ho-ho– ...« Und jetzt geht es richtig los, leeren sich wie ein Sturzbach die Tränendrüsen, so viel Flüssigkeit hat die alte Huber dort wahrscheinlich die letzten zehn Jahre nicht zusammengesammelt. Es braucht ein Weilchen, bis Hertha Müller ihre Fassung wiederfindet.

»Und eigentlich sollte er auch hier sein. Ist er aber ni-hi-hi –!«, erneut Schnappatmung, diesmal nur kurz, dann die Fortsetzung:

»– hicht! Was da bloß passiert ist?«

Als ob die alte Huber jetzt einen Kopf für die Beziehungsprobleme anderer Leute hätte, von dem Wahrheitsgehalt dieser Geschichte ganz zu schweigen.

»Müssen aber sehr alte Freunde gewesen sein, mein Mann und Ihr Bertram, weil in über 50 Jahren Ehe ist mir der Name nie untergekommen!«

»Nicht?«, rattern da ein Weilchen die Gehirnzellen, dann erklärt Frau Müller stammelnd, extra aus der Stadt hierhergekommen zu sein, nicht aus Sankt Ursula, sondern eben einer »richtigen Stadt!«, Fahrzeit mit Bahn und Bus über drei Stunden, so bedeutend wäre diese Freundschaft gewesen.

»Und Walter hat Ihnen wirklich nichts erzählt?« Erwartungsvoll ihr mitleiderregender Blick, auf dass der alten Huber endlich ein Licht aufginge, ganz im Sinne von: »Ah, genau! Die Müllers aus der richtigen Stadt! Mit Straßenbahnen, Bussen, Hauptbahnhof und Flughafen. Toll«.

Wieder wird geweint, dazu noch der Griff in die Handtasche, das Zücken eines Fotos. Betagt der darauf abgebildete schmunzelnde Mann. Ähnlich abgemagert wie Hannelores Walter, aber eine auf Anhieb gepflegtere, freundlichere Erscheinung. Kaiserlich anmutend der Schnurrbart. Kunstvoll eingedrehte Spitzen, kreisförmig, wie seine knollige Nase, die darauf sitzende runde Hornbrille, die großen, gütigen Augen darunter.

»Bertram!«, flüstert Frau Müller. »Wo bist du?«

Zittrig ihre Hand.

Und natürlich könnte diese Dame jetzt weiß Gott welches Foto aus der Tasche zaubern, ihren Bruder, Cousin, Neil Diamond, Keith Richards, Uwe Seeler, und es mit Bertram betiteln, die gute Hannelore würde den Unterschied nicht erkennen, würde nur dieses traurig gehauchte: »Das ist er, mein Mann!« vernehmen und es, egal mit welchem Gesicht darauf, nicht glauben wollen.

Äußerst komisch kommt ihr dieses Theater vor. Weniger nach ehrlichem Antrieb sieht es aus, sondern schlechtem Auftritt. Stehgreifbühnen. Aber warum das alles? Außer um eben ein Verhältnis mit Walter zu vertuschen.

Viel eher scheint ihr ein Walter vorstellbar, der sich wie ein Pascha bei dieser nicht mehr gar so taufrischen Dame mit üppiger Hausmannskost verwöhnen lässt, ein wenig den Edelmann mimt, danach noch schnell das Bordell besucht, weil viel an Akrobatik wird bei Hertha Müller wahrscheinlich auch nicht mehr zu holen sein, und dann eben zu Hause das Essen verschmäht, die Unterhaltung, überhaupt das gemeinsame Leben.

Was weiß man schon sicher?

Nichts.

Außer, dass jedes Wetter ruckzuck wieder umschlagen kann.

Mit einem ausgedehnten Quietschen öffnet sich die Tür zur Sakristei, und Pfarrer Feiler betritt seine Wirkungsstätte. Leicht torkelnd. Die Nachwirkungen des Heiligen Geistes also. Entsprechend flüssig auch seine Aussprache.

»Der Herr sei mieuch!«

»Und mit deinem Geiste!«, erwidert Frau Müller brav.

»Na, davon hat er ja schon mehr als genug!«, flüstert die alte Huber, und interessant ist sein Erscheinen natürlich schon, jetzt wo sie gerade so gut mit der werten Hertha ins Gespräch kommt.

»Ja, Hanni. Jetzt war doch heut Vormittag erst die Messe für unseren Walter, und dann suchst grad du gleich noch einmal den Weg zur Andacht hier herauf? Direkt ein Wunder ist das«, kommt er nun näher, den Blick aber allein auf Hertha Müller gerichtet. Hypnotisch fast. Nicht schlau natürlich, in Anbetracht der Altarstufen hinunter in das Langhaus der Kirche, sozusagen den Zuschauerraum.

»Achtung!«, ruft ihm die alte Huber zu. »Du solltest dich besser niederlegen gehen, Pfarrer, bevor es dich beim Gehen niederlegt.«

»Ich pass schon auf!«, erreicht er nun unfallfrei den Mittelgang, hangelt sich die Seitenwände der Sitzreihen entlang, setzt sich neben Hannelore, nimmt sie also mit Hertha in die Zange, und hebt andächtig seine Stimme: »Dann lasset uns gemeinsam für unseren Walter beten, auf dass der Herrgott helfe, ihn bald zu finden: Vater unser …!«

Erstaunlich natürlich. Trotz seiner Berauschung hier aufzutauchen und den beiden Damen seinen himmlischen Beistand gönnen zu wollen.

»… im Himmel, geheiligt werde dein Name …«

Da braucht die alte Huber nicht zweimal überlegen, um den Sinn dahinter zu erkennen. Ist ihm also ihre vertraute Zusammenkunft mit Hertha Müller ein Dorn im Auge.

» … dein Reich komme, dein Wille geschehe, wie –«

»Und ihr kennt euch jetzt woher?«, unterbricht sie.

»Wer?«

»Frau Müller und du?«

»Wie kommst du darauf, dass wir uns kennen!«, wird nun mit einer Seelenruhe, da kann sich sogar Anlageberater Jürgen Hausleitner noch etwas abschauen, gegen Gebot Nummer acht verstoßen, die alte Huber ist sich sicher. Und sogar der Himmel zürnt, denn der erste Donner ist zu hören, wenn auch noch weit entfernt. Selbst diesen Umstand nützt Pfarrer Feiler nun schamlos aus: »Ich glaub, heut kommt noch ein Regen, was meinst du? Hagel wahrscheinlich. Hoffentlich decken die Bauern alles rechtzeitig ab.«

Da weiß sie natürlich sofort Bescheid, die alte Huber. Ein dezenter Hinweis soll das sein, ganz im Sinne von: »Willst du nicht heim, und dich um deinen Garten kümmern, Hanni.«

Jedes weitere Gespräch sinnlos.

Also steht sie auf. »Dann geh ich jetzt!«, allerdings nicht heim, schiebt sich an Hertha Müller vorbei, auf deren Stirn trotz der angenehm temperierten Kirche winzig kleine Perlen glitzern, und steuert auf den Ausgang zu.

»Hast recht, Hanni. Ruh dich ein wenig aus! War ja ein harter Tag für dich!« Das würde ihm natürlich so passen, dem falschen Hund.

Wortlos hebt die alte Huber, wie üblich in dieser Gegend, ihre Hand. Und so ein Handheben kann ja schließlich alles Mögliche bedeuten. Von einem schlichten Gruß über ein beschwichtigendes »Alles gut« bis eben zu dem nun gemeinten »Ach, rutsch mir doch den Buckel runter!«.

Logisch versteht Ulrich Feiler auch das absichtlich falsch, und es kommt, was kommen muss. Sein bei jeder Gelegenheit zum Einsatz gebrachter Universalzuspruch: »Genau, Hanni. Alles wird gut. Der Herrgott schaut schon auf uns.«

Was immer auch dieses alles sein soll? Und gut für wen?

Und das mit dem Herrgott, der von irgendwo wohin auch immer grad schauen soll, bevorzugt aber auf sie und ihn und dich und mich, also auf uns, und somit auf alle anderen nicht, hat die alte Huber ja sowieso nie verstanden.

Abgesehen davon muss nicht immer nur der Herrgott seine Augen auf die Seinen, Euren, Ihren oder anderen richten. Kann ja auch die gute Hannelore wo auf einen Sprung vorbeischauen, selbst wenn es für sie bedeutet, über ihren eigenen Schatten springen zu müssen.

16 Liebstöckel und Gerste

Rein geografisch betrachtet könnte der eingeschlagene Weg nun schlauer nicht sein. Wozu auch zuerst abwärts ins Dorf, und dann die Gegenseite wieder hinauf, wenn es sich doch auch wunderbar ohne Höhenverlust die Hänge entlang durch die blühenden Wiesen spazieren lässt, außer natürlich als Pollenallergiker.

Menschlich hingegen kostet die alte Huber jeder Schritt Überwindung. Von der Kirche marschiert sie die Friedhofsmauer entlang, dann weiter den Fußweg durch das hohe Gras, und schließlich auf eines der schönsten Grundstücke Glaubenthals zu.

Das Domizil des Pfarrers. Südhanglage.

Mutterseelenallein liegt es unweit der Kirche. Idylle pur.

Und sie marschiert, so laut es ihr nur möglich ist. Räuspert sich immer wieder, hustet, je näher sie dem opulenten Landhaus nun kommt. Sogar ein Selbstgespräch stimmt sie an:

»Dass heut auch wirklich alles schiefgehen muss!«

Ein Einsatz, der nicht ohne Wirkung bleibt, wenn auch nicht ganz der gewünschten. Denn wie von Geisterhand öffnet sich der zwar eingetrübte, aber noch wolkenlose Himmel.

»Ja Himmisakra, Kappelberger!«, entfleucht der alten Huber ein Fluchen, das sich gewaschen hat. Im wahrsten Sinn des Wortes: »Elende Blumenkistln! Hirnlose Platzvergeudung!«.

Weit auf den Weg hinaus ragt der Balkon.

Fuchsien, Pelargonien, Hängepetunien, Zauberglöckchen mindestens. Auswüchse nimmt das hier in Glaubenthal mittlerweile an, als hätte die aktuelle Ausgabe des Pfarrblattes feierlich verkündet: Blumenkistel-Prinzessin des Jahres gesucht.

Und Pfarrersköchin Luise Kappelberger will sich offensichtlich auf ihre alten Tage noch das Krönchen aufsetzen lassen.

So schön der Balkon zweifelsohne auch sein mag, der Garten dahinter ist trotzdem ein Graus. Vorne hui, dahinter pfui. Alles eben nur Blendwerk, Camouflage, Kulisse. Wie ja auch der rein platonische Beziehungsstatus zu Pfarrer Feiler. Und natürlich die Ausrede: »Huberin, bist das du? Ich hab dich gar nicht kommen g'sehn!«

Lüge, die erste.

Wie ein Reibeisen die Stimme, krächzend, bohrend und natürlich von oben herab, sowohl emotional als auch akustisch. Nur noch eine chronische Kehlkopfentzündung bleibt da zu wünschen.

»Bist du jetzt nass geworden! Das tut mir aber leid.«

Lüge, die zweite. Besprizt ja auch kein halbwegs nüchterner Mensch in der ärgsten Hitze seine Blumen, schon gar nicht, wenn da heut garantiert noch ein Regen daherkommt. Völlig logisch also die Reihenfolge: Die alte Huber sehen, Gießkanne ergreifen, gezielt bewässern.

»Ja sag, Huberin! Hören wir beide jetzt schon gleich schlecht? Dass es mir leidtut, hab ich g'sagt!«

Wenn die gute Hannelore gerade etwas hört, dann maximal das ›Huberin‹ als weibliche Form von Huber.

Hier in Glaubenthal wurde eben schon gegendert, da gab es das Wort »Gender« noch gar nicht. Und gegendert wird natürlich bevorzugt hinter dem Rücken der Begenderten. Als Aufwertung empfand die alte Huber dieses »Huberin« aber keineswegs, nicht in jungen Jahren und schon gar nicht heute. Ihr war ja allein das ›Huber‹ ohne ›in‹ schon schlimm genug.

»Und dass ich nicht beim Begräbnis und Brucknerwirt dabei sein konnte, tut mir auch leid.« Das stimmt dann natürlich.

Wie keine andere hier dem Dorftratsch frönen und dann bei derartigen Ereignissen das Bett hüten müssen »Wegen meiner Grippe!«. – Bitter ist so etwas. Irdisches Fegefeuer. Arme Luise. Und wirklich dreckig geht es ihr. Gefährlich weit streckt sich ein mit Schal umwickelter Hals, eine rote Nase, geschwollene Augen und das von Lockenwicklern eingefasste Kappelberger-Haupt über die Brüstung.

»Und da wäschst du dir dann die Haare? Mit Grippe?«, tritt die alte Huber nun unter dem Balkon hervor.

»Ich wasch mir ja auch den Rest, weil verwesen werden wir noch alle früh genug, nicht wahr, Huberin! Übrigens schlimm, was mit Walter passiert ist. Einfach verschwunden. Wobei: Rein rechnerisch ist er jetzt genau drei Tage tot.«

»Was willst du damit sagen.«

»Vergiss es, nur so eine blöde Idee. Auferstanden wird er ja wohl kaum sein!« Und jetzt lacht sie, die Kappelbergerin. Geräuschlos zwar, Hannelore aber kann es spüren.

Man mag sich eben nicht, und das schon seit Schulzeiten. Einvernehmlich. Ob gesund oder krank, egal. Zwar grundlos, aber mag ja auch das Radieschen die Gurke nur zerstückelt in der Schüssel und nicht benachbart im Gemüsebeet. Naturgemäß also nichts Besonderes, so eine Antipathie. Gleiches gilt für:

Kartoffel & Sellerie, Sellerie & Kopfsalat.

»Sag, Kappelbergerin, kennst du die?«

»Wen?«

Kopfsalat & Petersilie, Petersilie & Koriander.

»Na, diese Hertha Müller, die schon beim Brucknerwirt mit dem Pfarrer beisammengesessen ist und jetzt neben ihm in der Kirche hockt, so vertraut?«

Koriander & Fenchel, Fenchel & Tomaten.

Kein Wort zuerst. Logisch. Ein Pfarrer, der gegen Gebot

Nummer acht verstößt, kann sich ja auch gleich mit Nummer sechs vergnügen.

Tomaten & Dill, Dill & Basilikum.

Nur ein Schnupfen, Räuspern, dann Husten ist hinter den Blumenkisten zu hören, als solle sich gleich, wie einst auf den Burgmauern das Teer, ein Schwall Grippeviren in die Tiefe ergießen.

Basilikum & Zitronenmelisse, Zitronenmelisse & Liebstöckel.

Geworfen wird aber nur mit Feindseligkeit: »Nein, kenn ich nicht. Ich hab nur den Ulrich vor ein paar Tagen mit einer Hertha telefonieren gehört, und hier in Glaubenthal gibt es keine Hertha. Aber ist das so wichtig? War ja Walters Begräbnis, und Hauptsache, er hat sie gekannt, darauf kommt es schließlich an!« Grad, dass der Kappelbergerin jetzt kein hinterfotziges Lachen auskommt.

Liebstöckel & Pfefferminze & gleich alle anderen noch dazu, weil Liebstöckel zwar anspruchslos, pflegeleicht, aber extrem konkurrenzstarker Einzelgänger. Und auch wenn der alten Huber allein der Duft nach Maggi schon den Appetit verdirbt, krauttechnisch wäre sie ein Liebstöckel. Also Schluss damit.

Abgesehen davon ist Luise Kappelberger ja wunderbar redselig: »Außerdem weiß ich von der Schuster Rosi, dass diese Müllerin vorhin beim Brucknerwirt um ein Zimmer gefragt hat. Offenbar will sie auf den zweiten Beerdigungsversuch morgen warten. Nur hat die Brucknerin ja gar keine Fremdenzimmer, sondern eben nur die Rosi drüben, und dort schläft sie heut. Dein Walter muss der Frau Müller also sehr am Herzen liegen!«

»Na, das ist ja keine Seltenheit, wenn irgendwer bei irgendwem heimlich herumliegt, nicht wahr?«

»Was willst du mir damit sagen, Huberin?«

»Reg dich nicht auf, Luise, ein paar Geheimnisse braucht ja schließlich jeder! Auch der Pfarrer.«

Und wenn sie könnte, würde Luise Kappelberger auf ihr ausführliches Räuspern nun ein Feuerspeien folgen lassen. Laut nun ihre Stimme, hysterisch, unüberhörbar das gekränkte Herz.

»So ein großes Geheimnis wie bei deinem Walter wird's schon nicht sein. Schließlich kommt der Ulrich jeden Abend zu mir nach Hause und ist nicht wie der Deinige ständig auf der Flucht.«

Worauf die alte Huber die Hand hebt, in diesem Fall durchaus als stumme Mitleidsgeste gemeint: »Tust mir ja eh ein bisserl leid, Kappelbergerin!« Ist ja schließlich kein Spaß, jahrzehntelang ein allseits bekanntes Verhältnis vertuschen müssen, verborgene Liebe, verborgenes Leben und sich dann mit Grippe extra die Locken eindrehen und hübsch machen, nur weil Hochwürden Feiler offenbar schon wieder irgendwem seine Hand auflegt.

»Glaubst vielleicht jetzt, du bist was Besseres, Huberin?«, überschlägt sich ihre Stimme. »Du und dein Roland!«

Und das kommt jetzt gar ein wenig unvermittelt. Im Grunde kennt sich die alte Huber nicht wirklich aus, weil Roland ist ihr hier in Glaubenthal keiner bekannt. Außer natürlich, er trällert aus dem Küchenradio.

»Santa Maria, Kappelbergerin, hast du jetzt Fieberschübe. Ich kenn keinen Roland, außer den Kaiser!«

»Nicht den Kaiser, sondern den Sekretär. Staatssekretär sogar!«

Verdutztes Schweigen natürlich.

»Keine Ahnung, wovon du sprichst!«

»Jaja, stell dich nur schön begriffsstutzig. Der junge Mann, den ich während der Bestattung mit meinem Feldstecher drüben beim Marterl stehen gesehen hab, war trotzdem garantiert unser Staatssekretär für Inneres, Roland Froschauer!«

Das gibt's doch nicht. Zuerst will Amelie Glück irgendeinen Mister gesehen haben, und jetzt die Kappelbergerin den Staatssekretär. Völlig absurd. Roland Froschauer! Ein dreißigjähriger Saubermann und einsamer, sich auf trübem Horizont abzeichnender Hoffnungsschimmer einer der klein gewordenen Großparteien. Da weiß jeder schon vor dem Kuss: Dieser Froschauer ist der Kronprinz. Was bitte sollte eine derartige Amphibie ausgerechnet in diese Gegend verschlagen!

Dann schlägt er plötzlich um, der scharfe Ton der Kappelberger Luise: »Komm schnell rauf zu mir, Huberin, schnell!«

»Wie?«

»Auf den Balkon, über die Außentreppe!«

Einen Feldstecher vor Augen, ist Luise Kappelberger zwischen ihren Blumenkisten verschwunden.

»Was soll das werden, willst du mich anstecken!«

»Red nicht so blöd, und beeil dich!«

Ist natürlich ein Elend mit der Neugierde, besonders an Tagen wie diesen.

»Dort, schau, unser Bürgermeister, der Depp!« Sich gegenseitig nicht mögen ist eben das eine, miteinander aber jemand anderen nicht leiden können, das verbindet dermaßen, da gehen dann sogar dem Grippevirus die Argumente aus. Und plötzlich stehen zwei Damen, getrennt durch ein ganzes Leben, vereint in ihrer Missgunst, nebeneinander.

»Nimm!«, reicht ihr Luise den Feldstecher.

Und tatsächlich. Manchmal kommen gewisse Einsichten, wie dem Zen-Buddhisten erst nach tagelanger Hockerei, ganz von selbst. Auch wenn sie in diesem Fall gerne unentdeckt blieben.

Denn so weit kann ein knapp zwei Meter großes Mannsbild seinen Kopf ja gar nicht einziehen, um in der blühenden Gerste des Schusterbauern unterzutauchen. Als hätte er Anleihe bei Alfred Eselböcks Rundrücken genommen, huscht Bürgerdoktor Stadlmüller, wohl aus dem Wald gekommen, gebückt durch das Feld.

Mitgenommen sieht er aus. Das Jackett seines Anzugs fehlt, sein Hemd ist schmutzig, hochgekrempelt die Ärmel, und wie es scheint, dürfte er schon ein Weilchen in der Gegend herumgestolpert sein, denn ganz sicher auf den Beinen wirkt er nicht mehr.

»Mit dem stimmt doch so einiges nicht. Wo der wohl herkommt, und vor allem hinwill? Zu sich nach Hause vielleicht? Was meinst du, Huberin.«

»Dass ich mich schleunigst verabschieden sollte!«

»Recht hast. Ein Elend, mein Zustand, sonst würd ich dich ja glatt begleiten wollen.« So weit kommt's noch, bei aller nicht vorhandenen Liebe.

Und ja, auch wenn es der Schusterbauer gewiss nicht gerne sieht, durchwandert nun auch die gute Hannelore seine Ernte.

Wie lange ist es her? Durch Gerstenfelder laufen, die Arme wie Flügel zur Seite strecken, über die Ähren streichen, spüren, wie die langen Grannen die Handflächen kitzeln. Und ein wenig juckt sie es in ihren Ellenbogen, die alte Huber, als wollten sie sich heben und ihr flüstern: »Tu es, Hanni, trau dich! Sei unbekümmert wie ein Kind, für einen Moment nur!«

Heute nicht. Morgen vielleicht. Oder übermorgen.

Außerdem wäre ja da noch der Herr Doktor.

Und seine Richtung ist bald ziemlich klar. Denn nach Hause geht es offenbar nicht.

Was will er in der Bestattung? Und warum so hinten herum? Hat es möglicherweise mit der schwarzen Limousine zu tun, die da gegenüber wie aus dem Nichts zwischen den Bäumen auftaucht, bedächtig die Bundesstraße herunterrollt und zwischen den Häusern verschwindet?

Sie wird es herausfinden, die alte Huber, nur leider nicht ganz so schnell, wie Kurt Stadlmüller da gerade unterwegs ist.

Stürzt sich eben wieder leichter, wenn, wie die Sonnenblume der Sonne, sich das Erdenkind der Erde entgegenrichtet. So wie damals schon, als Einjährige, beim Aufrichten sozusagen. Und wenn dann irgendwann auch noch die Windeln, die geistige Verknappung, das Unwissen dazukommen, klingen die salbungsvollen Worte des Pfarrers Feiler: »Wahrlich, ich sage euch, so ihr nicht umkehrt und werdet wie die Kinder, keinesfalls werdet ihr hineinkommen in das Reich der Himmel! Matthäus 18:3« ja auch wahrlich nach Balsam, biblischem Trost, Fixzusage sogar. Hurra, Himmelreich, wir kommen.

Zuerst aber geht es in die Bestattung, dessen Eigentümer seit heute solch ein himmlisches Kind hat werden müssen.

Mit pochendem Herzen erreicht sie den Kiesparkplatz, bleibt neben der abgestellten schwarzen Limousine stehen, blickt auf das alte, ehrwürdige Gebäude. Wie ein traurig verfallenes Schlösschen steht es in seinem ebenso traurigen Rosengarten, und auch wenn sich die gute Hannelore aus reinem Reflex schon lange kein Kreuzzeichen mehr verpasst hat, jetzt ist es so weit.

Wer auch immer hier die Türe geöffnet hat, Schlüsseldienst war es keiner.

17 ABS und LAS

Das letzte offizielle Verbrechen wurde in Glaubenthal vor Jahren von einem flüchtigen Bankräuber verübt, weil Dienstfahrzeugwechsel. Blöde Sache natürlich. Kannte ihn schließlich jeder, den roten Opel Astra Caravan vom Schusterbauer. Folglich war auch jedem klar: Der Schusterbauer hinter dem Lenkrad, der sieht normalerweise ganz anders aus.

Kurzum: So wie generell tagsüber die Räder herumstehen ohne Kettenschloss, oder die Kleinkinder ohne Aufsicht, bleiben in dieser Gegend auch so gut wie alle Häuser unversperrt, selbst wenn auf das Feld gegangen wird. Offene Türen sind hier also nichts Besonderes.

Außer es handelt sich um die Stadlmüllerpraxis oder eben die Bestattung. Wie gesagt, es war Albin Kumpf, der in Glaubenthal in Anbetracht seiner stummen, nackten Tischgesellschaft stets zuletzt lachte. Bis dann eines Tages beim Waschen der alten Aloisa Hammerschmied die gelangweilte, heimlich eingeschlichene Dorfjugend, sprich die beiden Hausleitner-Buben, kräftig mitlachen wollte. Seither sind die Türen stets verschlossen. Ausnahmslos.

Anders jetzt. Und mit einem Schlüssel geöffnet wurde definitiv nicht. Vermutlich wohl eher zuerst mit einer schallgedämpften Handfeuerwaffe, dann einer Schuhsohle. Einschusslöcher neben dem Knauf, der Riegel aus dem Schließblech getreten, das Türblatt zerbrochen. Wird hier also tatsächlich nach Walter gesucht.

Mit Nachdruck sogar.

Entsprechend vorsichtig betritt die alte Huber nun den finsteren Schauraum und atmet ihn sofort ein, den süßen Duft des Todes, der hier nach Leben riecht, mehr geht kaum.

Holz, des Albins ortsbekanntes Glaubensbekenntnis. Einheimisches Holz. Bauen mit Holz, heizen mit Holz, leben in Holz, darin beerdigt werden logischerweise auch, und es saufen sowieso. Gleich direkt als Zirbengeist, Nussschnaps, Tannenwipfellikör oder indirekt als Barrique. Wein, Whisky, Bier, Essig. Egal. Ein Gottesgeschenk. Exzellent also geeignet, um darin gen Himmel zu fahren. Entsprechend unheimlich ist ihr nun also, der guten Hannelore.

»Stadlmüller?«, sieht sie sich vorsichtig um, schleicht den Gang entlang, an reihenweise Urnen vorbei, wirft einen kurzen Blick in die Hinterzimmer, dann geht es hinaus in die große Garage. Und sie ist unübersehbar, Albins Liebe zu motorisierten Untersätzen. Vier Autos an der Zahl, ein kleiner Laster, ein alter Leichenwagen, ein neuer Leichenwagen, ein Sportwagen und natürlich all die Himmelskutschen, seine wahre Sammelleidenschaft. Noch mehr Särge, der Vorrat für möglicherweise kommende gute Zeiten.

»Das gibt's doch nicht!«, kämpft sie ein wenig gegen den Schauer, und wirklich hell ist es hier auch nicht.

»Stadlmüller, verdammt noch mal! Ich hab dich doch durchs Feld laufen sehen!« Reihenweise geht sie die allesamt verschlossenen Särge ab, klopft mit ihrem Stock auf jeden Deckel, »Hallo!«, was weiß man nach den heutigen Erfahrungen auch schon, und kann sich vor dem nächsten schwarzen Exemplar das Klopfen gleich ersparen. Denn ein Schreckenslaut kommt ihr aus, wie schon lange nicht. Spiegelt ja wunderbar, so eine glänzend lackierte Fläche.

Hinter ihr, ähnlich der schwarzen Limousine, wie aus dem Nichts ein Mann im schwarzen Anzug. Kräftig zwar, aber staturtechnisch eher so, als wäre der an Walters Grab stehende Rosenkavalier zu heiß gewaschen worden.

Kurz steht man voreinander, starrt sich an, während im Hintergrund das Original die Garage betritt: »Niemand da!«, kommt es diesem kahlköpfigen, monströsen Muskelberg mit überraschend sanfter Stimme über die Lippen.

»Doch!«, deutet der Kleinere auf Hannelore Huber.

Zwar sieht nun der Größere weniger nach Mensch als nach Menschenaffe aus, oder Türsteher, oder Leibwächter, die Narbe auf der rechten Wange in Hinblick auf Gewaltbereitschaft vielversprechend, die Handfläche wie Schaufeln, die Schuhe so groß, da würden Hannelores Füße wohl zweimal hineinpassen, auch ohne Hallux valgus, trotzdem wirkt der Kleine deutlich bedrohlicher. Auf Anhieb würde sich die alte Huber vor lauter Respekt einen Bausparvertrag andrehen lassen oder ein Donauland-Abo sogar.

»Und wen suchen Sie?«, weiß sie in ihrer Not nichts Besseres und fühlt sich angesichts der beiden Herren in ihrer fast einheitlichen Adjustierung eher an einen »Charlie. Bitte kommen!« oder ein »Gustav 1 an Gustav 2!« erinnert. Da rückt dann die unvorstellbare Anwesenheit des Staatssekretärs Froschauer gleich ein Stück in die Möglichkeitsform.

»Sie sind also Bekannte von Walter? Oder Albin?«, wagt sie neuerlich eine Kontaktaufnahme, die alte Huber. Und endlich kommt Bewegung in diese matte Angelegenheit, wird es in der Garage Licht.

Mit aufheulendem Motor startet aus den Reihen der vier geparkten Fahrzeuge der alte Mercedes-Leichenwagen und durchbricht das Garagentor.

»Stadlmüller, sag, spinnst du komplett!«, stößt die alte Huber heraus, und glücklicherweise funktionieren ein paar ihrer Reflexe noch hervorragend. Ohne den emsigen Seitenschritt könnte sie hier in der Bestattung nämlich gar nicht günstiger zum Liegen kommen.

Auch die beiden Herren in ihren schwarzen Anzügen nehmen Tempo auf, sprinten hinaus zu ihrer Limousine.

Kurz darauf hallt ein Lärm durch Glaubenthal wie sonst nur, wenn irgendein halbstarker Bauernsohn in seinem aufgerissenen Opel Kadett mit Heckspoiler glaubt, die Hügel hier wären sein Spielberg. Und auch das Tempo der beiden Fahrzeuge ist völlig kopflos.

Dafür wird der Brucknerwirt zur Hydra.

Ruckzuck schwingen die Fenster auf, stecken die Glaubenthaler neugierig ihre Köpfe heraus, als wäre Weltspartag und die längst geschlossene Postsparkasse wieder geöffnet. Mittlerweile kann sich ja sogar die Zweigstelle drüben in Sankt Ursula ihre Spargeschenke sparen, denn selbst in der Sockenlade zu Hause findet die alte Huber bessere Zinsen.

Und auch Kurt Stadlmüller hat nichts zu verschenken.

Ungebremst steuert er den Leichenwagen mit deutlich schlechterem Fahrvermögen, als säße er in seinem Allrad-SUV mit Automatik samt ABS und LAS und mehr PS, durch die scharfe Glaubenthaler Rechtskurve hinaus aus dem Ort, und nur ein paar Zentimeter trennen ihn von einer ewigen Fachsimpelei über Fliehkräfte und Schädelbasisbrüche droben im Rennfahrerhimmel, Seite an Seite mit dem einst verunglückten Postler Otto Brunner.

Dahinter die Limousine. Äußerst kontrolliert bleibt sie trotz hohen Tempos auf Ideallinie.

›Vielleicht hat sich der Walter ja endlich gemeldet!‹, sieht Hannelore den beiden noch ein Stückchen hinterher, wenngleich sie diese Theorie natürlich selbst nicht glaubt. Eher nach Flucht sieht es aus. Und da stellt sich der alten Huber dann natürlich die Frage: Warum flieht Stadlmüller nicht mit Albins Sport-, sondern Leichenwagen?

Sekunden wie Minuten. Regungslosigkeit.

Auch drunten beim Brucknerwirt und all den weiteren ins Freie getretenen Glaubenthalern. Bis die beiden Fahrzeuge aus dem Blickfeld verschwunden sind, wird nachgegafft, dann schwenken die Köpfe in die Gegenrichtung, starren zur Bestattung und alten Huber empor, die dort auf der Straße steht.

Wieder vergeht ein Weilchen. Irgendwann aber kapiert selbst der größte Formel-1-Liebhaber, dieses Rennen ist kein Rundkurs. Und während sich die Türen wieder schließen, öffnet sich eine andere.

Dann geht der letzte Fahrer an den Start.

Wenn auch ohne Untersatz.

18 Nichts verleiht Flügel

Gegenüber der Bestattung, dort, wo das Niedrigenergiehaus samt Praxis des Bürgermeisters steht, ist Kurti Stadlmüller in die offene Einfahrt getreten, eine Fernsteuerung in der einen, eine bedenklich echt aussehende Pistole in der anderen Hand, seinen Helm in die Stirn gezogen. Die kaputte Seifenkiste liegt hinter ihm in der Wiese, daneben jede Menge Werkzeug. Mit ernster Miene blickt er in Richtung seines entschwundenen Vaters.

Da muss die alte Huber nicht zweimal überlegen.

Also auf ihn zu. »Was ist passiert?«

Davon träumt sie jetzt: Von dem ziemlich kurzen Kurti und seinem hoffentlich auch entsprechend kurzen Kurzzeitgedächtnis. Vergebens natürlich. Nur weil der kleine Stadlmüller längst nicht mehr in den Dornen des Glaubenthaler Grabens hängt, hängt ihm umgekehrt der Glaubenthaler Graben natürlich immer noch nach, geistig und körperlich.

Regungslos sieht er an Hannelore vorbei, greift dabei auf seinen Helm, aktiviert die Kamera, führt sich den Lauf der Pistole in den Mund, und der alten Huber wird es angst und bang: »Kurti, um Gottes willen, sei nicht dumm!«

Keinen Blick ist ihm die alte Frau wert, während er abdrückt, mehrmals. Ein satter Strahl landet in seiner Mundhöhle, ein intensiver Geruch nach Gummibärchen macht sich breit.

»Na bravo!«, zischt ihm Hannelore entgegen. »Wirkt sich das Gesöff wenigstens auch auf dein Hirn aus und du ballerst nie wieder so vertrottelt auf offener Straße herum? Du filmst mich doch, oder?«, geht sie einen Schritt auf Kurti zu: »Damit du es dir schön merken kannst: Da können Menschen sterben. Und dein eigenes Leben wäre auch verpfuscht. Kapiert! Und jetzt red. Was ist hier los. Warum hat es dein Vater so eilig?«

Als stünde er alleine hier, gönnt sich Kurti Stadlmüller einen weiteren Schuss, hebt dabei demonstrativ die Fernsteuerung, seine Aufmerksamkeit nach wie vor an Hannelore Huber vorbeigerichtet. Nur ein Klicken als Antwort. Das Garagentor nimmt Fahrt auf, zwängt sich, wahrscheinlich als deutliches Zeichen der unüberwindbaren Abgrenzung gedacht, gnadenlos an Kurtis rundem Körper vorbei, drängt ihn ein Stück zurück.

Bizarres Bild, das alles: die senkrechten Alustangen des Zauns, wie Gitterstäbe. Dahinter der Junge. Sein langsames Umklammern der Sprossen, Knöchel, die sich weiß durch die speckigen Hände abzeichnen, nur um ja nicht klein beigeben, den nötigen Schritt rückwärts setzen zu müssen. Das Gesicht zerkratzt, die Arme, Beine angespannt, sein T-Shirt zerrissen.

Da geht jetzt sogar der guten Hannelore eine sehr verborgene Rührung durch ihr Gemüt. Glück sieht eben anders aus. Auch für Kurti Stadlmüller. Garantiert anders jedenfalls als die garstige Alte da vor ihm. »Was passiert ist?«, wiederholt sie ihre Frage.

Es braucht ein Weilchen, bis da auf der Gegenseite reagiert wird. Und leider ist Hannelore Huber jetzt viel zu dünnhäutig, um diesen eindringlichen, direkt rachsüchtigen Kinderaugen gewachsen zu sein, die sie nun durchbohren. Stumm. Starr. Eiskalt. Die sie wortlos wissen lassen: »Und wenn du der einzige Mensch in Glaubenthal wärst, erzählen würd ich dir trotzdem nichts.«

»Na ja. Passieren kann ja leider immer was«, kommt es ihr jetzt aus, gehässig, herzlos. Leider. Und sie spürt den Fehler.

Sofort. Denn das sitzt. Insbesondere einem Jungen gegenüber, der wie einst Hannelore selbst ohne Mutter aufwachsen muss.

Karin Stadlmüller.

Eine Krankenschwester.

Die ständige Pendelei zwischen Glaubenthal und dem nächstgelegenen städtischen Krankenhaus.

Variante eins: 35 Minuten Fahrzeit direkt mit dem Auto.

Variante zwei: 65 Minuten zuerst mit dem Auto zum nächstgelegenen Bahnhof und dann eben Regionalexpress.

Variante drei: eine Ewigkeit mit dem Bus durch alle Dörfer.

Und von Jahr zu Jahr schlechter wird hier in Glaubenthal die öffentliche Anbindung. Hochrangige Entscheidungsträger, die vielleicht rechnen, aber nicht denken können, hocken da in ihren städtischen Büros, bekommen vom Landleben nur einen Eindruck, wenn sie auf Wahlkampftour in Gummistiefeln vor laufenden Kameras einer Kuh den Arsch tätscheln, und legen aus Kostengründen Bahnanbindungen lahm und Busverbindungen zusammen. Mord ist das in den Augen der alten Huber. Vorsätzlich. An den Ortschaften und den Menschen.

Denn logisch entschied sich Karin Stadlmüller, wie so viele in der Gegend, für Variante eins und ihren Kleinwagen, auch bei Nachtdiensten, auch bei dichtem Nebel, der hier im Herbst oft hartnäckig über den Feldern hängt, keine Straßenränder erkennen lässt, keinen Wildwechsel. Opfer der Straße. Wie Oskar Heidenreich, Christine Schubert, Theodor Friedmann, Brigitte Aschenbrenner, Ernst Oberberger, Liselotte Hofbauer, Postler Otto Brunner ... und eben Karin Stadlmüller. Ein Begräbnis, bei dem ausnahmsweise keiner hier in Glaubenthal Betroffenheit vorspielen musste. Vorne der Sarg, dahinter der gerade als Bürgermeister kandidierende große Kurt und an seiner Hand der achtjährige kleine Kurti.

Eine Tragödie, das alles.

Sie hat ja lange mit sich selbst und ihrer Ablehnung gehadert, die alte Huber, sich immer wieder vor Augen geführt, wie hart es Vater und Sohn getroffen hat. Nur hilft halt dann irgendwann das größte Mitleid nichts mehr, wenn dir ein Mensch von Natur aus zuwider ist.

Der kleine Kurti aber rührt die alte Huber natürlich schon, wie er nun sichtlich getroffen vor ihr steht, sie mit durchdringendem Blick betrachtet, als würde er zeigen wollen, wie gut das jetzt alles abgespeichert ist. Dann sagt er doch etwas, mit leiser, eindringlicher Stimme. »Mir doch egal!«

Unangenehm ist ihr das. Keine Ahnung, wie in so einem Fall reagieren. Unbeholfen und stockend nimmt sie bei Ulrich Feiler Anleihe: »Was sagt der Pfarrer immer: Alles wird gut. Womöglich stimmt's!«

Ganz leicht neigt Kurti Stadlmüller den Kopf zur Seite. Und ganz so leise ist seine Stimme nun nicht mehr.

»Nix wird gut. Du bist schuld, dass der Albin tot ist. Du!«

Und auch das sitzt natürlich, fährt der alten Huber durch die Knochen, mehr als ihr lieb ist.

»Warum um Herrgotts willen soll ich schuld sein?«

Doch die Antwort bleibt aus. Langsam dreht er sich um, schlurft mit hängenden Schultern davon, bis er die Haustür des für ihn alleine viel zu großen Niedrigenergiehauses erreicht, sich eine weitere Flüssigladung seines Kleinkalibers gönnt und darin verschwindet.

Nichts verleiht Flügel.

Und nicht jeder Mensch will welche verpasst bekommen.

Anita Birngruber zum Beispiel, gestandene Jungbäuerin und Ehefrau des jüngsten aller Seppen: »Ich steig dir in kein

Flugzeug, Sepp, nicht einmal nach Mallorca, weil wenn der Herrgott gewollt hätt, dass wir im Winter in den Süden fliegen, wären wir Zugvögel geworden. Fährt ja auch kein Rindvieh mit dem Traktor, außer du vielleicht!«

»Und du!«

Das stimmt natürlich. Und gemächlich obendrein, sogar die Kappelberger Luise auf ihrem Dreigangrad wird im Windschatten der Birngruberin hochgradig nervös, weil: »Zehn km/h sind mehr als genug, um rechtzeitig aufs Feld zu kommen, oder gibt's dort eine Steckuhr!«

So also hört es die alte Huber hinter sich nun recht schleppend lauter werden. Zuerst den Motor des ihr bestens bekannten alten Herren, Walters ehemaligem roten Steyr 190, Baujahr 1969, mit einer Höchstgeschwindigkeit vorwärts von 25 km/h, und wunderschön hat sich Anita Birngruber dieses Wrack hergerichtet. Dann die Stimme der jungen Bäuerin.

»Ja, Hanni! Was treibst' dich bei dieser Hitz' denn noch bei uns herunten herum?«

»Und du fährst noch Traktor, im achten Schwangerschaftsmonat?«

»Was gibt es Schöneres als einen Bauern, der am Feld zur Welt kommt!«, lacht sie auf. »Außerdem bin ich grad auf der Flucht! Hab dem Sepp wieder einmal erklären müssen, dass unser Sohn garantiert nicht Sepp heißen wird. Ich fahr übrigens eh grad rauf zu euch, also dir, eigentlich uns!« Stimmt alles irgendwie.

Schließlich waren die Weidegründe in Hannelores Kindheit im Besitz ihres Vaters Josef Brandl, später im Besitz ihres Ehemannes Walter, bis dann der Schusterbauer als Pächter die Grundstücke übernahm und seit Beginn dieses Jahres überraschenderweise die Birngrubers in dessen Fußstapfen treten durften, wodurch sich die Familie Schuster und Birngruber nicht einmal mehr in der Kirche beim Friedensgruß die Hand geben. Alles sehr kompliziert. Den darauf weidenden Kühen ist das natürlich ziemlich egal.

»Soll ich dich mitnehmen, Hanni?«

»Dich schickt ein Engel. Gern, Anita, ein Stückerl weiter müsst ich sogar, wenn das recht ist!«

»Na, wenn's nicht bis Sankt Ursula ist?«

»Nein, nein, nur zur alten Mühle!«

4
Von überall jemand ist keiner zu wenig

19 Der Flaschengeist

»Mami, jetzt hab ich schon alles abgesucht, aber Leo ist verschwunden!«

»Der wird schon auftauchen. Und das Kuvert hoffentlich auch!«

»Und warum sind wir jetzt hier? Das war anstrengend da herauf?«

»Weil so ein Friedhof viel über das Dorf und seine Menschen verrät. Ob die Gräber gepflegt sind, die Blumen gegossen, überall Kerzen brennen, und …«

»Und warum gibt es hier Gräber, die so groß sind wie mein Bett und die aussehen wie ein kleiner Garten, und dann sind da welche wie das Bett von meiner Dorli-Puppe, und es liegt nur ein Steindeckel drauf. Müssen die Toten dadrinnen stehen?«

»Das sind Urnengräber, Amelie.«

»Urnen? Sind das Särge für Haustiere?«

»Wenn ein Mensch nach dem Tod nicht in einem Sarg beerdigt, sondern verbannt werden will, so wie Oma damals, dann kommt die Asche in einen kleinen Behälter, und das nennt man dann Urne.«

»Aber du hast gesagt, die Oma kommt nach dem Tod sicher in den Himmel und ist dann unser Engel.«

»Nicht weinen, Amelie. Natürlich ist sie in den Himmel gekommen. Aber nur ihre Seele, nicht ihr Körper.«

»Warum hat sie den nicht einfach mitgenommen?«

»Weil der alt und krank und unnütz geworden ist für sie! Wie ein kaputtes Auto, das nicht mehr fährt. Da steigt die Seele dann aus, und das alte Auto kommt sozusagen auf den Autofriedhof. Darum gibt es Gräber.«

»Und kauft sich die Oma als Seele dann wieder ein neues Auto und fährt irgendwo herum?«

»Das weiß ich nicht, mein Engel. Aber möglich, durchaus möglich. Weil wir grad vom Fahren sprechen. Bist du so lieb, kannst du mich wieder ein wenig anschieben. Das geht alles nicht so leicht auf dem Kiesweg!«

»So, Mama?«

»Genau.«

»Oder so? Oder so? Oder sooooooo!«

»Nein, nicht so schnell, du Frechdachs, außerdem muss man hier still sein und soll die Totenruhe nicht stören!«

»Wieso Ruhe? Kann ein Körper noch hören, auch wenn da keine Seele mehr drinnen ist?«

»Da geht es um Respekt den Menschen gegenüber, die hierherkommen und traurig sind, weil sie jemanden verloren haben.«

»Wirklich, da kann man herkommen, wenn man jemanden sucht? Und die Toten können dann helfen? Mama, dann müssen wir unbedingt bitten, dass sie den Mann von der Frau Huber wiederfinden, weil der ist auch verloren, und ich glaub, die Frau Huber ist ziemlich traurig.«

»Na, dann sind wir hier ja genau richtig. Schau. Das ist das Grab von Walter Huber!«

»Weinst du, Mama?«

»Nein, das ist nur der Wind!«

»Aber es geht gar kein Wind.«

»Dann ein Staubkorn. Schön, die frischen Kränze und die vielen Blumen, oder?«

»Ja, schon irgendwie schön. Aber auch schade, weil die Blumen werden alle kapu… Schau, Mama, schau. Da hat jemand eine Witzkiflasche liegen lassen. Das ist doch Witzki, oder? Die sieht genauso aus wie von Papa. Soll ich sie wegschmeißen?«

»Amelie, kommst du sofort von der Grube weg!«

»Da geht es aber weit hinunter!«

»Du sollst wegkommen. Und leg die Flasche zurück, wer weiß, wer die alles im – was machst du da, um Himmels willen, nicht trinken!«

»Ich trink doch nicht, ich riech nur!«

»Lass das, diese Schnüfflerei. In alles musst du deine Nase stecken!«

»Die Witzkiflaschen von Papa haben aber anders gerochen, Mama. Sogar wenn sie leer waren und ich sie runter zum Altglas gebracht hab. Aber die hier riecht nach, nach, mhmm, nach. Ha, jetzt weiß ich's. Das trinkst du immer, wenn du müde bist, Mama. Das riecht nach Gummibärchen.«

20 Weiße Pferde

Das eine Motorengeräusch entfernt sich, das andere kommt näher.

»Danke, Anita!«, winkt die alte Huber der jungen Birngruberin hinterher, da vibrieren ihr immer noch das Becken, die Knie, im Grunde der ganze Körper. Jahrzehnte ist es her, als sie zuletzt auf einem Kotflügel, abgesichert durch ein Eisengeländer, mitreisen durfte. Und ja, da sind ihr trotz des heutigen so bitteren Tages dann doch ein paar Glücksgefühle emporgekrochen. Traktorfahren erspart Therapiekosten.

Hinter ihr also wird es immer leiser, doch je näher sie nun dem Wohnhaus des emeritierten Volksschuldirektors Holzinger kommt, vorbei an dem ihr bekannten weißen rostigen VW Caddy, desto eindringlicher der Lärm aus der Tiefe des Kellers. Klingt nach Schlagbohrer.

»Hallo?«, klopft sie schließlich an verschlossene Türen, die alte Huber. »Aufmachen!«

Glocke gibt es keine, das wäre Friedrich Holzinger in seiner abgelegenen Idylle schon der Ruhestörung zu viel.

Das Rauschen der Ache hingegen hört er nicht mehr. Denn nicht weit entfernt von jener Stelle, an der sie aus ihrer engen Schlucht ungestüm ins Freie tritt, den Wald hinter sich lässt und auf Glaubenthal zufließt, steht das Haus des alten Holzinger.

Und es steht dort nicht aus einer architektonischen Laune heraus, sondern aus praktischen Gründen. Hier nämlich waren seit Jahrhunderten jene Müller wohnhaft, die jeden Tag den steilen Weg hinüber zur Mühle in Kauf nahmen, um dort die anrainenden Bauern und autark stehenden Höfe mit Mehl für den täglichen Gebrauch zu versorgen.

Einsam wartet sie am Ufer, um ihr Tagewerk verrichten zu können. Dahinter geht es hinein in die Achenschlucht. Nur das Ausgedinge des Schusterbauern ist von hier aus zu sehen, ansonsten aber bleibt Glaubenthal im Verborgenen und umgekehrt. Ein mystischer, vergessener Ort.

Denn längst klappert sie nicht mehr. Nur noch der Bach rauscht.

Und es ist kein idyllisches Rauschen, eher eines, als würde sich auf Hannelores Transistorradio bei voller Lautstärke das Rad des Sendesuchlaufes verstellen. Wild, aggressiv. Insbesondere, wenn dank Schneeschmelze oder Regenfällen die Bäche anschwellen.

Als Friedrich Holzinger jedenfalls nach Jahren der Abwesenheit wieder in sein Heimatdorf zurückkehrte, um die Direktion der Volksschule zu übernehmen, war diese Mühle seiner Eltern noch in Betrieb. Aus reiner Gewohnheit. Wie all die Jahrzehnte zuvor, verließ der alt gewordene Vater, Witwer Paul Holzinger, an jedem Morgen das Wohnhaus, schob sein altes schwarzes Puch-Waffenrad, diesen treuen robusten Drahtesel, durch den Wald und dann den Feldweg hinauf, insgesamt rund 750 Schritte, bis daraus schleichende 900 wurden, irgendwann ein schier endloses zittriges Getrippel, und selbst dann mühte er sich noch das letzte Stück empor, sein Drahtesel mehr Stütze, Rollator, betrat das aus Bruchsteinen gefertigte enge Gebäude, zog den Zulauf über das hölzerne Wasserrad und sah zu, wie sich langsam die Zellen füllten, alles in Bewegung setzte. Wie die Achse des Wasserrades, der Wellbaum, in die Eichenholzzähne des aufrechten Kammrades griff. Das Kammrad wiederum das waagrechte gusseiserne Stockrad antrieb und mit dessen senkrechter Achse eine Etage höher den oberen der beiden Mühlsteine in Drehung versetzte. Ein Wunderwerk, das alles.

Kein Strom, kein Brummen, keine Gebühren.

Den ganzen Tag verbrachte er hier. Gut versteckt.

So wie auch manchmal die alte Huber, als sie noch eine kleine Hanni und der alte Holzinger noch ein kleiner Friedrich war. Da wurde an Sonn- und Feiertagen die stillstehende Mühle zum kindlichen Paradies. Keinen märchenhafteren Ort hätte sie sich ausdenken können. Selbst Müller und Müllerin sein. Heimlich natürlich. Den Zulauf hereinziehen, das Wasserrad in Bewegung setzen, die Leiter auf den Holzboden hinaufsteigen, die Köpfe durch das kleine Fenster strecken, Schulter an Schulter, Schläfe an Schläfe, die Augen schließen, es klappern hören, an vorbeifahrende Güterzüge denken, Fernreisen, und dabei den Herzschlag spüren, auch des anderen.

»Wenn ich groß bin, heirate ich dich!«, hat ihr der kleine Friedrich dort zugeflüstert, und die kleine Hanni »Ja!« gesagt, mit Wangen so rot wie die Raupe des Weidenbohrers.

Keine zehn Jahre später war sie justament an selber Stelle mit ihrem Stiefvater Richard Huber unterwegs. Mehlsäcke holen. Vor der Mühle sind die beiden gestanden, zwischen ihnen der alte graue Haflinger.

»Hast uns schon genug gekostet, wird Zeit, dass wir Wald und Felder bekommen, und der Walter eine Frau samt ein paar Kindern. Ich hab beschlossen, im Sommer wird geheiratet!«, hat er ihr erklärt, und die große Hanni kein Wort dazu herausgebracht, mit Wangen so blass wie das Fell des Pferdes.

Nach dem Tod des alten Paul Holzinger, ein Herzstillstand direkt neben dem Mühlstein, war dann nicht nur für ihn die Zeit abgelaufen, floss die Ache von nun an vorbei. Gelegentlich schloss Friedrich zwar für seine Schüler diese Ruine wieder auf, als wäre es ein Museum, erklärte, wie hier einst Mehl gemahlen wurde, sich die Maultiere den Weg entlangmühten, aber auch das hörte sich auf. Gab schließlich nicht nur die schönen Erinnerungen mit Hanni, sondern auch die mit seinem groben Vater. Und ja, mit den Jahren hat er hier in diesem Wohnhaus, 750 Schritte von dem Mühlgebäude entfernt, auch wieder prächtig schlafen gelernt, sogar untertags.

Und nun also steht sie höchstpersönlich hier, die gute Hannelore, und sie klopft und klopft und klopft, bis endlich der Schlagbohrer verstummt, sich, wie zu erwarten, etwas regt und geöffnet wird. Nur von Einlass keine Spur.
»Ich muss Friedrich sprechen!«
»Aber ist zu frih, Frau Huber! Finfzehn Minuten.«
»Das war keine Frage.«
»Aber ist trotzdem zu frih?«
Pavel steht in der Tür.
Pavel Opek.
Mit K nicht C. Hat also nichts mit Öl zu tun, außer es geht um seine Kochkünste, seine Hände und seine Haare natürlich, sonst bliebe die Frisur des gelernten Automechanikers nicht so in Form. Ob beabsichtigt oder unbeabsichtigt, sei dahingestellt. Möglicherweise fährt er sich ja auch einfach nur während der Arbeit durch seine Locken. Und Arbeit hat Pavel genug, seit er vor gut zwanzig Jahren schon von Pfarrer Feiler nach Glaubenthal mitgebracht wurde. Überhaupt kann sich die alte Huber nicht erinnern, Pavel Opek je anders bekleidet gesehen zu haben als mit blauer Latzhose und kariertem Flanellhemd, die Ärmel bis über die Ellenbogen hochgekrempelt.

Was Ulrich Feiler damals so oft ins Böhmische hat reisen lassen, weiß hier kein Mensch, die Knödel, die in Schmalz herausgebackenen Kartoffelpuffer, die in Butter geschwenkten Mohnnudeln allein werden es wohl kaum gewesen sein.

Manch Glaubenthaler munkelt, Pavel wäre der uneheliche Pfarrerssohn. Andere tippen auf Liebhaber. Anfangs wohnhaft im Pfarrheim, lebt er nun drüben beim Hoberstein mitten im Wald.

Und seltsamerweise herrscht ihm gegenüber eine überraschende Liberalität, als stünde er unter Naturschutz. Ein Umstand, der sich natürlich schlagartig ändern wird, sollte ihm eines Tages der Häcksler die rechte Hand einkassieren oder irgendein Altersleiden die Fähigkeit rauben, hier nicht nur die Gräber auszuheben und wieder zuzuschütten, sondern für jeden die Drecksarbeit zu erledigen. Von Baumschnitt bis Kanalräumung, von Stemmarbeiten bis Dachdecken, von Verlegen der Leitungen, Strom, Wasser, bis zum Verputzen von Wänden, Streichen, Tapezieren, Pavel kann alles.

Nur mit der deutschen Sprache scheint er sich nicht richtig anfreunden zu wollen. Die alte Huber ortet dahinter durchaus Absicht, die subtil versteckte Botschaft: »So, wie ihr mich nicht wirklich einen von euch werden lasst, will ich auch wirklich keiner von euch sein!«

Geschmeidig klingt sein Akzent, liebevoll melodiös. Alles vielleicht in seiner Sanftheit ein klein wenig schmierig, ähnlich dem öligen Glanz seines Haars, aber dennoch selbstbewusst:

»Hat er mir aufgetragen, darf ihn niemand stören vor finfzehn Uhr. Und für gewähnlich gilt niemand fir jedermann!«

»Ich bin aber nicht jedermann und außerdem eine Frau!«, traut die alte Huber ihren Ohren nicht. »Also weck ihn auf, und dann erklär mir, warum du nicht auf Walters Begräbnis warst!«

»War mein Freund!«

Keinen Millimeter weicht Pavel Opek von der Stelle.

»Dass ihr so gute Freunde wart, die sogar miteinander Karten spielen, wusste ich gar nicht. Außerdem, was soll das für eine komische Ausrede sein: ›War mein Freind‹? Ich kenn Leute, die über drei Stunden öffentlich herfahren, und du schaffst den Weg von deinem Loch nicht herüber zu jenem Loch, das du obendrein selber ausgehoben hast. Übel ist das. Ein feiner Freund bist du also.«

»Und kenn ich Leite, die rihren sich ganze Leben kaum und kommen dann auf Beerdigung und zu Leichenschmaus. Was ist ibeler? War ich nicht, weil wäre gewesen fir mich nur zum Weinen!«

»Na, zum Weinen war es ja dann tatsächlich!«, reicht es der alten Huber. Selbstbewusst marschiert sie an Pavel vorbei durch die ihr nicht aufgehaltene Türe.

»Seit wann baust du dir eigentlich die alte Jagdhütte um? Willst du also allein sein?«

»Ist Alleinsein in diese herrliche Gegend nicht die schlechteste Läsung.«

»Du meinst wohl eher wegen der Einheimischen, oder! Warum bist du überhaupt hier?«

Einem tiefen, resignierenden Ausatmen folgt zuerst ein:

»Fir Tierbändigung. Hat Friederich weiße Pferd in Keller!«, dann ein nüchternes: »Schimmel. Bitte schließt du Tire und wartest in Kiche!« Kurz bleibt er stehen, spitzt die Ohren. Irgendwo in der Ferne ist ein Schuss zu hören.

»Was gibt hier fir Ballerei?«

»Ein Wolf ist im Dorf«, erklärt die alte Huber nüchtern.

»Am helllichten Tag? Blädsinn! Sind Wälfe nachtaktiv, oder hächstens in Dämmerung. Kenn ich sogar zahme Streiner, und selbst der kommt driben beim Hoberstein nur zu meine Hitte und lässt sich fittern, wenn ist finster«, marschiert er an Hannelore vorbei, verschwindet im Stiegenhaus, und natürlich horcht sie nun auf, die alte Huber. Ein zahmer Streuner, der sich am

Hoberstein füttern lässt, irgendwo Walters Socken findet und bis nach Glaubenthal schleppt?

»Ich kenn ja deine Hütte nicht, aber wie es aussieht, dürfte es ihm dort nicht mehr gefallen haben!«

»Na, dann ist bläde Vieh und wird bald Bettvorleger!«

Gab definitiv schon bessere Zeiten, um als Wolf geboren zu werden.

Um als Schimmel geboren zu werden, gibt es hingegen kaum paradiesischere Umstände als das Wohnhaus der Holzinger Mühle. Eine Feuchtigkeit steckt hier in den ebenerdigen Mauern, allein bei Betreten des Hauses wird sonnenklar, warum der Anzug des alten Holzinger, ja überhaupt der komplette Holzinger, gar nicht viel anders riechen könnte, selbst wenn er wollte.

Und weil die Passion des ehemaligen Lehrers das Sammeln alter Bücher ist, die Mauern allesamt gespickt mit Regalen, steigt der alten Huber jetzt eine zentnerschwere Süße in die Nase.

»Was ist los, Hanni?«, steigt hingegen Friedrich Holzinger, gefolgt von Pavel, die Treppe herab.

21 Immer noch

Abgekämpft sieht er aus, die Ringe unter den Augen ein dunkles, bedrohliches Grinsen. Als vergeistigter Kauz war er hier in Glaubenthal stets verrufen, immer schwermütig, alleinstehend, bis schließlich während eines Dorffestes von Augenzeugen berichtet wurde: »Stellt euch vor, die Stadlmüller Regina hat sich grad den Holzinger schöngesoffen!«

Da gab es kein Entkommen. Denn Regina Stadlmüller galt hier als das fleischgewordene Johannesevangelium: »Im Anfang war ihr Wort, und das Wort war bei ihr, und sie war das Wort!«

Folglich war auch sie es, die Friedrich Holzinger auf dem damals noch intakten Marktplatz unter der Sommerlinde die Frage stellte: »Unser Sohn, der Kurt, ist mittlerweile über ein halbes Jahr alt. Willst' mich jetzt nicht endlich heiraten, oder willst mich jetzt endlich heiraten?« Und das vor aller Ohren. Eine starke Frau eben. Entsprechend ungewohnt für sie die Antwort: »Eher nein!«

Von diesem Tag an wurde das gemeinsame Kind aus den Händen der Mutter zusätzlich zu seinem Grießbrei mit Hass gefüttert, Tag für Tag, worauf Friedrich Holzinger das Dorf verließ. Und als er Jahrzehnte später wiederkehrte, war Regina längst beerdigt und musste Kurt auch nicht mehr gefüttert werden. Der Hass auf seinen Vater war ihm in Fleisch und Blut übergegangen. Viele behaupten, zu Recht. Andere behaupten, gegen den Hass der Stadlmüller Regina wäre sowieso kein Kraut gewachsen.

Die Lebensfreude ist dem alten Holzinger jedenfalls auch während seiner Jahre fern der Heimat nicht mehr eingeschossen. Nur gegenüber der alten Huber schummelt sich hin und wieder eine fast wehmütige Zartheit in sein Gesicht, dieses wortlose: »Hanni, ich mag dich einfach. Immer noch.«

Darüber gesprochen wird natürlich nie. Wozu auch, wenn doch jedes Wort der Vorstellung den Zauber nähme, wie anders wohl das Leben verlaufen wäre, hätte der Walter die Regina, und die Hannelore den Friedrich geehelicht. Stattdessen fallen nun Sätze wie: »Ist dein toter Mann wieder aufgetaucht, darfst jetzt in Ruhe endlich Witwe sein?«

»Leider nein.«

»Was leiten sie ein?«

»Leider nein!«, wiederholt Hannelore etwas lauter. Der nächste Schwerhörige. Spielt aber keine Rolle. Für die alte Huber laboriert ohnedies die ganze Menschheit neben der Sehschwäche ja ohnedies an einem Ohrenleiden, das an Taubheit grenzt.

»Also noch immer nicht? Komisch. Und was führt dich her? Ich hab gerade versucht, ein wenig zu schlafen!«

Pavel Opek legt ein bestätigendes Heben seiner Arme, Schultern und Stirn an den Tag, da braucht er gleich gar nichts mehr zu sagen, um sich von Hannelore Huber entsprechend etwas anhören zu können. »Und du da, misch dich nicht ein!«

»Ist Duda polnische Staatspräsident!«

»Lässt du uns jetzt endlich allein!«

Klingt natürlich ziemlich roh, wäre da nicht das offensichtliche Schmunzeln auf den Opek-Lippen und das hintergründige in den Huber-Augen. Man mag sich einfach. Irgendwie.

»Kann ich deine Gemit nur empfehlen Kreitertee. Ist außergewähnlich gut fir Nerven! Oder Handvoll Nisse.«

»Kannst du dir behalten, deine Läuse!«

»Noch besser fir Nerven!«, deutet Pavel auf die in der Küche stehende Flasche Rotwein und erklärt dem alten Holzinger bereits im Gehen: »Ist ible Situation mit Kellermauer, braust du viel Geduld, und musst du grindlicher liften!«

»Grindig liften? Klingt nach Schönheitschirurgie!«, kann sich der alte Holzinger nicht verkneifen und zaubert der guten Hannelore ein flüchtiges, zaghaftes Lächeln ins Gesicht. Und keinem sonst in Glaubenthal gelingt das so oft wie ihm.

»So traurig, wie du grad dreinschaust, Friedrich, würd dir ein wenig Liften wahrscheinlich auch nicht schaden!«

»Na ja, ich hätte mich ja jetzt selber auch noch nicht aufgeweckt!«

»Dann geh eben nicht immer ins Bett wie ein Künstler, und steh auf wie ein Beamter!«

»Sieben Uhr fünfundvierzig war Schulbeginn, Hanni, jahrzehntelang! Dieser Rhythmus bleibt mir ewig!«

»Einmal Lehrer, immer Lehrer!«

Und jetzt schmunzeln sie ganz dezent, die heute so besonders traurigen Augen des alten Holzingers.

»Ja, genau. Also, was gibt's?«

»Ich muss mit dir reden! Vertraulich.«

»Doch einen Rotwein?«, steht er auf und schenkt zwei Gläser ein.

Man trinkt, atmet durch, dann legt sie los, die alte Huber:

»Zwei Fragen hab ich: Mir kommt vor, da stimmt etwas nicht! Mit Kurt! Weißt du …«

»Mit meinem Sohn, dem Herrn Bürgermeister!«, wird sie unterbrochen. »Bei dem stimmt hint' und vorn was nicht.« Spürbar härter nun sein Ton. Überhaupt kann sich die alte Huber nicht erinnern, ihn jemals so angespannt erlebt zu haben, ihr gegenüber.

»Der ist gerade mit Karacho aus dem Dorf, und …!«

»Hanni!«, unterbricht er. »Da kannst du mich jetzt alles Mögliche fragen wollen. Es ist sinnlos. Mit mir redet er ja nicht, wie du weißt! Maximal den Kurti hetzt er gegen mich auf, so wie seine Mutter damals ihn! Und bevor ich mich noch mehr aufreg, stell mir deine zweite Frage, bitte«, trinkt er einen kräftigen Schluck. Hier braucht es wahrscheinlich zwecks Versöhnung eine tief greifende Erschütterung, Krankheit oder gleich einen Todesfall.

»Du weißt doch sicher, wie Walter gestorben ist?«

»Herzinfarkt, beim Spazierengehen!«

Auch Friedrich Holzinger scheint ahnungslos, trotz seines wie auch immer gearteten Kontaktes in Richtung Bordell. Jetzt ist sie natürlich schwer in Versuchung, die gute Hannelore, wenigstens ihn einzubinden: »Ich hab gehört, du gehst auf deine alten Tage noch zur Herrengymnastik!«

»Wie, Herrengymnastik?«, schieben sich seine Augenbrauenbüsche Richtung Stirn. Und die alte Huber muss an ihr winterhartes Ziergras denken, Blauschwingel, Chinaschilf, sich überwinden, nicht der seltsamen Eigendynamik dieser wuchernden Gewächse zu erliegen, sie zurechtstutzen zu wollen.

»Na ja, wie ich gehört hab, bist du offenbar Stammkunde bei Marianne?«

Schlagartig klappen seine Augenbrauen abwärts, verdecken ihm beinah den Blick. Streng sein Ton: »Wer erzählt so einen Schwachsinn! Die Idioten beim Brucknerwirt!«, schenkt er sich nach, trinkt erneut: »Abgesehen davon: Ich turne nicht. Schon gar nicht mit meinen Mädchen, auch wenn sie als Prostituierte arbeiten! Das wäre dann nämlich auch keine Herrengymnastik, sondern ein Kinderturnen! Die hätten bei mir alle in der Schulbank sitzen können. Und Lehrer, die sich Schülerinnen aufreißen wie ein Packerl Manner-Schnitten: Abartig ist das, pervers!«

Husten muss er, vor lauter Ärger, greift in seinen Hosensack, nimmt ein Stofftaschentuch zur Hand, dem nicht nur der Kummer einer ganzen Woche anzusehen ist, schnäuzt sich, blickt die alte Huber an, und alles entlädt sich, denn wie gesagt: Der Genetik entkommst du nicht. Das trifft natürlich auch auf Friedrich Holzinger zu: »Einmal Lehrer, immer Lehrer! Da hast du nämlich völlig recht, Hanni. Drum sitz ich jeden Montag- und Mittwochnachmittag in Sankt Ursula in der Bäckerei Kronberger und geb dort Sprachunterricht. Gratis. So schaut's aus. Endlich Menschen etwas beibringen können. Endlich erleben dürfen, wie Schule tatsächlich Sinn macht. Kommen kann, wer will! Pavel ist meistens mit dabei und führt mich hin, sogar Albin war gelegentlich zu Gast!«

Kurz schildert Friedrich Holzinger, welch intellektuelle Ergüsse mit »Kommen!« er ertragen muss, seit sich bis nach Glaubenthal herumgesprochen hat: Auch Servicedamen des Freudenhauses Marianne drücken bei ihm die Schulbank.

»Damit sich deine Huren besser mit ihren Kunden unterhalten können, oder wie?«

»Bist jetzt also ein Entwicklungshelfer?«

»Nicht wirklich, weil da müsst ich ja bei euch anfangen!«

Ein wenig streckt sich nun sein Rückgrat, leuchten seine Augen auf: »Ja, und hin und wieder sind eben auch ein paar Mädchen dabei, die den Aufstieg vom waag- ins senkrechte Gewerbe schaffen wollen! Entwicklungshilfe, dort, wo es wirklich etwas bringt, weil in der Gaststube wäre es sinnlos! Mariata Babangida zum Beispiel, unter den Kunden abschätzig Schwarze Gazelle genannt, hat ihrem Beinamen alle Ehre gemacht und den Absprung geschafft!« Schön, seinen Sinn des Lebens zu entdecken, und dann erweist sich diese Entdeckung auch für die Mitmenschen als nicht gar so verkehrt.

»Mittlerweile arbeitet sie in einem Pflegeheim und macht die Ausbildung zur Krankenschwester. Das freut mich dann natürlich.«

Freude, die ihm nicht anzusehen ist. Ganz im Gegenteil. »Ja, und jetzt ist eines meiner Mädchen verschwunden. Seit drei Tagen.«

»Svetlana!«, nutzt die alte Huber seine Gedankenpause.

»Woher weißt du das?«

»Alle wissen das. Die Polizei hat es in der Gaststube erwähnt.«

»Na, dann suchen sie ja offenbar endlich nach ihr. Blitzgescheit war sie, und hat mit ihrer Freundin Anuschka nebenbei für den Schulabschluss gelernt. Die wäre nicht einfach verschwunden, ohne es mir zu sagen.«

Und in Hannelores Kopf rumort es. Rückblickend wirkt ja alles sehr gehetzt: Pfarrer Feiler und Bürgermeister Stadlmüller, die Albins Sarg samt Albin einfach ins Dorf bringen und Walter beerdigen lassen wollten; Hertha Müller und dieser Menschenaffe Gustav 1, die, kaum war die Polizeibeamtin aus der Gaststube draußen, das Weite suchen; von dem mit Leichenwagen davonrasenden Stadlmüller und seinen Verfolgern ganz zu schweigen. Da herrscht eine seltsame Eile, als ginge es nicht nur um Albins Tod, Walters Verschwinden, sondern um Zeit. Es gibt also nur einen Weg weiterzukommen:

»Bist du auch heute dort, Friedrich?«

»Im Kronberger? Es ist Mittwoch. Selbstverständlich!«

Ein paar tiefe Atemzüge braucht sie, dann lässt sie Friedrich Holzingers Chinaschilf gen Haaransatz steigen, vor Erstaunen, möglicherweise sogar Freude.

»Ich fahr mit!« Sie kann sich ja täuschen, die alte Huber, aber der gerade eintretende Pavel Opek sieht damit nicht gar so glücklich aus.

22 Benedikt und sein großer Fang

Als sich der Apfelbauer Benedikt Fuhrmann mit Blick in den Himmel zu seinem Südhange begab, um dort sicherheitshalber noch einmal die Befestigung der Hagelnetze zu kontrollieren, wusste er noch nicht, wie sehr diese Netze nicht nur den Hagel aufzufangen imstande sind.

Denn da waren noch weitere Wolken im Anrollen.

Laut, dröhnend, staubig.

Zwei Stück an der Zahl.

Und sie bewegten sich schnell.

Zuerst dachte er an die beiden Lorenzbrüder, diese Hornochsen, mit ihren Enduros. Ausgereifte Körper Erwachsener gesteuert von den Gehirnen Halbwüchsiger. Jeder Feldweg, jede Forststraße, jedes Bachbett ist seither eine lebensgefährliche Region, weil ja die beiden eines Tages: »Paris-Dakar. Aber das verstehst du nicht, Fuhrmann, weil das ist nur was für wahre Männer!«

Nein, das versteht er nicht, der Fuhrmann Benedikt, und was ein unwahrer Mann sein soll, versteht er schon gar nicht. Maximal ein kastrierter, sprich ein Hornochse. Insofern müssten ja grad wieder die Lorenzbrüder Bescheid wissen.

Nur: Die beiden waren es nicht.

Sie ist dann nämlich für Enduros doch zu behäbig geworden, diese immer näher kommende Staubwolke. Und ja, für die Schikane dort oben am Ende seines Südhanges wäre bei einem derart hohen Tempo schon eher ein geländetaugliches Zweirad geeignet gewesen. Dieses offenbar schon ältere Modell eines schwarzen Mercedes Kombi aber konnte aus seiner Haut nicht raus, nur aus der Fahrbahn.

Richtig abgehoben hat es ihn. Ein Leichenwagen, wie Benedikt Fuhrmann im Vorbeiflug feststellen und auch festhalten konnte, dank seiner kleinen Nikon. Das hat er nach den kriminellen Verrenkungsübungen seiner letzten Versicherung eben gelernt, vor einem drohenden Hagelschauer den aktuellen Istzustand der Anlage fotografisch zu dokumentieren.

Und wenn es einen Gott der Äpfel gibt, dann wurden von dem großen Deus Jonagold und seiner süßen Gala hier wahre Wunder verübt, denn das Geschoss schlug nicht in die Bäume ein, sondern dazwischen.

Dann ging es mit dem Kombi rasant hangabwärts, Kombi-Abfahrt sozusagen, riss der Wagen das Netz mit sich, wie ein Skirennläufer, dem die Bindung aufgeht, irgendwo auf der Streif, Lauberhorn oder Kandahar, und blieb schließlich hängen.

Das Hagel- also ein Fangnetz.

Und ja, die Bäume wurden durch das Netz ein wenig beschädigt, Äste brachen, Früchte fielen, aber niedergefahren wurde keiner, Gott sei Dank.

Nur ein Einziger gab klein bei, hielt dem durch die Windschutzscheibe des Leichenwagens herausschießenden Blechsarg nicht stand. Frontal der Aufprall. Der Stamm teils entwurzelt, der Sarg aufgesprungen, der Leichnam herauskatapultiert. Fallobst. Auch optisch. Nicht mehr im Saft stehend, verschrumpelt, schmächtig. Wie eine Puppe flog der in einem Anzug steckende Mann durch die Luft, mit harter Landung, Kopf voran. Grauenhaft der Anblick.

Da kam hoffentlich schon vor dem Unfall jede Hilfe zu spät.

Anders jedoch im Inneren des Fahrzeugs.

So schnell er konnte, lief Benedikt Fuhrmann auf die Unglückstelle zu, und allem Anschein nach wurde der Leichenwagen seinem Namen gerecht. Blutüberströmt und stirnseitig ein wenig in das Lenkrad hineingearbeitet der Kopf des Fahrers. Tragisch natürlich, in einem derart brenzligen Moment erstmals dringend einen Airbag zu brauchen, und dann hinter dem Steuer eines Mercedes-Oldtimers zu sitzen.

»Hallo, hören Sie mich? Kann ich, ich ...?«

Da schien jede Hilfe zu spät.

Und wie überhaupt helfen.

Sind ja doch schon ein Weilchen her, der Führerschein, der Erste-Hilfe-Kurs, die Übungspuppe. Dreißig Jahre mindestens. Außerdem, wie war das eigentlich: zuerst pumpen und dann beatmen? Oder zuerst beatmen und dann pumpen? Wie oft, wie schnell, wie fest und vor allem wo? Die wievielte Rippe von unten oder oben oder doch gleich Brustbein? Keine Ahnung.

Da schaut man dem regungslos Verblutenden dann eben eher zu, versucht es mit psychologischer Betreuung, Zuspruch: »Geht es Ihnen gut?«, maximal mit dezentem Zeigefingereinsatz: »Leben Sie noch? Hallo?«

Im Fall des Apfelbauers gar ein bisschen zu kräftig, das Antippen. Beinah das Bewusstsein verlor Benedikt Fuhrmann vor Schreck, denn wie vom Blitz wieder zum Leben erweckt schoss der Körper des Lenkers nun hoch, sah sich panisch um, das Gesicht bis zur Unkenntlichkeit blutverschmiert, dazu Lallgeräusche. Unverständliche.

»Umbrien? Meinen Sie Umbrien?«

»Umbien!«, wiederholte der Fremde, zog sich panisch aus dem Wagen und stolperte davon.

Benedikt Fuhrmann brachte vor Erstaunen zuerst kein Wort zustande, Foto überhaupt erst viel zu spät, dachte dabei an irgendwelche Horrorschocker, die seine Frau Mathilda regelmäßig konsumiert, um danach bedenklicherweise trotzdem herrlich schlafen zu können, dachte weiters an seine eigenen cineastischen Vorlieben, die *Blues Brothers* oder *Men in Black*, denn da standen zwei Herren in schwarzen Anzügen vor einer schwarzen Limousine an der Kante des Abhangs. Und sie standen dort nicht lange, setzten sich dunkle Sonnenbrillen auf und mit ruhigen Schritten in Bewegung, hangabwärts.

Schließlich wurde ihm klar, was der Lenker des Leichenwagens wohl gemeint haben könnte:

»Umbringen!«, flüsterte Benedikt Fuhrmann.

Dann lief auch er.

23 Unterwegs

Dreißig Minuten Fahrzeit für rund fünfundzwanzig Kilometer Landstraße, da erklärt sich die Gegend von selbst. Ordentlich schlecht ist ihr mittlerweile geworden, der alten Huber, heilfroh, nur die paar Löffel Suppe ohne Leberknödel, Schweinsbraten oder Schwarzwälder Kirsch in sich zu tragen.

Wie im Blindflug geht er immer wieder die Landstraße entlang durch den dichten Wald – »Ist Abkirzung, Frau Huber!« – oder in stellenweise engen Kurven durch die Wiesen und Felder, hügelab- und hügelaufwärts. Rissig die Fahrbahn. Schmal.

»Als wirde Ringelnatter sich heiten!«

Breit nur die Schlaglöcher oder der Gegenverkehr.

»Elende Traktor, gehärt verboten! Und logisch, die Birngruberin: Frau am Steier.«

Umstände der Außenwelt also, völlig ausreichend, um gewaltig auf den Magen zu schlagen. Da bräuchte es dann wirklich nicht extra noch die Zustände der Innenwelt. Das klebrige, verstaubte Armaturenbrett, überall lose Zettel, Verpackungsmaterial. Zwei Werkzeugkisten und ein paar Plastikflaschen, die mit der Beinfreiheit des Beifahrersitzes konkurrieren. Leere Pappbecher mit eingetrockneten Kaffeerändern, die sich in der Getränkeausnehmung neben der Handbremse stapeln. Und nur dank der verschmierten Fensterscheiben verströmt zumindest die Welt dahinter eine gewisse Romantik.

»Den Wagen hast du auch noch nie geputzt!«, käme der alten Huber jetzt ein doppelter Obstler nicht ungelegen.

»Ist ja nix Putz-, sondern Nutzfahrzeig!«

»Und Speisekammer, Altpapiercontainer, Mülldepot!«

»Vor allem fahrende Werkstatt und Wundertite. Weil geht nix, gibt's nix!«

»Tüte, Pavel. Ü, Ü, Ü!«, so Friedrich Holzinger hundemüde von der Rückbank aus.

»Eher fahrender Aschenbecher!«

»Wie kommst du auf Idee, Frau Huber?«

»Der Geruch! Wenn alle Tannen so nach Tanne duften wie der Baum an deinem Rückspiegel, wäre das Waldsterben ein Segen!«

»Was fir blädsinnige Klischee! Ist also automatisch jede Tscheche Kettenraucher, dann ist auch jede Pole Autodieb, jede Ästerreicher Nazi, jede Tirke …!«

»Ist schon recht!«

»Kännt ich auch anbieten statt Tanne: Pina Colada! Außerdem wird Zeit fir bessere Stimmung!«, aktiviert Pavel Opek sein Autoradio.

»Muss das sein!«

»Hat ibrigens meine Babička aus Brinn immer gesagt: Missen, Pavel, missen tun wir nur sterben, aber glickickerweise noch nicht jetzt.«

Worauf sich auch der alte Holzinger in Reihe zwei erneut zu Wort meldet: »Wäre aber schön, wenn wir das Sterben noch ein Weilchen missen könnten, Pavel! Und das Gedudel auch. Also bitte schalt die Musik wieder aus, schau auf die Straße, und …«

»Vielleicht auch mit beiden Händen auf dem Lenkrad!«

»Bleibt ihr gemitlich. Kenn ich Heimstrecke wie Hosentasche. Außerdem, ein Freind von mir aus Olmitz, der Adam, war einarmig und Pianist!«

»Was willst du mir damit sagen?«

»Gibt viele Wege zu Glick, und einfachste ist: weniger Jammerei. Zitat Einstein!«

»Ein Stein liegt dort auf der Straße, ein ziemlich großer, und es ist kein rollender. Zitat Huber!«

»Ist mäglicherweise kein Stein, sondern war nachtaktiv. Schätz ich, Mader. Nein, Fuchs. Na, siehst du: Dachs!«

Sanfter werden bald die Hügel, alles weitläufiger. Selbst die Glaubenthaler Ache strömt nun friedlich dahin. Ein Umstand, der sich auf die Fahrweise auswirkt.

»Langsamer, Pavel.«

»Bleibst du ruhig, Frau Huber!«

»Dann siehst du nicht, was ich grad seh!«

»Wo? In Rickspiegel! Meine Gite, ist nur Blaulicht!«

»Verdammt, Pavel, ich hab doch gesagt, du fährst zu schnell!«

»Aber, Friedrich, kann alles Mägliche sein ... Na, schaust du, wird gleich iberholen.«

»Ja, um uns anzuhalten.«

»Und kannst du schon nachwinken freindlich!«

Der Rest ist Schweigen. Endlich. Die alte Huber schließt die Augen, einfach nur der Nerven wegen.

Dann ist es geschafft, geht es hinein nach Sankt Ursula, um irgendwo vor den zwei- bis dreistöckigen Ackerbürgerhäusern des historischen Stadtplatzes eine Parklücke zu finden. Bei rund fünftausend auf deutlich engerem Raum zusammenlebenden Einwohnern wie eben die dreihundert in der Streusiedlung Glaubenthal, gar keine so leichte Angelegenheit. Eine Schulstadt, klein, aber oho, sogar mit eigenem Thermalbad und Landeskrankenhaus. Gegenüber des Stadtbrunnens, nur wenige Meter neben dem hiesigen Polizeirevier und der danebenliegenden Bäckerei Kronberger samt kleinem Kaffeehaus, freut sich dann einer: »Na bitte, Glick hat eben nicht nur Ticke, sondern auch Licke!«

»Na, hoffentlich ist deine gute Laune keine ansteckende Krankheit«, freut sich auch die alte Huber. Endlich aussteigen.

»Halt ich fir unmäglich, weil ist ja deine schlechte auch nicht. Ibrigens: Was denkt ihr, wie oft lacht Kind täglich?«

Lang war sie schon nicht mehr hier gewesen. Ein seltsamer Wink des Schicksals ist es also, justament am Tag der Beisetzung ihres Ehemannes bei seinem ehemaligen Arbeitgeber, der Postsparkasse, vorbeizuspazieren, und Pavel fängt genau hier über Kinder zu sprechen an.

»Also: Wie oft?«

»Was meinst du, Hanni, wird er es uns sagen?«, steigt auch bei Friedrich Holziger nun die Laune, je näher er dem Kronberger kommt.

»Vierhundertmal. Und Erwachsene?«

»Jetzt red halt schon.«

»Zwanzigmal. Und glaub ich, wird Zahl fir Tote nicht besser! Außerdem hat meine Babička immer gesagt: Pavel, missen wir zwar alle sterben, aber ist besser mit Lachfalten statt Tränensäcke.«

»Vielleicht fängt ja der Spaß erst richtig an, wenn wir tot sind!«

»Ja, vielleicht. Möglicherweise erst dann, aber ganz sicher auch jetzt!«, lächelt der alte Holzinger. »Denn was glaubst du, Hanni, wie oft lacht Binduphala?«

24 Moor im Hemd

Wolfram Swoboda hat es gehasst, immer schon.
 Spazierengehen.
Als Kind mit seinen Eltern und seiner Schwester.
Als Jugendlicher zuerst mit seiner geschiedenen Mutter, seiner Schwester und dem Hund. Dann die ganze Prozedur noch einmal mit dem Herrn Papa allein, weil seine Schwester die neue junge Frau des Vaters hätte ›Schwester‹ nennen und ihr folglich ins Gesicht kotzen können.
Als junger Mann mit diversen Anbahnungen und Abzweigungen.
Als Ehemann mit Frau und Kind.
Und nach der Scheidung wäre es ihm mit seiner Tochter allein dann erstmals ein Vergnügen gewesen, nur sie wollte nicht.
»Aber du bist auf dem Land aufgewachsen, lebst auf dem Land, hast das Land in dir, warum bist du dann nicht gern draußen?«, hat er sich selbst einmal zu ihr sagen gehört.
»Genau, Papa. Und jeder Eskimo geht gern Skifahren, und jeder Großstädter gern in die Oper«, war ihre Antwort und er hinterrücks mit Stolz erfüllt. Ganz sein Kind eben.
Mittlerweile bringt Wolfram Swoboda 115 Kilo bei 162 cm Körperlänge auf die Waage, ist nach dem zweiten Stock bereits kurzatmig, obwohl er den Lift benutzt, dafür gelingt es ihm rekordverdächtig lange, im Schlaf die Luft anzuhalten.
»Kann ich ja dann Taucher werden!«, war ihm die Diagnose seines Hausarztes ein Scherzchen wert. Apnoe als Folgeerscheinung einer Adipositas.
»Sie sollten sich dringend mehr bewegen, Herr Swoboda. Spazieren gehen vielleicht!«

Idiot.

Und ganz sicher ist sich Wolfram Swoboda jetzt nicht, ob dieses elende, in Richtung Basketball-Korbleger dimensionierte Frauenzimmer, das ihm da verpasst wurde, mit seinem Hausarzt unter einer Decke steckt.

»Ein bisschen frische Luft schadet Ihnen nicht, Herr Kollege!«

»Ich hab mir grad vorhin vom Kronberger selber meinen Coffee to go geholt, zu Fuß, das ist mir frische Luft genug! Außerdem latschen wir jetzt seit zehn Minuten durch die Gegend! Querfeldein! Und schauen Sie sich das an, sogar hier liegt Dreck herum!«

Schnaufend und obendrein ächzend bückt er sich, Umweltschutz eben, und bekommt eine kleine Plastikhülle gereicht.

»Stecken sie es da rein, ist Beweismaterial!«

»Beweismaterial?«

»Sie werden es gleich verstehen. Die Orientierungsläufer, die hier deutlich länger als zehn Minuten unterwegs waren, schnaufen übrigens nicht so wie Sie.«

»Und: Bin ich Orientierungsläufer oder Polizist geworden? Das nächste Mal schicken S' mir ein Foto, bevor Sie mich herumjagen! Also, was machen wir hier? Kein Mensch kommt freiwillig in diese Gegend, außer er will sich umbringen oder fortpflanzen.«

»Eben. Sie sind mein Vorgesetzter und ...«

»Hat sich das endlich bis zu Ihnen herumgesprochen! Fein.«

»... und müssen das mit eigenen Augen sehen. Der Anblick lohnt sich!«

»Und wann ist es so weit, oder zieht sich das noch so wie Ihr Name! Kollegin Anni-nita, nein, -nika. Annika Unter...«

»Jause hab ich leider keine mit, aber Sie können natürlich

gerne austreten für kleine Jungs, mein Vater hatte es auch mit der Prostata!«

»Was haben wir gelacht, Fräulein Angela, nein, Angelina, weil …!«

»Angelika, dann Unterberger-Sattler! Und sagen Sie nie wieder Angelina zu mir. Vielleicht in hundert Jahren mal Angi, Geli, Ika, so nennen mich meine Freunde, aber niemals Angelina!«

»Ich werd bald gar nichts mehr sagen können! Sie wissen schon, warum hier über weite Strecken ein Holzsteg errichtet wurde? Das ist ein Moor, Frau Kollegin, und wir latschen querfeldein. Ich buchstabiere M-O-O-R. Verstehen Sie. Und damit ist kein Neger gemeint!«

»Was haben wir nicht gelacht, Herr Kollege! Ich weiß schon, Ihre Schulzeit ist ein Weilchen her, trotzdem schreibt man erstens bei ›Mohr‹ statt dem zweiten O ein stummes H, und zweitens sagt man beides nicht mehr!«

»Was? Moor und Mohr? Und wie soll ich dann im Kronberger meine Nachspeis' bestellen? Mohr im Hemd! Und wer ist überhaupt ›man‹ – Werden Sie jetzt gerade absichtlich schneller, Untersattlerin? Jetzt warten Sie doch, verdammt …!«

25 ... und er lacht trotzdem

Das nutzt leider gar nichts, den armen Kaffee in einen Pappbecher füllen, ihm krampfhaft mit Anglizismen irgendwelche motorischen Fähigkeiten andichten und dann darauf hoffen, er fange zu laufen an. Denn wer in Sankt Ursula die Bäckerei Kronberger betritt, kommt, um ein Weilchen zu bleiben.

Rentner, die ihre Nachmittagsstärkung zu sich nehmen, das Treiben auf dem Stadtplatz beobachten oder Zeitung lesen.

Kurgäste aus dem nahe gelegenen Thermalbad.

Arbeiter, Angestellte, Unternehmer, die sich zwischendurch einen Imbiss gönnen und mit ihrem Coffee to go trotzdem beisammenstehen.

Menschen, die jenes Brot und Gebäck erwerben, welches Vater und Mutter Kronberger seit dreißig Jahren Tag für Tag dank ihrer Hände Einsatz in innig verschwiegener Verbundenheit herstellen, während Sankt Ursula noch schläft. Die Frage, was Liebe ist und ob so etwas auch ein Leben lang halten kann, stellt sich den beiden erst gar nicht. Hier ist sie ohnedies zu schmecken. Und zu sehen.

»Jetzt passt du auf, ist zwar so gut wie unmäglich, aber lacht ständig!«, flüstert ihr Pavel Opek ins Ohr, kaum hat die alte Huber auf der Eckbank Platz genommen.

Und tatsächlich. Hundert Prozent Lebenslust trotz null Komma null Promille. Ihren Siebziger hat sie absolvieren müssen, um Derartiges zu erleben.

Und zwar in doppelter Ausgabe.

Als XL-Version athletisch, aufrecht, großgewachsen. Kräftige Oberarme ragen aus einem weißen körperbetonten Leinenhemd. Dazu strahlend weiße Zähne. Nicht gefletscht oder verbissen, sondern mit einer Fröhlichkeit, die hier nur so um sich greift.

Die XS-Variante hingegen steckt zwar noch in einem froschgrünen Strampelanzug, befindet sich mit Hannelore aber trotzdem bereits auf Augenhöhe. In einem Tragetuch an die väterliche Brust geschnallt, lacht der Kronberger Stammhalter dieser Welt ins Gesicht. Unvoreingenommen, zahnlos, neugierig.

Schwarz die großen Augen und gekräuselten Haare, milchbraun die speckigen Backen und umher rudernden Hände. Wer kann da widerstehen? Und wenn sie nun ihr eigenes dezentes Schmunzeln sehen würde, dann wüsste die alte Huber: nicht einmal sie selbst.

»Doktor Holzinger, willkommen herzlich!«

»Umgekehrt, Binduphala. Zuerst herzlich, dann willkommen. Und? Lässt die Juniorchefin ihre Männer heute alleine!«

»Ist nicht meine Junior-, sondern seit Hochzeit richtige Chefin, und macht Ausflug in Großstadt, Herr Doktor!«

»Ich bin kein Doktor!«

»Bist du. Hilfst du heilen Sprachkrankheit! Darf ich gleich bringen, so wie immer GS? Und für dich Pavel KB?«

Begonnen damit wurde vor drei Jahren.

Geärgert hat es den Friedrich Holzinger ja schon seit einiger Zeit, wenn er da als Kundschaft die Bäckerei betrat und ein ums andere Mal Zeuge dieser Realitätsverweigerung werden musste, diesem völlig falschen Verständnis von Respekt.

Eines Tages aber war ihm schließlich der Kragen geplatzt.

»Was darf es sein?«, so die Frage der Juniorchefin Sabine Kronberger.

»Ein Laib Roggenbrot!«

»A loaf of rye bread!«, wurde in perfekter Aussprache an den hinter ihr stehenden Binduphala weitergegeben.

»Sonst noch etwas, Herr, Herr ...«

»Holzinger mein Name. Woodinger auf Englisch.«

Und nein, da soll eindeutig kein Witz in seiner Stimme gelegen haben, worauf sich Sabine Kronberger zu der Bemerkung hat hinreißen lassen: »Klingt da eine subtile Fremdenfeindlichkeit durch, oder wie darf ich das verstehen?«

»Bei mir nicht. Aber wenn wir schon von ›verstehen dürfen‹ sprechen. Wie sieht es mit der Fremdenfeindlichkeit bei Ihnen aus?«

»Was fällt Ihnen ein, das ist ...«

»Das ist zwar wunderschön anzuhören, wie Sie sich mit Ihrem Lebensgefährten seit sicher zwei Jahren schon so gekonnt auf Englisch unterhalten können, Frau Kronberger, aber wenn Sie nicht demnächst nach London ziehen, wird es auch die nächsten zwei Jahre für ihn unmöglich, sich zu integrieren, zu Hause zu fühlen und langfristig Ihr Partner zu bleiben.«

»Was erlauben Sie sich!«

»Wenn Sie es erlauben, erlaub ich mir, Ihnen zu helfen.«

Ein halbes Jahr später konnte Binduphala jedem die Frage: »Warum bist du eigentlich hier?« stockend, aber doch auf Deutsch beantworten, konnte erzählen, wie ihm alles genommen wurde. Die Herkunftsfamilie, die Heimat, die Überlebensperspektive. Auf Motorrädern waren sie in sein Dorf eingefallen, im Namen des Islam. Wahllose Maschinengewehrsalven in die davonlaufende Menge. Menschen, die umfielen wie Dominosteine. Kinder, Frauen, Männer, Alte, Junge. Nur noch weg.

Über die spanischen Exklaven Ceuta und Melilla wollte er seinen Weg nach Europa suchen, notfalls mit Gummibooten über die Straße von Gibraltar. Gefunden hat er einen Engel. In Marokko.

Sabine Kronberger, Urlauberin.

Binduphala Foluke, Verlorener.

Liebe kennt keine Grenze.

Mittlerweile spricht er ein auch weit über Sankt Ursula hinaus verständliches Deutsch, was von so manchem Ureinwohner hier nicht behauptet werden kann, nimmt in seinem kleinen Notizblock mittels Abkürzungen Bestellungen auf und weiß, dass mit GS, Großer Schwarzer, und KB, Kleiner Brauner, nicht abfällig er und sein mittlerweile vier Monate alter Sohn Anwuli Kronberger gemeint sind, sondern schlicht und ergreifend nur eine entsprechende Portion Mokka mit oder ohne Kaffeeobers.

Folglich besteht er darauf, ihn aus reinster Belustigung in der Karte stehen zu lassen, den Mohr im Hemd, nur allein des Gestammels einiger Kunden wegen: »Für mich bitte ein Mo, Moh, ein Schokotörtchen in Schokosoße mit Schlagobers!«

Pädagogik eben. Klappt meistens. Gewisse Stammkunden in Polizeiuniform natürlich ausgenommen.

»Was darf sein?«, nickt Binduphala der guten Hannelore zu, und irgendwie passt seine in diesem Umfeld, in dieser Gegend so fremd wirkende Erscheinung zu den bisherigen Ereignissen.

»Mäglicherweise Kreitertee!«, kommt ihr Pavel Opek zuvor. Auch wenn sie natürlich sehr gut für sich allein sprechen könnte, liegt er mit seiner Einschätzung goldrichtig. Groß ist ihre Anspannung. So viel Neues auf einmal begegnet ihr sonst nur im Schlaf.

»Das ist unsere Frau Huber aus Glaubenthal. Sie muss dringend auf andere Gedanken kommen«, beginnt Friedrich Holzinger die Ereignisse zu schildern. Wenngleich er gar nicht viel erzählen muss, denn natürlich haben sich der Tod des Albin Kumpf und Walters Verschwinden längst bis nach Sankt Ursula und somit auch in die Bäckerei Kronberger herumgesprochen. Doch so groß die allgemeine Erschütterung auch ist, Binduphalas Lippen lächeln irgendwie immer noch, strahlen dieser Welt entgegen. Nur seine Augen weinen. Schmerz hat viele Gesichter.

Und wie es scheint, auch Friedrich Holzinger. Denn je länger er spricht, desto mehr blitzt hinter seinen Augenbrauenbüschen eine Lebendigkeit durch, da lässt es sich direttissima bis in sein Herz blicken. Ein gutes Herz.

All das, während die Runde eine bunte wird. Entsprechend betroffen anfangs die Stimmung. Albin Kumpf ist hier schließlich kein Unbekannter, so wie bald auch die alte Huber selbst. Denn dermaßen ruckzuck geht das mit dem Integrieren, da hat so mancher rechtslastige Parteifunktionär noch gar nicht nachschlagen können, wie man das eigentlich schreibt. So sitzt die gute Hannelore nun bestens betreut zwischen einer jungen, bildhübschen Frau mit rotbraunem Haar, die sich als: »Anuschka Danilow!« vorstellt, und einem: »Ich bin der Steinlechner Erwin!«, Gabelstaplerfahrer des hiesigen Lagerhauses.

Und dieser stämmige Steinlechner Erwin, 42, der etwas gegen seine Schreib- und Leseschwäche unternehmen will, sitzt wie selbstverständlich neben einem Riad Ahmad Said, 43, Allgemeinmediziner und Flüchtling aus Syrien.

Links von Riad dann der Witwer Herr Adolf Schwarz, 81. Und dieser Herr Schwarz wiederum, der hier seit geraumer Zeit seiner Einsamkeit wegen als Assistent tätig ist und jede Einheit mit einem Gedicht zu beenden sich nicht nehmen lässt, Joachim Ringelnatz, Peter Rosegger, Stefan Zweig, alles natürlich frei vorgetragen, sitzt nicht nur neben der Witwe Elke Brenner, 74, er besteht sogar auf diese Nachbarschaft. Eine elegante Dame ohne Familie, weshalb ihr hier so mancher besonders ans Herz gewachsen ist: »Sag, Anuschka, wo ist denn unsere Svetlana schon wieder?«

»Fragen wir uns selbst. Auch in Arbeit fehlt sie schon seit vier Tage!«

»Wäre Albin lebendig, wirde ich ja hoffen, sind Turtelteibchen iber alle Berge. Durchgebrannt!«, und es ist ein tiefer Blick, den Pavel Opek mit Anuschka wechselt.

»Waren die beiden also ein Paar?«, hakt die alte Huber sofort nach.

»Noch nicht, aber da lag etwas in der Luft«, mischt sich Herr Schwarz ein, »so herausgeputzt, wie Albin hier immer aufgetaucht ist, mit feinem Hemd, frischer Rasur, die Haare gekämmt. Ein gepflegter Mann sozusagen!« Und sie kann es deutlich in den Augen der Frau Brenner lesen, die alte Huber, dieses stumme: ›So wie Sie, Herr Schwarz! So wie Sie.‹

Nur allein der sperrigen deutschen Sprache wegen kommt man ja schließlich nicht hierher. Ausgenommen Friedrich Holzinger natürlich: »Dann würde ich sagen, wir fangen an!«

26 Moreen im Kleid

»Untersattlerin, wollen Sie mich umbringen mit Ihren langen Stelzen. Ich kann nicht so schnell, und verirren kann man ...«
»Wer ist ›man‹?«
»... sich hier ruckzuck auch. Na sehen Sie, oder warum bleiben wir jetzt plötzlich stehen?«
»Weil ich einen großen Fehler gemacht habe.«
»Welch Wunder. Dass Sie einen Fehler zugeben!«
»Ich hab offenbar zu viel erwartet. Dachte, Sie schaffen das, zwei Dinge auf einmal zu erledigen. Ziemlichen Stuss zusammenreden und gleichzeitig schauen. Aber leider: Mann im Moor sucht nur Mohr im Hemd!«
»Was fällt Ihnen ein, Untersa...«
»Was fällt Ihnen auf? Oberflächlich betrachtet. Dort.«
»Wo?«
»Genau vor Ihrer Nase. Muss Ihnen doch besonders gut gefallen. Wie lautet die weibliche Form von Mohr im Hemd, Herr Kollege. Moreen im Kleid? Oder Morgana, Morana? Obwohl ich befürchte, die Dame heißt anders! Spurensicherung hab ich schon informiert.«

Und Wolfram Swoboda muss sich übergeben.

Naturlehrpfad also auch für ihn.

Die erste Moorleiche seiner Laufbahn.

An jenen wenigen Körperteilen, die da aus dem Schlamm ragen, dem rechten nackten Knie, rechtem Arm, einem Teil des an der Schläfe aufgeschlagenen Gesichtes, hat allerlei Getier begonnen, nicht nur am Zahn der Zeit nagen zu wollen.

Es bedarf keiner näheren Inspektion, keines tieferen Blickes in diese offenen, leblosen Augen, Wolfram Swoboda weiß auch so: Er kennt die Dame, besser als seine Kollegin das etwas anzugehen hat.

Seine Tochter könnte sie sein.

Auf einen quer liegenden Ast muss er sich setzen, zu Atem kommen, und dort bleibt er auch ein Weilchen, sieht seiner Kollegin zu, die sich gebärdet, als hätte sie zu viel *Tatort* gesehen oder *Die Chefin, Mord mit Aussicht*.

»Keine Blutspuren weit und breit! Ich vermute, das Opfer wurde anderswo erschlagen und dann hierhergebracht. Nur, warum so schlampig? Da schleppt man jemanden durch den Sumpf, um ihn verschwinden zu lassen, und dann winkt das Opfer in der Gegend herum? Ich vermute also, der Täter wurde beobachtet, hat dies bemerkt und Reißaus genommen. Ein Zusammenhang mit dem Bein und dem Wolfsschwanz ist möglich, auch wenn das räumlich sehr weit auseinanderliegt.«

Dann ist es mit dem Zuhören aber vorbei, denn Wolfram Swoboda ruft die Arbeit. Anderswo.

»Was ist denn heut los hier, verdammt!«, erhält er einen Anruf, und diesmal fährt er gerne: »Frau Kollegin, ich muss zum Apfelbauer Fuhrmann, dem ist ein Leichenwagen in die Plantage gefahren und hat seine Ladung verloren, vielleicht Walter Huber.«

27 Plusquamperfekt

»Erster Programmpunkt wie immer: Die Schlagzeilen!«, überreicht Friedrich Holzinger jedem der Anwesenden ein Exemplar der heutigen Tageszeitung.

Das simple Motto seiner Unterrichtseinheiten lautet: Gespräche führen. Einander vorlesen. Einander schreiben. Einander unterstützen. Und natürlich erlernen dürfen, Subjekt, Prädikat, Objekt die richtige Position zuzuweisen. Für alle Fälle und möglichst für alle Zeiten.

»Fängst du zu lesen an, Erwin. Den Leitartikel bitte.«

Und schlagartig steigt bei Hannelore der Blutdruck, drückt es ihr das Herz in den Hals, werden die Hände feucht, der Mund trocken. Das darf doch nicht wahr sein, hier wird also aufgerufen! Lässt Friedrich Holzinger auf seine alten Tage tatsächlich noch einmal den Pädagogen aufleben und die alte Huber in Richtung kleine Hanni schrumpfen. Wie einst ihr Lehrer Schauer. Name bürgt für Qualität. Er an der Tafel, sie in der letzten Bankreihe. Genauso unsicher, eingeschüchtert, ängstlich. Bis sie schließlich im dritten Jahr der Grundschule die Klasse hat wiederholen dürfen, ohne dabei zwingend auf irgendeiner Dummheit sitzen geblieben zu sein. Waren eben noch andere Zeiten damals, fordernder, sowohl in Schule als auch Acker, Haushalt, Alltag. Kurzum: ein Segen. Der Schauer somit Geschichte.

Lesen konnte sie jedenfalls als Zehnjährige schon deutlich besser als Erwin Steinlechner mit seinen zweiundvierzig. Stockend, wie ein Schwertkämpfer, ringt er Wort um Wort nieder, laut, ungehemmt, mit bewundernswertem Mut. Das heißt schon was, sich hierherzusetzen, öffentlich seinen Schwächen zu stellen und auch noch abprüfen zu lassen: »Also, worum geht es bis jetzt?«, unterbricht ihn Friedrich Holzinger nach einer Weile. Soll ja nicht nur ein dumpfes Lesen, sondern auch Sinnerfassen sein.

»Um Sümpfe, Friedrich. So wie letzten Montag!«

Gelächter bricht aus. Für Hannelore natürlich unverständlich, worauf ihr Pavel erklärt: »Hat er gelesen statt ›schlammigen Simpfe‹ ›schlampigen Strimpfe‹.«

»Ümpfe!«, korrigiert ihn Erwin amüsiert. »Wie Schlümpfe, Trümpfe …!« An Albin Kumpf muss sie plötzlich denken, die alte Huber, diesen so gutmütigen Kerl und seinen möglicherweise schrecklichen Tod in dem geschlossenen Sarg. Wer um Himmels willen kann es auf ihn abgesehen und ihn eingeschlossen haben? Oder kam er, wie das Ü des Pavel Opek, unverschuldet zum Handkuss.

»Warum bitte soll es hier um Sümpfe gehen!«, will Friedrich Holzinger wieder den nötigen Ernst in seine Klasse bringen, und nicht nur die alte Huber hört aus des Steinlechners Lippen Erstaunliches: »Um braune Sümpfe geht es. So wie sich grad wieder dieses elende morastfarbige Gedankengut ausbreitet, könnte man ja direkt glauben, die Demenz sei eine ansteckende Krankheit. Hirnlose Idioten das alles.« Still wird es, als würde sich aus Erwin Steinlechner gleich Garry Kasparov, IQ 190, heraushäuten.

Dann liest er weiter, mit ausreichend Wut in der Magengrube, um die in diesem Leitartikel regelmäßig verwendeten Abkürzungen kreativ zu übersetzen: »Angebot für Deppen«, »Fäkalbomber, primitive, ödipale«, »Amöben, faschistische. Die!«, »Adolf freut das!«.

»Gar nicht freut mich das!«, protestiert Adolf Schwarz.

»Gibt es einen besseren Zeitpunkt, um zu zeigen, wie gescheit ihr alle seid!«, teilt Friedrich Holzinger Zettel aus. »Du meinst, gescheitert!«, ergänzt Klassenkasperl Erwin Steinlechner. Ein kurzes Auflachen, dann wird es ruhig. Arbeitsblätter. Schwerstarbeit in diesem Fall.

»Du musst das wie jeder hier aber trotzdem ausfüllen, Hanni, weil wir geben dann im Uhrzeigersinn weiter und verbessern uns gegenseitig!«, wird ihr von Friedrich Holzinger ein Bleistift in die Hand gedrückt. Welch elender Tag.

Wiederholungsübung zur letzten Stunde: Ergänze von PASSIV auf AKTIV

3. Person	PASSIV	AKTIV
Präsens (Gegenwart)	*Er wird geliebt*	*Er liebt*
Präteritum (Vergangenheit)	*Er wurde geliebt*	
Perfekt (vollendete Gegenwart)	*Er ist geliebt worden*	
Plusquamperfekt (vollendete Vergangenheit)	*Er war geliebt worden*	
Futur (Zukunft)	*Er wird geliebt werden*	
Futur Exakt (vollendete Zukunft)	*Er wird geliebt worden sein*	

1. Person	PASSIV	AKTIV
Präsens (Gegenwart)	*Ich werde gesucht*	
Präteritum (Vergangenheit)		
Perfekt (vollendete Gegenwart)		
Plusquamperfekt (vollendete Vergangenheit)		
Futur (Zukunft)		
Futur Exakt (vollendete Zukunft)		

Schlichtweg ein Horror, das Ganze.

Nach getaner Arbeit folgt zuerst der Zetteltausch, dann die Rückgabe, und die alte Huber wittert ihre Chance. Vertraulich mit Anuschka zu reden, ist hier ja auch ein Ding der Unmöglichkeit.

Mit den Worten: »Erste Person Präsens Aktiv von suchen, Frau Danilow, heißt nicht: ›Muss ich suchen‹, sondern?« schiebt sie das Papier nun zurück, deutet dabei auf ihre handschriftlich hinzugefügte Notiz: »*Können wir über meinen Mann Walter sprechen? Er ist vor drei Tagen im Bordell verstorben*« und bekommt es in puncto Diskretion mit einem absoluten Vollprofi zu tun.

»Heißt: Ich suche«, schreibt auch die Russin etwas auf, erklärt: »Passt?« und deutet auf ihre Zeilen.

›*Nachher bei meinem Wagen, dunkelrote Limousine.*‹

Gut so. Schlecht hingegen die germanistische Leistung. Laut und deutlich nimmt sich Erwin Steinlechner das Lektorat sehr zu Herzen: »Schauen Sie, Frau Huber: Dritte Person Präteritum Aktiv von *lieben* ist ›Er liebte‹. Nicht ›Er hat geliebt‹. ›Er hat geliebt‹ ist Perfekt!«

»Ist Liebe immer perfekt!«, zwinkert Anuschka nun Pavel Opek zu, und der einsame Herr Schwarz berührt mit seinem linken Oberschenkel den rechten seiner Sitznachbarin Frau Brenner:

»Wirklich perfekt ist, wenn Liebe auch erwidert wird!«

Lange muss er darauf gar nicht warten.

»Wir beide zusammen wären ja schon allein mit unseren Namen eine recht hochprozentige verbotene Mischung!«

Reihenweise schmunzelnde und sich dabei leicht rosa verfärbende Gesichter.

»Versteh ich nicht?«

»Schwarz und Brenner, Riad. Schwarzbrennen!«, erklärt Friedrich Holzinger. »Schnaps erzeugen, illegal.« Und ja, auch zwischen Hannelore und dem alten Holzinger findet nun ein direkt scheues Vermeiden des Blickkontaktes statt.

Stattdessen erinnert Riad an den von Erwin vorgelesenen Leitartikel. »Illegal? Kenn ich als gut. Ist jeder Flüchtling automatisch, wenn treibt er sich hier herum und nicht abgesoffen in Meer.«

»Und Vergewaltiger, Dieb, Terrorist, Mörder!« Schwarzer Humor also, in diesem Fall von dem hinzugestoßenen Binduphala höchstpersönlich.

Da sitzt sie nun ihre Sünden ab, die alte Huber, denn eine hitzige Diskussion nimmt ihren Lauf, über verächtliche Vorurteile und delikate Digestifs, über Brennersperren und Schwarzbrennen, über diese Partei oder jene. Mühsam. Politisch angehauchte Konversationen sind Hannelore prinzipiell ein Gräuel. Geht ja nur selten dabei um das Verbindende, sondern das Trennende, den Schaukampf der Rechthaberei. Wir und die anderen.

Als ob dieses ›Wir allein‹ nicht schon schwer genug wäre.

Die größte Verbundenheit in der Runde, ja sogar Mitleid, empfindet sie nun seltsamerweise mit dem einzig anwesenden Kind. Denn ähnlich hitzig wie das Gespräch sind die Backen des in dem väterlichen Tragetuch festsitzenden Anwuli. Hat eben auch kein leichtes Schicksal, der Kleine, darf sich ununterbrochen: »Ist er nicht zuckersüß!« in die schokobraunen Wangen kneifen und »Du, du, du!« diverse Finger hinstrecken lassen, weil soll ja so schön sein, der Klammerreflex. Aber wehe, es sind eines Tages keine samtweichen Kinderhände mehr, sondern ein ausgewachsenes Nicht-mehr-loslassen-Wollen, da hört der Spaß dann natürlich auf.

Jedenfalls hilft dem kleinen Anwuli seine ganze Herumruderei nichts, er kommt so lange nicht vom Fleck, »Du, du, du!«, bis schließlich Anuschka Danilows Handy läutet.

»Ja, Marianne, bin ich noch im Kronberger!«

Ein Entsetzen legt sich in ihr Gesicht, und still wird es in der Runde.

»Komm ich sofort!«

Zuerst fragende Blicke, »Was ist los?«, dann nur noch Betroffenheit: »Svetlana wurde gefunden. Ermordet. Im Moor!«

Loslassen müssen, endgültig. Da hilft kein Klammern mehr. Kurz herrscht Stillstand. Jedes Fragen, jedes Wort sinnlos.

Irgendwann Umarmungen. Abschied.

Friedrich Holzinger, der aufsteht und auf die Toilette stürmt, taumelnd, so getroffen ist er.

Anuschka, die sich weinend an Pavel drückt und hinaus zu ihrem Wagen führen lässt.

Elke Brenner, die sich kurz an Adolf Schwarz lehnt.

Riad beinah an Erwin Steinlechner.

Ja, und Binduphala Foluke kümmert sich um Hannelore, begleitet sie bis zur Ausgangstür, nimmt dabei ihre Hand und scheint diese auch gar nicht mehr loslassen zu wollen: »Ist so bittere Tragödie! Aber sind Svetlana und Albin jetzt vereint auf ewig! Glaub ich, war große, unerfüllte Liebe, weil kenne ich so was auf erste Blick!« Eine Spur näher kommt er an Hannelores Ohr, leiser dabei seine Stimme: »Hat Albin hier immer genauso auf Svetlana geschaut wie heute Doktor Holzinger auf Sie!« Jetzt schmunzelt er wieder, hebt den Zeigefinger und ergänzt: »Und nach jeder Stunde hat er ihr nachgeschaut. Nur nachgeschaut. Heißt zwar: ›Ist nie zu spät.‹ Aber –«

»Ist schon recht, Binduphala. Tragisch jedenfalls!«, tritt Hannelore nun auf die Straße. Höchste Zeit.

»War ich nicht fertig, Frau Huber. Also hören Sie«, ruft er ihr nach: »Ist nie zu spät. Aber ist manchmal zu spät für richtige Moment!«

Und genau den nützt sie nun, kaum wendet sich Pavel von der roten Limousine ab, um Friedrich Holzinger besorgt auf die Toilette zu folgen. Denn schließlich wurde ihr von dieser Dame ein Gespräch zugesichert. Eines, das nun dringender nicht sein könnte.

Walter ist vor drei Tagen bei Svetlana im Bordell verstorben und nun verschwunden. Svetlana ist vor drei Tagen aus dem Bordell verschwunden und jetzt tot. Albin war offenbar unglücklich in Svetlana verliebt und ist seit heute ebenso alle Sorgen los.

Wer da noch an Zufall glauben will, glaubt auch an Evas Rippe und ein Universum ohne weiteres Leben. Die alte Huber jedenfalls zählt nicht dazu. Irgendetwas ist da draußen. Hundertprozentig.

28 Plötzlich irgendwo auf sicher 1748 Meter

»Reden können wir doch auch im Freien.«
Gar nicht einsteigen will sie, die alte Huber.
Wie aus einer fremden Welt, dieser Wagen. Das helle Leder, die klinische Aufgeräumtheit, der Duft von Sauberkeit.
»Können Sie mir vertrauen.«
»Vertrauen? Einer Fremden? Nicht einmal einer Bekannten.«
»Dann eben glauben. Weil wenn Sie über Ihren Mann reden wollen, müssen wir fahren. Also kommen Sie.«
»Fahren auch noch!«
»Es gibt nur diese Möglichkeit«, betätigt Anuschka Danilow diesen Knopf, der einst ein Zündschlüssel war.
»Aber wenn ich hier etwas schmutzig mach oder kaputt, sind Sie schuld«, nimmt Hannelore schließlich unter erheblichem Aufwand, ja Schmerzen, auf der Beifahrerseite Platz. Die reinste Zumutung so was, und einmal mehr Bestätigung, wie hirntot der Mensch in manchen Regionen seines Oberstübchens bereits sein muss, Autos zu bauen, mit Sitzflächen so weit unten, da kann sich höchstens ein Zehnjähriger kommod hineinhocken.
Dann geht es los. Wenngleich das für die alte Huber rein akustisch gar nicht so leicht zu beurteilen ist: Fährt sie bereits, dreht sich da schon was, oder steht das Ding noch? Ein wenig wie die Erde.
»So wie Ihr Wagen aussieht, läuft ja das Geschäft offensichtlich recht gut!«, beginnt sie nach einer Phase der Eingewöhnung das Gespräch. Nur ein bemühtes Lächeln als Antwort. Dazu dieser verweinte, aber doch friedliche Blick.

»Mit Pavel verstehen Sie sich ja recht gut. Ein Stammkunde?«

»Dienstgeheimnis!«, kommt es Anuschka über ihre noch ungeschminkten Lippen, die grauen Augen freundlich, aber dennoch undurchschaubar. Tresortüren.

»Aber über meinen verstorbenen Mann können wir schon sprechen? Oder ist das auch ein Dienstgeheimnis?«

»Später.«

»Wieso später? Sie haben doch gesagt, ich kann mit Ihnen reden!«

»Nicht mit mir.«

Und Hannelore glaubt, sie hört nicht recht: »Was soll das heißen?«

»Keine Sorge, Frau Huber«, ist da wieder dieser friedliche Blick. Dazu ein paar stille Tränen. Kein Wunder, angesichts der Todesmeldung einer Kollegin, Freundin vielleicht.

Dann wird geschwiegen, und wirklich ungelegen kommt der alten Huber diese Verschnaufpause jetzt nicht. Auch geistig. So nimmt nun eine seltsam vertraute Fahrt zweier Fremder ihren Lauf. Völlig anders als mit Pavel zuvor ein angenehmes, fast königliches Reisen. Angenehm auch in atmosphärischer Hinsicht, denn Anuschka Danilow strahlt Souveränität aus, Ruhe, Wohlwollen. Durch ein gelbes Meer blühender Rapsfelder geht es. Die sanften Hügel wie Wellen. Vorbei an dem noch grünen Weizen. Darin der rote wilde Mohn. Darüber die sich behäbig formenden dunklen Wolkengebilde. Erstmals seit heute Morgen kommt Hannelore zur Ruhe, spürt dabei die ganze Schwere dieses Tages in sich. Dazu das monotone Surren des Wagens und dieses wohltuende Schweigen der Anuschka Danilow.

»Madame?«

Liebevoll die Stimme. Warm. Sanft.

»Madame! Nicht, dass Sie sich einen steifen Nacken holen! Wobei ich befürchte, dazu hätten wir Sie früher wecken müssen.«

Die Augen zwar noch geschlossen, spreizen sich die Nasenflügel der alten Huber nun auf wie ein Kescher, als wollten sie durch die Luft jagen und Schmetterlinge fangen. Das Netz bald voll mit Bergamotte, Zitrone, Orange, Lavendel, Rosmarin.

Ein wohlvertrauter Duft. Immerhin steht er seit mehr als einem Jahrzehnt in ihrem alten Allibert rechts stets an genau derselben Stelle. So gut wie unbenutzt. Andere aber baden offenbar darin. Und solch eine Dame beugt sich nun zu ihr in den Wagen.

»Wie lange hab ich geschlafen?«, öffnet Hannelore ihre Augen und blickt durch die Windschutzscheibe auf einen allein stehenden Bauernhof. Rundum zwar Felder, umgeben ist der Hof aber von einem künstlich gepflanzten Wäldchen schnell wachsender, mittlerweile meterhoher Bäume, Sicheltannen, dazu ein paar weitere Zypressengewächse, einige Waldkiefern, Ziersträucher und Gräser. Intimsphäre braucht eben Abschottung.

»So friedlich, wir wollten Sie nicht wecken.«

»Wie lange?«

»Eine Stunde wird es schon gewesen sein.«

Das runde, üppig geschminkte Gesicht einer korpulenten Dame lacht der alten Huber entgegen. Rote Lippen, wie sie noch keine volleren gesehen hat, und unweigerlich kommt ihr da Cliff Richard in den Sinn. Möglicherweise war er ja einst in dieser Gegend zu Besuch und danach entsprechend inspiriert, aus der alten Scheibe »Lucky Lips!« einen Welthit werden zu lassen, heimlich gewidmet für:

»Marianne Salmutter mein Name ...«

»Ich kenn dich, du bist doch bei uns im Ort aufgewachsen

und die Stieftochter vom Salmutter Ernst, der damals verschwunden ist!«

»Schön, Sie wiederzusehen, Frau Huber.«

Verdoppelt, nein verdreifacht hat sich die zierliche Marianne von einst. Und eisern behält sie die offizielle Anrede bei, denn innerhalb ihres Etablissements sind Eleganz und vertraute Distanz die oberste Devise: »Lassen Sie uns hineingehen, ist gemütlicher.«

Und in der Tat. Denn auch wenn die alte Huber nun bei Betreten des fast herrschaftlich wirkenden Gebäudes nichts erstaunt, alles in etwa ihrer unbedarften Vorstellung einer solchen Einrichtung entspricht, verbreitet das alte, ehrwürdig wirkende Mobiliar in Kombination mit dem gedämpften Licht und den Farben Rot, Schwarzbraun, Gold auf Anhieb ein überraschend besitzergreifendes Wohlbehagen. Da käme sie als Mann wahrscheinlich auch nicht so ungern her, allerdings eher, um sich gründlich auszuschlafen. An jeder denkbaren Stelle Plüsch, Samt oder Spitzen, sogar an den Lampenschirmen, Getränkekarten, Türschnallen. Und ja, Hannelores schwarzes Witwendirndl sticht hier jetzt als großer Stilbruch keineswegs heraus. Das wirklich überraschende aber sind die Damen. Spärlich bekleidet spazieren sie wie in Zeitlupe vorbei, allesamt gepflegte, ja direkt galante Erscheinungen, jede zu einem Gruß bereit, einem Lächeln. Seltsame Welt.

»Sie sehen müde aus, Frau Huber. Trinken Sie mit mir, das hilft«, wird nun in Marianne Salmutters Büro Platz genommen und eine elegante Champagnerflöte gereicht.

»Eines deiner Mädchen wurde ermordet aufgefunden, und da willst du mit mir trinken, Marianne?«, bleibt die alte Huber vorerst noch per Du.

»Ich versteh Ihre Argumentation nicht. Nur die Selbstsüchtigen unter den Trauernden verweigern sich dem Leben, nutzen den Tod anderer, um sich bemitleiden lassen zu können«, gewählt ihre Aussprache, ruhig der Ton, bedächtig fast. »Ja, ich weine um Svetlana, sie war ein wunderbarer Mensch, ihr Tod trifft mich hart. Aber ich zolle ihrem Leben Respekt, und nicht meinem Schmerz.«

Marianne Salmutter hebt das Gas, blickt in den Himmel – »Auf dich, mein Engel!« – und trinkt. Wie ein Walross kommt sie der alten Huber zwar vor, und dennoch, in ihrem weiten Kleid, mit ihrem hochgesteckten blonden Haar, ihren prallen Schmuckstücken an Fingern, Ohren, Hals, von direkt königlicher Eleganz.

»Herrlich, oder?«, hält sie das Glas nun an ihre Nase, atmet tief ein. »Und dieser Duft. Wir haben Angostura in den Champagner gemischt! Bitterorange, Gewürznelke.« Auffordernd ihr Blick. »Was riechen Sie noch, Frau Huber?«

»Zitrusfrüchte, Rosmarin und Lavendel. Mein eigenes Parfüm also ...«

Irgendwo zwischen dem Filterkaffee und Cherrylikör, der Schachtel Pralinen und Stangensalami, den Konservendosen und Einmachgläsern hat es gelegen, in dem für diese Gegend obligaten Jubiläums-Geschenkkorb. In Hannelores Fall zum Sechzigsten. Dem Alter sozusagen einen Korb geben. Kein Haushalt, in dem dieser Duft nicht in irgendeiner Ecke herumläge. Originalverpackt.

Bei Walters Runden waren es ein Whisky statt des Likörs, Salzgurken statt der Bonbonniere, und schließlich eine Stange Zigaretten statt:

»... Echt Kölnisch Wasser. 4711!«

Und jetzt lacht Marianne Salmutter, tief und voll Inbrunst.

»Sie haben Humor! Das gefällt mir! Ganz genau: Kölnisch Wasser. Nehmen Sie das auch?«

»Maximal ein paar Tropfen in Wasser aufgelöst gegen Herzklopfen, oder unter die Nase und an die Schläfe gerieben gegen Kopfschmerzen!«

»Herrlich!«, lacht Marianne Salmutter: »Ich nenn es ›Duft der Berge‹!«, dabei richtet sie mit einer eleganten Bewegung ihre Brüste. »Der Breitengrad 47, Längengrad 11, liegt irgendwo in Sölden, Tirol, zwischen der Oberen Issealm und der Jausenstation Hochwald auf 1748 Meter Höhe.«

Es folgt eine Erklärung von sehr eigener Logik. Denn durch diesen Duft sollte sich der Mann an seine Frau zu Hause erinnert fühlen, wodurch es zu subtilem Lustgewinn käme. Die Erotik in der Fremde aufleben zu lassen, aber dabei Heimat zu schmecken, riechen, führe irgendwann unweigerlich zu dem Umkehrschluss, dem Duft der Heimat wieder Erotik abgewinnen zu können.

»Um sich die Dinge schönreden zu können, ist das Hirn schon ein ziemlicher Akrobat!«, erwidert die alte Huber staubtrocken.

»Im Schlechtreden aber auch. Was also ist besser?« Marianne Salmutter trinkt erneut.

Die gute Hannelore hingegen hat ihr Glas noch nicht angerührt, sitzt nur da, stützt sich, wie Winston Churchill während seiner Gespräche mit der Queen, auf ihren Gehstock und kommt endlich zur Sache. Zeit für strenge Distanz:

»Und jetzt hören Sie auf mit dem Zirkus, Frau Salmutter, reden Sie mit mir wie mit einem Erwachsenen und erzählen mir von meinem Mann Walter, der bei Ihrer Svetlana offenbar Stammkunde war!«

»Wie Erwachsene!« Und wieder dieses Lachen. »Sie gefallen

mir, Frau Huber. Wissen Sie, das Wesen meines Etablissements ist: Wir geben, aber geben nichts weiter. Wir sind voll Leben, aber schweigen wie ein Grab. Wenn ich erzähle, welche Bauern sich hier wie Edelmänner fühlen dürfen und welche Herrn von Welt extra in der Nacht herkommen, Champagner aus Stöckelschuhen trinken oder sich wie Dienstboten behandeln lassen wollen, müsste ich zusperren. Die Männer sind wie meine Kinder. Die Mädchen sind wie meine Kinder. Alle sind sie meine Kinder.«

»Allmutter also!«

»Sie gefallen mir wirklich, Frau Huber.«

»Aber wenn eins Ihrer Kinder im Moor gefunden wurde, umgebracht, werden Sie wohl etwas erzählen dürfen.«

Kurz scheint Marianne Salmutter nachzudenken, blitzt hinter ihrem ganzen diplomatischen Geschick der Mensch durch, möglicherweise einer mit Sorgen.

»Es geht hier ja nicht nur um die Würde des Lebens, sondern des Nachlebens.« Und dann ist sie nicht mehr zu stoppen, redet drauflos, als könnte sie der alten Huber, wenn schon nicht mit ihren so schweren Beinen, dann mit jedem Wort davonlaufen, schwelgt über ihr Paradies und die so leicht durchschaubaren Kunden. Herren, die dieses Haus aufsuchen, weil sie reden und reden und reden sich das Herzchen ausschütten, den Stress abbauen wollen. All das in Gegenwart der so hübschen, gutmütigen Damen, die hier ja so gerne arbeiten, mit Liebe und Gefühl, die keine Gefangenen wären, sogar die dunkelrote Limousine bekämen, um sich fortzubilden, Sprachkurse bei Friedrich Holzinger, oder einfach nur shoppen zu fahren.

Irgendwann hat sie dann allerdings genug gehört, die alte Huber.

»Frau Salmutter, nicht um die Würde des Lebens oder Nachlebens geht es Ihnen, sondern des Nachtlebens, das ist alles!« Und jetzt trinkt sie doch dieses Zeug, obwohl sie viel dringender einen Schnaps bräuchte. Elendes Gewäsch, selbstherrliches Geplapper. Sich alles zurechtrücken, wie es grad passt, das funktioniert vielleicht in Wohnzimmern und Möbelhäusern, oder mit Parteibuch, Protektion oder Geldkuverts, aber sicher nicht im echten Leben.

»Wenn Sie einen Funken an Moral und Gewissen in sich tragen, dann erzählen Sie mir jetzt, was passiert ist! Mein Mann ist seit drei Tagen tot, wie Sie ja sicher wissen, und hätte heute beerdigt werden sollen. In seinem Sarg gelegen ist aber Albin Kumpf. Den kennen Sie ja sicher auch, mindestens aus Ihrer Kindheit.«

Es ist ein fragender, etwas verwunderter Blick, der ihr nun zugeworfen wird und die alte Huber fortfahren lässt: »Ich hab ja meinen Mann hier nicht begutachtet nach seinem Tod, sondern das waren wohl eher Sie und Ihre Damen, und dann Doktor Stadlmüll...!«

»Was heißt: ›Hier nach seinem Tod‹?«, fällt ihr Marianne Salmutter energisch ins Wort.

»Laut Stadlmüller ist mein Mann in den Armen der ermordeten Svetlana ganz plötzlich gestorben.«

»So ein Blödsinn! Ja, Walter war unser Kunde, aber er ist hier sicher nicht verstorben.« Das Glas wird geleert, dann setzt sie kopfschüttelnd, mit einem direkt süffisanten Schmunzeln fort: »Und von ›ganz plötzlich gestorben‹ kann ja wohl wirklich keine Rede sein.«

»Was ist daran so lustig?«

»Ihre Frage ist lustig. Oder eigentlich traurig und beweist eindrucksvoll, warum Männer bei uns Zuflucht suchen. Ich weiß ja nicht, wie wenig sie miteinander geredet haben, Frau Huber, aber Ihr Mann war todkrank.«

Fassungslosigkeit. Auf beiden Seiten.

»Meine Güte, Sie wissen ja wirklich nichts!«

Kein Wort bringt sie heraus, die alte Huber, betrachtet nur die Champagnerflöte in ihrer Hand – Perlen, die aufsteigen, sich an der Oberfläche verlieren, wie ein kleines Feuerwerk – und versteht.

29 Das große Feuerwerk

Ende des letzten Jahres war es, da wurde der alten Huber plötzlich ein ähnliches Glas in die Hand gedrückt. Wie durch ein Wunder hatte sich Walter um Punkt Mitternacht aus dem ersten Stock zu ihr herunter bequemt.

Wenn schon ein Haus mit zwei Ebenen für nur zwei Menschen, warum diese nicht maximal sinnvoll nutzen. Der Walter oben. Die Hanni unten. Zwei Schlafzimmer also. Zwei Wohnzimmer. Zwei Badezimmer. Zwei Toiletten. Im Grunde zwei Wohnungen, die Küche natürlich ausgenommen. Ein Segen.

Und oft war sie nicht in des Walters Revier. Nur schnell die frische Wäsche einordnen, das Bettzeug wechseln, gelegentlich durchwischen oder wie vor Kurzem den Trachtenanzug für die Beerdigung holen, die Haferlschuhe, roten Wollsocken, die Dokumentenmappe.

Nun aber stand er plötzlich vor ihr, zwei Sektflöten in der Hand, leicht betrunken, schwer krank, Grippe, so Hannelores Vermutung.

In ihrem Bett lag sie, das Nachtkästchenlicht schon dunkel.

Ungewohnt liebenswert sein Tonfall.

»Sollten wir nicht wieder einmal?«

Beklemmend natürlich. Weil was da wieder einmal gesollt werden müsste, war der schlaftrunkenen Hannelore anfangs nicht klar. Dann dämmerte es ihr.

Vor dem Fenster gingen vereinzelt Raketen hoch. Und so ein paar vereinzelte Raketen wirken natürlich wie der Galaabend eines Opernsängers in irgendeinem großen Konzertsaal, und dann sitzen, wenn überhaupt, in jeder Reihe drei Leute, der

Applaus zwar frenetisch, aber eben trotzdem sehr bescheiden, der Jubel ein einsames Notsignal. Deprimierend.

»Gutes neues Jahr, Hanni!«

Und er hatte sie Hanni genannt, sich überhaupt ihres Vornamens entsonnen. Da war die alte Huber dann natürlich schon unerwartet gerührt.

»Komm!«, schien es ihm der Freundlichkeiten noch nicht genug: »Lass uns draußen ein bisschen auf die Hausbank setzen!«

Walters Hausbank. Direkt vor Hannelores Schlafzimmerfenster. Herrlich, der Ausblick, weit über das Dorf hinweg, die Ache entlang, das stillstehende Land. Ein Panorama, das auch der alten Huber Morgen für Morgen vergönnt war, wenn sie zeitig wie immer erwacht über diese leere Hausbank hinweg auf ihre Heimat sehen konnte. Ab fünfzehn Uhr aber saß dann Walter dort, bezog seinen Stammplatz, je nach Jahreszeit und Wetterlage. Meistens schon mit zwei Bier intus, eines als Gabelfrühstück, eines als Mittagsmahlzeit, bevor es dann nachmittags das dritte wurde samt dem ersten Schnaps, und nach dem fünften Schnaps und siebten Bier das erste raue Wort. Und nach dem ersten zertrümmerten Glas dann schließlich das Gelalle, die Träume.

»Irgendwann kommt der Tag.«

Dann das Gewimmer, die Tränen.

»Das ist kein Leben so. Kein Leben!«

Dann das Gesabber, der Tiefschlaf, der Urin.

Nicht nur einmal musste ihn die alte Huber mühselig in sein Bett hinauf übersiedeln. Vor allem dienstags oder sonntags, wenn der Brucknerwirt oder die Marianne oder weiß der Teufel, wo sich Walter sonst noch herumtrieb, ihre Ruhetage hatten, er auch abends zu Hause blieb und nicht erst in aller Früh gleich direkt zum Gabelfrühstück kam.

An diesem ersten Jänner aber saßen sie beide hier, dick eingepackt, jeder unter den Hausschlapfen warme Socken an, Walter sogar jene roten, die er eine Woche zuvor erst geschenkt bekommen hatte. Auf Glaubenthal und in das neue, gerade anbrechende Jahr haben die beiden gesehen, und so wie immer kein Wort miteinander gesprochen.

Nur ist das natürlich ein gewaltiger Unterschied, sich übereinander nichts zu sagen haben, jeder in seinem Stockwerk oder nebeneinander auf der Hausbank.

Irgendwann nahm das befremdende Gefühl ein Ende, kam die innere Wärme und, weil eben Jänner, kurz nach Mitternacht auch die Realität.

»Mir ist kalt!«, wurde es für die alte Huber schließlich Zeit.

Und logisch war es dann wie in Urlauben, wo die dreizehn Tage Einsamkeit bereits unerträglich geworden sind, endlich wieder heim, und dann am vierzehnten morgens an der Rezeption, die Koffer in der Hand, der Zimmerschlüssel bereits abgegeben, steht da endlich dieser fremde Jemand, der sich anfühlt wie ein: »Kennen wir uns?«

Walter nahm seinen Schnupftabak zur Hand, der brandige Feuerwerksgeruch bald nur noch Menthol, schob sich mittels Daumennagel eine Ladung in die Nase, und reichte seiner Frau die Dose: »Hier.«

»Ich? Nein danke! Wollte ich nie, das Zeug!«

»Einmal probieren, mir zuliebe!«

Zuliebe? Ihm? Die alte Huber verstand nicht. Dermaßen konsterniert musste ihr Blick gewesen sein, Walter konnte offenbar nicht anders und musste lachen. Tief von unten kam es, wie die rostige Turbine eines alten Kraftwerkes, ging in ein Husten über, ein Spucken, und Hannelore sah ihn sehr wohl, diesen roten Patzen im Schnee, den Walter so schnell gar nicht mit seinen Hausschlapfen wieder verschwinden lassen konnte.

»Jetzt nimm schon!«, wurde ihr aufgezwungen.

Gletscherbrise dann auch bei ihr. Äußerst schmerzhaft jeder weitere Atemzug, das Menthol, die Kälte. Nicht lustig.

»Wenn wir noch einmal anfangen könnten, so wie gerade dieses neue Jahr, gemeinsam, was würden wir anders machen?«

Auch nicht lustig, diese Frage. Unmöglich für die alte Huber, auch nur ein Wort dazu herauszubringen.

Walter hatte eine Antwort parat.

»Am besten gar nicht erst anfangen gemeinsam, oder?«

Als hätte sich das Dorf abgesprochen, gingen ein paar Raketen gleichzeitig hoch, legten kurz ein farbig leuchtendes Netz über die Dächer. Alles versponnen. Miteinander.

»Mich hat mein Vater damals genauso wenig gefragt, ob ich will, wie dich«, fügte er noch leise hinzu, und ja, die alte Huber konnte sie zwischen den Zeilen hören, seine Entschuldigung.

Der Morgen des 1.1. kam dann wieder, wie auch schon der Morgen des 31.12. nicht zu verhindern gewesen war, genauso fremd, ablehnend, hart, als hätte dieser Mitternachtsmoment nie stattgefunden, hätten sich dreißig Minuten einer eigenen Zeitrechnung in dieses Leben verirrt. Geisterstunde.

Ja, und der sonst so ruhige Schusterbauer kam natürlich auch, erbost: »Warum willst du uns die Pacht nicht verlängern, Walter, wie sollen wir über die Runden kommen, wie …?«

Leise ist sie geworden, die Stimme der Marianne Salmutter, während Hannelore nachdenklich aus dem Fenster in den Innenhof blickt und eine schwarze Limousine anhalten sieht.

»Walter hatte vor einigen Wochen seine Chemotherapie beendet, Hannelore.« Nun also doch ein Du, vertraut, voll Mitgefühl.

Das kommende Harte in Sanftheit betten: »Lungenkrebs. Anfangs musste er dafür in die Stadt, bis die Behandlungen dann von Doktor Stadlmüller stationär durchgeführt wurden und schließlich nur noch Schmerzmittel helfen konnten. Die erste Vorsorgeuntersuchung mit 74 Jahren, das war einfach zu spät.«

Eine schwarze Limousine, in der zwei Herren sitzen. Zwar nicht der Fleischberg Gustav 1 oder Gustav 2 aus der Bestattung, trotzdem passen die beiden nahtlos in die Reihe. Charlie 1 und 2. Werden die Affen also immer mehr? Wieder schwarze Anzüge, Sonnenbrillen. Auftragskiller, Leibwächter, Geheimagenten, was auch immer, jedenfalls nicht gut Kirschen essen.

»Ich weiß nur, was mir Walter einmal dazu erzählt hat, Hannelore, und du darfst mir das jetzt nicht übel nehmen, aber vielleicht liegt er deshalb nicht in dem Sarg.«

Marianne Salmutter leert ihr Glas in einem Zug, trinkt sich offenbar Mut an, den sie auch gut brauchen wird können – und draußen im Innenhof öffnet sich die Beifahrertür. Einer der beiden Männer steigt aus, marschiert auf den Hintereingang zu, und erstmals kommt der alten Huber der Gedanke, Luise Kappelberger könnte doch recht gehabt haben, auch wenn hier weit und breit kein Staatssekretär zu sehen ist.

»Dass er wenigstens nach dem Tod frei sein will, hat er gemeint, sich nach 53 Ehejahren nicht auch noch für alle Ewigkeit ein Grab mit dir teilen will, er verbrannt und dann droben am Ortsrand über Glaubenthal verstreut werden will! Kinder, die eines Tages seinetwegen den Friedhof besuchen, habe er ja keine, also wozu dann dort auf sie warten.«

Ein kurzes Durchatmen, dann spricht sie weiter: »Vielleicht ist es ja auch wirklich genau so geschehen, Hannelore. Stadlmüller und Kumpf waren doch seine Freunde!«

Und vor Hannelores inneren Augen weht sie vorbei. Walters

Asche. Endlich frei. Legt sich wie ein Brandmal auf nicht ihren, sondern seinen Hof, sein Land, seine Wälder, seine Ewigkeit.

Ein unheimlicher Gedanke, aus dem sie nun herausgerissen wird. Denn es klopft an der Tür, energisch.

Anuschka tritt ein.

Voll Sorge ihr Gesicht, ihre Stimme. Angst sogar.

»Da wartet jemand auf dich, Marianne!«

»Wer?«

»Jemand, der meint, du musst jetzt mitkommen!«

Und bei Marianne Salmutter ist es nun endgültig vorbei mit der Ruhe. Schwerfällig müht sie sich aus ihrem Sessel und deutet zur Tür: »Kundschaft. Ich muss mich leider verabschieden. Also danke für deinen Besuch, Hannelore. Und bitte rede mit Stadlmüller.«

Wenn das nur so leicht wäre.

»Anuschka, bitte, rufst du der Frau Huber ein Taxi. Wir übernehmen die Rechnung. Am besten den Rupert!«

»Lauterer mein Name, wie Leiser. Nach Glaubenthal also, das ist ja ein gutes Stück.«

Der Himmel mittlerweile ein Heer sich aufbäumender störrischer dunkler Rösser, wolkenverhangen.

»Und? Was führt Sie hierher. Eher untypisch!«, blickt ihr ein wohlbeleibter, gemütlich wirkender Taxifahrer mittels Rückspiegel entgegen. Auf dem Beifahrersitz war dank eines monströsen grellorangen Rucksacks kein Platz.

»Wenn Sie nicht reden wollen, gar kein Problem!«

Und ein Weilchen klappt das auch recht gut, bleibt der alten Huber Zeit, die sie auch dringend benötigt. Wie demütigend auch, aus dem Mund einer Bordellbetreiberin mehr über den eigenen Mann erfahren zu müssen, als dieser ihr offenbar jemals freiwillig erzählt hätte. Und erzählt hat er von seiner Krankheit und Einäscherungssehnsucht ja offenbar noch einigen, Svetlana, Stadlmüller und Kumpf mindestens, wahrscheinlich als braver Kirchgänger sogar Pfarrer Feiler. Sie ist ja wirklich keine Freundin von Verschwörungstheorien, heute aber kommt ihr gar ein bisschen zu viel des Schlechten auf einmal zusammen. Da hält dann sogar das Wetter mit.

»Na zack. Jetzt bin ich direkt froh, Taxifahrer und nicht Dachdecker zu sein!«, wird nun nicht nur Rupert Lauterer ziemlich schaurig zumute. Denn was da vom Himmel schießt: »Hab ich ja noch nie gesehen!«

Anders natürlich die alte Huber.

Zuletzt inmitten der Weidefläche des Schusterbauern. Darin die große Fichte. Darunter das Zuflucht suchende Vieh, darüber die dunklen Wolken und schließlich der senkrecht auf die Erde herabstoßende Strahl. Acht Kühe. Direkt vor ihren Augen.

Alle tot. Laut Brucknerwirt: »*Medium rare!*«

Sie hat schon mehr gelacht.

»Einundzwanzig, zweiundzwanzig …!« Bis sechsundzwanzig zählt sie auf der Rückbank des mittlerweile dritten Wagens dieses Tages, ein alter Kombi mit brummendem Dieselmotor und Ledersitzen, dann das Donnern und schließlich der unmittelbar darauffolgende nächste Blitz. Einer, dem es offenbar daran liegt, beweisen zu wollen, wie lachhaft zwei Kilometer sind.

Und die alte Huber bekommt es mit der Angst zu tun.

»Könnten Sie bitte etwas schneller fahren, Herr …«

»Wie gesagt: Lauterer. Rupert Lauterer! Sie müssen keine Sorge haben, so ein Auto ist wie ein faradayscher Käfig!«

»Aber mein Garten nicht.«

»Ui, das versteh ich!«, erhöhen sich prompt Tempo, Mitgefühl und Mitteilungsbedürfnis des Wagenlenkers. »Ich hab ja leider zwei linke Hände, und kenn grad auf meiner Wiese den Löwenzahn, die Gänseblümchen, die Brennnessel, pfuh, Sauerampfer vielleicht und Königskerze noch, aber dann …!«

Kaum angekommen, hilft er Hannelore sogar, die Beete abzudecken. »Meine Güte, was bauen Sie denn hier alles an?«

»Na ja, Bananen und Kiwis keine, aber sonst …!«

»Ha, ich hab einmal Kiwis probiert, die sollen ja sogar in unseren Breitengraden wachsen. Was mir natürlich keiner gesagt hat, ist, dass da zum Bestäuben eine männliche und weibliche Schlingpflanze nebeneinanderstehen müssen, weil sonst wird das nichts mit den Kiwikindern. Die ganze Hausmauer war bald zugewachsen. Aber Früchte jahrelang Fehlanzeige. Bis mir dann meine lustigen Nachbarn ein bisserl was mit einem Faden in die Äste gehängt haben, so harte Dinger vom Diskonter. Meine Frau Kimberly und ich, wir haben das zuerst wirklich geglaubt, uns gefreut, und erst beim Ernten entdeckt, dass die verdammt schwer runtergehen!«

Sinnlos die gute Laune dieses Herrn Lauterer, und insbesondere diese Kiwigeschichte mit den Kiwikindern hätte er sich sparen können. Denn auch wenn sich alles wunderbar ausgeht, die Beete rechtzeitig abgedeckt werden, die Pflanzen vor jedweder Niedergeschlagen- und Geknicktheit geschützt, der alten Huber ist diesbezüglich trotzdem nicht zu helfen.

5
Trautes Heim …

30 Kurti und sein Schutzengel

Test, Test! Blinkt. Läuft.

Die hab ich von Albin bekommen zu meiner Seifenkiste. Eine Helmkamera. Du glaubst ja gar nicht, was ich damit schon alles gefilmt habe.

Aber jetzt schau, Mama, was ich dir mitgebracht hab, das ist deine Lieblingsduftkerze. Lavendel. Entschuldigung, dass ich so lang nicht bei dir heroben war. Der Papa hat gesagt, dass du jetzt eh schon so lang tot bist, und ich soll das endlich alles wegräumen. Dein Foto und den ganzen Krimskrams. Braucht er jetzt auch noch den Dachboden? Ist ja eh das ganze Haus leer.

Ich hasse ihn. Er hätte sterben sollen, Mama. Er. Nicht du. Er. Er. Er. Und er ist schuld, dass der Albin jetzt tot ist. Er. Und die alte Huberin.

Was mach ich jetzt nur? Mama. Was? Ohne Albin hab ich niemanden mehr hier. Wo doch der Albin immer auf mich aufgepasst hat, wenn der Papa nicht kann. Und der Papa kann nie. Nie. Nie. Nie. Gelogen hat er bei deinem Begräbnis, Mama, gelogen. Weil Papa hat gesagt an deinem Grab, er kümmert sich gut um mich, und jetzt kümmert er sich nicht. Gar nicht. Tausend andere Sachen muss er vorher erledigen, bevor er mit mir irgendetwas macht, und dann ist immer noch dieses Haus wichtiger. Ich will dieses ganze blöde leere Haus nicht. Das ist eh viel zu groß. Nicht nur für eine halbe Familie. Für zwei ganze Familien ist das noch zu groß. Ich hasse ihn. Und jetzt ist der Albin tot, und ich, ich –

Wenn ich beim Albin drüben war, hat er mich nie, so wie Papa, angebrüllt: ›Lass mich endlich in Ruh, du siehst doch, ich kann grad nicht! Später.‹ Weißt du, was Papa meint, wenn er ›später‹ sagt? ›Nie‹ heißt das. Nie.

Der Albin hat mich auch nie vor den Fernseher gesetzt, sondern immer alles machen lassen. Ein richtig guter Helfer bin ich schon geworden. Ich hab sogar der toten Oberlechnerin die Locken eingedreht, so schön, das hättest du sehen sollen, und die Ohrringe reingesteckt hab ich ihr auch. Und dem alten Schusterbauern hab ich die Krawatte binden dürfen, weil der Albin hat gemeint, Krawattenbinden muss man lernen als Mann. Und jetzt kann ich das auch. Sogar den Winds-Tor-Knoten. Der geht auch bei einem Orkan nicht auf, hat mir der Albin gesagt. Mein Freund war das, der Albin. Mein einziger Freund.

Was hätt ich denn tun sollen. Er hat so geweint, Mama, und ich glaub, er hat die Frau richtig lieb gehabt. Da hab ich ihm doch helfen müssen, wenn er mich drum bittet. Das machen Freunde doch. Oder?

Pst! Mama! Hörst du das!

»*Herr Stadlmüller, sind Sie hier?*«

Mama, da ist wer, was machen wir jetzt?

»*Stadlmüller!*«
»*Sag, geht das auch ohne Pistole? Und vor allem ohne Krach?*«

Mama, die treten die Türen ein und machen alles kaputt, hörst du das?

»*Stadlmüller? Haben Sie auch nur die geringste Idee, auf was Sie sich da eingelassen haben!*«

»Reiß dich zusammen. Du bist nicht Rambo!«
»Und du? Wer bist du, Engel? Ein Hulk ohne Eier!«
»Ich bin Chauffeur. Und nicht einmal deiner!«
»Aber jetzt bist du im Team.«
»Weißt du eigentlich, was wir hier machen, in diesem Kaff, und wozu das ganze Theater?«
»Mein Job ist nicht, irgendwas zu wissen, sondern zu handeln. Wenn ich gern Fragen stellen würde, wäre ich Quizmaster geworden!«
»Das wird man bei uns nur als mittelmäßiger Skifahrer!«
»Na, da ging sich ja dann Schlagerstar auch noch aus. Vorher müssen wir aber den Stadlmüller zum Singen bringen!«
»Viel Spaß. Ich geh jetzt. Außerdem stehen wir hier ganz offensichtlich in einem Kinderzimmer, und sobald Kinder im Spiel sind ...«
»Nicht blöd, Engel. Gar nicht so blöd. Das heißt, es muss doch auch irgendwo das Kind sein, oder? Schaut nach Bubenzimmer aus. Da liegen Schulhefte, lies mal!«
»Lesen gehört also auch nicht zu deinem Berufsprofil.«
»Kurti Stadlmüller, steht hier drauf. Kurti, bist du hier? Versteckst du dich? Wo ist denn dein Papa, Kurti, wir müssten ihn sprechen.«
»Verdammt, lass uns gehen, Gustav!«

Mama, was mach ich jetzt. Ich könnte auf den Tisch hier steigen und durch die Dachluke ...

»Riechst du das, Engel? Lavendel! Kommt vom Dachboden.«
»Also, ich riech hier nicht nur Lavendel!«

31 Nino

Es hat sich beschlagen, Hannelores Fenster zur Freiheit.
In der Küche hinter der Arbeitsplatte liegt es und zeigt hinaus, über Glaubenthal hinweg, in die Ferne.

»Wenn selbst ein Kind nicht mehr lacht wie ein Kind ...«

trifft die alte Huber, wie an diesem Morgen schon, die bevorzugte Frequenz ihres Transistorradios mitten ins Herz. Mittlerweile hat sie ihr schwarzes enges Kleid gegen eine ihrer Kittelschürzen mit Blumenmuster getauscht, sich das hellblaue Kopftuch umgebunden, extra den gut abgelegenen Schwarzwecken vom Schusterbauer angeschnitten, an ihre Nase geführt und tief den kräftigen Duft aus Anis-Fenchel-Nelke in sich aufgesogen. Das beruhigt, vor allem in einer Angelegenheit, die gewaltig zum Himmel stinkt.

Bodendeckend dann der Butteranstrich, zwei Millimeter tief, bis an den Krustenrand, da ist die gute Hannelore akribisch. Und eine weiche Kruste muss es sein. Dieses knackende, resche Zeug kann nämlich ganz gewaltig ins Auge gehen. Erstens wortwörtlich, pfeffern ja doch schon allein beim Schneiden die Brotbrösel nur so durch die Luft, und natürlich zweitens dental, ganz besonders, wenn die Zähne nicht mehr fest sitzen. Schließlich die Krönung, frisch aus dem Garten. Fein geschnitten. Prachtexemplare, dank der unter die Erde gemischten zerdrückten Hühnereierschalen. Noch etwas Salz darüber, und fertig war er. Hannelores Seelentröster. Einfach und wahrhaftig. Ein Schnittlauchbrot.

Langsam kauend wurde es verspeist, während zuerst in

weiter Ferne ein undeutliches Gebrüll zu vernehmen war, irgendetwas mit »Wolf«, dazu ein paar Schüsse, armes Vieh, und schließlich ein Krachen, dermaßen furchteinflößend, als würde der Himmel die Menschheit noch ein letztes Mal anbrüllen und schließlich verschlingen wollen.

Dann ging es los. Schoss der Hagel herab.

Ohrenbetäubend. Das Trommeln, auf die Dachschindeln, den Garten, das Dorf. Der Mensch ohn-, die Erde mächtig, fähig, die Arbeit eines ganzen Jahres in wenigen Sekunden zu vernichten.

Und jetzt also steht sie hier, die gute Hannelore, an ihrem alten Herd, rührt im Takt der Musik, und tonlos bewegen sich ihre Lippen mit, trotzig fast:

»... *dann sind wir jenseits von Eden.*«

Können ja schließlich die Erdbeeren für Walters Faxen nichts.

Kurz streckt sie den linken Arm an dem dampfenden Kessel vorbei, wischt den Belag aus feinen Wassertropfen von der Scheibe und blickt über Glaubenthal hinaus ins Irgendwo, dorthin, wo verborgen nun eben diese ihre Freiheit, ihr Eden und hoffentlich auch Walter liegen sollen.

Es sind die ersten Erdbeeren dieses Jahres. Heut Morgen frisch aus ihren Blumenkisten geerntet. Und sie riechen nach Erdbeeren, schmecken nach Erdbeeren und stecken voll heimtückischer Kraft.

»Was pflanzt du dieses Zeug an und kochst es ein, wir haben keine Kinder! Wer also soll das alles fressen?« – so nämlich ihr Mann. Die hausgemachte Marmelade hat er sich dann aber trotzdem fast zentimeterdick auf sein Frühstücksbrot gestrichen.

*»Wenn wir nicht fühlen
die Erde sie weint,
wie kein andrer Planet,
dann haben wir umsonst gelebt!«*

hält er in Basslage dagegen, einst Domenico Gerhard Gorgoglione, heute Nino de Angelo, trotzdem immer noch derselbe. Was von Hannelores aktueller Aussicht nicht behauptet werden kann.

Es befand sich nicht immer hier, dieses Fenster. Einst stand an selber Stelle ein Kleiderschrank, dessen Oberkante bei 139 Zentimeter lag, daneben ein Bettchen, umrandet von hölzernen Gitterstäben, ein Ohrensessel, eine Kommode, eine blaue Wandtapete. Unmittelbar nach der Hochzeit hatte es Walter auf eigenen Wunsch verwirklicht, dieses Kinder-, genauer gesagt Bubenzimmer: »Damit es der Walter junior einmal schön hat!«

Nur war dieser Junior, und sicher niemals Walter, eben noch nicht einmal gezeugt. Irgendwann jedoch konnte sich auch Hannelore nicht mehr drücken, wurde es Zeit, den ehelichen Pflichten nachzukommen. Vielleicht ließe sie sich ja doch lernen, die Liebe. Vielleicht wäre ein Sohn, eine Tochter die Lösung. Doch aus dem Kinderzimmer wurde ein Museum, eine Gedenkstätte des Scheiterns.

Nach der ersten Fehlgeburt, Schwangerschaftswoche vierzehn, schob Hannelore eine alte Bauerntruhe an die freie Wand als Zwischenlager für Festtagsgeschirr, Geschirrtücher, Bettwäsche, leere Marmeladengläser.

Nach der zweiten Fehlgeburt, Schwangerschaftswoche fünfundzwanzig, bekam die Bauern- eine Tiefkühltruhe zur Seite gestellt. Traurig und leise vor sich hin brummende Gesellschaft.

Außerhalb des Hauses aber wurde das Gemurmel immer lauter, wurde der tröstende Zuspruch der Glaubenthaler immer hörbarer, solidarisch natürlich nur Walter gegenüber, diesem armen Großbauern, dem die Nachkommenschaft verwehrt blieb.

Und Hannelore Huber verlor sich in ständiger Hausarbeit, wollte beweisen, wenigstens dafür gut genug zu sein.

Das Kinderzimmer bald eine Vorratskammer voll selbst erzeugter Produkte, Nachwuchs der anderen Art, Kompotte, Marmeladen, in Marinaden eingelegtes Junggemüse. Alles aus dem eigenen Garten.

Sie kochte ein, immer mehr, und kochte auf innerlich, ebenso immer mehr, denn es half nicht. Der Schmerz ließ sich nicht wegschrubben oder -rühren. Irgendwann war da nämlich nur noch die Rührung, die tiefe Verletztheit, verlor sie immer mehr die Lust, auf die Straße zu treten, denn so sauber sich ihre eigenen vier Wände auch präsentierten, so verdreckt war es davor.

Die schmutzigen Herrenwitze da.

Die garstigen Absonderlichkeiten dort.

Und nicht die Schande über die missglückte Mutterschaft setzte der alten Huber zu, sondern die Schande vor der eigenen Schwäche. Darüber, sich von derart mittelalterlichen Rollenbildern überhaupt so etwas wie ein schlechtes Gewissen anlasten und von einem Mann, der keine Sekunde an ihr Leiden, ihren Schmerz dachte, verletzen zu lassen.

Genug geweint. Es als Glücksfall erkennen, bisher keinen Walter-Klon ausgetragen zu haben, und von nun an dazu beitragen, dieser Erde einen Idioten mehr zu ersparen.

Doch Walter Huber ließ nicht locker, stieg meist nach Besuch des Brucknerwirtes zu seiner Frau ins Bett: »Wir werden doch einen Buben zusammenbringen!«, zwar nicht grob, aber verzweifelt, was im Endeffekt keinen Unterschied macht. Ebenso verzweifelt bald Hannelores Wünsche. Ein Blitzschlag möge ihn, wenn schon nicht mit endgültiger Erleuchtung, dann zumindest einem verkohlten Unterleib beschenken. Und nein, ein zweites Mal würde sich die alte Huber rückblickend Derartiges sicher nicht mehr herbeisehnen, denn leichter wurde es von nun an nicht.

*»Wenn eine Träne nur Wasser noch ist,
dann sind wir jenseits von Eden.«*

wechselt Nino de Angelo in luftige Tenorhöhen und legt gehörig an Lautstärke zu. So wie auch Walter damals.

Es war ein Freitagnachmittag. Er bereits betrunken. Dicht hing der Nebel sowohl über dem Dorf als auch über Walters Verstand. Gerade erst zurückgekommen war er, möglicherweise aus Sankt Ursula, möglicherweise aus dem neu eröffneten Herrensalon Marianne, jedenfalls für keinen Rat zugänglich.

Schon gar nicht den seiner Frau.

*»Wenn man für Liebe bezahlen muss, nur
um einmal zärtlich zu sein,«*

»Das ist vielleicht nicht so gut, unbedingt jetzt noch in den Wald zu fahren, Bäume umschneiden! Die laufen ja nicht davon.«
»Was weißt denn du!«

»... dann haben wir umsonst gelebt.«

Walter musste hinaus, die Luft zu dick, ihm alles zu eng. Einfach davon. Laufen. Können. Ein letztes Mal. Seinen alten, an die brüchige Hausmauer geparkten Steyr 190, Baujahr 1969, starten und los, der Blick vorausgerichtet.

Leider auch der eingelegte Gang.

Ein gewaltiges Loch hat der Traktor in die Mauer gerissen, das 139 Zentimeter hohe Kindermöbel dahinter nur mehr ein Trümmerhaufen, ebenso Walters rechter Unterschenkel.

»Lass uns jeden Tag das Leben endlos spüren
Und uns niemals unsre Ehrlichkeit verlieren,
Wenn uns gar nichts mehr zusammenhält,
Verlöscht vielleicht das letzte Licht der Welt.«

32 Rührung

Und die alte Huber rührt, das ganze Haus bereits aromatisiert, und erinnert sich. Wie kurz nach der Amputation des Beines und dem langen Reha-Aufenthalt auch die Landwirtschaft verloren ging und die einst durch Eheschließung zusammengelegten Brandl- und Hubergründe an den aufrichtigen, fleißigen Schusterbauer verpachtet wurden. Zumindest bis zu dem heurigen ersten Jänner. Denn da vergab Walter in einem Anflug von Irrsinn nach so vielen Jahren plötzlich die Belehnung an die Birngrubers, zerstörte beinah die Existenz der Familie Schuster, und die alte Huber weiß bis heut nicht, warum.

Walter wurde Angestellter der Postsparkasse, zuerst der hiesigen, nach Schließung dann der Zweigstelle in Sankt Ursula, und beinah kam es Hannelore so vor, das Bankgeheimnis wäre eine auf Menschen übertragbare Krankheit. Kaum noch gesprochen hat er mit ihr. Das Ansinnen auf Fortpflanzung dahin, auf Austausch jeglicher Art, bald auch auf Begegnung. Wie gesagt: Ein Haus mit zwei Ebenen für nur zwei Menschen, warum also diese nicht maximal sinnvoll nutzen? Walter oben. Hannelore unten. Wenn sich schon die Liebe und das Zusammenwachsen nicht haben lernen lassen, warum dann nicht wenigstens das Auseinanderleben? Auch eine Art von Liebe vielleicht? Was weiß man schon.

Und das Zusammenleben funktionierte auf seltsame Art und Weise recht gut. Die ganzen Finanz- und Vertragsgeschichten rund um den Hof, der Überblick über das Geld, den Besitz betreffend, alles Angelegenheit des Hausherrn. Der Haushalt selbst samt Garten Frauensache. Zu Wochenbeginn wurde das Wirtschaftsgeld in das von Hannelore akribisch geführte Wirtschaftsbuch gelegt, gab es Mehraufwand, schrieb sie dies hinein, blieb ihr etwas übrig, wurde es gespart.

Bis Walter in Rente ging, von seiner Hausbank in Sankt Ursula auf seine Hausbank daheim wechselte, dazu der Fernsehsessel, der Stammtisch, der Verfall, der Zorn auf sein Leben, auf seine Frau, auf seine nie gezeugten Kinder, nie erfüllten Träume: »Was soll ich hier noch außer aussterben, so wie die ganze Gegend?«; auf seinen Bruder, der damals den Hof nicht übernehmen wollte; auf seine Eltern, die ihm keine Wahl ließen: »Du wirst Bauer. Punkt!«; auf dieses elende Leben, auf einfach alles.

Und sie rührt und rührt und denkt nach.

Wo Kurt Stadlmüller so lange bleibt, und was er möglicherweise alles auf dem Kerbholz hat, wenn ihm so zwielichtige Gestalten auf den Fersen sind? Gar seine Henker? Haben sie auch Albin beseitigt?

Warum eigentlich kennt Walter den Staatssekretär für Inneres?

Und wo ist Walter wirklich gestorben, wenn nicht bei Marianne? Wurde er tatsächlich verloren? Sind sie mit ihm noch ein paar Abschiedsrunden durch die schöne Gegend gefahren, ist er dabei still und heimlich aus dem Kofferraum gerutscht, wie einst die alte Hammerschmied, und wurde von Wölfen gefressen, bis auf den Socken natürlich? Oder liegt er bereits eingeäschert irgendwo auf dem Dach oder in Hannelores Garten herum? Wäre ja leicht möglich. Vieles wäre möglich, wenn so wie hier in Glaubenthal der Dorfarzt und Bestatter gute Freunde sind. Der eine stellt den Tod fest, der andere lädt den Toten ein.

»Und wer ist Hertha Müller?«, flüstert sie, die alte Huber.

Vor dem Fenster hat der Hagel die Landschaft mit einer weißen Tagesdecke überzogen. Nicht glatt. Eher Strick, Noppenmuster. Hagel, der nun in Regen übergeht.

Und sie rührt und rührt und horcht auf.

Gerührt hat es sich hier ja immer schon. Ein altes, ächzendes Haus, marod wie deren Bewohner selbst. Nur war der alten Huber jegliche Ursachenforschung bisher keines Gedankens wert.

Der Walter? Der Wind? Der Wärmeunterschied?

Irgendetwas wird es schon gewesen sein. Holz lebt.

Scheinbar aber lebt es gerade ziemlich auf. Ein Klopfen, ein Knarren, ein Schaben. Über ihr. Da gehen der guten Hannelore jetzt, mit ihrem Kochlöffel in der Hand, natürlich gleich das Apostolische Glaubensbekenntnis und die Pfarrersköchin Luise Kappelberger durch den Sinn, samt ihrer schwachsinnigen Herumrechnerei. Von wegen dritter Tag!

»Vergiss es, nur so eine blöde Idee. Auferstanden wird er ja wohl kaum sein.«

Lang braucht es jedoch nicht, und die alte Huber tauscht ihren Kochlöffel gegen den Gehstock aus. Vorsichtig, auf Geräuschlosigkeit bedacht, stellt sie den Topf zur Seite und nimmt die Treppe in Angriff. Sinnlos natürlich, denn wie gesagt, Holz lebt. Kann knurren, kreischen, aber eines definitiv nicht: sprechen.

Und für die alte Huber steht nun fest:

Da ist jemand. Hundertprozentig.

Denn mit einem Schlag sind Schreie zu hören, Spannungsmusik, passend irgendwie zu dieser unguten Situation.

Dann Stimmen. Bekannte Stimmen. Hannelore kennt sie alle. Seit Jahren. Zumindest akustisch. Und ohne entsprechend angestupst zu werden, geben diese ansonsten keinen Ton von sich. Da braucht es schon die Fernbedienung und einen Daumen mindestens. Walters Fernseher also. Sein wichtigster Lebenspartner nach dem Bier. Krimiserien vorwiegend. Weil ja auch der alltägliche Mord- und Totschlag in den Nachrichten nicht ausreicht. Und wie in langjährigen Beziehungen so üblich, hatten sich da eben auch zwischen dem Walter und seinem Fernseher die Wesenszüge des Stärkeren dem Schwächeren längst ins Gesicht gebrannt. In diesem Fall die Verdumpfung, die Trägheit, die Aggression. Mattscheibe eben. Apathische Flucht aus dem Leben, hinein in diesen Kasten. Wer den ganzen Tag vor der Glotze hockt, ist längst schon hirntot, davon ist die alte Huber überzeugt. Sinnloser kann in ihren Augen die Zeit auf Erden also kaum entsorgt werden.

»Die reinste Sterbehilfe ist das!«, flucht sie.

Und ja, in gewisser Weise trifft das in Anbetracht Walters Erkrankung sogar zu. Fernsehen als Strategie gegen den Schmerz, die kreisenden Gedanken, die noch abzusitzende Zeit.

Schwer liegt ihr der Lärm nun in den Ohren, der Gehstock tatsächlich wie ein Langschwert in der Hand. Sogar ein wenig herumgefuchtelt wird damit vor jeder Ecke, prophylaktisch. Und vor lauter Angst. Gelesen hat sie nämlich schon oft davon: Menschen, die sich in Sicherheit wiegen und die es gerade deshalb eiskalt erwischt, verflixte Krimis.

»Hallo?«

Immer langsamer dabei ihr Tempo. Ganz vorsichtig.

Und richtig ärgern muss sie sich über ihre Hysterie, weil sehen darf diesen Auftritt jetzt niemand.

»Dritter Tag, so ein Schmarrn!«

Den Gang entlang geht es. WC, Badezimmer.

»Ist hier jemand?«

Nichts. Außer einem Schusswechsel im Wohnzimmer, dazu Sirenengeheul, dramatische Musik, hektisches Gebrüll.

Also weiter, genau dorthin.

»Walter, bist du das?«

Wieder nichts. Sogar tatsächlich, denn im Gegensatz zu Hannelores liebevoll dekoriertem Untergeschoss regiert hier die Karg- und Aufgeräumtheit. Eckbank, Bauerntisch, zwei Sessel, eine alte Bauernkommode, eine absperrbare Bauerntruhe, ein Fernsehsessel samt laufendem Flachbildschirm. Alles auf das Wesentliche reduziert, und alles an seinem Platz. Auch das Hab und Gut. Die wenigen Schuhe Ferse an Ferse. Hosen Bug an Bug. Hemden Schulter an Schulter. Wäsche und Fernbedienungen Kante auf Kante. Zeitschriften und Bücher Rücken an Rücken – wie eben auch die Beziehung zu Hannelore. Ordnung also zumindest gegenständlich eine Leidenschaft. Zwischenmenschlich aber hat Walter über seinen Tod hinaus ein unermessliches Chaos hinterlassen. Niemand da. Auch der Blick in das Schlafzimmer bestätigt: Kein Walter anwesend.

»Sag ich doch: So ein Schmarrn!«

Nur sein Geruch. Überall.

Intensiv. Hartnäckig. Das Leder, die Fäulnis, der Tabak.

Ja, es riecht nach Tod, nach Verwesung, süß-sauer, beim Chinesen drüben in Sankt Ursula soll es ja so etwas sogar zu essen geben. Und dieser Duft ist keine Überraschung, Standard eigentlich in des Walters Revier.

War eben nicht üblich damals, außer dem Werkzeug, den Maschinen, den Stall und weiß der Teufel, auch noch den eigenen Körper und die Zähne gründlich zu putzen. So schwer Walter nach seinem Unfall die täglich olfaktorische Maskierung in Richtung reinlicher Bankangestellte gefallen war, so reibungslos verlief die Umstellung auf sein Rentnerdasein. Zurück zu den Wurzeln. Nur eben ohne Stall, Landwirtschaft, Maschinen. Sein alter VW verkauft, ebenso der Traktor, einzig das Dreigangrad hatte er be- und in Schuss gehalten, als wäre es das Symbol seiner verlorenen Freiheit, der letzte Anker hinein in sein Leben. Sich einfach in den Sattel schwingen, rechts das Bein, links den Stummel zur Seite strecken und hintersausen zum Brucknerwirt. Ansonsten aber gab sich Walter der körperlichen Verwahrlosung hin.

Also reißt sie nun alle Fenster auf, die alte Huber. Ordentlich durchlüften, kurz bleiben, sich beruhigen. Hat sich das Patschenkino eben von selbst aktiviert, irgendwie.

Es ist eine bleierne Schwere, die Hannelore nun in Beschlag nimmt, sie nach diesen anstrengenden letzten Stunden erschöpft in Walters Fernsehsessel mit Kipp- und Liegefunktion sinken lässt. Ein Modell, das namentlich sogar Stressfreiheit verspricht.

Nur wie soll das gehen? Fernsehen und abschalten?

Fernseher abschalten maximal. Endgültig. Also auf, die warum auch immer auf den Boden gefallene Fernbedienung zur Hand nehmen, darum also die Inbetriebnahme, gleich ein für alle Mal den Stecker ziehen, »Jämmerliche Volksverdummung«, sich wieder hinsetzen, durchatmen, den Durchzug spüren, die frische hereinströmende Regenluft. Die endlos große Leere des laufenden Bildschirms ist dem gebührenfrei stillen Schwarz gewichen.

Endlich Ruhe. Frieden.

Und ja, direkt idyllisch, hypnotisch wirkt das alles.

Entspannt starrt die alte Huber auf die dunkle Oberfläche, sieht darin das sich matt spiegelnde Wohnzimmer, die geöffnete Schlafzimmertür, das Bett – und mehr an Entspannung ist ihr in diesem Sessel dann nicht mehr vergönnt. Stressfreiheit, auch nur ein leeres Versprechen. Denn trotz abgedrehtem Fernseher läuft hier etwas. Im doppelten Sinn.

Eindeutig. Und wie schon vorhin auf der Straße hinter ihr.

Da ist es also wieder. Dieses räudige Vieh. Und es kriecht, als wäre nun endgültig seine Ruhe gestört worden, unter dem Bett hervor, staubtrocken, hat offenbar vor dem Unwetter rechtzeitig Zuflucht gesucht, streckt sich durch, spaziert nun seelenruhig an Hannelore vorbei, verschwindet im Stiegenhaus, die alte Huber hinterher, durchschreitet im Erdgeschoss das Wohnzimmer, schnuppert in die Küche hinein, dann zur Tür hinaus, und platziert sich schließlich wie selbstverständlich unter der Hausbank.

Walters Hausbank. Gar ein bisschen wenig Wildtier und viel Walter auf einmal. Gefressen und noch mehr Appetit auf altes, zähes Huberfleisch wird es ja wohl nicht haben? Sucht es also Anschluss bei ergrauten Damen, sozusagen eine Alten-WG.

Oder sucht es sein Herrchen?

Hatte Walter einen Wolf als Haustier?

Wenn ja, dann in welchem Haus? Gab es also tatsächlich ein zweites Leben? Mit dieser Frau Müller?

Und jetzt steht sie wieder hier, an ihrem Herd, die alte Huber, nimmt neuerlich die Arbeit auf, rührt und rührt und weiß nicht recht. Auch, was den Duft betrifft. Kann ja an sich leicht passieren, wenn der Kochlöffel ein paar Runden aussetzt. Da brennt dann eben etwas an. Nicht allerdings ihr. Niemals. Tief schlafen könnte sie und gleichzeitig, wie die Rosenkranzrunde beim wöchentlichen Rosenkranz trotz Nickerchen das Beten, ihr Rühren nicht vergessen. Dann sieht sie ihn, durch das Fenster, sieht ihn über die Dächer Glaubenthals ziehen, als stünde der erste Frost bevor. Rauch. Nur wer heizt um diese Jahreszeit sein Haus ein?

Blitz hat dort jedenfalls keiner eingeschlagen.

Lang braucht es nicht, und der alten Huber wird klar: Von Niedrigenergie kann bei den Stadlmüllers keine Rede mehr sein.

33 Die 0,8 Mikrosiemens des Waldhonigs

Die Glaubenthaler Damen mögen ihren Männern ja zu Recht nachsagen, sie nähmen es mit der Ehrenamtlichkeit ähnlich genau wie mit der Hausarbeit, denn da wie dort wird unter »halbe-halbe« maximal die Bestellung zweier Krügel Bier verstanden.

Die Mitarbeiter der Gemeindebücherei sind bis auf den alten Alfred Eselböck allesamt Frauen. Die des sonntäglichen Pfarrkaffees? Frauen. Sammelfahrdienste, ob für Schulkinder, Fußmarode, die Dialysepatientin Anna Gruber, den Krebskranken Sebastian Feldmann, führen ebenfalls die großjährigen, alleinstehenden Töchter, die Gattinnen oder Witwen durch. Bis auf eine Ausnahme kommen die gesamten, über das gemeinsame Besäufnis beim Stammtisch hinausgehenden ehrenamtlichen sozialen Tätigkeiten aus weiblicher Hand. Selbst den zwecks Kirchendachrenovierung zum Verkauf stehenden, grauenhaften Vogelbeerschnaps brennt die Gemischtwarenhändlerin Heike Schäfer höchstpersönlich.

Brennt es aber tatsächlich, passiert hier ein Wunder.

In einer schier erstaunlichen Geschwindigkeit entleert sich der immer noch gut gefüllte Brucknerwirt, treten die Herren der Schöpfung aus allen Richtungen dermaßen ruckzuck in Erscheinung, als hätten sie nur darauf gewartet, endlich ihre Oberkleider abstreifen und stets bereit wie Superman die Unterwäsche auslüften zu können, sprich: die Uniform der Freiwilligen Feuerwehr. Und das in allergrößtem gegenseitigen Respekt. Ob Katholiken oder die paar Atheisten, ob Rechte oder die paar Linken, ob Fleisch- oder die paar Pflanzenfresser.

Das Unglück steht über allem.

Ein großes Unglück in diesem Fall.

Denn logisch kommt so ein Niederschlag bevorzugt nicht genau dann, wenn er besonders dringend gebraucht wird. Einer himmlischen Verhöhnung gleich, hört der Regen auf und setzt dank Automatismus die Stadlmüller'sche Rasensprenkelanlage ein.

Bald steht das Niedrigenergiehaus lichterloh in Flammen und auf der Hauptstraße der Verkehr. Aus der ganzen Umgebung kommt die Schaulust angereist, stülpt eine Atmosphäre über das Dorf, als wäre Kirtag, Erntedank, Bauernmarkt, zumindest was die Besucherzahlen angeht. Die Stimmung selbst nämlich bleibt gedämpft, wie hoffentlich auch bald das Feuer.

Ein gieriges Verschlingen. Dazu der aufgekommene Wind, der Funkenflug, die drohende Gefahr. Denn wären da nicht aus den Nachbarortschaften die Hilfskräfte angerückt, um mit vereinten Kräften die Wasserfontänen als schützende Wand gen Himmel zu richten, es würde wohl zusätzlich noch die Nachbargebäude, die Bestattung, die hochentzündbare Scheune des nahe gelegenen Schusterbauern, sein Gehöft, ja vielleicht sogar das ganze Dorf in Schutt und Asche legen.

Spürbar das Bangen, die Sorge, ja Fürsorge. Viel mehr noch als ein Lager- oder Sonnwendfeuer vermag eben so ein Großbrand Wärme in die Herzen zu bringen, sie zu öffnen, Grenzen, Befangenheit verschwinden zu lassen.

»Dass es dazu erst brennen muss!«, denkt sich jetzt sicher nicht nur die alte Huber. Und ja, auch sie befindet sich inmitten der Menschenmenge. Wenn auch nur optisch.

Dafür aber mit zehnfacher Vergrößerung. Und mehr an Nähe, als so ein Feldstecher hergibt, muss in ihren Augen ja auch wirklich nicht sein, schon gar nicht in Anbetracht der Flammen.

»Gar kein so schlechter Platz!«, flüstert sie, das Fernglas in der einen Hand, ausnahmsweise eine Flasche Bier in der anderen, Walters Bier, unter sich die Hausbank. Deutlich sichtbar die Spuren der jahrzehntelangen Beanspruchung, das stellenweise abgedunkelte Holz, die Ränder der Glasflaschen, die Brandflecken der Selbstgedrehten. Zugegeben ein herrlicher Platz. Übersichtlich, bequem, wettergeschützt.

Ja, gemütlich sogar. Denn neben ihr verbreitet die Außenbeleuchtung seit Jahren schon dasselbe glühfadenwarme Licht, rebelliert somit gegen absurde EU-Verordnungen.

Apfelmindestgrößen, Gurkenkrummheitsvorschriften, Optik- und Geschmacksbestimmungen einer Pizza Margherita, elektrische Leitfähigkeitsrichtlinien von Honig, bei Waldhonig mindestens 0,8 Mikrosiemens pro Zentimeter. Selbst die sinnvollste, befriedendste Idee, wie an sich die Europäische Union eine ist, will eben mit allen Mitteln unter Beweis stellen: Was immer der Mensch sich auch Kluges einfallen lässt, in der Tiefe seines Seins ist und bleibt er eben trotzdem eine höchst lachhafte Figur.

»Lauter Sautrotteln!«, wie Walter diesen Umstand, von genau dieser seiner Hausbank aus, mit Blick auf Glaubenthal oft zu bezeichnen pflegte. Und der Blick könnte besser nicht sein. Das ganze Dorf liegt der alten Huber da zu Füßen.

Heute sogar inklusive Wolf.

»Und was soll das werden?«

Ihre Angst hat sie mittlerweile abgelegt, wäre ja auch angesichts der nicht zu ändernden Umstände eine gar sinnlose Last. Wollte eben nicht mehr weg und sich irgendwo da draußen erschießen lassen, das Tier.

»Bist du neugierig auf meine Hühner?«

Hat sich sogar eine Schüssel Wasser geben lassen, dazu altes Brot, ein paar Scheiben Wurst. Grad, dass da in seinen gelbgrünen Augen nicht der Vorwurf zu lesen steht: Ein wenig streicheln könntest du mich aber schon.

»Oder bleibst du jetzt einfach hier, auf deine alten Tage?«

Gemütlich schmatzend legt er seinen Kopf zwischen die Pfoten, als wäre er der deutschen Sprache mächtig.

»Und wie soll ich dich nennen. Wolf? Wolfi? Wolferl? Meine Güte, schön bist du ja nicht grad!«

Ein Weilchen blickt Hannelore über das Dorf. »Andererseits, was heißt das schon: schön! ...«

Sie schmunzelt. »Ich nenn dich Bello.«

Die Aussicht wie das Gemälde eines alten Meisters. Monumental, überwältigend. Die silbrig glitzernde Ache, das farbenfrohe, blühende Land, der aufgerissene, violett schimmernde Himmel, das orangerote Leuchten der untergehenden Sonne, die von Rosa über Blutrot bis ins Schwarz getränkten Wolken, dazu die Flammen, der hochsteigende Rauch, das Zusammenwirken der Einsatzkräfte.

»Aber dein ganzes Rudel brauch ich hier nicht«, schiebt sie wieder den Feldstecher vor ihre Augen, den Blick auf die Menschenmenge gerichtet.

Nach wie vor fehlt Bürgermeister Stadlmüller. Ebenso sein Sohn, der kleine Kurti. Auch das kleine blonde Mädchen sucht die alte Huber vergeblich. Dafür sind inmitten des Getümmels sowohl Hertha Müller als auch der wuchtige Rosenkavalier zu erspähen. Ein Weiterschwenken des Feldstechers führt erwartungsgemäß zu einem Blickkontakt mit Luise Kappelberger, die in Decken eingewickelt am Gegenhang selbst auf ihrem Balkon steht, ebenfalls eine Sehhilfe in der Hand.

Und ja, da ist noch jemand. Auf der Anhöhe, dort, wo Staatssekretär Froschauer gelauert haben soll, steht das kleinere, bedrohlichere Exemplar dieser beiden sonderbaren Herren hinter dem Marterl. Gustav 2. Aufgabe wohl: Gesamtüberblick.

Kein allzu kluger Kopf, wie es scheint. Denn im Schein der einzigen dort vorhandenen Laterne lehnt er, wunderbar zu sehen, neben dem Bildstock, übt sich in derselben Kunst wie Hannelore und Luise, wenn auch mit einem gewiss ausgereifteren Modell in Händen, und ja, wäre er traditioneller chinesischer Mediziner und würde ihm die alte Huber die Zunge zeigen, er könnte ihr wohl eine Diagnose stellen. Man beobachtet sich also gegenseitig.

Folglich hebt Hannelore ihre Hand, weil kann ja wie gesagt alles bedeuten. In diesem Fall: Erwischt! »Dann lern ich dir jetzt was!«, zischt sie, greift auf den Schalter hinter sich, und Schluss ist es mit der Glühfadenausleuchtung ihrer selbst. »Idiot!«

Und der Kerl lernt offenbar schnell. Denn prompt greift er unter sein Sakko, zückt eine Waffe und beendet mit einem gezielten, völlig lautlosen Schuss die Vorstellung. Licht aus.

»Na bumm!«, ist sie entsprechend verdutzt, die alte Huber. »Sogar mit Schalldämpfer.« Ein Heißsporn also, dieser Kerl. »Wenn du ein Staatsbeamter in Zivil bist, dann bin ich die First Lady in Rente!«, flüstert sie.

Und wie aufs Stichwort mischt sich eine neue Farbe unters Volk. Ein schrilles, nun offizielles Blau, schnell unterwegs, zuckend. Eines, das sich unmittelbar hinter der Menge einbremst.

Zwei Personen in Uniform steigen aus dem Dienstwagen, die groß gewachsene, stämmig wirkende Beamtin von heute Mittag, und ein klein gewachsener, untersetzter Mann. Bestimmten Schrittes geht er voran, stellt Fragen.

Finger deuten in Richtung Holzinger, ein Kreis bildet sich, Friedrich und die beiden Polizeibediensteten in der Mitte. Worte werden gewechselt. Dann Schweigen. Friedrich Holzinger bekreuzigt sich.

Auch der Menge ist Betroffenheit anzusehen, man blickt sich suchend um, zuckt anfangs mit der Schulter. Plötzlich Aufregung. Arme heben sich, Finger deuten in die Gerste des Schusterbauern. Dort steht er, mit hängenden Schultern, den Brand vor Augen.

Kurti Stadlmüller.

Und er steht dort nicht lange, wird sich seiner plötzlich exponierten Position bewusst, nimmt Tempo auf. Auch die alte Huber versucht ihm zu folgen, schwenkt ihr Fernglas mit, sieht den kleinen Stadlmüller durch das Feld davonlaufen und laufen, sich immer wieder umsehen, stolpern, aber nicht fallen, sieht, wie er –

»Was machst du da?«

Schwärze plötzlich vor Hannelores Linse. Verschwommenheit.

Also das Fernglas zur Seite nehmen und in Augen sehen, noch größere, als sie ohnedies schon sind. Neugierig, frech. Keine drei Schritte entfernt steht sie vor der Hausbank. »Du beobachtest das Feuer und heimlich die Leute, hab ich recht?«

Über den Hintereingang muss die Kleine in den Garten gekommen sein, in ihrer Hand ein prall gefüllter Stoffbeutel.

»Was du hier machst, ist wohl eher die Frage! Auf meinem Grundstück!«

Wirklich weiter kommt man in diesem Gespräch nun nicht.

»Ja, was machst du denn hier?«, wiederholt auch Amelie Glück mit deutlich freundlicherer Stimme und marschiert auf die Hausbank zu. Soll sie nur. Nun sind andere Dinge wichtiger. Also Feldstecher hoch:

Kurti Stadlmüller läuft immer noch, seinen Helm auf. Die Polizistin hinter ihm, will ihn aufhalten. Doch er reagiert nicht, presst sich die Hände gegen die Ohren, wird kurz vor dem Waldrand eingeholt, gepackt, reißt sich los, sinkt in die Knie, wirkt wie gegeißelt, während die Beamtin auf ihn einspricht, muss sich übergeben. Unbeholfen weicht die Dame zurück, weiß nicht recht weiter, geht ein Stück zur Seite, lässt Kurti aus den Augen, telefoniert –

Körperkontakt. An ungewohnter Stelle.
»Bleibst du jetzt bei der Frau Huber? Ja?«
Amelie hat sich ebenso ungebeten wie das Haustier vor die Hausbank gesetzt und widmet sich dem Wolf.
»Gefällt es dir hier. Ja?«
Geschlecke da, Gestreichel dort.
»Du bist ein guter Wolf, gell?«
Rückenlage da, Bauchgekraule dort.
»Du musst ihn auch streicheln, Frau Huber. Meine Oma hat mir immer Geschichten von ihrem Bernhardiner Rico erzählt und gesagt, der beste Weg zu einem Herz ist hinter Pfotenabdrücken.«
Erwartungsvoll sind die Augen der Kleinen nun emporgerichtet, dabei verwechselt sie die Unterschenkel der alten Huber offenbar mit einer Lehne.
»Was du hier suchst, war die Frage!«, rutscht Hannelore nun irritiert zur Seite, streicht sich über ihre Strümpfe, als wäre der schmale Rücken des Mädchens das junge Laub einer Brennnessel. Und doch ist es nur dieses für sie so fremd gewordene

Gefühl, dieser sanfte, kurz bleibende Druck nach einer Berührung, diese tiefgehende Wärme.

»Du bist aber ganz schön komisch, Frau Huber, weißt du das!« Amelie Glück wechselt ungebeten eine Etage höher zu Hannelore auf die Bank. »Magst du keine Kinder?«

34 Unterberger ohne Sattler

Das ist kein schöner Tag heute. Wirklich nicht.

Der tote Bestatter, das schrottreife Fahrzeug samt ebensolchen Insassen, die Moorleiche, dieser Großbrand. Wenigstens den toten Walter Huber hat man gefunden, kurz zumindest.

Tragisch, das alles. Und ob Wolfram Swoboda will oder nicht, besonders dieser kleine untersetzte Junge geht ihm nun nahe. Als hätte er sein eigenes trauriges, kindliches Spiegelbild vor sich.

Die ganze Wut steigt ihm da wieder hoch.

Auf seine Eltern, seine Großmutter.

Gar nichts hält er von einem Leben, das ein um die Hüfte gelegtes Maßband bestimmen soll, irgendeine Kennzahl. Genießen muss schon sein, auch die Völlerei. Gern mit ausladendem Bäuchlein, so, wie eben er eines pflegt. Allerdings nur, wenn dieses Fettdepot selbstbestimmt ist. Nicht aber, wenn es von irgendwelchen Erziehungsberechtigten angelegt wurde, die zu dämlich sind, ihre Brut von Stopfgänsen zu unterscheiden. Eine Verdammnis ist das, vogelfrei von Kindesbeinen an als Mastvieh gehalten, immer fetter werden, und sich diese Vernachlässigung, ja Verachtung auch noch als Fürsorge, Liebe verkaufen lassen zu müssen. So etwas treibt Wolfram Swoboda den Blutdruck hoch.

Er hätte sich in Gegenwart seiner Großmutter, bei der er regelmäßig abgegeben wurde wie ein Haustier, vor dem Fernseher zu Tode fressen können mit Salzgebäck und Schokoriegeln, ersäufen mit Fruchtsäften und Sprudellimonaden, sie wäre wahrscheinlich noch eine Großpackung Schwabbelpudding kaufen gegangen: »Für mein armes Burli!«

Seine Kindheit war ein Urteil. All den Ballast abzuwerfen unmöglich. Die erlernte Gier ein Brandmal. Einzig diese zwei Wochen allein im Sommerferienlager, mit Gleichgesinnten Sackhüpfen, Topfschlagen, Kirschkernweitspucken, waren ihm sein Paradies. Er hat sie richtig, richtig gern beerdigt, die Swoboda-Oma, Marzipanrosen in ihr Grab nachgeschmissen und Schokoküsse. Hat mit Schulabschluss seinen viel beschäftigten Eltern genauso den Rücken gekehrt wie umgekehrt seine Eltern in seiner Kindheit ihm, dann mühselig zwar zwanzig Kilo abgenommen, aber leider immer noch drei zu viel.

Dieser kleine Kurti Stadlmüller könnte ärmer also gar nicht dran sein. Vielleicht ist sein Schicksal ja ein Glücksfall, vielleicht wird es ihm bei seinem so zäh wirkenden Großvater Friedrich Holzinger nun bessergehen, er endlich würdig behandelt, mit einer Aufgabe bedacht, um sich nicht länger seine Einsamkeit und Langeweile wegfressen zu müssen, weil der schlanke Bürgermeister-Papa so viel zu tun hat. Ein Arzt sogar.

Nein. Nicht gut. Auch seine Kollegin. Hilflos wirkt sie.

»Untersattler, Sie haben dem Buben einfach einen Schrecken eingejagt. Das ist ein Kind, da müssen Sie behutsam vorgehen, wenn Sie verstehen, was ich meine. Hektik herrscht hier schon genug. Das Feuer, die vielen Leute!«

»Aber Sie sehen doch, er will nicht, und wie ich ihm erzählt hab, sein Großvater wird sich jetzt um ihn kümmern, hat er …!«

»Vielleicht braucht er Ruhe, um das zu verarbeiten, und will nicht, dass Sie ihm da an den Fersen kleben wie ein Blasenpflaster? Lassen Sie ihm etwas Zeit.«

»Sind Sie jetzt der große Kinderflüsterer?«

»Nicht nur Kinder, Frau Kollegin! Im Moment bin ich sogar Telefonseelsorger. Außerdem ...«

»Das muss aber ein sehr leises Flüstern sein!«

»... dürfen Sie Ihre Zweimetergröße nicht vergessen!«

»Eins fünfundachtzig. Was soll damit sein?«

»Das wirkt bei einer Frau ganz schön bedrohlich.«

»Kommt darauf an, wo. In Liliput auf jeden Fall.«

Wolfram Swoboda kennt das zur Genüge, im Grund ist es der Alltag seiner Polizeiarbeit. Natürlich gibt es auch klare Opfer und klare Täter. Aber ebenso gibt es Täter, die ihre Opfer mit Vergnügen zu Tätern werden lassen, und sich dann als Opfer hinstellen bis zur letzten Instanz. Menschen, denen einladend die Zündschnur des Gegenübers entgegenragt, dieses unüberhörbare: »Lass mich endlich in Ruh. Ich explodier gleich!«, und die dann trotzdem aus ihrer Position der Überlegenheit heraus in Seelenruhe das Feuerzeug ergreifen, das Unausweichliche in Bewegung setzen, auf dass es nur so kracht. Und völlig im Gegensatz zur Wirklichkeit ist dann in diesem Fall natürlich immer der Sprengsatz schuld und niemals der Brandleger. Immer derjenige, der hochgeht, und nie diese selbstherrlichen, selbstbeherrschten Sadisten, die ihre reinste Freude daran haben, mit dem Finger auf andere zu zeigen.

Das muss doch unübersehbar sein, wie dreckig es ihm gerade geht, selbst für Autisten oder Alexithymiten. Aber nein. Und selbst jetzt noch spricht dieser Trampel zurück, bohrt ihm ihren langen Finger in seine Wunden. »Habe ich gerade Liliput gehört? Wollen Sie also auf meine Größe anspielen, Untersattler?«

»Das ist ja wieder typisch Mann. Sie dürfen über meine eins fünfundachtzig ständig Ihre Witze machen. Ich aber nicht über ihre eins fünfundvierzig?«

»Achtundfünfzig!«

»Na bitte. Und ich trau mich wetten, wenn Sie sich bei Marianne Salmutter einbuchen, kann es Ihnen an Weiblichkeit nicht genug sein!«

Schluss damit. Endgültig. Der Tag war lang genug. Und mit hochrotem Schädel losbrüllen hat sie ihn sicher noch nie gesehen, dabei seine Halsschlagadern bestaunen dürfen, die heraustreten können wie Oberleitungen. Er sollte auf Videotelefonie umschalten:

»Jetzt reicht es, Untersattler! Sie gehen mir auf die Nerven mit Ihrem Salmutter-Komplex, das sag ich Ihnen. Überhaupt mit Ihrer Kontrollsucht. Da kann sich, sollten Sie jemals Mutter werden, Ihr Kind schon freuen. Wird sicher eine Tochter, ich trau mich wetten. Was machen Sie dann mit ihr, wenn das Gitterbett und der Laufstall zu klein werden? Sie ins Ballett schicken und Reiten, und alles so weit weg, inklusive Schule, damit die Mami ihre Prinzessin überall schön hinführen muss? Und jeden Tag mit ihr für die Schule lernen, und dann Abitur? Und ihr die Wohnung nebenan kaufen oder das Reihenhaus, aber das alles nie in ihr Eigentum übergehen lassen, damit die Tochter dann, sollte sie wundersamerweise doch einen Mann finden, nur ja kein Startkapital besitzt, um sich irgendwo etwas Eigenes aufzubauen, eine eigene Familie zum Beispiel. Und all das, während Sie zwar sicher noch Unterberger, aber garantiert nicht mehr Sattler heißen, weil wer soll das auf Dauer aushalten!«

Und jetzt schweigt sie. Gut so. Also weiter.

»Ich geh jetzt da rauf auf den Hügel, Frau Kollegin. Und wenn ich dort oben fertig bin, sind Sie verschwunden, kapiert! Sie haben jetzt offiziell Dienstschluss. Das ist ein Befehl. Lassen Sie den Dienstwagen hier, sich von einem anderen Kollegen abholen, und fahren Sie heim!«

»Der Junge ist weg.«
»Wie bitte?«
»Sie haben mich gerade mit Ihrem Schwachsinn zugemüllt, und jetzt ist der Junge weg, verdammt, ich ...«

35 In der Ferne

»Ob du keine Kinder magst, hab ich dich gefragt!«
Kinder mögen? Automatisch? Nur weil es Kinder sind?
Da kann ihr die kleine Glück jetzt noch so schöne Augen machen, es ist sinnlos. Die alte Huber mag ja auch keine Erwachsenen, nur weil sie Erwachsene sind. Da gehört schon mehr dazu.
Und bei Exemplaren wie Amelie ist sie besonders vorsichtig. Nicht der Rohrstab oder das In-der-Ecke-Stehen waren in ihrer eigenen Volksschulzeit das Problem, sondern die »so zuckersüßen Mäderln!« Kappelberger Luise und Oberlechner Klara. Kein Mensch hätte sich da auch nur irgendwie darum gekümmert, für deren Niedertracht Worte wie ›Mobbing‹ oder ›Stalking‹ zu erfinden. »Sei keine Mimose!«, war der Therapievorschlag, meist gespickt mit einer mütterlichen Ohrfeige.
Dazu all die bitteren Erfahrungen in freier Natur. Nie wieder wurde ihr so viel Leid zufügt wie in ihrer Kindheit. Von Kinderhand. Sechs- bis Zwölfjährige, die als Cowboys oder Indianer durch die Gegend zogen, um schonungslos ihre Ansichten von Gerechtigkeit zu praktizieren, mit Stock und Stein. Bestien in Menschengestalt unter dem Kommando des heutigen Dorfpfarrers Feiler. Acht Jahre war die alte Huber damals jung. Unterwegs in Richtung Hoberstein.
»Gehst du mit, Hanni?«
Gefreut hat sie sich, Bandenmitglied sein zu dürfen.
»Wohin?«
»Wandern. Zur Kapelle *Maria Hilf*.«
Gekommen sind sie allerdings nur bis zur Jagdhütte seines

Großvaters. Zu zweit. Alle anderen hatte er weggeschickt, der Feiler Ulrich. »Na, Hanni, wie gefällt es dir hier?«

»Nicht so gut.«

»Magst Schnaps?«

»Darf ich noch nicht!«

»Und mich? Magst mich?«

Heute noch kann sie seinen eisernen Griff, seine spitzen Hüftknochen, den nach Lakritze riechenden, feuchten Atem spüren, dazu das stimmbrüchige Gestammel: »Jetzt zier dich nicht so! Ein erstes Mal gibt es doch irgendwann für jede von euch!«

Und hätte ihr Papa seiner einzigen Tochter kein »Das braucht auch ein Mädchen, Hanni!« geschenkt, wäre das Taschenmesser nicht zuerst in ihrer Rocktasche und dann in Ulrich Feilers rechter Gesäßhälfte zu finden gewesen. Eine kurze kalte Klinge in seinem warmen, verschwitzten Fleisch. Für alles gibt es ein erstes Mal.

Nein, ihr schwatzt keiner das Märchen auf, wie gut diese Welt doch sein könnte, kämen Kinder an die Macht. Beinhart wäre sie. Schonungslos ehrlich. Triebhaft. Rücksichtslos. Brutal.

»Oder bist du deshalb so komisch, weil die deinen Mann noch nicht gefunden haben?«, lässt Amelie Glück nicht locker, mit entzückender Stimme und rührendem Augenaufschlag: »Ich helf dir suchen!«

Die alte Huber aber bleibt standhaft: »Was – du – hier – suchst?«

»Ich hab Leo verloren, meinen Panther. Und das Kuvert von meiner Mama. Hast du das mitgenommen?« Aber natürlich! In ihrer Handtasche steckt es völlig vergessen.

»Deine Eltern schicken dich ja ordentlich in der Gegend herum! Noch dazu um diese Uhrzeit. Von dem Feuer ganz abgesehen.«

»Mein Papa ist nicht mehr bei uns. Der hat viel zu viel Witzki getrunken. Genau so eine Flasche, wie sie am Friedhof liegt beim Grab von deinem Herrn Huber. Nur war bei meinem Papa kein Gummibärchensaft drinnen. Und wie es meiner Mama damals so schlecht gegangen ist und ich zu Hause dann trotzdem meistens immer alleine war, hat ihn meine Oma endlich rausgeschmissen. Jetzt ist er wieder in England, drum seh ich ihn nicht mehr so oft. Mein Papa kommt von dort, weißt du!«

Da wird die alte Huber natürlich stutzig.

»Was heißt Gummibärchensaft?«

»Na, so ein Sprudelzeug, von dem die Erwachsenen immer sagen, es ist ungesund, aber dann trinken sie es trotzdem, besonders, wenn sie lange munter bleiben wollen.«

Munter bleiben wollen! Da muss sich Albin Kumpf schon vorher ordentlich betrunken haben, um derart abgefüllt in dem Sarg landen zu können. Und die alte Huber beschleicht ein seltsamer Gedanke, während sie sich sagen hört: »Und jetzt geht es deiner Mama immer noch so schlecht, dass sie dich das Kuvert suchen schicken muss?«

»Nein, schlecht geht es ihr nicht. Nur bergaufschieben schaff ich heute nicht noch einmal, wir waren ja schon am Friedhof beim Grab von deinem Mann oben. Und Auto haben wir keines.«

»Warum bitte wart ihr beim Grab?«

»Meine Mama wollte das. Da musst du sie fragen.«

»Und wieso musst du sie schieben?«

»Sie spart eh schon auf einen elektrischen Rollstuhl, dann wird das alles leichter für sie.«

Ausgesprochen unangenehm ist das der alten Huber jetzt, trotzdem weiß sie nicht recht, was sagen.

Da ist dann ein redseliges Kind ausnahmsweise ein Segen: »Weißt du, meine Mama hat so was mit dem Kopf gehabt. Mitten im Wohnzimmer. Einen Schlag, einfach so. Aber von innen. Den sieht man leider nicht kommen. Ganz komisch hat sie auf einmal gesprochen, das Gesicht so schief ...«, ihren linken Mundwinkel zieht die Kleine nun Richtung Hals, »... und die Beine nicht richtig bewegen können. Aber sie hat sofort gewusst: Amelie, ruf die Rettung.«

Und eine Spur lauter, fröhlicher wird ihre Stimme: »Ich kann alle Nummern auswendig, weißt du, die Polizei, Feuerwehr, unsere frühere Nachbarin, die Frau Yüksel, 7 12 34 98, den Pizzaservice Carlo, die Beate, meine Babysitterin. Und wenn du mir deine verrätst, dann kann ich die auch ganz schnell. Ich beweis es dir. Los. Sag schon, Frau Huber!«

Und trotz der geschilderten Tragödie ist da dieses Leuchten in den Augen, als ließen sich alle Probleme einfach wegstrahlen, wie im Frühling drunten beim Brucknerwirt mit dem Kärcher der schwarzgraue Terrassenbelag. Nicht darauf zu reagieren ist nun sogar der guten Hannelore unmöglich: »Und wie lange ist deine Mutter jetzt schon an den Rollstuhl gefesselt?«

»Gefesselt! Ha. Sag das nie zu ihr. Mama würde schimpfen.« Ein wenig tiefer und ernster wird nun ihre Stimme: »Ich bin ja kein gefangener Cowboy und mein Rollstuhl der Marterpfahl!«

Ein Stückchen näher rutscht die Kleine, viel zu nahe, Hüfte an Hüfte, reicht der alten Huber den prall gefüllten Stoffbeutel: »Schau, die hab ich dir mitgebracht!«

Und Amelie Glück wartet erst gar nicht auf eine Reaktion, sondern fährt fort: »Meine Mama ist froh über den Rollstuhl und dass sie damit vieles allein machen kann, weißt du. Das wäre nämlich ganz schlimm, wenn sie nur im Bett liegen müsste, so wie die ersten Wochen. Sie übt auch ganz fleißig!«

Ohne Scheu greift sie zuerst nach dem Gehstock: »Vielleicht schafft sie es ja eines Tages sogar wieder mit so einem Ding.«

Was für ein freches Biest. Mit einem raschen Griff nimmt die alte Huber den Stock wieder an sich. So weit kommt es noch! Die Kleine aber schnappt sich den Feldstecher, der da auf Hannelores Schoß liegt, springt auf die Bank: »Puh, der ist aber schwer!«, und wagt einen Blick.

Bollwerke gegen jeden Widerspruch, Kinder. Ein ›Nein!‹ die reinste Provokation. Und das weiß auch die alte Huber:

»Der hat einen Gurt, also häng ihn um!«

»Damit er nicht runterfällt?«

»Damit du nicht wegfliegst wie ein Ballon!«, kommt es ihr aus. Und leider ist da nun von oben herab dieses Kichern zu hören, diese Wiederholung: »Hihi, wie ein Ballon!«

Gar nicht gut für die nach außen so verhärtet wirkende alte Huber, wenn ihr Zynismus ausnahmsweise wohltuend als Witz verstanden wird.

»Ich seh aber nichts!«

»Dann dreh halt das Rad in der Mitte!«

»Das geht aber ganz schön schwer!«

»Dann bist du eben noch ganz schön zu klein dafür!«

»Haha, geht doch! Frau Huber, schau, wie schön, dort drüben ...«

»Mit beiden Händen halten!«

»... dort drüben. Am Hozilont, am Hozilont ...!«

»Horizont!«, flüstert die alte Huber, und tatsächlich ist da ein Schmunzeln auf ihren Lippen, während vor ihren Augen blutrot die Sonne hinter den Gräbern des Friedhofes verschwindet.

»... die Sonne, wie schön. Und dort, dort!« Begeisterung, die nun in Betroffenheit umschlägt. »Aber da ist ja dann vielleicht gar nichts mehr übrig von dem Haus, wenn die Feuerwehr fertig gelöscht hat, Frau Huber! Was macht der Kurti dann?« Doch keine Reaktion.

Den geöffneten Stoffbeutel auf ihrem Schoß blickt Hannelore über das Dorf, die Amerikanerbrücke, langsam kauend, die Augen glasig.

Tage gibt es, da kommt alles zusammen, zeigt das Leben kein Erbarmen, trommelt herab wie ein Hagelschauer.

Kurz wirft ihr Amelie Glück einen begeisterten Blick zu: »Die sind gut, gell?«, widmet sich aber umgehend wieder der Beobachtung.

»Wo hast du die her?«, will die alte Huber wissen.

»Aus unserem Garten. Alle selbst gepflückt!«

»Eurem Garten?«

Und nur einen einzigen Garten in Glaubenthal gibt es, der derart herrliche Kirschen hervorbringt.

36 Liebe eben

»Lass dich nicht verunsichern, Hanni! Du machst das ganz richtig so«, kann sie nun direkt die Stimme ihres Vaters hören, als wollte er seinem Mädchen aus dem Jenseits Trost zukommen lassen.

»Das gehört dazu.«

Nur er und sie. Nebeneinander. In Bodennähe. Über den Tod haben sie gesprochen. In gewisser Weise.

»Also, Hanni, schön weiter ausdünnen, die Radieschen!«

Das Gesicht dreckig, die Knie dreckig, die Hände dreckig, bis weit unter die Fingernägel. Aber glücklich.

»Das eine macht Platz, damit das andere wachsen kann. Wie im Leben. Und was du herauszupfst, geben wir dann in den Salat. Ist ja auch alles für irgendwas noch gut genug! Also: Trau dich ruhig!«

Und ja, damals schon wurde es eine Eheschließung für garantiert den Rest ihres Lebens. Die alte Huber und ihre Pflanzen. Liebe eben. Und ihr Papa natürlich. Auf die Schultern hat er sie genommen. Umhergetragen. Gigantin ihrer Welt. Glaubenthal Nummer acht.

Hannelores Elternhaus.

Später Vaterhaus, war ja schließlich eines Tages keine Mutter mehr da. Wiederum später nur noch Haus. Mit neuen Besitzern.

»Schau dir dieses Paradies hier an, Hanni! Unsere vierhundert Quadratmeter liefern fast alle Lebensmittel, die eine vierköpfige Familie das ganze Jahr benötigt – und wir sind nur zu zweit. Gemüse, Obst, Wurzeln, Knollen, Kräuter, essbare Blüten. Dazu unsere paar Hühner für die Eier, die Lotte und die Frida für die Milch, und unserer Hände Arbeit fürs Hirn! Der Kopfsalat gegen den Kopfsalat. Die Rankbohnen, um uns wieder aufzurichten. Die Kartoffeln, um uns zu erden. Ist das nicht alles ein Wunder? Unser Garten, unser Zuhaus'. Und natürlich die Herzkirschen. Meine Güte, Hanni, diese herrlichen Kirschen!«

Jeden kräftigen Ast des Baumes kannte die alte Huber damals in- und auswendig. Wenigstens der Baum ist stehen geblieben.

»Bitte nicht so hoch hinaufklettern, Hanni!«

»Ich pass schon auf, Papa!«

»Und ich auf dich. Also lass das. Außerdem, was ist, wenn dir etwas passiert? Dann hab ich gar niemanden mehr!«

Dass einem Eltern, wenn sie verstorben sind, so elend lange abgehen können, verdammt noch mal.

Ein ganzes Leben fast.

Immerhin war ihr Vater der erste männliche Nachkomme dieses Dorfes, dem nach Ende des Zweiten Weltkrieges offiziell die Frau davon ist, trotz seines Überlebens. Oder gerade weil. Was weiß man schon.

Zuerst die Freude über seine Heimkehr,

dann die Freude über seine körperliche Unversehrtheit,

dann die Freude an seinen Freuden,

und schließlich die Geburt der kleinen Hannelore.

Schön.

»Weißt du, Hanni!«, hat er ihr einmal ihre Frage: »Wie war denn das in Russland als Kriegsgefangener, Papa?« beantwortet: »Ein Kriegsgefangener war ich schon vorher. Denn wer da nicht blind, taub, schwerkrank oder mit dem Kopf unter seinem Arm zur Musterung kam, wurde ungefragt für die

Seite des Irrsinns als Kanonenfutter eingezogen. Unser Friede, meine Freiheit und vor allem meine Familie sind mir heute das allergrößte Geschenk!«

Auch schön natürlich.

Nur leider. Nicht für Hannelores Mutter Marlene.

Denn nach Kriegsende wurde aus der zerstörten Heimat eine Besatzungszone. Amerikaner. Ansehnliche junge Männer.

Die zerstörte Brücke über die Glaubenthaler Ache haben sie wiederaufbauen geholfen, Bindeglied des Ortes. Errichtet von wahren Helden, weil damals ja auf der guten Seite. Kraftstrotzende Männlichkeit. Voll Leidenschaft, Hoffnung, Perspektive.

Fünf Jahre war die alte Huber damals jung, als ihre leidenschaftliche Mutter bereits in guter Hoffnung diese andere Perspektive kennenlernen wollte und an der Seite solch eines Prachtkerls Reißaus nahm.

Über Nacht.

Und Übersee.

Ein ganzes Leben von heute auf morgen Vergangenheit: der Ehemann, die immer noch in Trümmern liegende Heimat, die so aufmüpfige Tochter. Großes Entsetzen natürlich in Glaubenthal.

Der allgemeine Tenor dazu klang nach: »So etwas machen Mütter nicht!« Nur pfeift ja das Leben auf alles, was da gemäß welcher Stimmlage auch immer weiß der Teufel wie klingen oder sein oder kommen soll.

»Aber warum, Papa? Warum?«, wollte die kleine Hanni damals unter nicht enden wollenden Tränen wissen. Nacktschnecken hat sie mit ihrem Vater gerade aufgeklaubt, mit bloßen, glitschigen Händen. Die unangenehmen Dinge beim Schopf packen.

»Liebe eben, Hanni. Liebe!«

Diese Antwort hängt ihr heut noch im Gedächtnis wie eine von der Decke baumelnde Fliegenfalle. Da bleibt dann auch jede Idee von zwischenmenschlicher Romantik haften und krepiert elendiglich.

Mit zwölf Jahren hat die alte Huber dann schließlich auch ihren Vater zum letzten Mal gesehen. Ein Gutenachtkuss als Abschiedsgruß. Sie alleine in ihrem Bettchen.

Er: »Keine Angst, ich lauf nicht weg, sondern hock mich nur ein bisschen runter zum Brucknerwirt!«

Hingehockt hat er sich zwar wie versprochen, ohne wegzulaufen, nur mit der Zeitangabe haperte es gewaltig.

Zehn Uhr morgens war es, da ist die kleine Hanni immer noch allein beim Frühstückstisch gesessen, gedeckt für zwei. Erzählt wurde es ihr dann von Postler Otto Brunner, wie immer um diese frühe Stunde bereits leicht beschwipst, und im Vorbeigehen: »Weil ich hab's eilig!« Ob sie denn noch nicht wisse, dass ihr Vater am Stammtisch eingeschlafen sei. »Im Grunde ein schöner Tod, ein schneller! Kann man sich eigentlich nur wünschen.« Zitat Otto Brunner. Und wirklich alt ist auch er nicht geworden.

Vielleicht ein nicht ganz so schöner, wünschenswerter Tod, dafür aber noch eine Spur schneller. Bremsspur in diesem Fall.

»Otto, den hausgemachten Nussschnaps musst du kosten.«

»Otto, so kalt ist es, gönn dir schnell einen Tee mit Rum.«

»Otto, der Michi ist nicht da, dafür der Ribiselwein im Schlafzimmer! – Otto, Otto. Der Michi, der Michi!«

Zu eilig. Zu besoffen. Zu direkt.

Heute noch erinnert in der scharfen Glaubenthaler Rechtskurve direkt neben dem Strommast ein eisernes Gedenkkreuz an seine Beiwagenmaschine, und so wirklich weiß man nicht, welche Töchter und Söhne nach einem Gentest nachträglich den Tod des Vaters zu beklagen hätten.

Nach dem Tod ihres Vaters Josef Brandl jedenfalls wurde:

1. Hannelores Paradies, Rotwiesenstraße acht, an das Ehepaar Schaller weiterverkauft, der Garten gerodet und komplett umgestaltet. »Wir als ehemalige Städter sind leider nur Hobbygärtner, da reicht eine Wiese. Aber der Kirschbaum ist schön.« Als ob man es nicht lernen könnte!
2. Hannelore geborene Brandl mitsamt den restlichen Brandlgründen, Wald und Ackerflächen, zwecks Betreuung an die Cousine ihrer Mutter übergeben. Und sie war kein schlechter Mensch, die Tante Gertrude, verheiratet mit dem Despoten Richard Huber und selbst Mutter zweier Söhne: dem Hans und eben dem Walter. Beide damals bereits großjährig. Hans bald im ewigen Streit mit seinem Vater Richard über alle Berge. Nur noch Walter übrig.
3. Im Alter von siebzehn Jahren war es dann so weit, zumindest laut Ziehvater Richard Huber, und aus Hannelore Brandl wurde Walters Ehefrau.

Nein, der alten Huber muss keiner etwas von Liebe erzählen.

»Frau Huber? Bist du traurig? Oder ist das ein Tagtraum und du bist eingeschlafen mit offenen Augen. Bei meiner Oma war das auch immer so, wenn sie zu viel Rotwein getrunken hat.«

Amelie Glück ist von der Bank gesprungen und tippt ihr auf die Schulter: »Du solltest aufwachen, ich glaub, da kommt wer. Frau Huber, wo gehst du jetzt hin?«

37 Vogelbeeren auf Sankt Helena

Schnell muss es gehen. Die Handtasche aus der Küche holen, in ihr Schlafzimmer verschwinden, Türe zu. Ohne Neugier keine Einsichten. »Und ob ich mir das alles ansehen darf!«, legitimiert die alte Huber ihr kleines Verbrechen gleich selbst. Immerhin handelt es sich um den Garten ihrer Kindheit, um jene Jahre, die als Fundament in ihre Adern gegossen wurden. Da wird man sich ja wohl noch interessieren dürfen.

Ein Griff also in ihre Handtasche, ein Herausnehmen des glücklicherweise unverklebten Kuverts: darin Dokumente, ein Kaufvertrag, ein altes speckiges Schlüsseletui aus Leder – die alte Huber wird ganz rührig, das Schlüsseletui nämlich ihres Vaters noch – und dieser lose Zettel.

Ein Schreiben von Rosemarie Schaller.

Sehr geehrte Frau Glück,
hier, wie vereinbart, die restlichen Schlüssel und der unterschriebene Kaufvertrag. Die Schuppentüre ist leider verzogen, bitte einfach gegen die Türe drücken, dann lässt sie sich aufsperren.

»Ist deine Oma da?«
»Die ist schon tot.«
»Wie jetzt? Die Frau Hofer ist …!«
»Die Frau Huber? Das ist nicht meine Oma.«
»Und wer bist dann du?«
»Die Amelie. Und du?«
»Der Wolfram!«
»Ha, ich hab auch einen Wolf. Schau!«

»Das ist aber ein ziemlich großes und besonders hässliches Stofftier. Oder ist der ausgestopft?«

»Der schläft nur. Weil er dauernd davonlaufen muss. Das ist anstrengend.«

»Da kann ich ihn verstehen. Ich werd ja schon allein vom Laufen müde und würd mich auch gern hinlegen. Und wo hast du den her?«

»Den hab ich gefunden. Meine Mama und ich haben ihn verarztet, und jetzt ist er zur Frau Huber hinauf.«

Wolfram? Hannelore kennt keinen Wolfram. Und von der Tatsache, dass hier offenbar Glaubenthal Nummer acht weiterverkauft wurde, wusste sie auch nichts:

Und bitte nicht gleichzeitig die Waschmaschine und den Geschirrspüler benutzen, das führt leider zu einem Kurzschluss. Bei Fragen zur Haustechnik wenden Sie sich an Pavel Opek. Er kennt sich aus.

Ihnen und Ihrer lieben Tochter nur das Beste, viel Freude mit Haus und Garten, und natürlich viel Glück, Frau Glück.
Hochachtungsvoll, Rosemarie Schaller

Noch ein kurzer Blick auf den Vertrag zwischen Isabella Glück und Rosemarie Schaller, darunter die handschriftliche Bestätigung der Übernahme des Kaufpreises. Summe dankend erhalten. In bar. Keine Bank also im Spiel. Ein seltsames Spiel. Denn welche alleinerziehende Mutter ohne Auto, die in einem Rollstuhl sitzt und offenbar über ausreichend Bargeld verfügt, zieht freiwillig mit ihrer kleinen Tochter aus der Großstadt als Fremde in ein kleines Dorf wie Glaubenthal, ohne dort Verwandte sitzen zu haben oder Freunde? Nur zweimal täglich bleibt der Bus stehen, und wenn Isabella Glück an der Direktverbindung zwischen ihrem neuen Haus und der Busstation oder der Gemischtwarenhandlung Schäfer oder dem Brucknerwirt etwas besonders gefallen wird, dann sicher nicht das Gefälle. Wer schiebt sie wieder bergauf? Das Kind? Und wenn das Kind in der Volksschule hockt, wo könnte Frau Glück hier arbeiten? Gibt ja weder freie noch überhaupt Arbeitsplätze. Was also will sie gerade hier? Sich verstecken?

»Frau Huber, wo bist du? Da ist Besuch für dich!«

Darf denn das wahr sein? Hat diese Göre jetzt einfach so das Haus betreten und klappert jedes Zimmer ab?

Also weg damit, hurtig das Kuvert unter die Bettdecke schieben, ins Vorzimmer treten und mit Erstaunen feststellen: Auch besagter Wolfram hat sich gleich selbst hereingebeten.

»Kind, du solltest jetzt schleunigst nach Hause gehen! Deine Mutter wird sich schon Sorgen machen«, greift die alte Huber in ihre Tasche und streckt der kleinen Glück ihr Stofftier entgegen.

»Leo, du hast ja Leo gefunden, Frau Huber, Frau Huber, danke!«

Überschwänglich wirft sich Amelie der guten Hannelore um den Hals und drückt sich an den stocksteif nach hinten ausweichenden Körper. »Ist schon recht!

»Und das Kuvert, Frau Huber?«

»Das findet sich schon noch! Ich helf dir suchen!«

»Wirklich? Ich bring dir auch wieder Kirschen, versprochen!« Und schon ist sie weg. Davongelaufen in neuer Mission.

»So ein entzückendes Kind«, meldet sich nun auch der Polizist zu Wort. »Erinnert mich an meine Tochter. Mittlerweile selbst eine Frau. Lebt aber leider aktuell in Schweden, Stockholm Södermalm, mit meinem Enkel Hjalmar, Schwangerschaftswoche siebzehn, und ihrem Lebensgefährten Erik. Leider kein Wikinger, weil dann würde er vielleicht auf hoher See ... Na ja. Meine Güte, wo geht die Zeit bloß hin?«

»Und Sie sind jetzt wer?« Auf jeden Fall ein Exemplar Mann mit Kugelbauch und der gestreckten Haltung eines Feldmarschalls. Napoleon lässt grüßen. Allerdings bereits die Sankt-Helena-Version, verbannt und gebrochen. Auf ungewollte Weise mitleiderregend sieht er aus. Die Entstellung seiner eigenen Karikatur. Räudig, unrasiert, das noch verbliebene Haar wie die kläglichen Reste eines Lorbeerkranzes. All das gepackt auf höchstens 160 Zentimeter Körperlänge. Nicht nur gefallener Imperator, sondern auch noch Gartenzwerg, die unberechenbarste Mischung. Hannelore Huber befürchtet das Schlimmste. Wenn sie allerdings vorher schon wüsste, was ein Polizeibesuch so alles an Informationen bringen kann, sie würde dem so müde wirkenden Kerl zur Stärkung frische Eier aus dem Garten holen und ein kräftiges Omelett hinstellen.

»Gestatten, Wolfram Swoboda!«

Von ›gestatten‹ kann natürlich keine Rede sein.

»Wirklich schön haben Sie es hier!«, betritt er ungebeten die Küche, blickt aus dem Fenster auf den Großbrand, ergänzt: »Bis auf die aktuelle Aussicht vielleicht. Schrecklich, so ein Feuer, wenn alles verloren geht!«

Dann nimmt er, als wäre er Teil der Familie, unter dem Herrgottswinkel Platz und das dort stehende Totenbildchen zur Hand. »Der Herr Huber, meine Güte! Das ist ja eine Ewigkeit her. Ich kannte Ihren Mann! Oder eigentlich kannte er hauptsächlich mich, besser geht kaum. Herr Huber war mein Bankberater. Hat mir damals sehr geholfen nach meiner Scheidung. Auch menschlich. Ein guter Mensch!«

Kurz scheint er nachzudenken, den Blick in den Herrgottswinkel gerichtet, dann greift er direkt unter das Kreuz, dorthin, wo anstatt der Weih- die Feuerwasserreserven des Hauses stehen, und mustert die Flasche in seiner Hand: »Ein Vogelbeerschnaps zur Kirchendachrenovierung! Auch nicht schlecht.«

Worauf ihm die alte Huber wortlos ein Stamperl hinstellt, ebenso Platz nimmt, und sich Wolfram Swoboda gleich selbst bedient: »Prost!«

Dem zügigen Entleeren folgt das Nachschenken: »Na bumm. Der kann was. Da könnte man ja direkt wieder katholisch werden!«, das erneute Trinken. »Sehr sogar!«, ein tiefes Durchatmen, und wenn ihm dieser Fusel nun tatsächlich schmeckt, muss er wirklich sehr durstig sein, der Herr Swoboda, beziehungsweise betrübt. Sympathieträger schauen zwar anders aus, die alte Huber aber hat im Laufe ihres langen Lebens schon in Augen mit weitaus weniger versteckter Liebenswürdigkeit darin gesehen.

»Wir haben schon gehört, das war ein harter Tag heute für Sie, Frau Heider?«, beginnt er, während wie selbstverständlich der Wolf hereinschleicht und unter der Eckbank zu Hannelores Füßen Platz nimmt wie ihr Haustier. Bello also.

»Huber!«, erklärt sie nicht ungerührt. Geht ja doch ans Herz, so ein Nähe suchendes Tier.

»Verzeihung. Liegt da also anstelle Ihres Mannes der Bestatter im Sarg. Ungute Geschichte. Mich würde vorher trotzdem etwas anderes interessieren. Ist das da ihr ...« Er schüttelt kurz ungläubig den Kopf, deutet unter den Tisch, schmunzelt. »Mir kommt ja schon allein die Frage komisch vor: Aber ist das Ihr Wolf?«

»Irgendwie so etwas wird's schon sein. Aber gehört mir nicht.«

»Irgendwem muss er aber gehören, so wie er aussieht. Armes Vieh. Ein Kettenwolf offenbar! Wahrscheinlich war er verheiratet!« Er trinkt erneut, lächelt, selbstironisch, zeigt dabei seine Zähne. Ein wenig wie Jack Nicholson, weiß sogar die alte Huber. Gelegentlich, wenn sie in der Gemischtwarenhandlung ihre Rätselhefte kauft, steckt ihr Heike Schäfer eben ein: »Da haste was, woste nich denken musst!« zu. Freizeit Revue, Neue Post, Neue Welt, Neues Blatt, Goldenes Blatt, Frau im Spiegel, Frau von Heute, Frau mit Herz, Echo der Frau. Da traut man sich als Frau wahrscheinlich gar nicht erst zu rufen, wenn dann so ein Widerhall zurückkommt, trotzdem blättert Hannelore das alles durch, weiß dann zwar genau nichts und legt es zur Seite, auf diesen turmhohen Stapel neben sich. Irgendwie muss ja die Ecke einer Eckbank schließlich verschwinden, um eines Tages unsichtbar werden zu können.

»Und dann der abgeschossene Schwanz. Lustiger Zufall!«

»Lustig?«

»Meine Kollegin war heut Vormittag erst am Hoberstein, weil dort in der Nacht ein Wolf gesichtet wurde. Vermutlich sind vor ein paar Wochen die Lorenzschafe deshalb in den Abgrund gestürzt. Vor lauter Angst. Dem Vieh wurde jedenfalls nachgeschossen, erwischt hat es aber möglicherweise nur seinen Besitzer und eben den Schwanz. Na ja, Tage gibt es, da wäre man lieber gar nicht erst aufgestanden!«

Wie es scheint, will er dieses Vorhaben, wenn auch verspätet, nun in die Tat umsetzen. Denn eine längere Pause wird eingelegt, dazu ein Blick ins Leere, und ganz sicher ist sich die alte Huber jetzt nicht: Schaut er noch, oder schläft er schon.

»Und?«, will sie wissen: »Was führt Sie her?«

»Von Führen kann leider keine Rede sein. Die Straße bin ich

heraufmarschiert. Hat es ganz schön in sich. Und das Stück gehen Sie jeden Tag!«

»Dazu, nehm ich an, hat mir der Herrgott meine Füße gegeben!«

Wolfram Swoboda schmunzelt.

»Weil Sie grad von Füßen sprechen, ich hätte da was! Frau Hofer!«

»Huber!«

»Meine Güte, ich und Namen. Richtig peinlich wird es, wenn ich dann Frau Holle sage!«, greift er voll Selbstironie in die Innentasche seines Sakkos und legt zwei Fotos auf den Tisch. Links die Abbildung eines Haferlschuhes, rechts einer Unterschenkelprothese.

»Soviel ich weiß, war ja Ihr Mann gehbehindert. Kommt Ihnen das bekannt vor?«

Zweifelsohne. Der Schuh ist jener, den die alte Huber dem Bestatter Albin Kumpf zwecks Ankleidens ebenso übergeben hatte wie die von dem Wolf gebrachten Wollsocken. Bei der zerbissenen Prothese aber wird sie stutzig. Denn seit Jahren schon spazierte Walter mit einer modernisierten Version durch die Gegend. Dieses Foto aber zeigt das Vorgängermodell, das Reservebein, wie ein Schatz von ihm in seiner Bauerntruhe gehütet. Und genau dort hat die gute Hannelore vorhin bei Inspektion des Oberstockes keinen Blick hineingeworfen.

Bleiben also nur zwei Möglichkeiten.

A: Walter hatte die Prothese vor seinem Tod schon irgendwohin mitgenommen und bei seinem Tod tatsächlich getragen.

B: Sie wurde nach seinem Tod gestohlen. Nur wozu und von wem? Wer war hier zu Besuch die letzten Tage? Pfarrer Feiler die Beisetzungszeremonie besprechen, Albin Kumpf die Bestattungsmodalitäten, Bürgermeister Stadlmüller das Lügenkonstrukt rund um Walters Tod.

»Alles gut, Frau Hofer. Ich weiß, es ist gerade sehr hart für Sie. Aber gehört das Ihrem Mann?«

Ein Nicken also zwecks Zustimmung: »Und wo ist der Rest?«

»Spannende, aber auch etwas delikate Frage. Denn gefunden haben wir dieses Bein samt Haferlschuh im Hochmoor drüben. Unweit einer ermordeten Prostituierten. Tragische Geschichte. Ein kluges, nettes Mädchen war das, seit drei Tagen schon abgängig. Könnte man natürlich auf blöde Ideen kommen, weil ja auch Ihr Mann vor drei Tagen gestorben ist, offenbar bei einem Waldspaziergang, und dann liegt sein Bein unweit der Leiche, aber er nicht in seinem Sarg. Aber wie gesagt: blöde Idee. Denn vielleicht haben wir ja Glück!«

Und viel Elan steckt hinter diesem »Glück« nun nicht mehr. Anders ist es um die Trinkfreude des Polizisten bestellt. Simple Rechenaufgabe, aus zwei mach eins sozusagen: Dienst ist Dienst plus Schnaps ist Schnaps ergibt Schnaps im Dienst. Zack, nächstes Glas, runter damit, und brav folgen ihm die Lider. War wohl ein langer Tag.

›Einundzwanzig, zweiundzwanzig‹, beginnt die alte Huber wie schon einmal heute in Gedanken …

38 Echte Wärthe

Bei »achtundzwanzig« reißt es ihn hoch, als wäre nichts gewesen.

»Wie Sie ja sicher schon wissen, ist der Bürgermeister verunfallt!«

»Nein, weiß ich nicht!«

»Hat sich das nicht bis zu Ihnen herumgesprochen? Gut, das wundert mich jetzt nicht bei der Steigung hier herauf.« Ein müdes Schmunzeln, dann die Erklärung: »Offenbar hat er falsche Freunde!«

Es folgt die sehr bildhafte Schilderung der Beobachtungen eines Oberförsters Hildebrand und Apfelbauern Fuhrmann. Der eine habe vom Hochstand aus zwei Autos durch den Wald rasen gesehen. Vorn der Leichenwagen von Albin Kumpf, dahinter eine schwarze Limousine. Dem andern sei dann dieser Leichenwagen in die Plantage gedonnert. »Die reinste Physik. Fliehkräfte, Bremskräfte, Aufprallkräfte. Tragisch! Der Leichenwagen Schrott. Kurt Stadlmüller schwer verletzt, aber schleppt sich trotzdem davon, panisch, verfolgt von den Lenkern der Limousine. Alles sehr, sehr seltsam!«

Bei aller nicht vorhandenen Liebe den Stadlmüllers gegenüber, aber der süße Kirschengeschmack im Mund der alten Huber geht in seine altbewährte Bitterkeit über, denn wer könnte es besser nachfühlen als sie selbst. Keine Mutter mehr, und im Fall des kleinen Kurti nun auch der Vater verunglückt. Arm, der Bub.

»Schlimm!«, hört sie sich sagen, und ein derart schlechtes Gewissen wie in diesem Augenblick hat ihr schon lange nicht von innen heraus auf ihren Brustkorb gedrückt. Seelische Übelkeit.

Wie aufs Stichwort dröhnt eine brüchige Stimme durch das Fenster herein. Hat da also jemand den Wirbel im Dorf ausgenutzt und ist ausgekommen. Zweimal innerhalb von 24 Stunden. Nein, heute stimmt definitiv so einiges nicht.

»*Du Mörderin! Du Mörderin!*«.

»Und das ist jetzt wer, Frau Huberer?«

»Ohne er. Nur Huber!« Was seit Walters Tod natürlich doppelt stimmt. »Antonia Bruckner ist das!«

»Die Sie jetzt warum als Mörderin bezeichnet?«

»Jeden bezeichnet sie als irgendwas. Ein Pflegefall leider. Schwere Demenz.« Nicht nur das Vergessen wird wieder zum Kinde, auch das Erinnern. Freundinnen waren die beiden damals. Antonia und Hanni. Auf der Wiese umherlaufen, Fangen spielen, zu dritt. Mit dabei Antonias Rauhaardackel, acht Monate alt, ihr Ein und Alles. Übermütig. Vor, hinter, zwischen den Beinen der Mädchen. Gestolpert ist sie, die kleine Hanni, und weich gefallen. Sehr weich.

»*Du Mörderin! Du Mörderin!*«.

»Und wie lang geht das jetzt so?«

»Bis sie abgeholt wird oder davonrollt.«

»Auch kein Spaß!«, schmunzelt er mitleidig, und setzt fort: »Jetzt zum Wesentlichen, Frau Hofer. Denn nicht nur Kurt Stadlmüller war in diesem Leichenwagen unterwegs, sondern auch eine Leiche. Aus dem Wagen hat es sie geschleudert«, beginnt Wolfram Swoboda nun in den Außentaschen seiner Jacke zu kramen. »Wie wir dann mit Apfelbauer Fuhrmann zum Unfallort gekommen sind, war sie allerdings schon wieder weg, von zwei Herren im schwarzen Anzug mitgenommen!«, so schwer dabei sein Wimpernschlag, da sind die Äuglein wohl demnächst endgültig geschlossen.

Der alten Huber hingegen werden sie nun geöffnet.

»Immer dasselbe!«, beginnt Wolfram Swoboda die Außentaschen zu entleeren, legt eine Packung Zigaretten auf den Tisch, sein Feuerzeug, einen durchsichtigen kleinen Plastikbeutel …

»Ich sag Ihnen, Frau Hofer, dieses Folterinstrument.«

… wird dabei immer hektischer, wechselt in seine Innentaschen …

»Den ganzen Tag geht das so, Suchen, Suchen, Suchen, als könnten sich die Dinger verstecken!«

Ein Notizblock, ein Kuli, ein angebissener Schokoriegel, erblicken das Tageslicht …

»Vielleicht schleichend beginnende Alzheimer!«

»Oder die Hosentaschen!«, mischt sich die alte Huber nun ein, den Blick mit einem höchst unguten Gefühl in der Magengrube auf den Plastikbeutel gerichtet. Und Wolfram Swobodas Hände übersiedeln ins Tiefparterre.

Ein Stofftaschentuch, ein Schlüsselbund, eine in alle Einzelteile zerfallende Packung Fishermen's Friend Lemon. Hektik, die in Zorn übergeht, »Ich werd wahnsinnig!«, eine speckige zerbeulte Geldbörse klappt auf wie ein Buch, gibt den überraschenden Inhalt preis, und endlich erhellt sich sein Gesicht.

»Mein Telefon! Meine Güte, immer dünner werden die Dinger, nur damit sie uns leichter aus der Hand fallen und kaputtgehen. Alles Verbrecher. Also«, beginnt er darauf herumzuwischen, während die alte Huber erstaunt die nun entstandene Anhäufung auf ihrem Tisch begutachtet. »Also Frau, Frau …«

»Du Mörderin! Du Mörderin!«.

»Huber«, flüstert sie, die gute Hannelore, »soll ich Ihren Müll hier gleich entsorgen. Diesen Plastikbeutel, mitsamt dem Verpackungsirrsinn. Werthers Echte. Oder sammeln sie das Alu?«

»Das sind Beweisstücke. In der Nähe der toten Prostituierten und im Moor haben wir sie gefunden. Kennen Sie jemanden, der die lutscht?«

»Nicht, dass ich wüsste!«

»Und jetzt würde ich Ihnen gerne, bevor ich mein Handy wieder verlege, das Foto eines Toten zeigen. Der Apfelbauer Benedikt Fuhrmann hat es an uns weitergeleitet. Als wir zum Unfallort kamen, war der Tote nämlich wieder verschwunden, und weggelaufen ist er garantiert nicht. Ich muss Sie aber vorwarnen. Viel ist darauf nicht zu erkennen außer möglicherweise Ihr Gatte. Wie gesagt, bei diesem Unfall wurde ein Leichnam aus dem Wagen geschleu…«

»Jetzt zeigen Sie schon her!«, setzt die alte Huber ihre Lesebrille auf, gespürt wird Walter ja wohl nichts mehr haben.

»Vielleicht identifizieren Sie ihn ja anhand des Anzuges, weil das Gesicht ist –!« Er räuspert sich und legt das Telefon auf den Tisch: »Aber sehen Sie selbst!« Der Körper eines schmächtigen Mannes liegt seltsam verkrümmt, wie eine in die Ecke geworfene Stoffpuppe, vor dem Stamm eines Apfelbaumes. Die Arme, Beine deutlich gegen die Gelenkrichtung verbogen, der Kopf verdreht. »Warten Sie, ich mach es Ihnen größer!«

»Du Mörderin! Du Mörderin!«.

Mit einer Bewegung, als würde sich die alte Huber Augentropfen einträufeln wollen, zieht Wolfram Swoboda Daumen und Zeigefinger ein wenig auseinander, in diesem Fall auf dem Bildschirm, und ähnlich verschwommen wird nun auch das Foto. Trotzdem ist das Wesentliche zu erkennen. Dieses schaurige Nichts. Da ist keine Nase mehr, die Augen, die Stirn alles eine einzige große Wunde, nur die Lippen, das Kinn sind irgendwie heil geblieben, dazu die seitlich der Wange herausragenden, kunstvoll eingedrehten schwarze Spitzen.

»Also wenn das keine Äste sind, dann sieht das nach einem herrlichen Schnurrbart aus. Und, Frau Hofer?« Grad, dass er nun Huber nicht nur mit Hofer, sondern auch noch Müller verwechselt! »Ist das Ihr Mann?«, wird Wolfram Swoboda konkreter.

»Ich wüsste nicht, wer in Glaubenthal grad sonst noch gestorben wäre!«, hört sie sich sagen. Was soll sie auch groß erzählen? Dass dieser Herr, wenn schon nicht ein Neil Diamond, Keith Richards, Uwe Seeler, möglicherweise genauso ein Müller sein könnte. Denn wo sonst hat sie in jüngster Zeit derartige Schnurrbartspitzen gesehen als vorhin neben der schluchzenden Hertha Müller in der Kirche, auf der Fotografie des zugehörigen Ehemannes Bertram. Walters ›Freu-heu-heund, der eigentlich auch hier sein sollte!‹.

Ist er also doch da. Tot. Und der alten Huber schwant Übles.

Nur mit wem soll sie darüber reden. Mit einem Polizisten, der diverse Nachnamen durchprobiert, um sich den richtigen seines langjähren Bankberaters dann doch nicht merken zu können, und der alle Taschen ausräumen muss, nur um sein Handy zu finden?

»Wunderbar. Da bin ich etwas erleichtert«, scheint er erneut mit dem Schlaf zu kämpfen. »Dann wissen wir jetzt wenigstens, der Tote ist Ihr Mann gewes–« Und geschlossen sind sie wieder, die Äuglein. Sekundenschlaf, eine tödliche Angelegenheit.

Und eine einladende obendrein.

Denn hier sitzt sie nun, die alte Huber, starrt auf diesen Haufen Habseligkeiten in ihrer Tischmitte, den durchsichtigen Plastikbeutel, die Beweisstücke darin, hört tief in ihrem Inneren den Rat des Binduphala Foluke: »Und nicht vergessen! Ist nie zu spät. Aber ist manchmal zu spät für richtige Moment«, und kämpft mit der Versuchung. Wer sonst schmeißt die Verpackung seiner Karamellbonbons achtlos in die Gegend, außer Kurti, dieser Depp. Sein bester Freund Albin ist tot, der Vater verunglückt, das Haus abgebrannt, und jetzt auch das noch. Was immer der kleine Stadlmüller dort zu suchen hatte, Mörder ist er garantiert keiner.

»*Du Mörderin! Du Mörderin!*«.

Dann greift sie zu, ist ja ohnedies nur Müll, hält dabei den Atem an, und nicht nur sie. Wolfram Swoboda rührt sich nicht mehr, sitzt aufrecht, mit geschlossenen Augen, offenem Mund auf ihrer Eckbank. Da ist kein Heben, kein Senken des Brustkorbes zu sehen, Atemstillstand, und ganz sicher ist sich die alte Huber jetzt nicht: Schläft er noch, oder ...

»Das darf doch nicht wahr sein!«, beginnt sie erneut zu zählen, »einundzwanzig, zweiundzwanzig ...« sich bei »... sechsundzwanzig, siebenundzwanzig ...« erste Sorgen, bei »... dreißig, einunddreißig ...« ernste Sorgen zu machen. Bei »vierunddreißig« überlegt sie schon, rettend eingreifen und den nächsten Todesfall verhindern zu wollen, da bleibt ihr selbst beinah das Herz stehen.

»Verzeihen Sie die Störung, Frau Huber. Haben Sie vielleicht meinen Kolle...!«, steht plötzlich die Polizeibeamtin Unterberger-Sattler abgehetzt in der Tür und scheint es nicht fassen zu können: »Ich glaub, ich seh nicht recht!«

Schnurstracks steuert sie auf den Küchentisch zu: »Kollege Swoboda!« Keine Reaktion. Also erneut: »Herr Kollege!« Dann schlägt sie auf die Holzplatte: »Verdammt, Swoboda!«, und schickt einen panischen Aufschrei hinterher, so schrill, da ist ihr erstmals hinter der optischen Männlichkeit das Weibliche nicht abzusprechen.

»Ist das ein Wolf!«, deutet sie auf das unter der Eckbank herausschießende und zügig ins Freie laufende Haustier, während es neben ihr gerade den Herrn Swoboda aus seinem Atemstillstand reißt. »Fahren Sie zur Hölle, Untersattlerin!«

Ein verwirrter Blick zuerst, dann, wie der Schnaps, ein klarer. »Meine Güte, bin ich eingeschlafen? Muss ein Albtraum gewesen sein. Untersattler, was machen Sie da!«

»*Du Mörderin! Du Mörderin!*«.

»Wer ist die Dame im Elektrorollstuhl da draußen?«

»Demenz. Wenn Sie hier fertig sind, Untersattler, bringen Sie die Frau zum –?«

»Brucknerwirt!«

»Danke, Frau Hofer. Verstanden, Untersattler? Brucknerwirt. Also: Was machen Sie da?«

»Was Sie hier machen, ist wohl eher die Frage. Da wird heut schon den ganzen Tag ein Wolf gejagt, und dieses Vieh, mit dem Sie da bei Tisch ein Nickerchen absolviert haben, schaut nicht grad nach Pudel aus!«

»Hab ich schon alles geklärt, ist ein zahmer Streuner!«

»Na fein, ein Streuner! Und was heißt ›geklärt‹? Wir müssen ihn einsperren und abholen lassen. Oder wollen Sie ihn als Spürhund einsetzen?«

Höchste Zeit für Hannelore Huber, dem Treiben da in ihrem Haus ein Ende zu setzen. Gibt ja doch noch ein paar Dinge zu erledigen heute. Vielsagend steht sie auf und räumt die Gläser weg:

»Wäre vielleicht recht praktisch, ein Spürhund, auf dass dann mein Mann nicht nur fotografiert, sondern auch gefunden wird!«

»*Du Mörderin! Du Mörderin!*«.

Putzmunter wird er nun wieder, der Gesetzeshüter. »Haben Sie gehört, Untersattlerin, die Frau Huber hat recht. Also, was wollen Sie eigentlich hier, sollten Sie nicht mindestens den Kurti suchen?«

»Ihr Handy! Wahrscheinlich im Flugmodus, damit Sie in Ruhe schlafen können. Wir haben den Bürgermeister gefunden.«

»Na bitte.« Wolfram Swoboda blickt auf sein Telefon. »Ich hab hier kein Netz. Aber fein, wenn Sie endlich wen erwischt haben.«

»Nicht ich. Ein Traktor. Plötzlich aus dem Wald ist er herausgelaufen, der Stadlmüller, und liegt jetzt im Spital!«

Wolfram Swobodas Gehirngänge rattern sichtlich, dann steht er auf – »Na, dann werd ich dort gleich mal hinfahren und herausfinden, welche Affen da in der Apfelplantage Ihren Mann wieder eingeladen haben. Wir hören uns, Frau Huber« – und geht, dazu ein Lächeln, Jack lässt grüßen: »Die Dame im Rollstuhl draußen nicht vergessen, Untersattler!«

»Fahren? In Ihrem Zustand! Vielleicht behält Sie die Notaufnahme ja dann gleich dort!«, folgt ihm auch seine Kollegin, nicht ohne Hoffnung verbreiten zu wollen: »Wir bleiben dran, Frau Huber. Ihr Mann wird sich schon finden.«

Sich finden also? Selbstfindung sozusagen. Wie ein karierter Kinderhauspatschen, der nach Jahren zufällig wieder irgendwo zum Vorschein kommt, und nichts Passendes ist mehr vorhanden, kein Fuß, kein zweiter Schuh.

So lange wird die alte Huber definitiv nicht warten. War ja auch nie und nimmer damit zu rechnen, dass justament dieser Polizist eine derartige Redseligkeit an den Tag legt, besser hätte er gar nicht verhört werden können.

6
… Glück allein

39 Sag die Wahrheit

Das Feuer unter Kontrolle. Die Hauptstraße kein Jahrmarkt mehr. Und auch die Sonne ist längst untergegangen.

Von Abendruhe kann aber keine Rede sein. Denn erstmals an diesem Tag wird in Glaubenthal tatsächlich jemand gesucht. Kleine Gruppen haben sich gebildet, durchstreifen die Umgebung: »Kurti!«, marschieren querfeldein: »Kurti! Dein Papa ist mittlerweile im Spital, hörst du, es geht ihm den Umständen entsprechend gut!«

Also los, keine Zeit verlieren, auch für die alte Huber. Dank Pfarrersköchin Luise Kappelberger weiß sie auch genau, wohin. Und zum Glück brennt drüben beim Schusterbauer trotz später Stunde noch Licht in den Ställen.

Ein kleiner Umweg muss aber trotzdem eingeschoben werden, aus Anstand. Also das Kuvert in die breite Tasche des Schürzenkleides stecken, die schwarze Wollweste überziehen, Witwe sein, jawohl, sich den Gehstock schnappen und das Haus verlassen. In Begleitung natürlich.

»Wenn du nicht tatsächlich als Bettvorleger enden willst, dann bleib besser hier!« Sinnlos natürlich. In einigem Abstand ist er der alten Huber hinterher. Bello.

Und jetzt steht sie hier. Glaubenthal Nummer acht. Das Paradies ihrer Kindheit. Mittlerweile ist aus diesem Grundstück eine Grabstätte geworden, eingefasst von Thujenhecken. Die Schallers also nicht Hobby-, sondern Friedhofsgärtner.

Das alte Eisentor rostig. Die Fassade des Hauses renovierungsbedürftig. Stark ins Gelb geht der Rasen. Saftlos nicht nur das Gras, sondern auch die ehemaligen Besitzer. Denn Reinhard Schaller ist längst verstorben, beerdigt, zerfallen, und auch seine einsame Frau Rosemarie zog lange schon der Landluft immer öfter den Staub vor. Feinstaub in diesem Fall. Der Umzug also war absehbar. Die Tochter, die beiden Enkelkinder, der hässliche Mops, das trübe Wohnzimmeraquarium, alle in der Stadt. Nur noch eine rostige Schaukel erinnert an das durch Glaubenthal schallende Lachen der Schallerbrut.

Gut, der alten Huber fehlt das jetzt nicht.

»Hozilont!«, flüstert sie, und auch wenn es ihr nicht anzusehen ist, aber da liegt verloren ein Lächeln herum, irgendwo in ihrem Inneren.

Lange Zeit war sie nicht hier gewesen, aus Selbstschutz. Trotzdem zeigt das Haus immer noch dieses vertraute Gesicht. Im ersten Stock, dort, wo auch früher Hannelores Kinderzimmer lag, ist die Jalousie des rechten Fensters geschlossen. Fast scheint es der alten Huber, das Haus würde ihr zuzwinkern wollen, flüstern: »Ja, Hanni? Was machst du denn hier nach all den Jahren? Das freut mich aber. Geht's dir gut?«

Im Erdgeschoss brennt das schwache Licht einer Stehlampe, sonst ist es dunkel. Niemand kann sie sehen, so ihre Vermutung.

Niemand, der möglicherweise gerade im Nebenzimmer umgeben von Finsternis in seinem Rollstuhl sitzt, eine Decke um die Schultern gelegt, eine warme Tasse in der Hand, ein Lächeln im Gesicht. Niemand, der aus dem Fenster auf das Dorf blickt, um der neuen Heimat an diesem ersten gemeinsamen Abend hier eine gute Nacht zu wünschen. Niemand, der sich fragt, ob es ein gutes Leben werden wird, ein besseres. Niemand, der diese alte Frau minutenlang regungslos vor dem Zaun stehen, schließlich das Kuvert in den Briefkasten schieben, behutsam die alten, rostigen Eisenstangen des Tores berühren, langsam weitergehen sieht, in Richtung Schusterbauer. Niemand, der ihr zuflüstert.

»Danke! Und alles Gute.«

*

»Wieso alles Gute, Mama?«

»Ja, Mäuschen. Was machst du denn hier.«

»Ich kann nicht einschlafen.«

»Du brauchst dich nicht fürchten. Das Feuer ist ja schon fast gelöscht.«

»Ich fürcht mich nicht vor dem Feuer. Das macht nur so eine komische Luft, wie Speck, und ich mag keinen Speck.«

»Und seit wann fürchtest du dich im Dunkeln!«

»Tu ich nicht. Ich würde eh viel lieber draußen sein! Darf ich?«

»Da musst du selber lachen, oder? Du kennst meine Antwort!«

»Und wieso hast du jetzt ›Danke‹ und ›Alles Gute‹ gesagt, Mama?«

»Die Frau Huber hat uns das Kuvert in den Briefkasten geworfen!«

»Ich hab ja gesagt, sie ist ein netter Mensch und hilft uns suchen.«

»Und jetzt komm auf meinen Schoß und schau mit mir ein bisschen aus dem Fenster in den Himmel hinauf. Wann sitzt man schon beisammen, um sich dieses Wunder anzusehen? Die Sterne, schau, wie hell sie hier draußen leuchten ...«

»Mama, schau, dort draußen suchen sie alle den Kurti. Hoffentlich ist ihm nichts passiert!«

»Das interessiert dich natürlich. Es wird schon alles gut gehen. Ich weiß nur, dass er ins Bett gehört, so wie du.«

»Sein Bett ist aber abgebrannt, Mama. Vielleicht schläft er

im Freien? Ich will auch mal draußen schlafen und mir ein Zelt bauen.«

»Im Sommer, versprochen. Hast du eigentlich vorhin die Sonne untergehen gesehen? Der Himmel hat ihr einen roten Teppich ausgebreitet. So schön war das!«

»Und dann ist sie in den Friedhof hineingeplumpst und bei den Toten wieder aufgegangen!«

»Ich glaub eher, sie ist in ihr Bettchen geschlüpft.«

»Bettchen? Aber auf dem Friedhof schläft sie doch nicht, oder?«

»Nein, da schlafen nur die Toten.«

»Sag das nicht immer, Mama!«

»Warum?«

»Wie unsere Minka nicht mehr geatmet hat und ganz kalt geworden ist, da hast du gesagt, sie ist jetzt eingeschlafen. Und wie die Omi gestorben ist, hast du auch gesagt, sie ist friedlich eingeschlafen. Und aufgewacht ist dann keiner mehr. Nicht die Minka und nicht die Omi. Und jedes Mal, wenn du zu mir sagst: ›Schlaf gut!‹, fürcht ich mich, Mami. Weil ich mag nicht einschlafen und dann nicht mehr aufwachen und gestorben sein.«

»Darum kannst du nicht einschlafen. Amelie, aber das ist ...«

»Und wenn du schlafen gehst, fürcht ich mich besonders, weil die Oma hat immer gesagt, mit deinen Tabletten schläfst du so tief wie eine Tote!«

»Aber das ist doch nicht dasselbe, mein Engel!«

»Und Engel sagst du auch immer zu mir. Wie Oma friedlich eingeschlafen ist, hast du gesagt, sie kommt in den Himmel und ist jetzt ein Engel. Ich mag aber hierbleiben, Mama, und kein Engel sein!«

»Das tut mir so leid, Amelie. Nicht weinen, bitte. Das ist alles ein Missverständnis und meine Schuld. Ich wollte dir einfach nur die Angst nehmen und irgendwie erklären …«

»Was wolltest du mir erklären!«

»Dass, dass … Etwas, was ich gar nicht erklären kann. Eigentlich kann das kein Mensch erklären.«

»Und warum?«

»Weil nach dem Tod noch nie jemand zurückgekommen ist und uns erzählt hat, wie es dort ist.«

»Vielleicht kommt ja der Herr Huber zurück, wenn er doch verschwunden ist.«

»Ich vermute nicht.«

»Aber Jesus. Der ist doch wieder aufgestanden?«

»Auferstanden. Das ist ein Glaube, Amelie, so wie jede andere Religion auch. Das kann man eben glauben oder nicht, weil Beweise gibt es da keine. Die einen glauben an dies, die anderen an das, und auch wenn da leider ganz viele dabei sind, die behaupten, die Wahrheit zu verkünden, es stimmt einfach nicht!«

»Warum hast du dann nicht einfach gesagt, dass die Wahrheit niemand erklären kann? Da bin ich ja dann gar nicht so allein, wenn ich das alles nicht versteh, Mama!«

»Nein, bist du nicht. Wir sind schon zu zweit, und wenn wir hier drei Personen wären, wären wir zu dritt. Und wenn du Angst hast so wie jetzt, haben wir einfach zusammen Angst!«

»Vielleicht müssen wir ja auch gar keine Angst haben, weil wenn nach dem Tod noch nie wer zurückgekommen ist, nicht einmal Oma, die uns so liebhat, dann kann es ja dort gar nicht so schlimm sein!«

»Wie wunderbar. Daran glaub ich jetzt, mein En–, oh, Verzeihung!«

»Dann Ente!«

»Oder Enzian, wie auf deiner Wanderjacke.«
»Engerling!«
»Entzückende Engländerin. Komm, gehen wir schlafen.«
»Du auch, Mama!«
»Ja. Ich auch!«

40 Rupert und der Schweiß

Als der Taxifahrer Rupert Lauterer an diesem Abend den ersten Bissen Nudelsalat zu sich nahm und plötzlich in seinem kleinen, auf dem Armaturenbrett stehenden Fernseher nur noch diese geistige Ödnis erkannte, dieses zwar jämmerlich kleine, aber trotzdem ausreichend große Licht, um sein Hirn wie eine Stechmücke daran verglühen zu lassen, tat er, was er noch nie getan hatte.

Zuerst starrte er auf seine Windschutzscheibe, zählte die schmierigen Streifen und kleinen Patzen, sinnierte darüber, ob es sich mit den Fahrgästen in und den Insekten auf seinem Wagen wohl ähnlich traurig verhielt. Schließlich kam er zu der Einsicht: Obgleich ihm heut schon dank Marianne Salmutter eine Fahrt nach Glaubenthal beschert wurde, sind die zu transportierenden Zwei- als auch Sechsbeinerzahlen rückläufig, Überlandfahrten so oder so nur noch eine magere Ausbeute. Überdüngung, Pestizideinsatz, Monokulturen, Landnutzungswandel.

»Alles im Wandel! Auch ich«, stellte er fest, dann den Nudelsalat zur Seite, und betrachtete sein gespanntes Hemd. Die Lebenszeit wird weniger, der Bauchumfang mehr.

Minus mal plus ergibt minus.

Was war er nicht alles, einst in jungen Jahren. Weltreisender, Bergsteiger, Tourengehen seine Passion. Ein Paddelboot hing an seiner Vorzimmerwand und in die Pedale getreten wurde nicht so wie heute einzig in das Ergometer seines Kardiologen: »Grenzwertig, Herr Lauterer, sehr grenzwertig!«

Er sei zu fett und müsse dringend etwas unternehmen, »Sonst stirbst du!«, lässt ihn auch seine Frau Kimberly regelmäßig wissen, blättert dabei alte Alben durch, zeigt ihm Fotos. Er mit Rad unterwegs auf der Großglockner Hochalpenstraße. Er in Badehose auf dem Dreimeterbrett – ein Reinfall wäre das heute. Er auf Tourenskiern mit Gipfelkreuz. Und nein, Kimberly verdient nicht viel, arbeitet Teilzeit als Krankenpflegerin, und dennoch gab es zu Weihnachten dieses sündhaft teure Geschenk:

»Für deinen nächsten Gipfel!«

Ein Lawinenrucksack, grellorange. Zumindest als Rucksack ist er nun in Verwendung, als Proviantbeutel für seine langen Arbeitsnächte.

»Deine Jause!«, hat ihm Kimberly erst heute wieder einen Nudelsalat eingepackt, einen Müsliriegel, diesmal sogar zusätzlich mit einem Blatt Papier. Darauf Turnübungen hinter dem Steuer. Lieb von ihr natürlich und blauäugig, denn Rupert Lauterer kann den Fahrersitz ja gar nicht mehr weit genug nach hinten schieben, um noch kommod hinter das Lenkrad zu passen. Wie soll er da turnen. Das drückt. Und bedrückt. Alles. Der Lawinenrucksack, der Nudelsalat, der Müsliriegel und auch der Blick aus dem Fenster.

Denn da kam eine schwarze Limousine angerauscht, blieb direkt vor der Einfahrt des Unfallspitals stehen, und das Abbild dessen, was Rupert Lauterer selbst gerne geworden wäre, als er mit achtzehn Jahren in der Parteijugend Mitglied wurde, stieg aus dem Wagen, um zügig das Krankenhaus zu betreten. Inkognito. Nicht wie sonst in einem Maßanzug, sondern blauer Jean, weißem Hemd, hellbrauner Lederjacke, roter Schirmkappe, Sonnenbrille Pilotenlook. Tom Cruise als Softie-Version. Schlank, rank, ein wenig abgekämpft. Staatssekretär für Inneres Roland Froschauer also. Den ganzen Tag für das Gemeinwohl im Einsatz und abends wahrscheinlich noch einen Angehörigen besuchen. Guter Mann.

Der Mensch an sich ein Wunderding. So energiegeladen kann er sein, so kraftstrotzend und mitreißend, und dann doch wieder so unendlich leer, so lebendig in sich selbst begraben – wie eben Rupert Lauterer sich fühlte. Richter, Verurteilter, Henker in einer Person. Da wurde ihm das Übungsblatt seiner Frau in Händen natürlich gleich ein doppelter Aufruf.

Also hinaus aus dem Wagen, an die frische Luft, den Nudelsalat in den Müll kippen, sich bestärken, zuflüstern: »Heut fang ich an!«, drei Runden um das Auto gehen, durchstrecken, Arme kreisen, Dehnübungen, dabei auf das Wagendach stützen, die Ferse in den Boden schieben.

Und hier steht er jetzt, spürt den Herzschlag, den ersten Schweiß, sieht einen weiteren Wagen anhalten, diesmal ein Fahrzeug der Polizei, und begreift: So wie ich bin, bin ich nicht allein, und vielleicht sogar noch eine Spur besser dran.

Denn aus dem Dienstwagen steigt das Spiegelbild seiner selbst. Nur in Polizeiuniform und ein paar Jährchen älter, kahler noch, kleiner. Müht sich dem Haupteingang des Unfallspitals entgegen, ein Telefon in seiner Hand, und rein konditionell hörbar mit der Doppelbelastung Gehen-Sprechen überfordert.

Trotzdem kann sich Rupert Lauterer nun einen Blick zuwerfen lassen, dem die subtile Botschaft anzusehen ist: Und Sie turnendes, trauriges Geschöpf eines Taxifahrers erliegen wirklich dem Irrglauben, mit einem derart jämmerlichen Gezucke diesen Sprenggürtel um Ihre Hüften entschärfen zu können!

Schnaufend, lautstark sein Telefonieren. Mit schneidender Stimme: »Ich bin schon da und muss gleich auflegen, Untersattlinger! Und noch einmal: Es tut mir leid. Ich wollte Sie vorhin mit meiner Standpauke nicht kränken, war nur einfach überfordert. Sie werden den Kurti schon finden. Hören Sie auf, sich Sorgen zu machen, Kinder halten viel aus. Kinder sind –!«

Und der Polizeibedienstete bleibt stehen, hört zu.

»Was erzählen Sie mir da!«, in seinem Gesicht plötzlich ein Leuchten: »Das ist ja wunderbar!« Wie ein Raubtier schiebt er sich langsam vor der Eingangstür hin und her, »Und wann?«, Schiebetür auf, Schiebetür zu, »In sechs Monaten. Das heißt, Sie sind bereits im dritten! Abzüglich Mutterschutz bleiben Ihnen noch vier. Vier Monate, meine Güte. Kinder sind einfach ein Geschenk. Das freut mich außerordentlich, Frau Kollegin!«, dazu ein direkt hysterisches Auflachen, »Freut mich für Sie natürlich. Herzliche Gratulation«.

Ende des Gesprächs.

Und Rupert Lauterer kann es sehen. Wäre da nicht dieses gen Erdmittelpunkt ziehende Bauchfett, der Beamte würde wohl springen vor Freude.

Ein Zauberding, so ein Schmunzeln, ausgehend von den Augen über die Lippen bis in die gesamte Körpermasse. »Und das nutzt etwas?«, ruft ihm der Polizist nun zu. Aus brüderlichem Mitgefühl ist Bewunderung geworden.

»Ich glaub nicht, aber solang es nicht schadet!«

»Na, dann tun Sie sich nicht weh!«, wird die Hand gehoben und hinter den Glasschiebetüren verschwunden.

»Ist ja zum Glück ein Spital in der Nähe!«, ruft ihm Rupert Lauterer hinterher, und endlich kann es losgehen.

Übung eins. Kniebeugen.

Die Zeit nun keine Begrifflichkeit mehr.

Nur noch Leid.

Bei Aufgabe zehn geht es ihm dann nicht nur dreckig wie lange nicht, er wird es sogar, weil Bodenübung. So zumindest seine Entscheidung. Zehn Liegestütze gilt es zu stemmen, allerdings in Waschlappen-Ausführung. Stehend, die Handflächen an die Kante des Autodaches gelegt.

»Bin ich ein Waschlappen? Sicher nicht.«

Also runter auf den Boden. Das Gesäß gen Himmel, die Arme gen Asphalt gestreckt.

»Da fallen wir schon um auf dreißig, Lauterer!«, fühlt er sich an seinen Präsenzdienst erinnert. Und dreißig waren für ihn dazumal das Aufwärmen vor den fünfzig. Anders jetzt. Nach dem ersten Pumpversuch wird ihm klar, die zehn wären schon eine Sensation. Nach dem dritten ist da dieses Zittern in seinen Armen, Pochen in seinen Ohren, bei Nummer fünf liegt er bäuchlings auf dem Erdpech, heilfroh, von niemandem gesehen zu werden.

Rupert Lauterer selbst aber sieht genug. Sieht unter seinem Wagen hindurch, sieht plötzlich nackte, behaarte Unterschenkel auf sein Auto zulaufen, bloßfüßig, sieht Blut auf die Straße tropfen und ist hurtig wieder auf den Beinen.

»Stopp, Stopp, Stopp, so können Sie hier nicht in meinen Wagen steigen. Als Patient!«

»Fahren Sie los, schnell!«

»Sicher nicht. Ihre Infusion, die Sie da herumschleppen, steckt nicht dort, wo sie hingehört, und überall tropft es. Sie verlieren Blut und versauen mir das Auto. Außerdem ist Ihr Nachthemd hinten offen. Würden Sie sich gerne wo hinsetzen, wenn da vorher ein behaarter, nackter Hi…!«

»Wenn Sie nicht wollen, dass Ihr Taxi ein Leichenwagen wird, fahren Sie endlich los, verdammt!«

»Soll das eine Drohung sein?«

»Ich bin bedroht, Sie Idiot. Ich. Die fackeln nicht lange herum, das schwör ich!«

»Wie wollen Sie überhaupt die Fahrt bezahlen? Mit Ihrer Ringerlösung?«

»Ich bezahl Sie zu Hause! Und ich bezahl das Doppelte …!«

»Und die Innenreinigung!«

»… und brauch Ihr Handy!«

»Nicht um die Burg bekommen Sie mein Handy in Ihre blutigen Finger! Wo soll es überhaupt hingehen!«

»Glaubenthal!«

»Schon wieder! Ist dort Kirtag heut? Außerdem sind das mindestens dreißig Minuten Überland, das wird teuer!«

»Und wenn's Finnland wäre. Fahren Sie endlich!«

41 Ja natürlich

»Na, Irmi, du Brave, wie war dein Tag? Du auch natürlich, Trixi, nicht schubsen. Gleich geht's los. Ja, ja, Soferl, ist schon recht, ich weiß, ihr habt heut sehr lang warten müssen. – Tobias, fängst du bei der Flecki drüben an!«
»Ja, Papa!«
»Hast du toll gemeistert heut, deinen ersten Löscheinsatz!«
»Danke, Papa! Alma, nicht so zur Zitta rüberdrängen. Jaja, ist schon gut, Moni.«

»Grüß dich, Franz!«
Und ein sirenenartiger Retourgruß kommt da zurück, als würde es den Damen hier gewaltig gegen den Strich gehen, wie nun ein fremdes Frauenzimmer die Aufmerksamkeit der anwesenden Herren auf sich zieht. Möglicherweise aber wittern sie auch den lautlosen Vierbeiner draußen im dunklen Hof.
»Ruhig! Ganz ruhig«, streicht Franz Schuster einigen seiner Kühe mit besänftigender Stimme über den Rücken, geht in allergrößter Gelassenheit durch die Reihen und kommt der alten Huber entgegen. Da können sich ganze städtische Büroviertel wochenlang in irgendwelchen Klöstern einbuchen, buddh-, hinduistisch oder christlich, egal, um dann trotzdem nicht diesen ausgeglichenen Ruhezustand eines Schusterbauern zu erreichen.
»Ja, Hanni, was treibt dich um diese Uhrzeit noch her zu uns?«
›Hanni‹ hat Franz Schuster offenbar keine seiner Kühe getauft, sonst würde hier vor Eifersucht wahrscheinlich gleich der nächste Wirbel ausbrechen.

»Du bist aber heut spät im Stall?«

»Wegen der Löscharbeiten. Wirklich tragisch, das ganze Hab und Gut verlieren! Und du? Willst dich nach dem harten Tag mit angenehmer Gesellschaft trösten«, deutet er in die Runde, »oder sind dir die Vorräte ausgegangen?«

Bei jedem Besuch hier muss die alte Huber an Einwegwindeln und Schnabelbecher denken. Sieht die Verbrecher alle direkt vor sich, wie sie noch allesamt als Hosenscheißer tatenlos Fencheltee schlürfen in ihren Hochstühlen, bevor sie dann Jahre später stockbesoffen, weil anders gibt es das nicht, beschließen, den Menschen die Supermärkte und Einkaufszentren schön weit draußen hinzubauen, wo zwar kein Mensch mehr wohnt, geschweige denn zu Fuß hinkommt, von Rollator ganz zu schweigen, aber dafür lässt es sich wunderbar parken und den Großeinkauf in den Kofferraum hieven. Das Rattengift für jedes Dorfleben ist das.

Nein, da hat die alte Huber null Verständnis, wenn dann regelmäßig diese elende Jammerei ausbricht: »Der Ortskern verkümmert! Die Dörfer liegen brach! Alles sperrt zu!« Logisch sperrt alles zu, wenn dort keiner mehr einkaufen geht.

Nur schafft das den Glaubenthalern ›Ja Natürlich‹ niemand an, für ihre mit ›Bio‹ oder ›Biobio‹ oder ›Regional‹ oder ›Ursprung‹ oder weiß der Teufel wie krampfhaft naturverbunden beschrifteten Tomaten, Gurken, Zucchini, Eier, Fleisch- und Milchprodukte extra erst mit dem Auto in eben genau diese riesigen Supermarktketten an den Ortsrand Sankt Ursulas zu pilgern, den Kofferraum vollzuladen, weil ja dort alles billiger sein soll, nur um dann ein paar Tage später den halben vergammelten Großeinkauf in die Mülltonne zu schmeißen. Kann ja keiner fressen, diese Unmengen, trotz Überfettung. Ließe sich ja auch alles in verzehrbarer Menge frisch und zu Fuß aus dem eigenen Garten, dem Gemischtwarenladen Schäfer oder gleich drüben direkt beim Schusterbauer, dessen Familie, Vieh und Weiden jeder persönlich kennt, holen oder sogar bringen lassen. Mehr ›bio‹ geht gar nicht. Da ist die alte Huber überzeugt, es ist die Dummheit jedes Einzelnen, an der die Welt zugrunde gehen wird. Eine Dummheit, die auch der Schusterbauer zu spüren bekam.

»Danke, Franz, dass du und die Rosi beim Begräbnis wart, trotz der vielen Arbeit und trotz – du weißt schon!«

»Man muss einen Menschen ja nicht verstehen oder mögen, um ihm Ehre zu erweisen, auch nicht die letzte!«

Ja, das traf den Schusterbauer anfangs hart, wie ihm zu Beginn dieses Jahres grundlos die Pacht der Hubergründe nicht verlängert wurde, und das trotz jahrzehntelanger friedlicher Koexistenz. Einfach dem stinkreichen Birngruber Sepp, der das Stück Land zusätzlich ja gar nicht braucht, hat Walter den Vorrang gegeben. Kein Mensch weiß, warum. Seither liegen, einer Verhöhnung gleich, die Weiden brach.

Und auch für Hannelore war das ein Tiefschlag, denn herzensgute, grundehrliche Leut sind das, der Franz und die Rosi Schuster. Den Fußmarsch bis hierher wird die alte Huber, solange sie gehen kann, also in Kauf nehmen, soll ja bekanntlich nicht schaden, ein bisschen Bewegung, wird Brot, Butter, Milch, Käs, Wurst, Speck, Fleisch in ihrer Tasche nach Hause tragen, ohne zu jammern. Weil, jammern die beiden Schusterbauersleut, wenn sie das ganze Jahr ohne Pause für einen Hungerslohn das betreiben, was zwar Landwirtschaft genannt wird, aber Überlebenskultur heißen sollte? Nein. Aber ein als Überraschung getauftes Schokoei, in Alufolie verpackt, mit gelbem Plastikmüll als Inhalt kostet weniger als 125 Gramm Butter. Arme Welt.

»Haben s' den Walter endlich gefunden, Hanni?«

»Nein, leider!«

»Komische Zustände sind das. Der Albin tot, der Walter weg, der Bürgermeister im Spital, sein Haus abgebrannt, den Kurti finden sie auch nirgendwo, und die Kappelberger Luise ruft alle möglichen Leut an, weil der Pfarrer nicht zu Hause ist, dafür fehlt sein Elektroradl!«

»Vielleicht ist er ja bei dir?«

»Wieso bei mir?«, streift Franz Schuster verwundert seine Einweghandschuhe über. »Alles gut, Lotte, ich komm ja schon!« Behutsam greift er mit der rechten Hand nach einer der Zitzen und hält einen Plastikkrug darunter.

»Ihr habt ja eines der Fremdenzimmer vergeben, hier im Haus?«

»Nein, drüben ...«

Und sie jammern auch nicht zurück, die Schusterleut, wenn sie angejammert werden, nutzen nicht das: »Mir geht's heut nicht so gut!« ihres Gegenübers als Aufforderung, augenblicklich und ungehemmt ihren eigenen Befindlichkeitsbericht abzuspulen. Menschen der Tat sind das. Folglich wurde nach Verlust der Pachtgründe umgehend das aktuell leer stehende Nebengebäude zu Fremdenzimmern umgebaut.

»– an eine Frau Müller. Extra angereist ist sie. Muss ihr also sehr wichtig gewesen sein, das Begräbnis. Und du glaubst, der Pfarrer ist bei ihr?«, wird nun jede der Zitzen mit drei Strahlen in den Plastikkrug vorgemolken, »Brav machst du das, Lotte, so brav!«, die Milch überprüft, »Eine nette, aber sehr angespannte Person«, dann mit Holzwolle jede Zitze gereinigt, »Ist schon eine blöde Sache, wenn heutzutag' jemand kein Handy hat«, schließlich das Melkzeug angelegt, »Anstrengend auch. Dauernd wollte sie von uns aus telefonieren«, zur nächsten Kuh weitergegangen, »Bin schon bei dir, Schecki!«.

»Von euch aus telefonieren? Das ist ja erstaunlich«, wundert sich die alte Huber noch über diese unerwartet intellektuelle Höchstleistung. »Hat sie ihre Nummern auswendig gewusst?«

»Keine Ahnung!« Und wieder von vorne. »Brav, Schecki!« Vormelken. Zitzen reinigen, Melkzeug anlegen. »Anrufen wollte sie jedenfalls immer nur den Bürgermeister, und der steht ja bei uns im Telefonbuch – Moment, Hanni!«

Ein kurzes Abwenden, eine Spur lauter nun seine Stimme:

»Du sollst nicht so zur Zitta rüberdrängeln, Alama, hast g'hört! Tobias, schaust mal rüber zu den beiden Damen bitte.«

»Mach ich, Papa!«

»Ich seh schon, Franz, die Küh brauchen euch. Ich geh kurz rüber. Vielleicht hab ich ja Glück!«

»Nicht, dass du sie mit dem Pfarrer erwischst!«

»In meinem Alter schreckt mich so leicht nichts mehr!«

42 Tschilp und Piep

Klein ist es, gemütlich, zweistöckig, mit Balkon, Kinder würden ein Knusperhäuschen darin erblicken, und bisher war es als Ausgedinge der Bauernfamilie Schuster in Verwendung.
Ein Abrücken und doch In-der-Nähe-Bleiben.
Ein Nachrücken und Selbst-wieder-Platzmachen.
Da lagen dann die Großeltern, so sie noch unter den Lebenden weilten, in den Betten der Urgroßeltern, und für jene Generation, die den Hof übergeben bekam, stand fest: Wenn uns bei der Forstarbeit kein Baum, im Stall keine Kuh oder irgendeine Herz- beziehungsweise Kopfgeschichte erschlägt, dann liegen auch wir eines Tages dort. Irgendwie ein beruhigender Umstand, zu wissen, wohin es geht, wie es sein wird, was bleibt, wenn das Alter zuerst das Tempo, dann die Aufgaben, dann das Leben nimmt.
Mit Franz und Rosi Schuster aber fand dieser seit Generationen natürliche Lauf nun ein abruptes Ende. Die Sicherheit des Ablebens nebensächlich, nur noch das blanke Überleben von Bedeutung. Die drohende Armut. Ein Ausgedinge ist da wahrlich keine Beruhigung mehr, insbesondere, wenn es leer steht. Oma tot. Opa tot.
Folglich wurde es nach Verlust der Huber'schen Pachtgründe zu Fremdenzimmern umgebaut. Franz Schuster mit Pavel Opek und einem tschechischen Kollegen wochenlang im Einsatz. Und wirklich schön ist es geworden. Mit der demnächst komplett runderneuerten Therme Sankt Ursula sollte sich das langfristig auch hoffentlich rechnen.

Durch eine weitläufige Wiese geht es, vorbei an Marillen-, Pfirsich-, Zwetschkenbäumen, schließlich durchquert die alte Huber den mit Rosen übersäten Vorgarten und erreicht das *Gästehaus Rosi*. Keines der Lichter brennt. Die Eingangstüre steht offen.

Gleich dahinter der Empfangsbereich. An der Wand ein Stoffbild aus weißem Leinen mit kunstvoll gestickten Rosenranken samt rotem Schriftzug: *Bei uns daheim*. Daneben ein Schlüsselbrett, sechs Zimmer, nur die Nummer fünf fehlt. Davor ein Holztresen, darauf frische Blumen, ein Korb Äpfel, der Hinweis ›Freies WLAN unter *RosiDrahtlos*‹, ein Gästebuch, ein Meldeblock. Ausgefüllt.

Hertha Müller. Geboren 1955. 63 Lebensjahre also, gemäß Adresse tatsächlich Stadtmensch. Und der alten Huber stellt sich die Frage: Wann denn umgekehrt der liebe Walter in diese Richtung vorgestoßen sein könne? Waren die durchzechten Nächte, das Bauerschnapsen nur vereinbarte Alibiveranstaltungen unter Freunden?

Entsprechend zielstrebig marschiert sie in den ersten Stock.

Wie vermutet ist die Tür Nummer fünf verschlossen. Daran ändert weder ein Klopfen und selbstverständlich auch kein strenges »Frau Müller?« etwas. Aufgegeben wird natürlich nicht. Nächtigt ja auch sonst niemand hier. Also Zimmer Nummer sechs betreten, sich über den vorhandenen durchgehenden Balkon freuen und hinaus an die frische Luft. Und weil es kein Trenngeländer zwischen Zimmernummer sechs und Nummer fünf gibt, es hinter den geschlossenen Aluminiumjalousien, den zugezogenen Vorhängen zwar dunkel ist, aber trotzdem die Balkontüre einen Spalt offen steht, steigt der alten Huber gleich rasant der Blutdruck. Entsprechend angespannt wird nun die Tür in Bewegung gesetzt. Allerdings von beiden Seiten. Energisch schlägt sie in den Rahmen.

»Wer ist da?« Nuschelnd die Aussprache.

Und ein noch höherer Puls wäre der alten Huber jetzt nicht ratsam. »Herr im Himmel!«

»Wer da ist, hab ich gefragt?«, wird die Tür nun gekippt.

»Einmal dürfen Sie raten!«

»Bin ich jetzt bei der Millionenshow, oder was!« Dumpf die Zischlaute, ähnlich wie bei Hannelore selbst, wenn ihren Körper ein Nachthemd und ihr Gebiss ein Wasserbad umgibt.

»Huber!«

»Huber? Wer?«, entsetzt die Stimme.

»Sprech ich so tief, dass Sie mich mit Walter verwechseln!«

Ein paar Schritte sind zu hören, Metall, das leise klingelnd gegen Glas schlägt, ein kurzes Schlurfen, dann ein Zurückschlurfen.

»Was soll das? Wollten Sie hier einbrechen?«, viel deutlicher nun die Aussprache. Und nein, auf Kuschelkurs legt es die gute Hannelore jetzt nicht an.

»Dann hätte ich ja vorhin wohl kaum angeklopft. Die Frage muss wohl lauten: Warum sperren Sie sich ein?«

»Man wird ja wohl noch seine Ruhe haben dürfen.«

»Sie meinen: sich verstecken.«

»Was wollen Sie von mir?!« Angstfrei klingt anders.

»Über Bertram will ich mit Ihnen reden.«

»Wieso?«

»Ich hab ›mit Ihnen‹ gesagt! Nicht mit der Glastür! Und nicht mit der Polizei!«, legt die alte Huber an Lautstärke zu.

»Müssen Sie so schreien, da kann ja jeder zuhören.«

»Mich stört das nicht.«

Und auf geht die Tür.

Hannelore Huber muss zweimal hinsehen, um ihr Gegenüber als Hertha Müller zu erkennen. Kläglich ihr Äußeres.

Ausgewaschen das Nachthemd. Abgeschminkt das Gesicht. Unverhüllte Wahrheit. 63 Lebensjahre, die ohne Spachtel und Paste durchaus mit Hannelore Huber mithalten können. Der hinter ihr an der Wand stehende alte, abgenutzte Koffer scheint wie das perfekt dazu passende Accessoire. Erschreckend in gewisser Weise.

»Was ist mit meinem Mann?«, flüstert sie und blickt dabei nervös über das Balkongeländer hinweg, als säßen Agenten hinter Abhörgeräten in den Büschen oder Spione mit Feldstechern in Obstbäumen. Was weiß man auch.

»Er wurde gefunden!« Hannelore kommt direkt zur Sache. Keine Reaktion. Nur das gespannte Warten. »Tot«, legt sie nach.

Wieder keine Reaktion, eher ein stummes: ›Sonst noch was?‹.

»Na, das schreckt Sie ja jetzt nicht wirklich!«, betritt die alte Huber nun ungebeten das noch funkelnagelneue Zimmer.

›Bei uns Daheim‹ riecht trotzdem anders. Eher nach Zirbe und Landluft als nach Kunstfaser und frisch Gestrichenem.

»Und wo ist mein Bertram jetzt?«, schleppt sich Hertha Müller resignierend zu ihrem Bett zurück, mit hängenden Schultern, hängendem Kopf, hängender Haut. Im Grunde hängt da ein ganzer Mensch ziemlich durch, äußerlich, innerlich.

»Schlafengehen ist natürlich auch eine Möglichkeit, vor der Wirklichkeit davonzulaufen! Kommt man nur leider nicht weit.«

Gemächlich geht Hannelore auf den grauen Ohrensessel zu und nimmt Platz. »Ihr Bertram natürlich ausgenommen. Der hat es sogar als Toter bis hierher geschafft!«

Kurz erklärt sie die Faktenlage: Der Polizeibesuch. Die Apfelplantage. Das Foto dieses aus dem Wagen geschleuderten, so gut wie gesichtslosen, wieder verschwundenen Leichnams. Ein Mann zwar, fix und fertig für eine Beerdigung hergerichtet, mit

Schnurrbart und schwarzem Anzug, »... aber garantiert nicht mein Mann Walter, auch wenn die Polizei das glaubt«.

Hertha Müller blickt aus dem Fenster. Tief ihre Atemzüge, als wollte sie bewusst Ruhe in sich einkehren lassen.

»Deshalb sind Sie hier, deshalb die ganze Verzweiflung: Ihr Bertram hätte heute begraben werden sollen. Allein oder dazugelegt, wie auch immer, jedenfalls im Sarg meines Mannes. Heimlich beseitigt von Stadlmüller und Kumpf. Stellen sich natürlich die Fragen: Warum? Und wie ist Ihr Mann gestorben?«

Hat diese Dame getan, was vielen Ehefrauen als Wachtraum den Schlaf raubt. Hundspetersilie und Engelstrompete, Herbstzeitlose und Bilsenkraut, Blauer Eisenhut und Wunderbaum, Knollenblätterpilz-Gulasch mit Paternostererbsen. Die Frage also: Wie vergifte ich den werten Gemahl?

»Es gibt zwei Möglichkeiten, Frau Müller. Entweder Sie sprechen jetzt mit mir oder ich mit der Polizei!«

Und deutlich ist es zu sehen, in diesen nun abgeklärten, sanftmütig gewordenen Augen, den sich kaum merkbar bewegenden Lippen: das Aufgeben. Ein leises Lispeln. Ein *Vaterunser* vielleicht, die alte Huber weiß es nicht. Und auch sie lässt nun etwas Ruhe einkehren, sieht in die Nacht hinaus.

Hertha und Hannelore.

Zwei Frauen, erschöpft, aufgewühlt und leer zugleich. So unterschiedlich, einander fremd und doch auf seltsame Weise verbunden. Ihre schweren Atemzüge ein Gleichklang. Beide bald ruhig genug, um auch die Stille zu ertragen. Die Kühe im Stall des Schusterbauern, dazu der abendliche Vogelgesang.

»Amsel, Drossel, Fink und Star«, murmelt Hertha Müller nach einer Weile.

»Fast«, murmelt Hannelore zurück, »Nachtigall.«

»Ein Wunder, die Natur!«

Wieder Stille. Bis schließlich neben der alten Huber ein nun verständliches Flüstern anbricht:

»Wer nur den lieben Gott lässt walten,
und hoffet auf ihn allezeit,
den wird er wunderbar erhalten
in aller Not und Traurigkeit.
Wer Gott, dem Allerhöchsten, traut,
der hat auf keinen Sand gebaut.

Was helfen uns die schweren Sorgen,
was hilft uns unser Weh und Ach?
Was hilft es, dass wir alle Morgen
beseufzen unser Ungemach?
Wir machen unser Kreuz und Leid
nur größer durch die Traurigkeit.«

Ein paar tiefe Atemzüge lang hält Hertha Müller inne, lässt die Worte wirken, dann wirft sie ihrer Besucherin einen aufmerksamen Blick zu. »Glauben Sie an Gott, Frau Huber?«

»Den Vater, den Allmächtigen, den Schöpfer des Himmels und der Erde?«

»Und an seinen eingeborenen Sohn, unsern Herrn, empfangen durch den Heiligen Geist, geboren von der Jungfrau Maria.«

»Ich befürchte, nicht gar so ergeben wie Sie, Frau Müller.«

»Worauf können wir dann einen vertrauenswürdigen Eid ablegen?«

»Vertrauenswürdig? Und Eid? Beides Schall und Rauch. Genau mit den Leuten, die da schon weiß der Teufel was alles geschworen haben auf Gott, Ehre und Vaterland, war es am schlechtesten Kirschen essen auf dieser Welt!«

»Da haben Sie leider recht!« Frau Müller scheint erneut eine Nachdenkpause zu benötigen, und so schön es mittlerweile auch ist, hier zu sitzen, Hannelore hat doch nicht alle Zeit der Welt:

»Wenn's noch länger dauert, Frau Müller, pfeifen es uns dann bald die Spatzen von den Dächern!«

Und nichts von dem, was der alten Huber nun zu Ohren kommt, hätte sie je für möglich gehalten.

43 Forever Young

Die Fahrt ist ein bedrückendes Erlebnis, den Blick mehr auf den Rückspiegel und den immer wieder zur Seite sackenden Patienten als auf die Straße gerichtet.
»Sterben Sie mir jetzt nicht weg!«
»Ich bin nur müde.«
»Sie brauchen einen Arzt, dringend!«
»Bin ich selber! Es gibt nur eine Sache, die ich brauch. Mein Sohn wird sich schon solche Sorgen machen, ich …«
»Meine Güte, dann telefonieren Sie eben!«, reicht Rupert Lauterer schließlich sein Handy nach hinten und löst nichts als Elend damit aus.
»Verdammt, da fehlen mein Adressbuch, meine Anruflisten!«
»Wäre komisch auf meinem Handy! Suchen Sie im Internet.«
»Sind Geheimnummern!«
»Na ja, wenn mir jemand mein Handy wegnimmt, sind für mich alle Nummern Geheimnummern. Ich kann keine einzige auswendig.«
Dem Fahrgast geht es leider nicht viel anders. Eine Nummer dürfte er zwar kennen, allerdings vergeblich:
»Mein Festnetz zu Hause ist tot.«
Sorge natürlich in seinem Blick, dann kurze Erleichterung:
»Sie haben eine Marianne S. in Ihrem Telefonverzeichnis stehen. Ist das …«
»Sie durchstöbern mein Adressbuch. Her mit dem Handy!«
Zu spät. Gewählt. Ein bizarres Gespräch nimmt seinen Lauf.
Ein ständiges Crescendo.

pianissimo

»Nein, ich bin nicht der Rupert, sondern Kurt – Wer ist dran? Anuschka!«

piano

»Ich muss Marianne sprechen. Dringend! Die ist weg? Wieso? Ohne ihr Handy? Mit wem?«

mezzopiano

»Was heißt, das kannst du mir nicht sagen. Ist etwas passiert?«

mezzoforte

»Um Gottes willen! Svetlana? Im Moor gefunden? Ermordet.«

mezzoforte

»Was fragst du mich das! Ich weiß nicht, ob es mit dem Mord an Albin zusammenhängt! Ja, ich weiß, dass ich vor drei Tagen bei euch war, verdammt! Was willst du mir damit sagen?«

forte

»Wer soll im Bordell gestorben sein? Ein Walter aus Glaubenthal. Wie kommst du darauf.«

fortissimo

»Wie bitte, die Frau Huber war bei euch? Verdammt!«

Aufgelegt.

Ein Nach-Luft-Hecheln auf der Rückbank. Ein panisches, flüsterndes, sich mehrfach wiederholendes: »Sind die alle wahnsinnig geworden!«

»Hört sich nicht gut an!«, fährt Rupert Lauterer gleich noch eine Spur schneller. »Ich hab Frau Huber vorhin übrigens heimgebracht! Eine sehr energische Dame. Mit der will ich mich ehrlich gesagt nicht anlegen müssen!«

Der Fahrgast scheint wie weggetreten, reagiert auf keine Ansprache mehr! Auch nicht die Warnung.

»Soll ich Sie jetzt wirklich nach Hause bringen? Jeder Depp sucht dort zuerst!«

Still ist es wieder geworden.

Durch ein langes Waldstück führt die Straße, bis schließlich die Bäume weniger werden, es hinaus durch die Felder geht, der Blick bald weit, von einer Anhöhe auf die Lichter Glaubenthals hinab.

»Stopp!«, lässt der Fahrgast plötzlich aufhorchen, springt entsetzt aus dem Auto, müht sich die Straße entlang: »Kurti!«, sinkt auf die Knie.

Durch die Windschutzscheibe kann Rupert Lauterer an der nackten Rückseite seines Fahrgastes vorbei dieses Glühen inmitten des Dorfes erkennen, als würde immer noch die Sonne untergehen. Nur Abendröte ist es keine. Betroffen steigt auch er aus, weiß sofort: Manche Dinge erübrigen sich von selbst. Nach Hause wird er dieses Häufchen Elend nicht mehr bringen können.

»Wie schrecklich!«, hört er sich sagen.

»Ich muss meinen Sohn suchen gehen! Wenn ihm etwas passiert ist«, kommt es flüsternd zurück.

»Da stehen nur Löschfahrzeuge! Also entweder es gibt keine Verletzten oder die Verletzten wurden schon weggebracht!«

»Oder die Toten!«

»Gehen Sie nicht vom Schlechtesten aus! Sehen Sie, dort!«, hebt Rupert Lauterer seine Hand. Zu so später Stunde läuft da mutterseelenallein ein zartes Kind den Feldweg neben der Ache entlang, ortsauswärts.

»Das ist nicht mein Sohn!«

Nur noch ein Aufgeben liegt da in der Stimme.

»Ich werd Sie jetzt nicht bezahlen können.«

»Geld ist nicht das Wichtigste.«

Ein Weilchen bleibt Rupert Lauterer noch stehen, bietet diesem gebrochenen Fremden, der gerade alles verloren hat, seine Hilfe an: »Ich führ Sie ins Dorf oder sonst wohin.«

Nur daraus wird nichts. Denn weit im Hintergrund tauchen Scheinwerfer auf der Bundesstraße auf. Klein noch, aber sie werden größer. Schnell. Dahinter Blaulicht.

Nur noch Verzweiflung, Angst: »Was soll ich nur machen? Und wo soll ich jetzt hin!«

Schwer natürlich, einen Rat zu geben: »Sie sollten davonlaufen, solange es noch geht. Ich weiß ja nicht, was Sie angestellt haben. Aber wenn sogar Ihr Haus niedergebrannt wurde, würde ich an Ihrer Stelle untertauchen.«

»Untertauchen?«

»Sie sollten jetzt schleunigst ...«

»Untertauchen«, steht der Fremde plötzlich auf, als hätte er eine Eingebung. Entschlossen nun die Stimme, klar auch sein Blick.

»Das ist doch ein Lawinenrucksack auf Ihrem Beifahrersitz? Mit ABS, oder?«

»Alles Gute!«, kommt es Taxifahrer Rupert Lauterer voll Mitgefühl über die Lippen, während er seinen Fahrgast davonhumpeln sieht, den Rucksack geschultert, durch das Feld auf Glaubenthal zu, in den Wald hinein, darüber der so herrlich strahlende Mond. Und wieder einmal wird ihm bewusst: Das Wichtigste im Leben sind wahrlich weder die nötigen Moneten noch die dringenden Diäten, sondern das simple Überleben.

So schnell rast alles dahin.

Auch auf der Bundesstraße.

Und er bleibt stehen, blickt über das Land, sieht dieses zarte blonde Kind immer noch den Feldweg neben der Ache entlanglaufen, schließlich aus seinem Blickfeld verschwinden, sieht die Fahrzeuge in seinem Rücken auftauchen, ihn gleich erreichen, wartet ab, gibt ohnedies kein Entkommen, wird auch das noch über sich ergehen lassen, um dann endlich heimzufahren, zu seiner bildhübschen Kimberly. Keine Gymnastik mehr alleine hinter dem Steuer, sondern endlich wieder gemeinsam. Das Leben nicht nur leben, sondern erleben. Wer weiß schon, wann der Tod uns holt.

Einen seiner liebsten Songs lässt er nun laufen und stimmt mit ein. Literatur, nobelbepreist, endlich auch für einfache Menschen, wie er einer ist. Sein Dylan Bob. Sogar ausgedeutscht. Von Wolferl Ambros und André Heller. Laut singt er gegen die Angst.

Die soll's geb'n, solang's die Welt gibt,

Fahrzeuge, die sich nun einbremsen, Männer, die ins Freie springen,

und die Welt soll's immer geb'n,

die herumbrüllen: »Dort drüben, der Winzling. Dein Job, Engel, damit kennst du dich aus. Also übernimm das!«, die somit den größten, stärksten aller anwesenden Agenten, Schläger, Polizeibeamten, was immer diese Herren auch sind, auf die Reise in Richtung des Kindes schicken,

ohne Angst und ohne Dummheit,

die ihn anbrüllen: »Wo ist er hin?«

»Fragt mich wer?«

ohne Hochmut sollst Du leb'n.

aus dem Wagen zerren, »Ein singender Spaßvogel also!«, gewaltvoll zu Boden pressen, also doch wieder Gymnastik,

Zu die Wunder und zur Seligkeit

eine Pistole zücken, »Wo er hin ist, war die Frage!«, ›Polizeibeamter‹ fällt somit raus,

is' dann bloß a Katzensprung,
dann liegen lassen, in die von ihm gezeigte Richtung davonlaufen.
und wann Du wülst'
Zeit zu starten auch für ihn, blutig, aber glücklich.
bleibst immer jung.
Der Feindseligkeit trotzen, dem Altern, dem Dunkeln, nur noch nach Hause fahren, hinein ins Licht. Kimberly Flores.
Für immer jung,
für immer jung,
wann Du wülst',
bleibst immer jung.

44 Alles, was bleibt

Nichts hält ewig.

»Ku-wiet«, »Ku-wiet«, klingt es durch die offene Balkontür des Zimmers Nummer fünf.

»Meine Kinder hatten einmal einen Papagei, der hörte sich ähnlich an!«, schätzt Hertha Müller, und glaubt es selbst nicht.

»Ein Waldkauz-Weibchen«, erklärt die alte Huber, »bleibt ein Leben lang mit demselben Männchen und seinem Huh-Huhuhu-Huuuh beisammen!«

»Na, das kennen wir beide ja recht gut. Schön.« Friedlich nun ihr Schmunzeln, gelöst. »Oder selber schuld. Je nachdem!«

»Ku-wiet«, »Ku-wiet«, wiederholt es sich. Einladend, lockend.

»Komm-mit, Komm-mit!«, fügt Hannelore vollständigkeitshalber noch hinzu. »Galt früher als Todesruf.«

Und auch das passt.

Ein durch die Balkontür hereinwehendes Lüftchen hebt den leichten Stoff der weißen Vorhänge, lässt sie tanzen. Das laute Metrum der Wanduhr die Musik. Tick, tack. Die Zeit geht dahin.

Cancan und Schwanensee. Tango und Nussknacker.

Hoch das Bein. Hopp. Hopp. Bis der Vorhang fällt.

Kein Applaus.

Nur um zu danken für dieses gemeinsame Leben. Darum ist Hertha Müller hier. Und keines ihrer Worte wird die alte Huber jemals vergessen können.

»Mein Mann war Schichtarbeiter in einer Druckerei, und ich zu Hause mit drei Kindern, als Hausfrau. In einer großen Siedlung, Wohnblock neben Wohnblock.« Begann Hertha Müller zu erzählen. »Wir hatten kein schlechtes Leben, zwar kein wohlhabendes, aber ein wertschätzendes, als einfache Leute. Eines, das zusammenschweißt. Unsere Kinder sind anständige Menschen geworden, die mittlerweile selbst Kinder haben. Für meinen Mann und mich war die Familie immer wichtig, und die Familie von ihm abhängig. Jahrzehntelang. Es ging uns gut.«

Diese Ruhe, mit der sie erzählte, schien der alten Huber wie das Lauern eines Raubtieres. Nur war dieses Raubtier das Leben der Müllers selbst.

»Bis Bertram seinen schweren Verkehrsunfall hatte. Ein Betrunkener mit Fahrerflucht. Mein Mann unschuldig. Ein Jahr hat es gebraucht, bis er wieder alleine gehen konnte. Und ein weiteres halbes Jahr, bis ihm von seiner Firma gekündigt wurde. Auftragsmangel. Druckereisterben. Kann man der Firma gar keinen Vorwurf machen. Alles Mögliche wollte er probieren, war mehr arbeitslos als beschäftigt. Ich hab auch weiß Gott wo überall ausgeholfen, geringfügig beschäftigt, bin putzen gegangen. Wir hatten so gut wie nichts mehr. Nur Überlebensangst.«

Und einmal mehr wurde Hannelore bewusst, was für ein Privileg es bedeutet, notfalls von der Hand in den Mund leben zu können, weil sich diese Hand dank eines vorhandenen Fleckens Erde selbst zu helfen weiß.

»Dann wurde unser Nachbar schwer krank, der Einzige, den wir in unserem Wohnhaus noch kannten. Einen Zeitungskiosk in unserem Viertel hat er betrieben, und es ergab sich das Angebot, diesen zu übernehmen. Was soll ich sagen. Schwerstarbeit war das. Einbrüche, Vandalismus, aber nicht glauben, durch Ausländer. Wir wollten trotzdem durchhalten. Sogar, wie dann bei Bertram reihenweise die Diagnosen kamen. Prostatakrebs. Zwei Jahre später dann Darm. Völlig abgemagert ist er noch mit mir in dem Kiosk gesessen. Hat tapfer durchgehalten. Mit Bertrams Rente hatten wir gerade genug, um über die Runden zu kommen.«

Fast schien es der alten Huber, bei Hertha Müller käme Wort für Wort das Selbstbewusstsein, die Kraft zurück, als empfände sie es als Erleichterung, endlich reden, ihr Schicksal teilen zu können. Und jeder Kommentar dazu wäre Hannelore deplatziert erschienen. Nur um Aussprache ging es, Befreiung.

»Was glauben Sie, wie hoch die Abzüge sind, wenn man die letzten Jahre vor seiner Pensionierung so gut wie arbeitslos war? Oder so wie ich nur Fehlzeiten hat, weil die Kindererziehung nichts wert ist, in unserer Gesellschaft nicht als Arbeit gilt, obwohl immer gepredigt wird, wie wichtig Familie sein soll? Dann kam der Lungenkrebs: »Und seine einzige Sorge war: Hertha, dir wird nicht mehr viel bleiben, wenn ich sterbe, die Witwenrente zu wenig sein. Ein ganzes Leben lang haben wir gerackert, nur um dann am Ende kaum überleben zu können!« Hertha Müller stand auf, ging zur Balkontür, öffnete und sog die frische Luft in sich hinein. Die Nacht vor ihr. Und auch in ihrer Erzählung war noch kein Tag in Sicht.

Eine Schande ist es, wenn in Zeiten und reichen Ländern wie diesen der eigenen Hände Arbeit, das ständige, lebenslange Schuften und Einzahlen in jenen staatlichen Topf, aus dem heraus das gewährleistet werden soll, was eine zivilisierte Gesellschaft so gerne als »sozial« bezeichnen möchte, nicht genügt. Und nicht einmal erst ist Hannelore der Gedanke gekommen, man könne es den Verzweifelten kaum verübeln, wenn sie scharenweise den Rattenfängern in die Netze laufen, deren simple Parolen Verständnis vortäuschen, deren Lockmittel die einfachen Lösungen für schwerwiegende Probleme sind, deren eigener Unfriede nur den Schmerz, die Wut verstärken, bis allein das Zerwürfnis einer ohnedies gespaltenen Gesellschaft bleibt, der Hass.

»Was meinen Sie?«, kehrte sich Hertha Müller schließlich um, sah der alten Huber in die Augen und setzte fort: »Heißt Gemeinschaft, dass die einen alles bekommen und die andern nichts? Oder hat das Wort ›gemein‹ aus gutem Grund zwei Bedeutungen?« Es war ein so abgeklärter, ernster Blick, mit dem Hertha Müller da plötzlich sprach, wie ein Tier, das in der Falle saß, wissend, nie wieder hinauszukönnen.

»Für Bertram waren die Heilungschancen gleich null. Bis auf die Schmerztherapie wurden bald alle Behandlungen zwecklos, und eines Tages ist er nach Hause gekommen und hat ganz friedlich erklärt –«, dann sprach sie inmitten des Gästezimmers fünf nur noch mit der Stimme ihres verstorbenen Mannes, so eindringlich, der alten Huber war es, Bertram Müller säße neben ihr, um von Unfassbarkeiten zu erzählen, als wären sie selbstverständlich: »Hertha, bei mir dauert es nicht mehr lange, und das Gute daran ist, du musst dir keine Sorgen mehr machen. Im Spital ist mir ein Herr Huber begegnet. Auch er schwer krank. Von nun an werde ich zu Hause bleiben bei dir, damit wir am Ende genauso zusammen sind wie unser ganzes schweres, aber schönes Leben schon! Ein für unsere Umstände geradezu ideales Zuhause ist das hier, Sozialbauten, in denen sich die Menschen nicht mehr kennen oder kennen wollen. Im Stiegenhaus kaum noch ein Gruß. Wem, Hertha, würde es auffallen, wenn da plötzlich jemand fehlt? Niemandem.«

Was dann kam, wollte der alten Huber einfach nicht in den Sinn. Die Geschichte von Kurt Stadlmüller, dem Freund Walter Hubers, der hin und wieder in die Stadt pendelte, um Patient Bertram Müller mit Schmerzmitteln in seiner Wohnung zu versorgen, bis es nicht mehr ging. Von Pfarrer Feiler, der kam, um Bertram die letzte Beichte abzunehmen, das Sakrament zu spenden.

»Und unmittelbar nach meinem Tod rufst du nicht die örtliche Bestattung und den Arzt an, sondern Herrn Stadlmüller. Die werden mich holen, irgendwann wird es eine Bestattung geben und ein Grab, ich werde dort drinnen liegen mit dem Herrn Huber, keiner wird irgendetwas merken, und du kannst weiter von meiner Rente leben, in einer anderen Wohnung. Die Kinder haben sich bereits umgesehen. Und mit den Kindern hab ich das schon geklärt. Wenn es eines Tages nicht mehr geht, jemand Fragen stellt, dann kannst du immer noch behaupten, ich sei plötzlich verschwunden, würde aber zumindest den Kindern Postkarten schreiben! Postkarten, die ich schon alle verfasst habe und die sich die Kinder regelmäßig selbst schicken werden. Und die Kinder werden sagen, ich sei zwar ein paarmal bei ihnen gewesen, aber mittlerweile komme nur die Post. Mehr wüssten sie nicht.«

Es war eine lange Pause, die Hertha Müller einlegen musste. Brüchig dann ihre Stimme.

»Dann, Frau Huber, ist er gestorben, und ich bin stundenlang an seinem Totenbett gesessen, unfähig, eine Entscheidung zu treffen, was ist richtig, was falsch. Nebenan der Lärm aus den Nachbarwohnungen, dazu die traurige Aussicht aus meinem Fenster, die grauen Häuserzeilen, dieses Nichts am Ende eines gemeinsamen Lebens und vor mir das friedliche, von allen Sorgen, Schmerzen befreite Gesicht Bertrams. Um zwei Uhr morgens wurde er dann von Albin Kumpf huckepack aus unserer Wohnung in die Nacht hinausgetragen wie ein betrunkener Freund.«

Kein Wort hat die alte Huber zwischendurch herausgebracht,

zu unwirklich diese Geschichte, und doch zu real, möglich. Erst am Ende dann die Frage: »Und was wurde Ihnen dafür abgeknöpft?«

Mit dem Schlimmsten hätte sie gerechnet. Würde ja passen, vielleicht nicht so sehr zu Albin, aber gewiss zu Kurt. Elendes Pack. Menschen, die selbst mehr als genug besitzen, den Hals nicht voll bekommen und die der Armut, der Verzweiflung auch noch das letzte Hemd vom Leibe reißen.

Nur leider. Diese Wut der alten Huber ging leer aus.

»Nichts!«

»Ku-wiet«, »Ku-wiet«, schickt das Waldkäuzchen-Weibchen draußen vor dem Fenster ohne Unterlass seinen Ruf durch die Nacht. Anders in Zimmer Nummer fünf. Hier geben sich die beiden Damen ein Weilchen mit ihrem Schweigen zufrieden.

»Ku-wiet«, »Ku-wiet«, klingt es wieder. Einsam. Verzweifelt vielleicht, denn es bleibt aus, das Huh-Huhuhu-Huuuh.

»Vielleicht auch eine Witwe!«, flüstert Hertha Müller noch, da meldet sich möglicherweise doch noch ein Männchen zu Wort.

Allerdings ein vierbeiniges.

Lange dauert es nicht, und es wird ohrenbetäubend laut. Sowohl im Stall des Schusterbauern als auch außerhalb.

45 Freunde

»Ha, ich hab's gewusst. Da bist du.«

»–«

»Tut mir so leid mit dem Feuer und dass es dein Zuhause nicht mehr gibt!«

»Verschwind!«

»Du kannst von mir Spielsachen haben, Kurti, und …«

»Hau ab, hab ich gesagt.«

»Das ist aber gruselig hier. Kann man da …«

»Nichts anfassen!«

»Dort. So ein riesiges Wagenrad mit so großen Zacken …«

»Das ist kein Wagenrad, und das sind Zähne. Blöde Ziege!«

»… Kann sich das auch drehen?«

»Nicht die Leiter raufklettern, verdammt! Hörst du?«

»Das schaut ja aus wie ein riesiger Mixer! Kommt da das Gemüse rein?«

»Das Korn, du …!«

»Da sieht man durch das kleine Fenster zum Wasser hinunter. Ist gar nicht so hoch!«

»Dann spring halt!«

»Du bist nicht nett. Aber das macht nichts. Immer nett sein geht ja gar nicht. Vor allem, wenn grad so schlimme Sachen passiert sind!«

»Du sollst verschwinden!«

»Alle suchen dich und machen sich Sorgen. Weißt du das?«

»Mir doch egal!«

»Wenn ich jetzt weiß, wo du bist, und es fragt mich wer, dann muss ich es aber sagen, weil man lügt nicht! Warum bist du eigentlich davongelaufen?«

»Hätte ich mit dem Auto fahren sollen?«

»Dann wärst du wo reingefahren und ein Fahrbrecher!«

»Du bist auch schon wo reingefahren, oder, mit dem Kopf! Jemand, der was stiehlt oder wen umbringt, der ist ein Verbrecher! So wie mein Papa!«

»Woher willst du das wissen?«

»Ich weiß es eben!«

»Wenn du es weißt, dann warst du dabei, stimmt's?«

»Lass mich endlich in Ruh!«

»Ich lass dich aber nicht in Ruhe. Meine Oma hat gesagt, einen Menschen, dem es schlechtgeht, darf man nie allein lassen, sogar dann ...«

»Ist mir egal, deine Oma!«

»... wenn er eben nicht nett zu einem ist. Wenn meine Mama zum Beispiel das hat, wo man so kleine Puppenwindeln in die Hose steckt, und ihr der Bauch wehtut, ist sie auch nie nett, sondern wie eine Sprudelbrause für den Mund. Kennst du die? Das ist zuerst ganz süß, und dann explodiert das alles auf der Zunge.«

»Du nervst! Außerdem redest du zu laut.«

»Aber das Wasser ist so wild! Kann sich das Rad da draußen eigentlich auch drehen?«

»Wie hast du mich überhaupt gefunden?«

»Warum rinnt das Wasser da aus dem Bach in so einer großen Regenrinne aus Holz neben dem Rad vorbei und nicht auf das Rad drauf. Oder muss man das einfach nur mit der Kette da herziehen ... Ha, es funktioniert!«

»Lass das, verdammt!«

»Schau, Kurti ...«

»Wie du mich gefunden hast, will ich wissen. Und schieb das wieder zurück!«

»Na, weil das ein gutes Versteck ist und du zu mir gesagt hast, ich darf da auf keinen Fall herkommen.«

»Und deine Mama? Hast du der was gesagt?«

»Die schläft so tief mit ihren Tabletten. Meine Oma hat mich da sogar immer fernsehen lassen neben ihr, und Mama hat nix bemerkt.«

»Schläfst du noch bei deiner Mama im Bett, das ist ja peinlich. Und dort steht dann ein Fernseher, oder was? Ein Fernseher im Schlafzimmer ist was für Hirnlose, hat mir Albin gelernt!«

»Unser Fernseher ist eigentlich überall gestanden. Weil dort, wo ich vorher gewohnt hab, da war alles in einem Zimmer und wir immer beisammen, weißt du. Das Wohnzimmer, Schlafzimmer, Kinderzimmer, ein Platz zum Kochen und zum Waschen. Nur das Klo war draußen am Gang und hat dem ganzen Stock gehört, auch der Frau Yüksel, unserer Nachbarin!«

»Bei uns war in jedem Stock ein Klo, nur für meinen Papa und mich allein.«

»Das tut mir so leid mit dem Feuer! Du kannst ja gerne einmal bei uns …«

»Ist mir doch egal, dass die das Haus abgebrannt haben!«

»Du weißt, wer das gemacht hat! Aber warum bist du dann vor der Polizistin weggelaufen?«

»Vielleicht sind das alle ja gar keine Polizisten. Ich hab ja auch ein Spiderman-Kostüm und sogar einen Arztmantel wie mein Papa und bin kein Superheld und kein Doktor. Außerdem glaub ich, das mit dem Feuer war auch ein bisschen meine Mama! Die wollte mir helfen.«

»Aber die ist doch schon gestorben!«

»Ja und?«

»Aber dann ist sie doch nicht mehr da, sondern weg!«

»Das stimmt nicht. Drum gibt's ja für alles ein eigenes Wort. Wenn jemand nicht mehr da ist, sagt man, er ist weg, und wenn jemand tot ist, sagt man, er ist gestorben. Und meine tote Mama ist oft mehr da als mein Papa, obwohl der gar nicht weg ist! Kapiert?«

»Kapiert!«

»Na, wenigstens verstehst du einmal was.«

»Sind wir jetzt Freunde, Kurti?«

»–«

»Oder eine Bande?«

»–«

»Ist alles in Ordnung? Wart, ich komm wieder runter. Kurti?«

»–«

»Kurti? Das ist nicht lustig, das –!«

»Gst, schnell, zu mir her. Hinter die Tür, leise, da kommt wer!«

»Ist hier jemand? Keine Angst. Ich tu nichts. Es wäre aber trotzdem besser mitzukommen. Hallo? Nicht immer verstecken und dann brennt wieder was ab. Kurti? Bist du oben vielleicht?«

»Lauf, Amelie!«

46 Und sie bewegt sich doch

Es ist ein bizarres Schauspiel, dem Hannelore und Hertha Müller nun mit besten Logenplätzen vom Balkon aus beiwohnen.

Franz Schuster steht mittlerweile wie gebannt, ein Gewehr in der Hand, zwischen den Obstbäumen, den Lauf diesem dröhnenden Gebell entgegengerichtet. Hunde gäbe es in Glaubenthal ja mehr als genug, mit Ausnahme der Familie Schuster. Da kann sich Tochter Hannah wünschen, was sie will, denn laut Vater Franz sind: »… Nutz- und Haustier bei uns dasselbe. Wenn du die Alma und die Zitta nicht lieb haben kannst, brauchst du auch keinen Flocki oder Rocco!« Auch Rosi Schuster ist mit besagter Hannah ins Freie getreten und weiß, was zu tun ist.

»Schieß, Franz, die suchen ihn doch schon den ganzen Tag!«

Nur Franz Schuster geht es wohl ähnlich wie der alten Huber.

Ist zwar schon verdammt lange her, der Biologieunterricht, trotzdem glaubt sie, sich vage daran erinnern zu können, Wölfe wären zwecks Verbalaustausches wohl ähnlich gelagert wie vor zwei Jahren der Birngruber Sepp während des Reifenwechsels. Winter auf Sommer. Der umgekippte Wagenheber, die nackte Stahlfelge, darunter der Fuß. Den Glaubenthalern war, die Komantschen würden einfallen.

Trotzdem legt Hannelores Begleiter inmitten der Nacht nun ein derart artfremdes, ansteckendes Gebell hin, da lässt sich der Schäferhund der Birngrubers nicht zweimal bitten, der hysterische Hausleitner-Havaneser Tasso sowieso, und schließlich meldet das ganze Dorf. Worauf Franz Schuster den Verdacht äußert: »Ich glaub, der Wolf ist nur ein Hund, Rosi!«

»Bello!«, flüstert die alte Huber nüchtern in sich hinein: »Sag ich doch.«

»Na, dann erschießt du eben den Hund, Franz!«

»Wehe, Papa, hör einmal bitte nicht auf Mama!«, brüllt Hannah.

»Der hat Tollwut, Franz, garantiert!«

»Bei uns gibt es keine Tollwut, Rosi! Wahrscheinlich wird er ständig verwechselt und schaut deshalb so zugerichtet aus! Hannah, schau mal im Internet! Wolfshund!«

»Ich!«

»Na, die Huber Hanni hab ich nicht gemeint!«

Da soll man sich als Fünfzehnjährige einmal auskennen! Meistens ist das:

»Alles ein vertrottelter Irrsinn, ein hypnotischer! Du wirst noch blind in ein Auto laufen vor lauter Handyglotzerei, sogar hier in Glaubenthal, oder wie Hans Guck-in-die-Luft …«

»Wer ist Hans Guck-in-die-Luft?«

»… in die Ache stürzen und beinah ersaufen!«

Gelegentlich aber heißt es dann:

»Schau schnell, Hannah, wie das Wetter morgen wird!«

»Schick eine SMS, wir verspäten uns um fünfzehn Minuten!«

»Machst du ein Foto bitte!«,

oder eben: »Google mal nach …!«

»Ein Irischer Wolfshund ist es nicht, Papa, der sieht anders aus. Hässlich, eigentlich. Aber der passt: Tschechoslowakischer Wolfshund. Kreuzung aus Karpatenwolf und Schäferhund, gehört zur Gruppe der …!«

Und die alte Huber blickt suchend in Richtung Gekläffe.

Niemand zu sehen. Mondhell die Nacht. Alles Emporgerichtete wirft dunkle Schatten, zaubert mit schwarzgrauem Pinselstrich bizarre Gemälde auf Felder, Wiesen, Straßen.

Bewegte Bilder, wie Hannelore feststellen muss.

»… Hüte- und Treibhunde. Überaus intelligent, gelehrig, ausdauernd, furchtlos und treu. Baut eine sehr innige Bindung zu seiner Bezugsperson auf. Ist sonst eher zurückhaltend, unaufdringlich …!«

Denn nun sieht sie doch etwas.

Droben im Glaubenthaler Forst. Matt zuckende Lichter.

»… Insbesondere Kindern gegenüber gilt er als ungemein geduldig. Können wir den Hund behalten, Papa?«

»Dort. Film das mit!«, brüllt Franz Schuster und deutet hinaus auf das Feld. Ein nackter Mann in Spitalshemd und mit Rucksack läuft humpelnd aus dem Wald heraus, hinein in den blühenden Raps.

Der Rucksack pendelt hastig hin und her. Tick, tack. Zeit läuft ab. Das Spitalsnachthemd flattert wie der Umhang eines Superhelden. Nur leider. Superkräfte aufgebraucht.

Nur noch schwer kommt er voran.

»Das ist ja unser Bürgermeister!«, erkennt Rosi sofort.

Und schnell wird klar, warum der Wolfshund Alarm schlägt.

Denn die matt zuckenden Lichter werden heller. Reihenweise lösen sich weitere Gestalten aus dem Wald. Und nicht nur dort. Auch hinter dem Hof des Schusterbauern stürmen zwei dunkel gekleidete Herren ins Feld. Darunter Gustav 2.

Koloss Gustav 1, der ehemalige Rosenkavalier, fehlt.

Taschenlampen, lichtstark wie Schweinwerfer, durchschneiden die Dunkelheit, laufen sternförmig von mehreren Seiten zusammen, lassen das Gelb der Rapsblüten und Orange des Rucksackes erstrahlen.

»Halt, Stadlmüller. Stehen bleiben!«, ruft Gustav 2 mit harter Stimme. All das Sonderbare dieses Tages spitzt sich zu, geht welchem Ende auch immer entgegen, die alte Huber kann es spüren. Und auch sehen. Denn die Richtung dieser Volksbewegung ist eindeutig. Alles nur auf ein Ziel gerichtet. Den immer wieder zu Boden stürzenden Bürgermeister, der wie um sein Leben läuft.

»Geben Sie auf! Da unten geht es nicht weiter!«

Entspricht natürlich keineswegs den Tatsachen. Ist eben, so wie im Grunde alles, nur eine Frage des Willens, Mutes, Irrsinns.

»Um Himmels willen!«, kommen auch die ersten, immer noch nach Kurti Ausschau haltenden Suchtrupps angelaufen, darunter die Polizeibeamtin Unterberger-Sattler, die auf Gustav 2 zustürmt:

»Was soll das hier?«

»Wir übernehmen!«

»Wer ist wir?«

Die alte Huber weiß längst, was nun passieren wird. Immerhin hat es geregnet, eine große Menge in kurzer Zeit. Wassermassen, die sich ihren Weg suchen.

»Bürgermeister, nicht! Du bringst dich um!«, zeigen auch die anwesenden Einheimischen Nerven. Allesamt Vertreter der jüngeren, ahnungslosen Generation. Doch zu spät. Das Ziel ist erreicht. Mit letzten Kräften springt Kurt Stadlmüller unter dem Aufschrei seiner Zuschauer in die Fluten. Ein dumpfer Knall ist zu hören, und dem Rucksack wachsen Flügel. Links ein Airbag, rechts ein Airbag. Lawinenschutz als Schwimmhilfe.

Dann trägt ihn die Glaubenthaler Ache davon.

Hektik bricht aus, keiner weiß, wohin, Menschen laufen neben dem Ufer her, die schwarzen Männer verlieren sich zuerst in Funksprüchen, dann in der Dunkelheit, nur die alte Huber wird von einer seltsamen Ruhe erfasst.

Nachdenklich steht sie auf dem Balkon des Gästehauses, blickt auf das Geschehen, sieht sich selbst in den Fluten treiben.

Dieses einzige Mal. Zwanzig Jahre war sie alt.

»Wenn wir das schaffen, Hanni, schaffen wir alles!«

In langer, leichter Kleidung und festen Schuhen hat sie neben Walter auf der Amerikanerbrücke gestanden, den Traktorschlauch unter ihren Armen. »Also los, Frau Huber! Vertrau mir. Bei drei!«

Ja, er konnte lachen, durch einen schmalen Riss in seiner harten Schale das tief vergrabene Leuchten, den Charme, die Lebensfreude hervorblinzeln lassen: »Eins …!«

Es war jener Sommermorgen nach dieser ersten Liebesnacht, in der ein Anflug von Nähe, ja die Idee des Möglichen sich nicht verleugnen ließ, verbunden keineswegs durch Liebe, sondern das gemeinsame aufgezwungene Schicksal. Was bleibt auch anderes übrig, es nicht nur an-, sondern auch selbst in die Hand zu nehmen. Wie den Traktorreifen.

»Zwei …!«

Dann ist sie geflogen. Unfreiwillig.

Nicht gesprungen. Freiwillig. Bei drei.

Hat von Walter den vorzeitigen Schubs bekommen, gut gemeint, weil man dürfe eben nicht zu lange überlegen, sonst würde das nichts, so die Mär. Unter ihr plötzlich die Leere. Dann der Aufschlag, mit Körpervorlage, das in die Nase gepresste Wasser, das brennende Gesicht, die schmerzende Brust. Hintendrein ihr Ehegatte, johlend. Ganz Mann.

Sie hätte diesen Schritt vorwärts gewagt, bei drei. Seite an

Seite. Allein und trotzdem zusammen. Auf gleicher Augenhöhe.

Doch daraus wurde nichts. Das »Vertrau mir!« eine Finte. Der ganze Weg die Ache hinunter dann ein Kampf, auch gegen die Tränen, den Stolz, die schwindende Kraft. Da war nur noch Fremde in ihr, als sie nach der Hoberstein-Schlinge, dort, wo das Wasser ein letztes Mal ruhiger wird, mit Walter das Ufer erreichte. Nur noch Schweigen, als sie diesen kurzen Zwischenhalt in der alten Jagdhütte des Pfarrers einlegten.

Und wie sie nun hier, neben Hertha Müller, vom Balkon aus über das Rapsfeld hinweg in die Ferne sieht, stromaufwärts, hinein in das ansteigende, enger werdende Tal bis hinüber zur alten Mühle, das wilde Rauschen der Ache im Ohr, wird ihr klar: Ihr ganzes Leben war so, ist bei der Zwei stecken geblieben.

Der vorzeitige wilde Rempler als Symbol.

Die Mutter verloren mit fünf, den Vater und die Freiheit mit zwölf, den eigenen Willen mit achtzehn. Immer stand das Leben hinter ihr und schubste sie. Sogar heute, am Tag seiner Beerdigung.

Schluss damit. Es selbst in die Hand nehmen. Nie und nimmer ist Kurt Stadlmüller planlos in die Ache gesprungen.

»Ich hab solche Angst! Was mach ich jetzt nur!«, flüstert ihr Hertha Müller zu.

»Wenn Sie schon zu Hause niemand kennt, wer soll hier jemals auf die Idee kommen, der Fremde in Albin Kumpfs Blechsarg könnte Ihr Mann gewesen sein. Die Polizei glaubt nach wie vor, es wäre meiner«, hört sich die alte Huber sagen.

»Aber der Pfarrer Feiler und Doktor Stadlmüller wissen es.«

»Darum kümmere ich mich! Wenn schon nicht unsere Männer wie vorgesehen in demselben Sarg liegen dürfen, dann können ja wenigstens wir im selben Boot sitzen!«, kommt Hannelore mit ihren Gedanken nun endgültig wieder zurück in die Gegenwart.

Und gut ist das.

»Hören Sie das auch?«

»Was meinen Sie, Frau Huber?«

»Als würde ein Güterzug vorbeifahren!«

»Stimmt. Das nimmt ja gar kein Ende mehr. Ein sehr langer muss das sein. Fahren hier überhaupt Züge?«

Eben nicht.

Etwas ist in Bewegung geraten. Und sicher nicht von selbst.

Worauf warten? Keine Rempler mehr auf zwei.

Es selbst in die Hand nehmen.

»Drei!«, flüstert sie.

Und besser könnte diese Ziffer nicht passen. Drei Leichen, Walter, Bertram und Albin. Alle für einen Sarg.

Glaubt sie zumindest, die alte Huber.

7
Hannelore, hilf

47 Alles dreht sich

Jahrzehnte muss es her sein, und immer noch ist ihr selbst bei Nacht jede Wurzel vertraut, die sich da speckig aus dem Boden abhebt, über die beiden Fahrrillen des Feldweges schlängelt, dem Unwissenden das Blut in den Adern gefrieren lässt. Eine unsinnige Angst, denn soviel die alte Huber weiß, gibt es bis auf die Glaubenthaler Rosenkranzrunde und Luise Kappelberger ohnedies keine Giftschlangen in dieser Gegend.

Sie kennt sich hier also aus. Einzig Bäume sind ihr unbekannt, deren Blätter im Frühling viereckig golden zu Boden schweben. Und doch liegt da eines am Wegesrand. Die reinste Umweltverschmutzung natürlich. Trotzdem ist sie froh über den Fund. Das bestätigt ihre Vermutung, verstärkt die Hoffnung.

Ein Stück noch geht es die Forststraße hinauf. Der Weg ein vertrauter Freund, die Müdigkeit eine Fremde. Wie spät es ist, spielt keine Rolle mehr. Es sind ja auch nie die vollen Tage, deren Umtriebigkeit der alten Huber den Schlaf in die Knochen treibt wie die Spinne ihrer Beute das Gift, sondern das Siechtum. Wenn gar nichts geschieht. Und auch nie waren es die kargen Zeiten, aus denen heraus der nimmersatte Hunger seinen Ursprung nahm, sondern das Übermaß, die vollen Teller, der Speck an den Hüften.

»Aus weniger wird nicht immer mehr, Hanni, aber aus mehr wird immer weniger!«, so einst ihr Vater.

Gleich ist der Waldrand erreicht. Dort, wo die Achenschlucht beginnt, das Wasser aus seinem engen Tal ins Freie tritt und auf Glaubenthal zufließt.

Wie die Miniatur eines aus Steinen gebauten mittelalterlichen Wehrturmes steht sie dort, die alte, stillgelegte Mühle, als würde sie das Ufer, ja den Wald bewachen wollen. Mit Ansage. Denn nun klappert sie wieder, laut, eindringlich, schmettert der Welt vorwurfsvoll ihre Lebendigkeit entgegen: »War ich euch nicht mehr gut genug, oder warum lasst ihr mich stillstehen!«

»Hast du gut gemacht!«, flüstert ihr die alte Huber zu und öffnet die dicke Holztür.

Und es riecht wie damals, sieht aus wie damals, fühlt sich an wie damals. So kalt die Umgebung durch das Strömen des Wassers und die dicken Steinmauern auch wirken mag, im Inneren der Mühle wird ihr warm ums Herz. Ihr einstiges Paradies.

Rechts neben der Tür lehnt heute noch, wie eine Reliquie, das alte schwarze Puch-Waffenrad des hier verstorbenen Paul Holzinger, als stünde er immer noch vor seinem Rüttelkasten und Läuferstein. Die letzte Heimfahrt seines Lebens ging von hier aus nicht den Feldweg abwärts, sondern die Himmelsleiter aufwärts.

Paradies eben.

Der Mühlenraum, die hölzernen Räder, die kleine Müllerstube, die Leiter empor auf den Holzboden, wo unter dem Dach das Mahlwerk steht, dahinter das Fenster. Ihr Fenster, Seite an Seite, Wange an Wange, die kleine Hanni, der kleine Friedrich.

Alles so vertraut, jede Ecke.

Und bald hat sie auch jede dieser Ecken begutachtet, sicherheitshalber sogar den großen Aufschütttrichter. Doch nichts. Kein Kurti. Nur seine Spuren. Eine Packung *Werthers Echte* verstreut, dazwischen sein Helm, die Steinschleuder.

»Kurti! Bist du hier!«, hebt Hannelore ihre Stimme, um gegen den Lärm des Wassers anzukämpfen. Dann beugt sie ihre Knie, »Kurti! Und –!«, denn da lauert er wieder, Leo, versteckt hinter der Tür: »Amelie!« der schwarze Plüschpanther.

»Ich tu euch doch nichts!«, tritt sie ins Freie, nervös, wie auch Bello hinter ihr, der seine Nase nun zu Boden führt. Ins Dorf gelaufen können die beiden nicht sein, da hätten sie an Hannelore ja vorbeimüssen. Bleibt offenbar nur der Wald, denn wie es scheint, hat der Wolfshund eine Fährte aufgenommen.

Die Frage ist nur, welche?

»Das gibt's doch nicht!«, flucht sie, die alte Huber, und bleibt ihrem Haustier auf den Fersen. Hell genug dazu der Mond.

Bald ist sie vollständig von betagten Baumriesen umgeben. Links der Hangwald hinauf auf die dort beginnende Hochfläche des Glaubenthaler Forstes samt seiner einzigartig vielschichtigen Moorlandschaft. Rechts stellenweise wie Burgmauern hochreichende Felswände.

Magisch, verwildert, rau, das alles, dazu das ungestüme Rauschen der Ache. Hier wird es wohl, als die Ureinwohner noch auf dem Speiseplan des Bären und der Wölfe standen, nicht viel anders ausgesehen haben. Kein Wunder also, wenn es das eine oder andere Wildtier wieder in die Heimat zieht.

»Aber du bist ja keiner, nicht wahr!«, versucht die alte Huber nun beredt gegen ihr doch aufkommendes Unbehagen anzukämpfen.

»Nützt dir nur leider nichts!« Nicht einmal, wenn Bello statt bellen brüllen könnte, samt Transparent in der Hand: »Nicht schießen, ihr Affen, ich bin nur ein Hund!« Irgendwer drückt aus Distanz sicher ab, hysterisch. Wird ja wohl für ein abschießendes Urteil noch reichen dürfen, der erste Eindruck.

»Kriminell ist das!«, schimpft sie. Aus purer Langeweile

Hunde zu erschaffen, die wie Wölfe aussehen.«»Gemeingefährliche Züchterei, strunzdumme!«

Cama, Schiege, Töwe, Puwo,
Wholphin, Mulard, Zesel, Pizzly.
Lustige Hybride. Warum nicht gleich die Stente? Den Storch die Kinder bringen lassen und ihn dann auf den Griller schmeißen können. »Oder den Stanier, was meinst du, Bello!«, wird die alte Huber nicht nur immer lauter, »Ihn zuerst als Katalanen viele Tore schießen lassen und dann später als Stier erledigen dürfen!«, sondern auch zorniger: »Wobei, Katalane will ja nicht mehr Spanier, sondern autark sein, wie die Schotten, England generell. Öxit, Dexit, Fraxit, Ixit, Grexit, Poxit, weiß der Teufel, damit sich irgendwann in diesem Jahrhundert die Menschen wenigstens wieder in Kleinkriegen ordentlich zerfleischen können, wenn sie schon kein drittes weltweites Gemetzel zusammenbringen!«

Längst geht es den Hangwald Richtung Hochfläche hinauf. »Kurti! Amelie! Verflucht noch mal. Wisst ihr, wie spät es ist, und wie alt ich bin? Das ist doch kein Spaß!«

Nein, Spaß ist das keiner, mitten in der Nacht durch einen Wald zu marschieren, der jedem mittelalterlichen Kriegsepos die ideale Filmkulisse wäre. An riesenhaften, mit Moos überwachsenen, übereinanderliegenden Felsenformationen schlängelt sich der Steig vorbei.

Und Bello wird immer hektischer, die Nase auf den Boden gerichtet. »Nicht so schnell!« Dann bleibt er stehen, spitzt sein Ohr, blickt zuerst an Hannelore vorbei, sein einbandagierter Stummel dabei sanft zuckend, geht geduckt ein paar Schritte weiter, starrt in die Finsternis, und die alte Huber muss sich auf einen der Steine setzen, atemlos.

»Was gibt es dort Interessantes?«

Recht wohl zumute ist ihr nicht, denn nach entspanntem Hund sieht Bellos regungslos-verstohlene Körperhaltung nun nicht mehr aus, den Kopf leicht geneigt.

»Oder brauchst du wie ich eine Pause?«

Weniger ein Wittern, Lauschen, Spähen, sondern eher ein Kopfzerbrechen, Abwägen.

»Kurti! Amelie!«, ruft sie erneut.

Dann scheint Bello seine Überlegung abgeschlossen zu haben, gibt ein Knurren von sich und startet durch.

»Das darf doch nicht wahr sein!«, will sich Hannelore erheben, doch sie kommt nicht auf. Etwas drückt auf ihre Schultern, zieht sie energisch nach hinten. In die Finsternis. Nur ein rotes Blinken ist zu erkennen.

*

»Seid ihr wahnsinnig, ich wär fast aufs Kreuz gefallen!«

»Oder auf Leo. Danke, Frau Huber, dass du ihn wieder …«

»Psst. Ihr seid viel zu laut, so wie die Huberin die ganze Zeit schon!«

»Meine Oma war auch schwerhörig und darum immer zu laut, Kurti.«

»Aber das ist hier kein Altersheim! Also flüstern, verdammt! Sonst findet er mich!«

In eine der unzähligen Höhlen, die hier zwischen den Steinen wie kleine Stuben Zuflucht bieten, früher den Bären, heute also zwei Kindern, wurde die alte Huber hineingezogen. Und dass hier jemand sucht, ist dank Wolfshund eindeutig.

Panikartige Schreie sind zu hören. Und ja, Wissen kann vor Dummheit schützen, denn offenbar ist dem Kerl noch nie zu Ohren gekommen, wie es sich in gewissen Fällen zu verhalten gilt: *Sollte er unwahrscheinlicherweise auf dich zukommen, angreifen wollen, zeige ein aggressives Verhalten, schreie, klatsche, nimm einen Stock, Steine, geht einen Schritt auf ihn zu, sei eine größere Bedrohung für ihn als er für dich, halte Augenkontakt, atme tief durch und versuche, ruhig zu bleiben.* Er kann deine Angst riechen.

»Ich glaub, Kurti, im Moment sucht er nicht dich, sondern das Weite! Nur warum sucht er dich überhaupt, und warum läufst du davon?«, kommt die alte Huber gleich zum Thema.

»Weil die dem Kurti das Haus abgebrannt haben, Frau Huber!«, weiß Amelie eine Erklärung.

»Und das haben sie dir einfach so abgebrannt, Kurti?«

»Nicht einfach so, natürlich, sondern weil sie seinen Papa suchen!«

»Ich glaub, Kurti, du läufst aus einem ganz anderen Grund davon.« Hannelore greift in ihre Manteltasche und drückt ihm ihr Diebesgut in die Hand, das Beweisstück aus Wolfram Swobodas Unordnung, die Plastiktüte: »Was hier drinnensteckt, hab nicht nur ich reihenweise schon auf deiner Seifenkisten-Heimstrecke, also in meiner Wiese, oder vorhin auf dem Weg herauf gerade aufgesammelt, sondern auch die Polizei droben im Moor!«

»Ja und? Kann ja jeder lutschen, so was!«

»Kurti, kapierst du denn nicht: Ich kann dir helfen! Auch wenn du mich nicht magst. Ich mag dich ja auch nicht –«

»Aber Frau Huber, das sagt man nicht, das –«

»– nicht immer. Und selbst, wenn ich dich gar nicht mögen würde, Kurti, will ich nicht, dass dir etwas passiert. Ich wollte ja auch nicht, dass du in den Graben fährst und dir so wehtust!«

Kurti Stadlmüller beginnt zu weinen: »Du bist schuld, du!«

Und die alte Huber versucht ihr Bestes: »Das hast du mir

schon vorhin gesagt. Nur warum bin ich schuld? Weißt du, was ich glaube, Kurti? Den Sarg, in den Albin sich hineingelegt hat, den hast du verschlossen. Und er wollte das so!«

Nur Tränen. Bitterliche. Alle Schleusen öffnen sich, vorerst noch stumm.

»Was ist da im Moor passiert, Kurti? Wer hat Svetlana Putin ermordet? War es mein Mann? Hast du Walter gesehen? Oder war es Albin selbst, der es so aussehen lassen wollte! Wir müssen darüber reden!«

»Kurti!«, stupst ihn Amelie Glück, »wir sind doch deine Freunde!«

»Ich muss gar nix sagen!« Entschlossen ballen sich die Fäuste des kleinen Stadlmüller, ändern sich seine Gesichtszüge in Richtung Rennfahrer, so als würde er in seinem imaginären Starthäuschen stehen, »Ich hab eh alles gefilmt!«, und dann beginnt er zu erzählen, während gar nicht weit entfernt noch ein weiterer, schwer in Not geratener Erdenbürger einen Start hinlegt, der sich wahrlich gewaschen hat.

48 Maximilian und das Schwarze Meer

Als Maximilian Engel an diesem Morgen aus dem Bett stieg, um die fünfjährige Tochter Lara seiner frischgebackenen Lebensgefährtin Ricarda in den Kindergarten zu bringen, wusste er noch nicht, wie sehr er sich darauf freuen würde, dies am folgenden Tag wieder tun zu können.

Ein Fremdkörper war sie ihm bisher immer gewesen. Dieses laute Gör, das regelmäßig Punkt 22 Uhr ins Bett kriecht, um sich genau zwischen ihn und ihre Mutter zu platzieren. Aber nicht, dass sie ihm dabei den Rücken zudrehen würde. Nein. Schlafend stellt sich die Kleine, so lange, bis dann der Atem ihrer Mama gleichmäßig und ruhig dahinströmt. Dann werden die Augen aufgerissen, wie Taschenlampen. Bis garantiert 23 Uhr, wenn nicht Mitternacht. Egal wie er auch daliegt, er kann sie spüren, diese elende Glotzerei. Jedes Mal. Und wenn dann sein linker Arm eingeschlafen ist, ihm nichts anderes mehr übrig bleibt, als sich umzudrehen, geht es los, im Flüsterton. Kein Entkommen.

»Warum hast du eigentlich so große Nasenlöcher? Darf ich probieren, ob da ein ganzes Duplo reinpasst?«

»Dein Hals ist breiter als dein Kopf, weißt du das? Wie bei einem Lama oder Leguan! Ist das eine Krankheit?«

»Ist das ein Haar, das da aus deinem Ohr heraussteht, oder ist das die Antenne von einer Grille, weil das bewegt sich dauernd!«

»Und die Haare auf deinen Brustwarzen kringeln sich wieder ein, wenn man dran gezogen hat, weißt du das?«

»Du musst den Mund zumachen beim Atmen, weil das stinkt!«

Kein Ende.

Und kaum ist Ricarda morgens außer Haus, Lara mit ihm allein, geht es weiter.

»Du musst auch den Mund beim Kauen zumachen!«

»Kannst du keine Masche, oder warum hast du Schuhe, in die man schlüpft wie eine Frau! Oder ist das wegen dem Bücken, weil du so groß bist und viele Muskeln hast?«

»Warum ziehst du beim Autofahren immer einen Anzug an?«

»Und die Narbe auf deiner Wange, hast du die wirklich, weil du als Kind nicht angeschnallt warst, oder sagst du das nur, weil ich keinen Gurt mag? Hast du deshalb so Angst vor Hunden, weil dich vielleicht einer ins Gesicht gebissen hat?«

Ja, hat er. Der hässliche »Poldi will nur spielen!«-Terrier seiner einstigen Nachbarin Claudia Froschauer ließ es sich nämlich nicht nehmen, ihm als Fünfjährigen das Fleisch der rechten Wange herauszureißen wie ein Feinschmecker einer Forelle Müllerinart. Da kann man dann schon Angst haben, verdammt noch mal.

Keine Fische, keine Hunde, keine Kinder.

Heilfroh ist Maximilian Engel an jedem Morgen, wenn er Lara endlich abgegeben hat, irgendwann dann sein Kumpel Roland Froschauer einsteigt, und nichts gesprochen werden muss. Man kennt sich schließlich gut genug. Alles gesagt. Seit der Schulzeit.

Und man vertraut sich.

Loyalität ist hier ausnahmsweise kein leeres Gerede. Roland Froschauer, Sohn von Claudia und Ronald, hat stets an ihn gedacht, ihn auf dem Weg die Karriereleiter hinauf immer mitgenommen, und wenn er einen ordentlichen Schulabschluss hinbekommen hätte oder irgendeine sinnvolle Ausbildung:

»Dann fände sich schon etwas Besseres, Max!«, dann wäre er heut vielleicht Kabinettsmitglied.

»Ich brauch nichts Besseres und pass auf dich auf, Roly!«
Chauffeur ist als Beruf also schon nicht so schlecht.

Folglich darf Roland auch ungefragt seit heute Mittag »absolute Loyalität einfordern!«, denn alle Termine wurden aus Krankheitsgründen abgesagt, kerngesund.

»Ist eine interne Angelegenheit!«
Was allerdings seither so alles passiert, ist Max dann intern schon ein bisschen zu viel des Guten. Extern natürlich auch. Beginnend bei dem Ausflug hierher, in diese abgelegene Gegend, zu dem Begräbnis eines Menschen, von dem Max noch nie gehört hat.

Walter Huber. Wer soll das sein? »Wirf ihm Rosen ins Grab nach, bitte!«, hat Roland ihn gebeten.

Rote Rosen. Für einen Mann! Weiß er da etwas über Roly nicht?

Alles jedenfalls ein Irrsinn, auch die Anwesenheit von Gustav Korkner, Rolands Mann fürs Grobe, samt zwei weiteren seiner Männer. Warum sind sie hier?
Die Tür der Bestattung einzutreten war schon grenzwertig.

Seit aber diese gesichtslose Leiche aus der Apfelplantage in seinem Kofferraum liegt, hat Max in puncto Loyalität ernsthafte Schrammen abbekommen. Und dabei blieb es ja nicht.

Ein Haus ist in Brand geraten, womöglich seinetwegen, in der Gegend musste er herumlaufen wie ein Geheimagent, diesen Bürgermeister suchen, als ob er ein Verbrecher wäre, vielleicht ist er das ja auch. Nun aber von Gustav Korkner wie ein Laufbursche behandelt zu werden, mit den Worten: »Dort drüben, der Winzling. Dein Job, Engel, damit kennst du dich aus. Also übernimm das!«, einem Kind hinterherjagen müssen, und sich als Draufgabe möglicherweise auch noch von einem Wolf zerfleischen lassen, wo ihm ja schon ein Pekinese reicht, geht zu weit.

Bis zur alten Mühle zurück ist er dem Vieh davongelaufen, hat in seiner Panik unter anderem sein Funkgerät verloren, und kein einziger Schuss aus seiner Pistole ist ihm gelungen mit seiner schweißnassen Hand. Alles hat sich der Wald geholt, und beinah auch ihn. Das Grauen in seinem Nacken, konnte er an nichts anderes denken als an das Wesen des Wolfes, sein Rudeldasein. Und plötzlich war da in seiner Vorstellung nicht nur einer, klang sein eigenes Keuchen wie eine Schar aufgerissene, hinter ihm herhetzender Mäuler.

»Die Ache!«, kam es ihm in den Sinn. Eine Doku hat er einmal gesehen, mit Lara an seiner Seite, weil sie ja nur Tiersendungen schaut. Da ist ein Elch bei einem Angriff ins Wasser geflüchtet und so den Wölfen entkommen. »Schade, schade!«, hat Lara neben ihm losgebrüllt und sich dann über den Geparden und seine Gazelle gefreut. Kinder. Da soll man sich einmal auskennen.

Dann ist er gesprungen. Wurde es kalt. Eiskalt.

Wurden seine Hände schneller klamm, als es ihm möglich war, beim ersten der beiden M die Lippen noch zueinander zu bringen, das Wort »klamm« überhaupt auszusprechen. Ein »klaww« wäre draus geworden.

Flussabwärts ging es stellenweise kopfvoran, in einer Geschwindigkeit, die er nicht für möglich gehalten hätte, hart dabei die Kollisionen mit den unverrückbaren aus dem Wasser herausragenden Granitsteinen. Wasser, das immer wieder in seine Nase, seinen Mund schoss, ihn nach Luft schnappen ließ.

Immer enger das Bachbett, immer schneller das Strömen, immer höher die Steine, schmerzhafter der Aufprall. ›Kein Zurück mehr‹, kam ihm zu Bewusstsein, und bald würde er auch das noch verlieren. Spätestens bei diesem Baumstamm, der da links und rechts wild umströmt den Flusslauf verblockt.

Und genau dort hängt er jetzt.

Der Kopf blutend. Ausweglos. Weiter wäre wohl sein Tod. Und auch hier wird er sterben, erfrieren, verbluten, ertrinken, was auch immer. Das Ufer zu erreichen jedenfalls aussichtslos.

So laut die Ache um ihn herum auch wütet, wie ein Höllenfeuer in seinen Ohren klingt, dieses näher kommende Kreischen, Quietschen entgeht ihm trotzdem nicht.

»Das schaut ziemlich ungemütlich aus!«, hört er plötzlich eine Stimme. Starr seine Lippen, Sprechen kaum möglich:

»Helwen schie wiah widde!«

»Wie bitte!«

»Helwen –«

»Soso, helfen soll ich Ihnen! Aber die Richtung stimmt doch schon.« Dieses alte Weib schon wieder, ganz genau hat sie ihn verstanden. Mit einem rostigen Puch-Waffenrad steht sie auf dem Feldweg in Ufernähe und ruft ihm entgegen. »Wenn Sie loslassen, geht es ins Schwarze Meer. Passt zu Ihrem Anzug.«

»Widde Helwen –«

»Und warum soll ich das tun? Ich hab Ihr Funkgerät gefunden und Ihre Pistole. Hier, die Pistole können Sie gerne haben.«

Vor seinen Augen wird die Schusswaffe der Ache übergeben.

»Und jetzt das Funkgerät!«

»Ören Schie auw. Ih widde Schie! Helwen Schie …«

»Also gut. Vorausgesetzt, Sie helfen auch mir. Versprochen?«

»Werschwochen!«

»Schwören Sie!«

»Ih schwöhe!«

»Dann hören Sie mir jetzt ganz genau zu.«

49 Gefallener Engel

Das Leben beginnt und endet auf vier Rädern.
Startet hinein in den Stuben- und Kinderwagen. Läuft dann über den Dreiradler in Richtung Zweirad, sprich Laufrad, Roller, Drahtesel, Moped, Maschin, zwischendurch vielleicht sogar nur Einrad, Scheibtruhe inklusive, und landet wieder in seinen Anfängen: dem eigenen Wagen bis schließlich Rollstuhl, Rollator. Dann Krankenbett.

Für die alte Huber aber dreht sich nun das Rad der Zeit zurück. Denn wenn es Walter mit einem Bein gelungen ist, bereits voralkoholisiert, aber trotzdem unbeschadet auf seinem Dreigangrad bis hinunter vor die Pforte des Brucknerwirtes zu kommen, dann wird ihr dieses Kunststück ja wohl auch gelingen. Verlernt man ja schließlich nicht. Darüber nachdenken, wann sie zuletzt in die Pedale getreten hat, wäre allerdings keine beflügelnde Idee, da käme sie auf zwei Jahrzehnte mindestens.

Wobei, getreten muss ja auch gar nicht werden.

Nur lenken, bremsen und viel wichtiger noch: laufen lassen, wie die Ache, denn nun muss es schnell gehen, sonst gibt es einen Toten mehr.

Und es geht. Anfangs noch vorsichtig, langsam. Dann aber immer flotter. Das im Gegensatz zu Walters deutlich weniger gepflegte Waffenrad des Paul Holzinger gab auch nur die ersten Meter dieses ohrenbetäubende Quietschen und Kreischen von sich. Nun aber saust es, endlich befreit wie das Mühlrad, dahin. Wolfshund Bello hat das Begleiten nun offenbar aufgegeben, so ein Gehetze auf seine alten Tage muss ja auch wirklich nicht sein.

Der ruhige Fahrwind streicht sanft um Hannelores Ohren, lässt den Rock flattern, die Ärmel des ärmellosen Kittelkleides kleine Wellen schlagen. Der Asphalt schickt ein leichtes Vibrieren durch ihren Körper, schüttelt alles ein wenig durch, sogar der strenge Knoten in ihrem grauen Haar zeigt eine dezente Regung, ungewohnt, aber nicht unangenehm das Ganze, und ja, wenn der Auslöser dieses Ausfluges ein anderer wäre, vielleicht würde sich ein Lächeln auf ihren Lippen erkennen lassen, diese Erinnerung an Zeiten, als in ihrem Körper, ihrem Gemüt noch die Jugend verborgen lag. Zweirad eben.

An Kurti muss sie denken. ›Hoffe, er gehorcht und marschiert wie zugesichert schnurstracks mit Amelie nach Hause. Glaubenthal Nummer acht.‹ Nahe ist er ihr gerückt, der kleine Stadlmüller, innerlich. Und jedes seiner Worte entspricht der Wahrheit. Unmöglich, sich das auszudenken, von den Videos einmal abgesehen.

»Albin hat Svetlana nicht umgebracht, sondern Papa hat sie ihm gebracht. In einem Plastiksack. An dem Tag, wie auch dein Walter gestorben ist. Ich hab es gesehen, heimlich, weil ich da gerade bei Albin war. Ich hab sogar ein eigenes Zimmer bei Albin, in dem ich oft übernachte, wenn Papa nicht da ist. Und ich hab auch schon Tote angezogen und hergerichtet. Vielleicht werd ich einmal Bestatter. Papa hat zu Albin gesagt, dass er ihm das mit Walter und seinem letzten Willen gleich abnimmt, Walter rüber in die Tschechei bringt, dort verbrennen lässt und dann wieder holt zum Verstreuen. Dafür soll er bitte Svetlana in Walters Sarg legen!«

Und während Kurti erzählte, ging auch der alten Huber ein Licht auf. All die Toten und nur ein Sarg.

»Albin hat geweint, gesagt, dass er das nicht tun kann. Und

Papa hat erklärt, dass er das aber tun muss, so wie sonst auch immer. Und dann haben die beiden gestritten, und ich bin davongelaufen. In der Nacht ist Papa dann davongefahren, ›Wie immer zu Pavel‹, hat er gesagt und mich zu Albin geschickt. Aber Albin ist auch weggefahren. Und wie Albin wieder zurückgekommen ist, war er ganz anders, wie ein Roboter, hat gar nichts mehr geredet. Gestern Abend dann hat er Svetlana in das Auto geladen, und ich bin heimlich eingestiegen. Alles hab ich gesehen. In das Moor hat er sie gebracht!«

»Und den Fuß von Walter dazugelegt hat er auch, mit dem Socken und dem Schuh, oder?«

»Ja, genau. Und dann am nächsten Tag hat Albin mir gesagt, er will sich selber in den Sarg legen, einen Spaß erlauben, und ich soll ihm helfen!«, brach Kurti dann ab, und die alte Huber erzählte weiter: »Ich vermute, er hat sich dann dieses Zeug, das du aus deiner Spritzpistole trinkst, in eine leere Whiskyflasche gefüllt, damit er nicht einschläft ...«

»Und den Whisky hat er vorher seitlich in die Polsterung gekippt, damit es nach Alkohol riecht!«

»Und dich gebeten, den Sarg zu verschließen.«

»Ich wollte das aber nicht tun!«, begann Kurti zu weinen. »Aber Albin hat mir versprochen, dass ihm nichts passiert und dass ich ihn ja einfach auf seinem Handy anrufen kann, wenn der Sarg in der Aufbahrungshalle liegt. Aber ich war nicht da. Wegen dir, Frau Huber. Nur wegen dir. Deshalb ist Albin in dem Sarg gestorben. Du bist schuld!«

Weder einen Rat wusste sich die gute Hannelore noch eine passende Entschuldigung. Nur eilig hatte sie es plötzlich, völlig im Klaren darüber, warum Kurt Stadlmüller in die Ache gesprungen ist.

Und nun tritt sie sogar noch in die Pedale, denn dieser Menschenaffe hinter ihr hat wahrscheinlich längst den Baumstamm losgelassen und sich, wie von Hannelore aufgetragen, erneut den Fluten übergeben: »Da müssen Sie jetzt durch. Also reißen Sie sich zusammen, Beine vor den Körper bringen, nicht viel herumrudern und Kräfte sparen. Wenn Sie die zweihundert Meter hinunter zur Amerikanerbrücke überleben, ist der Rest ein Kinderspiel, das hab sogar ich geschafft. Ich warte dann auf Sie. Versprochen. Aber geben Sie mir Vorsprung!«

Und viel ist es nicht. Denn kaum wirft die alte Huber ihr Rad neben der Hoberstein-Schlinge in den Uferkies, hört sie es schon:

»Fau Huwa, Fau Huwa!«

Also Schuhe aus, samt Strümpfen hinein in das seichte Kehrwasser: »Ruhig bleiben! Gleich treiben Sie auf Grund, dann hab ich Sie!«, die Hand ausstrecken, und es ist ein wahrlich fetter Fisch, der ihr nun an der Angel hängt, mit Augen voll Dankbarkeit, das reicht womöglich für ein ganzes Leben.

»Danke!«, braucht es, bis er im Trocknen liegend wieder des Sprechens fähig ist. »Sie sind mein Engel!«

»Und Sie? Wer sind Sie?«

»Auch einer. Maximilian Engel!«

Rundum also Himmelsboten. Denn wie die Flügel eines gefallenen Cherubs steckt der orange Lawinenrucksack im Dickicht, die beiden Luftkissen von Dornen zerfetzt.

Die alte Huber lag also mit ihrer Vermutung goldrichtig.

»Hier, Ihr Funkgerät. Geben Sie mir eine halbe Stunde Vorsprung, Herr Engel, dann können Sie vor Ihrem Chef den Helden spielen.«

50 Hanni, Dähle und der Schmerz

Der Drahtesel nützt ihr nun nichts mehr.

Neben einem kleinen Parkplatz bleibt sie stehen. Vor ihr das bereits verkommene Schild *Naturlehrpfad Glaubenthal*.

»Volksverdummung!«, flüstert sie und marschiert los.

Stürme der Begeisterung fegten da auch die letzten Reste Hirn hinweg, als diese kostspielige Lächerlichkeit hier eröffnet wurde. Sogar eine Wallfahrt wurde unternommen. Wobei von Fahrt keine Rede sein konnte. Ein mühsamer Fußmarsch war das, nicht der Streckenlänge, sondern der Gruppengröße wegen. Ausschließlich Damen aus Glaubenthal, dazu ein paar Bekannte aus Sankt Ursula und rundum diese Eupho-, nein Hysterie.

»So schön ist das geworden!«

»Die ganzen Stationen!«

»Und Sitzgelegenheiten!«

»Einfach ein Glanzstück!«

»Eine Touristenattraktion!«

Die alte Huber verstand die Welt nicht mehr. Sinnlose Investition. Die paar Pensionistenehepaare aus möglicherweise Potsdam, Dormagen, Schkeuditz oder Buxtehude, die sich, warum auch immer, hierherverirren, Tombolalose vielleicht, wissen ohnedies schon vor ihrer Anreise mehr über diese Gegend als der ganze Sparverein beim Brucknerwirt oder der Pfarrgemeinderat zusammen. Wozu also für teures Geld Bäume und Pflanzen beschildern, die jedes Kind hier kennen sollte. Davor ein kleiner Platz aus Rindenmulch, samt Holzbank und dieser Schautafel, als wäre man zu Besuch in einem Museum. Rosige Zukunftsaussichten.

»Jö schauts, die Kiefer!«

Damit die Leut dann eines Tages bei ›Kiefer‹ nicht nur an ihr Gebiss denken, oder was!, war der alten Huber still und heimlich zum Weinen zumute.

Fotos wurden geschossen, die Texte vorgelesen, erstaunt.

»So eine Überraschung: Föhre und Kiefer sind dasselbe!«

»Dähle, Forche, Kienbaum heißt sie auch, zählt zu den Nadelbäumen und ist mit ihren 80 Arten und vielen Namen einer der weitverbreitetsten Bäume der Nordhalbkugel!«

Das war es dann an Information. Ein sauteures, lehrreiches buntes Schild. Ein Lehrpfad also für Idioten.

Weiter und weiter ging es, bis schließlich die »Jö schauts, die Birke!« kam, »*Mit ihrer auffälligen weißen Rinde ist sie ein gern gesehener Baum. Winterhart wächst sie nahezu überall und …!*«. Auffällig mit einem F. Nicht nur für, sondern auch von Idioten. Daneben dann der Wegweiser, rechts hinein, die rotblaue Markierung entlang hinauf auf den Hoberstein mit Endziel:

Kapelle ›*Maria Hilf*‹.

Das letzte krampfhafte Bemühen der alten Huber, unter den Dorffrauen nach Anschluss zu suchen, was vor allem deshalb fehlschlug, weil umgekehrt diese Dorffrauen den Anschluss bei ihr nicht mehr fanden.

»Huberin, sag, brennt uns der Hut, oder warum rennst du so? Glaubst wirklich, die heilige Mutter Gottes hat eine Freud, wenn wir zwar früher ankommen, aber dann kein einziges Gsetzler Rosenkranz mehr beten können vor lauter Erschöpfung!« So Pfarrersköchin Luise Kappelberger.

»Wenn wir so langsam weitermarschieren, wirst du noch zu beten anfangen, bevor wir überhaupt dort sind, weil ein Gewitter zieht auf. Da brennt dann der Hut vielleicht wirklich.«

Natürlich hat sich die alte Huber den strahlend blauen Himmel vorwerfen lassen müssen und schließlich auf die Mehrheit der anderen gehört. Elender Gruppenzwang. Und natürlich durfte sie somit einmal mehr die Erfahrung machen: Nur, weil die anderen mehr sind, heißt das noch lange nicht, sie lägen richtig.

Weltuntergangsstimmung dann während des Anstiegs hinauf zur Kapelle. Wimmerndes Rosenkranzgebet also schon unterwegs.

Nun aber steht kein Wölkchen mehr am nächtlichen Himmel, das Unwetter vorbei, lässt sich der Mond nicht lumpen und verpasst der Umgebung sein perfektes, mysteriöses Ambiente. Durch ein großes geschlossenes Waldgebiet schlängelt er sich, begleitet von den Sitzgelegenheiten und Stationen des Lehrpfades, führt dabei immer wieder hinaus in die Moorlandschaft. Stege aus Lärchenholz. Unbetretbare Schwingrasenfelder. Schmalblättriges Wollgras, fleischfressender Sonnentau, dabei der harzige, kampferartige Geruch des Sumpfforsts. Märchenhaft, das alles. Mystisch. Unheimlich. Ein Großteil dieser ursprünglichen Moorlandschaft aber ist unerschlossen, auf dass sich Orientierungsläufer auch ordentlich orientieren und Leichen ungestört weichteilkonservieren können.

Gibt also sicher deutlich klügere Ideen, als hier vom Weg abzukommen!

Und ja, ganz wohl ist der guten Hannelore so mutterseelenalleine jetzt nicht. Folglich legt sie ein wenig an Tempo zu. Eine halbe Stunde ist schließlich nicht viel Zeit. Abgesehen davon muss ja nicht jeder Wolf, der sich in dieser Gegend sein neues Zuhause sucht, gleich zwingend ein Hund sein.

Richtig erleichtert ist sie, wie ihr dann endlich die Station Birke ins Auge sticht, das letzte Stück Weg ankündigt und die Erhebung des Hobersteins gen Himmel streckt. Für Alpenbewohner ein lachhafter Hügel, für Flachländer die erste Bergwertung.

Hinein in den Wald führt der schmale Steig. Stille Schritte auf weicher Erde. Höhenmeter hat sie heute schon mehr als genug in den Beinen, die alte Huber, und jeder einzelne war es wert. Und auch jetzt zahlt sich diese neuerliche und wohl letzte Anstrengung aus, eröffnet sich bald der Ausblick über dieses herrliche Land, hinunter auf die Glaubenthaler Ache, die Hoberstein-Schlinge, die Sankt-Ursula-Stromschnellen. Noch ein Stück weiter geht es, bis schließlich der Wanderweg eine Forststraße kreuzt, endlich durch das Dickicht des Waldes ein Leuchten zu sehen ist und es nach Speck, Eiern, frischen Pilzen, Kaffee duftet. Eine Kraftmahlzeit also.

Die alte Huber aber wittert nur eines: Lakritze. Spürt die Phantomschmerzen, diesen eisernen Griff um ihre damals noch so dünnen Oberarme, die spitzen Hüftknochen an ihrem Becken, hört das stimmbrüchige Gestammel des Ulrich Feiler: »Jetzt zier dich nicht so! Du magst mich, das weiß ich doch.«

Nie wieder war Hannelore seither hier gewesen. Nun aber liegt sie vor ihr, gut verborgen, die alte, bis vor Kurzem noch verfallene ungenutzte Jagdhütte.

Licht brennt hinter den Fensterscheiben, in den Blumenkisten wachsen Kräuter, an der Außenmauer liegt Brennholz in Reih und Glied gestapelt, daran gelehnt das Elektrofahrrad des Pfarrers, dahinter geparkt Pavels verdreckter Wagen.

Ein Stück näher schleicht sich die alte Huber noch heran. Der Blick durch das geöffnete Fenster verrät ihr: Einzig Seine Heiligkeit Feiler ist anwesend, geht im Inneren der Hütte nervös hin und her. Die Kutte durchgeschwitzt, die Ärmel hochgekrempelt.

Wo also ist Pavel Opek?

Hinter ihr.

Ein Räuspern, Klappern lässt sie zusammenzucken und gebückt neben dem Wagen Deckung suchen. Inmitten seines kleinen Gartens öffnet sich eine Tür. Kreischt in die Nacht und erfüllt die Waldluft mit einem vielsagenden Aroma, durchmischt mit Tabak. Pavel Opek tritt rauchend aus seinem Holzklo ins Freie, gibt ja auch weder einen Kanal- noch Wasseranschluss hier, geht zu der gusseisernen Schwengelpumpe seines Brunnens, wäscht sich die Hände und verschwindet im Inneren seiner Hütte.

Versteckt hinter den Rankbohnen bezieht die alte Huber nun Stellung. Daneben ein Garten im Garten, umgeben mit Maschendrahtzaun, der bei näherem Hinsehen und der darinstehenden Miniatur einer Hütte wohl als Gehege gedacht ist.

Kein Vergnügen natürlich das alles für Hannelores Nerven.

Ein paar Spritzer Franzbranntwein landen in ihrem Nacken, ein paar tiefe Atemzüge in ihrer Lunge und wirklich ruhiger wird sie dabei nicht. Denn gemäß ihrer Erwartung sollten es drei Herren sein, die sich hier verkriechen. Wo also ist Kurt Stadlmüller?

»Kruzifix, ich hätte wetten können, der Saukerl kommt hierher?«, gibt ihr Pfarrer Feiler bald lautstark recht, und ein freundliches Empfangskomitee hört sich anders an.

Dann ist Geduld gefragt.

So marod, wie der Bürgermeister beisammen war, kann ihm natürlich eine entsprechend gemächliche Anreise nicht übel genommen werden. Begegnet ist ihm die alte Huber unterwegs jedenfalls nicht, nur was heißt das schon? Vielleicht liegt er ja irgendwo, sammelt Kräfte.

Und es dauert.

Da steigt bei Hannelore schon erheblich die Sorge, Maximilian Engel könnte zuvor eintreffen, löst sich endlich ein Schatten aus den Bäumen, und eine furchterregende, blasse, größtenteils entblößte Gestalt tritt aus dem Wald. Das Gesicht entstellt, blutverschmiert, die Hände zu Fäusten gespannt. So schleppt sich Kurt Stadlmüller vor die Haustür, öffnet, und bei Pfarrer Feiler entlädt sich der ganze aufgestaute Zorn. Erbarmungslos. Mit Erstaunen beobachtet die alte Huber, wie der Gottesdiener in Schwarz auf den Herrngott in Weiß zustürmt, mit hörbarem Zorn und großer körperlicher Geste.

»Jetzt weiß ich, warum du uns seit dem Begräbnis sitzen lässt! Weil du ein Mörder bist!«, packt er Kurt an der Rest-Idee seines Spitalshemdes, hebt dabei noch weiter seine Stimme »Was hast du getan? Erklär uns das?«, dann die Handfläche.

An sich keine große Überraschung natürlich. Reihenweise Ministranten sind hier nach einer Sonntagsmesse schon mit roten Gesichtshälften aus der Sakristei marschiert, ganze Feiler-Fingerabdrücke auf den Backen. Die himmlische Ohrfeige also eine gar häufig geerntete Frucht. Und auch bei Wirtshausschlägereien kamen die seit dem Priesterseminar offenbar gut geübten Feiler-Fäuste vortrefflich zum Einsatz. Gott ist groß, mächtig, und die Kirche hat eben immer das Recht auf ihrer Seite. In diesem Fall sogar weiblich, sprich die Rechte. Schwungvoll. Gezielt. Sogar als Haken.

Nur Kurt ist kein Ministrant mehr. Erwacht nun zu neuem Leben.

Ein Schreien, ein Brüllen. Vorwürfe werden ausgetauscht, ein lautstarkes Hin und Her der Worte zuerst,

»Die werden jetzt Walter suchen, du Idiot?«,

»Und die Müllerleiche, wo ist die?«,

»Ich hab ja versucht, ihn wegzubringen, oder warum, glaubst du, schau ich so aus!«,

»Und die Nutte?«,

»Wer Svetlana umgebracht hat, weiß ich schon gar nicht! Du vielleicht, Ulrich, oder bist du bei der Marianne kein Stammgast mehr!« Alles Scheinheilige also. Aus den Worten werden Laute. Schmerzbekundungen mischen sich dazu, ein Klopfen, Krachen.

Hier wird sich gewalttätig in die Haare und sonst wohin geraten, das steht fest. Nicht lange natürlich, denn im krassen Gegensatz zur aufgeblähten, mit Ton- und Bildeffekten unterlegten Unwirklichkeit filmischer Kampfszenen sind ja so Alltagsprügeleien ziemlich kurze, erbärmlich anzusehende Angelegenheiten. Da reicht schon ein einziger Faustschlag ins Gesicht, um zwei Personen auszuschalten. Kiefer- oder Jochbeinbruch der eine. Finger- oder Handwurzelbruch der andere.

»Einundzwanzig, zweiundzwanzig«, beginnt die gute Hannelore leise flüsternd ihr altes Spiel, bei »achtundzwanzig, neunundzwanzig« wird sie noch leiser, bei »zweiunddreißig« ist Stille angebracht, denn das sieht sie nun mit freiem Auge kommen: Die Schmerzen im Inneren der Hütte werden sich gleich gewaltig verstärken.

51 Antonia in China

»Wir sind gleich da. Dort. Schau! Das Haus zwinkert uns schon zu.«

»Glaubst du, stört das deine Mama, wenn ich mitkomm, wie die alte Huberin gesagt hat?«

»Spinnst du, meine Mama wird sich freuen. Außerdem ist dann ein Mann im Haus.«

»Einer, der zu gar nichts gut ist!«

»Wer sagt so einen Blödsinn?«

»–«

»Niemand, oder? Nur du selber.«

»–«

»Jetzt hör auf mit dem Traurigsein, ich, ich …«

»–«

»Pass auf, Kurti: Was ergibt sieben und sieben?«

»Ich hasse Mathematik.«

»Ganz feinen Sand, ha!«

»–«

»Und wie nennt man einen Bumerang, der nicht zurückkommt?«

»Hör auf damit!«

»Stock, haha!«

»–«

»Und was essen Autos am liebsten?«

»Soll das jetzt lustig sein, oder was?«

»Parkplätzchen, hahaha!«

»Soll ich dir was wirklich Lustiges zeigen?«

»Ja, bitte, bitte.«

»Dann schau her.«

»Pfui, das ist grauslich! Wo hast du das gefilmt?«
»Beim Hanslbauern!«
»Und wie lange läuft das noch so herum?«
»Bei dem kannst du bis fünf zählen. Dann fällt es um. Pass auf: zwei, eins, jetzt. Aber ich hab auch ein anderes, das läuft bis fünfzehn. Und in meinem Chines-Buch …!«
»Du lernst eine andere Sprache?«
»Kennst du das nicht! Das ist ein Buch, wo die ganzen Rekorde drinnen stehen, da kommt ein Hahn vor, der heißt Mike und hat noch achtzehn Monate ohne Kopf gelebt!«
»Blödsinn!«
»Gar kein Blödsinn!«
»Und was ist das jetzt für ein Film?«

Test, Test! Blinkt. Läuft.
Das hab ich von Albin bekommen zu meiner …

»Hast du da eine Zigarette in der Hand?«
»Ja, und? Meine Mama hat geraucht, und mein Papa raucht noch immer.«
»Das ist grauslich!«

… Seifenkiste. Eine Helmkamera. Du glaubst ja gar nicht, was ich damit schon alles gefilmt habe.
Aber jetzt schau, Mama, was ich dir mitgebracht hab, das ist deine …!

»Wart, ich spul vor, dann hörst du, wie die Männer im Haus sind und mich jagen!«

»Kurti, bist du hier? Versteckst du dich? Wo ist denn dein Papa,

Kurti, wir müssten ihn sprechen.«
»Verdammt, lass uns gehen, Gustav!«

Mama, was mach ich jetzt. Ich könnte auf den Tisch hier steigen und durch die Dachluke ...

»Riechst du das, Engel? Lavendel! Kommt vom Dachboden.«
»Also, ich riech hier nicht nur Lavendel!«

»Du hast die Zigarette fallen lassen!«
»Ich hab ja gesagt, meine Mama hat mir geholfen!«
»Aber dann hast das Haus ja du ...«
»Wenn er doch nie da ist, mein Papa!«
»Meiner auch nicht, der ist in England.«
»Aber meiner ist nicht in England und trotzdem nie da. Nur ich bin da, und dieses blöde Haus ist ihm viel wichtiger als ich. Alles ist ihm viel wichtiger!«
»Kurti, nicht weinen, bitte, da fangen dann der Leo und ich auch gleich an!«
»Der Leo ist ein Stofftier, der kann eh nicht!«
»Da surrt was, Kurti, ist das deine Kamera?«
»Achtung, Amelie, hinter dir!«
»–«
»Amelie, du musst zur Seite gehen, schnell! Du –«

Ist natürlich alles Schwachsinn.

Sprachliche Paradebeispiele der menschlichen Hinterfotzigkeit, Inkonsequenz, Widersprüchlichkeit:

Der *eingefleischte Vegetarier* und das *alkoholfreie Bier*.

Das *kleine Riesenrad* und die *Holzeisenbahn*.

Die *Doppelhaushälfte* und der *Bürgeradel*.

Der *alte Knabe* und das *offene Geheimnis*.
Das *Wahlpflichtfach* und die *Selbsthilfegruppe*. Ende: nie.
Kann es im Grunde alles gar nicht geben. Trotzdem ganz schön gefährlich, manches. Eine besonders große Gefahr stellt die *schlafwandlerische Sicherheit* dar. Durchaus auch für den nicht wandelnden, putzmunteren Zuschauer. Und weil heut der Mond so schön hell scheint, wird das gleich kein *stummer Schrei* werden, sondern eine *lebende Leiche*.
Möglicherweise könnte Kurti Stadlmüller der ganzen Katastrophe mit einem lautstarken: »*Eile mit Weile*« entgegenwirken. Nur leider, ihm fehlt schlichtweg die Zeit, und Amelie Glück wirkt angesichts der auf sie zusteuernden Gefahr wie gelähmt. Ganz *schön schrecklich* das alles.

Antonia Bruckner ist im Anrollen. Und sie fährt schnell. Sehr schnell. Geht ja auch bergab.

»Stehen bleiben, stehen bleiben!«

Und das weiß er natürlich ganz genau, der kleine Stadlmüller, wie sinnlos derartige Anweisungen sind, befindet sich so ein menschliches Gehirn ferngesteuert in seinem Rennfahrermodus. In diesem Fall sogar mit schlafwandlerischer Sicherheit.

52 Die Früchte der Akademie

Vier Männer zählt sie zuerst, die alte Huber. Gustav 2, dann noch zwei weitere, und Gustav 1 kennt sie ja mittlerweile persönlich. Maximilian Engel. Hat er sein Versprechen also gehalten und seine Truppe hierherbeordert.

Ein Stück entfernt sind die Herren ihren beiden Limousinen entsprungen, kommen die Forststraße entlang auf die Hütte zugelaufen, zwei bleiben vor der Türe stehen, darunter Maximilian Engel, die beiden anderen treten ein und bringen die darin befindlichen Streithähne nun so richtig in Rage. Reine Männersache. Vertrottelt natürlich. Im Grunde müsste diesbezüglich ja nur die alte Huber oder Hertha Müller befragt werden, aber wenn der Irrglaube herrscht, man könne sich ohne Zähne besser unterhalten, dann sollen sie nur.

Und sie unterhalten sich ausgiebig.

Der Horizont graut auf, schickt eine erste Vorahnung des Tages, auch akustisch.

»Zaunkönig«, flüstert die alte Huber, sieht sich um und wird fündig: »Da bist du ja!« Wie erhofft ist ein weiterer Vogel aufgetaucht. Artverwandt.

Ein Zaungast steht da zwischen den Bäumen, schleicht vorsichtig von Baum zu Baum, kommt näher, neugierig zwar, aber viel zu ängstlich, um sich ins Licht des Geschehens zu wagen.

Längst hat Hannelore ihre Rankbohnen verlassen, denn herumschleichen kann sie auch. Zu irgendetwas muss die Langsamkeit des Alters schließlich gut sein. Ebenso ihr blaues Kittelkleid mit Blumenmuster, die schwarze Strickweste. Definitiv die bessere Tarnung als blaue Jean, weißes Hemd, hellbraune

Lederjacke, rote Schirmkappe. Könnte man sich von einem Frosch, camouflagetechnisch an sich ein hochbegabtes Wesen, natürlich Klügeres erwarten.

»Und Sie gönnen sich den Spaß dadrinnen jetzt nicht, Herr Staatssekretär!«

Derartiges hat die alte Huber auch noch nie gesehen. Ein Mann, der sich vor Schreck herumdreht wie ein unzentrierter Kreisel, panisch überallhin gleichzeitig laufen will, und dann die schlechteste Richtungsentscheidung trifft, nämlich Baumstamm. Föhre. Schlecht für den Kiefer. Andererseits ist das natürlich auch wieder keine große Besonderheit: Politiker, die sich irgendwann selbst in die Quere kommen, den Schädel einrennen, ausknocken. Da ist, wie in diesem Fall, nur auf dem Gesäß zu landen natürlich ein durchaus dankbarer Ausgang. Jedenfalls besser als Richter und Zellennachbar.

Insofern glaubt die alte Huber nun durchaus, den ersten Hinweis für die Richtigkeit ihrer Theorie zu erkennen. Entsprechend vorauseilend auch ihr Satz: »Darf ich Ihnen wieder aufhelfen!«

»Jetzt haben Sie mich aber erschreckt!«, wird ihr die Hand gereicht.

»Ich, eine alte Frau, erschreck einen Staatsdiener? Huber, mein Name. Aber das ist Ihnen ja sicher bekannt, schließlich waren Sie auf dem Begräbnis meines Mannes, nicht wahr?«

»Ein anständiger Mensch war das.«

Hoch professionell das ihr gekünstelt entgegengrinsende Gesicht. Als gäbe es eine Voruntersuchung für derartige Posten, nur um festzustellen: Sind jene beiden Stellschrauben da hinter den Ohren, die dieses tote, leere Dauerlächeln verursachen, auch tatsächlich vorhanden und funktionstüchtig. Diese Maske der Abgebrühtheit, Hinterlist.

Wird ihm alles nichts nutzen, dem Roland Froschauer, denn natürlich hat sich Hannelore längst so ihre Gedanken gemacht. Sie fragt also erst gar nicht, woher der Herr Staatssekretär ihren Walter kennen könnte, erspart es sich, angelogen zu werden, sondern kommt zum Wesentlichen.

»Und? Was führt Sie her? Die schöne Aussicht? Der Nahkampf? Was tippen Sie? Wer wird gewinnen?«

»Ich hoffe natürlich, es passiert keinem etwas.«

Und da rattert es jetzt, hinter der dank Baumstamm ziemlich roten aufgeschürften Stirn. Nachdenklich greift er auf sein Kinn, verzieht dabei sein Gesicht.

»Hoffentlich kein Kieferbruch, Herr Staatssekretär. Schmerzhaft. Ich wollte Sie wirklich nicht erschrecken.«

»Ist ja meine Schuld. Und, was führt Sie her, Frau Huber?«

Das lernt man auf so einer Parteiakademie nach diesem schmierigen Grinsen gleich als Zweites: Fragen mit Gegenfragen zu beantworten. Darf er sich nur leider gleich erneut den Schädel einrennen, der liebe Roland.

»Geführt hat mich leider niemand, Herr Froschauer. Muss aber zugeben. Ist ganz schön gefährlich, der Außendienst. Dass Sie sich in Ihrer Position so etwas noch antun. Ist das Ihr Hobby?«

Ein wenig nachdenken muss er jetzt schon, bevor ihm nicht nur bei Wahlkampfreden, sondern auch in dieser Situation das wunderbare: »Den Bezug zur Basis soll man nie verlieren« einfällt.

Seltsam ist das, aber ganz tief in ihrem Inneren ortet die alte Huber jetzt direkt ein Vergnügen. Denn auch, wenn der Herr Staatssekretär nun tapfer gegen seine abwärts ziehenden Mundwinkel ankämpft und wie angewurzelt vor ihr steht, innerlich dreht es ihn immer noch. Kreisel eben. Ungewuchtet.

»Roland, wir wären dann so weit!«, streckt sich ein Kopf aus der Jagdhütte.

»Dann muss ich mich jetzt leider verabschieden, Frau Huber! Schön, dass wir uns kennengelernt haben!«, will er schon gehen. Nur leider zu früh gefreut.

»Ich bin aber noch nicht so weit. Sie bleiben also schön bei mir und lernen mich jetzt richtig kennen!«, beginnt sie, denn mit den Grundrechnungsarten hatte sie noch nie ein Problem. »Ein bisschen eins und eins zusammenzählen, schaff nämlich sogar ich, Herr Froschauer! Kein Mann Ihres Schlages besucht in einem Ort, den er nicht einmal zu Wahlkampfzeiten auf der Landkarte findet, das Begräbnis eines ihm völlig fremden alten Herren!«

»Ich komm gleich!«, wendet sich Roland Froschauer nun der alten Huber zu, und die Schrauben hinter seinen Ohren stellen den Betrieb ein: »Was wollen Sie mir damit sagen?«

»Im Grunde sollten Sie mir so einiges sagen, nicht wahr. Ich nehm Ihnen das aber gerne ab, damit Sie Ihren Kiefer schonen können!«

»Sie wissen schon, wen Sie vor sich haben, Frau Huber?«

Lektion Nummer drei der Parteiakademie. Wenn Lächeln und Gegenfragen nichts mehr helfen, dann drohen.

»Das ist jetzt aber nicht Ihr Ernst. Glauben Sie wirklich, mir mit meinen siebzig auf diese Art Angst machen zu können, noch dazu wo Sie selbst die Hosn gestrichen voll haben?«

»Wie kommen Sie auf derart absurde Ideen!«

Und jetzt holt sie tief Luft, die alte Huber, denn erstens hat sie mittlerweile mehr als genug von diesem ganzen Theater, und zweitens gibt es ja doch einiges zu sagen.

»Wissen Sie, was absurd ist, und ich muss mich jetzt konzentrieren, um ja nichts zu vergessen: Absurd ist, wenn einer

Ihrer Männer rote Rosen an das Grab meines Gatten bringt, als ging es um eine Geliebte; wenn sich Ihre Affen dann zwar so wie alle über den leeren Sarg wundern, nur anstatt wieder heimzufahren, in der Gegend herumspionieren; dabei die Tür der Bestattung eintreten; Stadlmüller in den Straßengraben drängen; Marianne Salmutter besuchen; danach das Haus des Bürgermeisters anzünden; Kurt Stadlmüller verfolgen wie einen Verbrecher; sogar seinem Sohn Kurti nachsetzen; mitten in der Nacht zu dieser Hütte hier kommen, alle windelweich prügeln; und jetzt in die Dunkelheit herausrufen: ›Roland, wir wären dann so weit.‹ Noch absurder ist kaum möglich. Ich geh also davon aus, Herr Staatssekretär, Ihre Affen arbeiten aktuell nicht für den Staat, sondern sind Sekretäre für das Innere des Herrn Froschauer. Ihre Herzensangelegenheit also. Das heißt weiters, Sie arbeiten gegen Ihre Untergebenen, die Polizei, den Herrn Swoboda und seine große Kollegin, die mit demselben Fall beschäftigt sind!« Jetzt schaut er, der Froschauer. Und ein wenig staunt sie auch über sich selbst, die alte Huber.

»Roland, alles in Ordnung? Kommst du!«

»Eine Ergänzung noch, Herr Staatssekretär, bevor Sie antworten: Ich an Ihrer Stelle wäre zu Hause geblieben. Denn mit Verlaub, für jemanden, der Dreck am Stecken hat, sind diese Aktionen entweder strohdumm oder aber Ihre Angst gewaltig!«

Und den nächsten Beitrag der Zukunftshoffnung seiner so klein gewordenen Großpartei hat Roland Froschauer sicher auf keiner Akademie gelernt: Er verzieht schmerzverzerrt sein Gesicht, greift sich gekrümmt auf den Unterleib, und wenn sie richtig gehört hat, die alte Huber, dann ist ihm da ein Lüftchen entwichen.

Warum also warten, wenn schon derart viel gesagt wurde.

Warum nicht auch noch den Rest ihrer Gedanken diesem vornübergebeugten Kerl in den Nacken schmettern: »Eine Frage ist somit naheliegend: Was haben Sie persönlich mit der ermordeten Prostituierten Svetlana zu tun? Den Mord vielleicht?«

Und weil das vorhin bei Hertha Müller schon so wunderbar geklappt hat, obendrein das Drohen für Roland Froschauer selbst ja wohl eine durchaus bekannte Strategie ist, ergänzt die gute Hannelore: »Und ob Sie jetzt mit mir darüber reden wollen oder ich, eine alte, trauernde Witwe, direkt mit einem Polizisten und dann Journalisten, macht für mich keinen großen Unterschied.«

Wenn es bereits Tag wäre, die alte Huber könnte trotz der roten Prellungen das nun grün gewordene Gesicht des Herrn Staatssekretär für Inneres sehen, dessen Inneres nach außen drängt, sich ins Freie entladen will, könnte also nachvollziehen, warum er, sich in der Hüftgegend selbst umarmend, hurtig zu laufen beginnt, sich in das nächstbeste Buschwerk verkriecht und komplett seine Hosen runterlässt. Ein durchaus symbolischer Akt.

»Roland, was ist los da draußen?«

»Ich kann jetzt nicht! Und es dauert noch«, gequält seine Worte.

Von Nichtkönnen kann natürlich hörbar keine Rede sein.

Und noch ohne die Zusammenhänge dieser Geschichte alle genau zu kennen, weiß Hannelore eines mit Sicherheit: »Möglicherweise, Herr Staatssekretär, bin ich die Einzige, die Ihnen wirklich helfen kann!«

53 Marianne und der Duft des Neuen

Marianne Salmutter hat gewusst, dieser Tag steht ihr bevor, irgendwann. Wenn dem einen Unglück das andere folgt, alles zusammenstürzt, wie die Dominosteine ihrer Kindheit.

Und nun ist er gekommen, wurde sie abgeholt. Wortlos war sie eingestiegen, wusste, es nützt nichts, sich zu wehren. Nur die Angst konnte sie mitnehmen und somit das heimliche Wissen über das Dokument in ihrem Tresor. Denn wie dumm wäre es, bei derart hohem Besuch nicht heimlich eine Kamera mitlaufen zu lassen.

Warten musste sie, in diesem Wagen, beaufsichtigt. Ausreichend Zeit also, um über ihr Leben nachzudenken. Darüber, wie es nun weitergehen könnte, sollte sie überhaupt eine Gelegenheit dazu bekommen.

Ein Wagen, der nun unterwegs ist. Schnell.

»Wo fahren wir hin?«

»Wirst du schon sehen, Dreckshure!«

Um auf Derartiges zu antworten, ist sie zu gesittet, zu gebildet, zu belesen. Und vor allem, sie kennt es zur Genüge: sich in ihren vier Wänden von Männern wie eine Königin behandeln zu lassen und außerhalb wie Abfall. Und je niedriger dabei die soziale Schicht, desto eher wird sich auch auf der Straße auf Augenhöhe begegnet, je höher, desto primitiver.

Letzte Fahrt also, hinaus aus ihrem alten Leben. Ein Leben, das einem einzigen Entkommen-Wollen glich. Sie hat es eben nie vergessen. Wie sich das anfühlt: Angst.

In ihrer Kindheit war es die Angst um körperliche Unversehrtheit.

In ihrer Jugend war es die Angst, all das nie verhinderte

Erlebte erdulden zu müssen. Wieder und wieder. Seit ihrem sechzehnten Geburtstag ist es die Angst, jemand könnte herausfinden, wie dieses Erlebte dann doch verhindert wurde, für alle Zeit, wie ihr seit vierzig Jahren verschollener Stiefvater eben nicht betrunken nach Hause und dann wohin auch immer, sondern direkt zur Hölle gefahren ist. Unter den Tannen in mondloser Nacht. Eigenhändig von seiner Stieftochter mit einem Vorschlaghammer zertrümmert. Wieder und wieder.

Kein Mensch hätte ihn noch erkennen können. Ausgenommen Albin Kumpf. »Was machst du da?«, stand er plötzlich wie ein Schatten hinter ihr.

»Ein Schwein begraben!«, war ihre Antwort, flüsternd.

»Dann begrab es nicht hier, sondern richtig«, ließ er sie wissen.

Beide Kumpf-Eltern waren gerade im Urlaub, und Albin hatte die Bestattung eines Selbstmörders vorzunehmen. Kopfschuss. »Kein Mensch lässt sich da bei der Aufbahrung den Sarg öffnen, um einen letzten Blick zu erhaschen.« So seine Worte.

Tags darauf wurden zwei Tote versenkt. Keine Spur von Reue bei Marianne. Bis zum heutigen Tag. Nur die Angst.

Angst, alles zu verlieren. Ihren ehrenwerten Ruf, ihr Unternehmen, die vielen Arbeitsplätze, die vielen Kunden. Ihre Passion. Männern die Möglichkeit eröffnen, ihre Triebe auszuleben. Und ja, vielleicht ist unter einhundert liebenswerten Kunden genau der eine dabei, der ohne ihre Einrichtung zu Hause in das Zimmer der Stieftochter schleichen würde.

Aus der Freundschaft zu Albin Kumpf ist nie das geworden, wonach er sich sehnte. Und auch wenn er ihre Arbeit verurteilte, er nie einen Fuß hierhergesetzt hätte, konnte sie in gewisser Weise doch stets auf ihn zählen. Indirekt. Durch Kurt Stadlmüller.

Diesmal aber kam alles anders.

*

Irgendwo, wahrscheinlich in einer ihrer Frauenzeitschriften, hat die alte Huber einmal gelesen, es gebe in Autokonzernen ganze Abteilungen, ja sogar Nasenteams, die sich mit dem Innenduft eines Neuwagens beschäftigen. Da wird jedem Bauteil per Geruchstest auf den Zahn gefühlt und nicht nur bei den Abgasen herumgetrickst, werden Aromamatten unter den Sitzen versteckt, weiß Gott was an olfaktorischer Zauberei in die Polsterung eingearbeitet, nur dieser angenehmen Frischebrise wegen. Alles natürlich völlig für Arsch und Friedrich. Denn sie sitzt ja nun auf der Rückbank einer solchen eben erst ausgelieferten Limousine nicht allein.

Roland Froschauer neben ihr geht es dreckig. Der Körper kennt eben kein Erbarmen. Auch nicht mit den anderen. Und jedes Wort kostet ihn Überwindung: »Sie kommt!«

Wurde auch Zeit. Bestellt hat er seine Lieferung ja bereits vor sicher 15 Minuten, in unmissverständlich strengem Ton. »Bringt sie her!«

Ein Wagen parkt ein. Schwerfällig hebt sich Marianne Salmutter aus der Rückbank ins Freie, nur um gehört zu bekommen: »Dort hinein!«

Neben Hannelore nimmt sie Platz. Ein direkt erleichtertes Gesicht blickt der alten Huber da entgegen. »Sie hier! Hat man Sie auch ...!«

»Erzähl es ihr!«, unterbricht Roland Froschauer.

»Was meinst du?«

»Alles. Die ganze Wahrheit. Über Svetlana.«

Entsetzen bei Marianne Salmutter: »Warum? Damit du uns beide beruhigt ...!«

»Hör auf mit dem Blödsinn. Sie glaubt, uns helfen zu können!«

Höchste Zeit für Hannelore, nun das Wort zu ergreifen: »Dann steigen Sie endlich aus.«

»Wie bitte.«

»Herr Staatssekretär, meine erste Bedingung war, diese ganze Geschichte von Frau Salmutter persönlich erzählt zu bekommen, nicht von Ihnen. Und wenn das auch die ganze Wahrheit der Frau Salmutter werden soll, sind Sie hier wohl fehl am Platz!«

»Sie ...!«

»... steigen jetzt aus«, wiederholt sie, und Roland Froschauer müht sich aus dem Wagen.

*

»Es ist etwas Schreckliches passiert! Du musst kommen, sofort!«, blieb Marianne Salmutter vor drei Tagen nichts anderes mehr übrig, als Kurt Stadlmüller zu verständigen.

»Dann ruf die Rettung, Marianne!«

»Die nützt uns nichts mehr.«

Zu schwer die Kopfverletzung. Der Schlag, der Sturz, die Kante des Tisches. Kurt Stadlmüller hätte dem Mädchen nicht mehr helfen können, nur noch dem Verursacher, der wimmernd in eine Decke gehüllt vor ihr saß. Ein Vorsitzender also. Parteivorsitzender sogar. Roland Froschauer. Ein Saubermann, wie er im Buch steht. Extra hierher fährt er, alleine, mit dem Privatwagen, um weit versteckt von jeder Öffentlichkeit ausleben zu können, was kein Mensch hinter seinem Milchgesicht und seinem stets abgeklärten, freundlich-verbindlichen Wesen vermuten würde.

»Ich wollte das nicht. Es war Teil der, der, der …!«

»Sie brauchen sich nicht zu rechtfertigen, Herr Staatssekretär, ich kenne Ihre Vorlieben, und darum geht es hier ja auch. Es war also ein Betriebsunfall!«, so ihre Beschwichtigung.

»Ich weiß genau, was jetzt passiert. Sie müssen die Polizei verständigen, man wird überall meine Spuren finden, das ganze Zeug eben, kein Mensch wird sich da mehr für den Betriebsunfall interessieren. Ich bin erledigt! Auf so etwas haben meine Gegner nur gewartet.«

»Gar niemanden müssen wir verständigen. Es gibt nur uns beide. Und wir besprechen das jetzt. Svetlana war sich immer des Risikos bewusst. Dieses Risiko ist Teil des Spiels. Keinem meiner Mädchen werden hier irgendwelche Praktiken aufgezwungen. Gewalt schon gar nicht. Sie selbst hat es angeboten, als Service für spezielle Kunden. Niemand weiß davon, nicht einmal die anderen Mädchen – und der Lohn dafür ist königlich!«

Und auch Marianne Salmutter konnte sich weder vor ihren Mädchen noch Kunden noch der Öffentlichkeit leisten, mit solchen geschäftsschädigenden Geschichten in aller Munde zu geraten.

»Wir begraben sie gleich hier«, war ihr Vorschlag. »Svetlana hat keine Angehörigen, keine vertrauten Freunde!« Und genau darin lag der Irrtum. Marianne hatte von Albins nichts gewusst.

Roland Froschauer jedenfalls brach in Tränen aus. Da war ein Herz zu spüren, wahre Verbitterung. »Sie ist so ein guter Mensch, das hat sie nicht verdient, einfach zu verschwinden, würdelos irgendwo entsorgt zu werden, und dann findet sie eines Tages doch jemand, und es muss ein Mord aufgeklärt werden, der zu mir führt!«

»Ich glaube, Sie haben mich nicht verstanden, Herr Staatssekretär! Nicht ver-, sondern begraben, würdevoll, sicher und in gewisser Weise offiziell. Kein Mensch der nächsten Generationen wird sie je finden. Sie können sogar Rosen an ihre Ruhestätte bringen lassen! Wir erledigen das, bringen es in Ordnung!«

Und wenn das kein Glücksfall für Marianne Salmutter war, diesem Herrn helfen zu können, seine Vertraute zu werden, Basis seiner weiteren Laufbahn, was dann.

»Was heißt: ›Wir erledigen das‹?«

»Sie können mir vertrauen!«

»Ich weiß, aber das ist zu wenig. Ich will wissen, wer. Und um welchen Preis?«

»Für Sie eine Kleinigkeit.«

»Geld spielt keine Rolle.«

Nicht nur eine Frage der Ehre war es für Roland Froschauer, Svetlana Putin Blumen an ihr Grab zu bringen.

Und dann kam alles anders, lag Svetlana nicht in diesem Sarg, sondern offen begraben im Hochmoor, herrscht keine Ordnung, sondern Chaos, ausweglos.

Das also ist die Wahrheit. Marianne Salmutters Wahrheit.

Und wie sie nun nach dem sehr offenen Gespräch mit Walter Hubers Witwe wieder aus dem Wagen steigt, sogar nach Hause chauffiert wird, fällt ihr mit einem Schmunzeln im Gesicht der alte Seneca ein. Nicht, dass er je bei ihr Kunde gewesen wäre, leider natürlich, denn wirklich viel an Hirn ist in ihrem Haus ja nicht unbedingt zu Gast. Der alte Seneca aber wenigstens war klug genug, um sich Jahrhunderte später noch herumzusprechen, denn recht hatte er. *Kein Übel ist so groß wie die Angst davor.*

54 Die Weisheit des Alters

»Sie beide können jetzt gehen! Ihr Chef wartet im Wagen«, betritt die alte Huber nun die Jagdhütte und weist dem Personal des Staatssekretärs die Tür. Ungläubige Blicke. Pistolen wandern in ihre Halfter. Verkehrte Welt. Nur Maximilian Engel lächelt ihr zu. Rechnung beglichen. Stiller Held der Geschichte. Schließlich hat er den ganzen Haufen hierhergebracht.

Der übrig gebliebene Rest aber ist ein jämmerlicher Anblick. Das Übliche eben. Zuerst das heroische Kampfgeschrei, die Fäuste. Dann das Ächzen und die kalten Umschläge. Kurzum ein Rekonvaleszentenheim. Zu dritt wird auf einem Sofa gesessen, gerade noch mit Schusswaffen in Schach gehalten, und auch Pfarrer Feiler darf seine nächsten Hostien als Blumenkavalier verteilen, sprich samt Veilchen, denn viel Ausblick gönnt ihm sein rechtes Auge nicht mehr.

»So sieht man sich wieder!«, nimmt Hannelore nun bei Tisch Platz, sich ein Stück des aufgeschnittenen Brotes und belohnt sich in Seelenruhe mit einem Bissen. Da wird ein Weilchen nur geschwiegen, ziemlich verdutzt der alten Huber zugesehen, bis sich schließlich das erste, offenbar schlechteste der anwesenden Gewissen kleinlaut zu Wort meldet: »Ist alte Rezept von meine Babička, nehm ich aber bisserl mehr Kimmel!«, ringt sich Pavel Opek ein Lächeln ab, »Willst du für Kränung frische Schnittlauch?«, müht sich aus dem Polstermöbel hoch, zuckt dabei kurz zusammen, könnte durchaus gebrochen sein, der so seltsam wegstehende kleine Finger, reicht ihr Butter samt einer kleinen Schale, darin fein geschnitten das grüne Gold, und setzt sich an den Tisch.

»Kreitertee dazu?«

»Schnaps!«

Und Pavel greift nach vier Gläsern, einer Flasche und schenkt ein. »Hagebuttenschnaps von Heckenrosen!«

»Hierher hast du Pavel also rausgeschmissen!«, wendet sich die alte Huber nun dem Pfarrer zu.

»Er wollte das, hat sich die Hütte hergerichtet!«

»Bin ich gern allein, gibt fir Glick keine bessere Rezept!«

»Allein mit deiner Kartenrunde und dem streunenden Wolf, der eigentlich ein Hund ist. Dem sieht man das Glück ja direkt an«, wird die alte Huber im Ton nun schärfer.

»Ein Hund!«, zeigt sich Pavel erfreut. »Zählt eben nie erste Eindruck! Lebt? Das ist ja schän. Weil ist ausgebixt.«

»Kein Wunder, so wie du ihn zugerichtet hast. Fürchtet sich wohl vor dir.«

»Blädsinn. Haben wir kirzlich erst eingesperrt fir eigene Sicherheit. Weil besser er lebt in Gitter als wird erschossen.«

»Und dann wollte er ausgerechnet zu mir, mit Walters Socken im Maul?«, setzt die alte Huber nach, und Ulrich Feiler übernimmt das Wort, während Kurt Stadlmüller nach wie vor regungslos das Sofa besetzt: »Pavel kann nicht so gut mit Tieren. Walter hingegen hatte da ein unglaubliches Gespür. Wenn es eine echte Bezugsperson gab, dann war er das. Ein magisches Band sozusagen, egal wie oft Walter hier war. Und so ein Tier spürt das, wenn sein Herrchen nicht wiederkommt. Vorgestern ist er dann davon!«

Mit gequältem Gesicht steht Pfarrer Feiler nun auf und setzt sich ebenfalls zu Tisch: »Und jetzt erzähl uns doch bitte, Hanni, warum dir diese Herren so aufs Wort folgen und wer ihr Chef ist.«

»Ich soll euch etwas erzählen?«

Reihum sieht sich Hannelore Huber die Truppe hier nun an.

Wie sie schön artig dahocken, mit hängenden Schultern und Unschuldsmine, Löcher in die Luft starren, als wäre die Oma zu Besuch gekommen. Da braucht sie nicht extra Psychologie studieren, um zu wissen: Bevor diese Herren jetzt freiwillig zu singen beginnen, melden sich vorher noch Kohlmeise, Stieglitz, Star, Buchfink, geht die Sonne auf. Und so viel Zeit hat sie nicht. Keiner hier.

»Also Prost!«, will der Pfarrer nun das Glas heben.

»Und auf wen trinken wir?«, unterbricht die alte Huber, jetzt, wo sie ja ohnedies schon in Fahrt ist: »Auf Walter, der weiß Gott wo, aber sicher nicht bei Marianne gestorben ist, wie du mir erzählt hast, Stadlmüller. Wolltest du mich schön auf Distanz halten, nicht wahr, weil welche Ehefrau schaut sich justament in einem Bordell gern ihren toten Mann an! Ist dir gelungen. Und wurde Walter schon verbrannt und liegt auf meinem Dach? Oder steht er noch irgendwo in der Warteschleife?«

Jetzt schauen sie natürlich, die Herren, nur Pavel Opek nickt zustimmend: »Hab ich immer gesagt, machen wir Riesenblädsinn!«

»Oder trinken wir auf Bertram Müller, der eigentlich statt Walter beerdigt hätte werden sollen, damit die Ehefrau Hertha weiter die Rente ihres Mannes bekommt und für ein paar Jahre der Altersarmut entkommt? Wie ehrenhaft! Darum habt ihr es am Friedhof so eilig gehabt, wie plötzlich Albin in dem Sarg gelegen ist, und warst zumindest du, Stadlmüller, nicht mehr zu bremsen. Ich nehme an, du bist sofort in die Bestattung gelaufen, um Bertram Müller zu suchen und schließlich in dem Leichenwagen zu verstecken, damit ihn keiner findet.« Und Pfarrer Feiler bekreuzigt sich. Mehrfach. Blass sein Gesicht:

»Ich weiß, Ulrich, du hast ihm die Sakramente gespendet. Und ich nehme an, Walter hat hier in deiner Hütte, Pavel, nicht

Karten gespielt, sondern auf dem Diwan seine Schmerztherapie verabreicht bekommen, weil die Chemo wurde ja abgebrochen.«

»Haben wir auch gespielt, aber nie fir Geld!«

»Und ihr meint nicht, das wäre mich etwas angegangen?«

»Das war seine Entscheidung, Hanni, und wir haben weiß Gott wie oft darüber gestritten!«, meldet sich erstmals auch Kurt Stadlmüller zu Wort. Und so schwer ihm auch das Sprechen fällt, es steckt doch Nachdruck dahinter. »Außerdem hab ich dir doch vor einem halben Jahr schon, bei deinem letzten Besuch in meiner Praxis, geraten, mit Walter zu reden, dir sogar Hanftropfen verschrieben, damit alles ein bisserl leichter wird. Da hätten deine Alarmglocken schon läuten können. Aber du wolltest ja weder auf dein Herz hören noch auf mich. Und für deine Taub- und Blindheit kann keiner was. Walter hat doch ziemlich krank ausgesehen, ist dir das nicht aufgefallen? Gefragt hast du mich allerdings nie danach. Sonderlich wichtig kann dir dein Mann also nicht gewesen sein!«

Das ist eben eine der größten Begabungen der Menschheit, ausweglos in der Ecke zu stehen und selbst dann noch mit ein paar Sätzen dem Gegenüber die Schuld in die Schuhe zu schieben, wenn es sein muss, sogar das Wetter für alles verantwortlich zu machen, den schlechten Schlaf, Nacktschnecken und Tigermücken sowieso, Kamberkrebs, Ochsenfrosch, Aga-Kröte ...

Nicht mit der alten Huber natürlich. Ungerührt spricht sie weiter: »Oder trinken wir auf das eigentliche Problem in dieser Geschichte: Auf Albin und die dritte für diesen Sarg gedachte Leiche. Svetlana. Ich nehm also an, Kurt, du hättest Albin die Dame nicht übergeben dürfen wie möglicherweise all die anderen Toten zuvor, die da in Glaubenthal herumliegen, um sie für Marianne Salmutter unter der Erde verschwinden zu lassen.

Denn für Albin war somit klar: Seine große Liebe wurde ermordet. Womöglich hätte Albin dann nicht Svetlana ins Moor und sich selbst in den Sarg gelegt, um alle hier zum Narren zu halten und etwas unüberhörbar in diese Welt hinauszubrüllen. Seinen Schmerz. Ein stummer Schrei!«

»Dann ist Albin vielleicht wirklich in Walters Sarg gestorben, war es kein Mord«, bekreuzigt sich Pfarrer Feiler erneut, als könnte diese Geste Wunder welcher Art auch immer wirken.

»Bleibt trotzdem die Frage: Mit wem hast du draußen gesprochen, Hannelore? Wer hat Svetlana getötet? Weil ich war es nicht, Albin war es nicht, Walter war es nicht. Wer jagt mich da, zerstört mein Haus, wer ...«, versucht Kurt Stadlmüller in seiner Verzweiflung nun aufzustehen und lässt es bleiben.

»Walter war es nicht, bist du dir sicher, Kurt?«, täuscht Hannelore nun Unwissenheit vor, denn die Vereinbarung mit Roland Froschauer ist eine höchst unmoralische und folglich zumindest ihm als Staatssekretär absolut geläufig. Eine Hand wäscht eben die andere: »Weil irgendetwas muss Albin ja offenkundig keine Ruhe gelassen haben, oder warum sonst hätte er Walters Prothese samt Schuh und Socken im Moor verstreuen sollen?« Mit dieser Frage lässt sie es nun gut sein, die alte Huber, sieht sich die verdatterten Gesichter an, weiß zwar, dass hier noch lange nicht alles gesagt ist, nur brauchen manche Dinge eben ihre Zeit. Manche aber dulden keinen Aufschub.

»Und was passiert jetzt, Hanni?«

»Ein Denkmal könnt ihr mir bauen lassen, wenn alles gut geht, ihr Idioten. Also hört zu.«

8
Und über Glaubenthal geht die Sonne auf

55 Du bist du

»Sag, weinen Sie, Kollege Swoboda?«
»Nicht wirklich, Frau Kollegin!«
»Vielleicht eine Pollenallergie, so wie bei mir!«
»Jetzt sag ich Ihnen was, Untersattler: Ihre Pollenallergie ist ein handfester Schnupfen. Inkubationszeit ein bis drei Tage. Angesteckt haben Sie mich also. So schaut es aus.«
»Alles klar, das heißt also, der Herr Kollege Swoboda geht jetzt in Krankenstand!«

Soll sie nur so schäbig grinsen, die Frau Kollegin, sich lustig machen seines: »Ha, also Männerschnupfen!« wegen. Soll sie nur ruhig das ganze Programm abliefern über die wahren Kräfte einer Frau, die weibliche Härte zu sich selbst, an der sich jedes Wehwehchen, jeder Schmerz die Zähne ausbeißt. Soll sie nur schön brav mit ihren wahrscheinlich schon chronischen Bandscheibenproblemen, dauerverspannten Schultern, regelmäßigen Ausschlägen und natürlich ihrer ansteckenden Pollenallergie unbeirrbar sowohl Innen- als auch Außendienst wahrnehmen und sich dafür ein: »Wie tapfer von Ihnen, Frau Kollegin, sich trotz Kümmernis und Leid Ihrer beruflichen Verantwortung bewusst zu sein!« abholen.

Er selbst jedenfalls wird nicht so blöd sein, nur des vergänglichen Heldentums wegen seinem kranken, ebenso vergänglichen Körper jene nötige Ruhe zu verwehren, nach der dieser ohnedies unüberhörbar röchelt.

Ein Schnupfen ist kein Spaß.

Und immerhin war er ja heute schon trotz rinnender Nase unterwegs. Außeneinsatz sogar.

»Und, Herr Kollege Swoboda, haben Sie ihn trotz Ihrer roten Augen erkennen können?«

»Die Frau Huber, der Herr Stadlmüller, Pavel Opek und sogar der Pfarrer, sie alle haben die Leiche aus der Apfelplantage als Walter Huber identifiziert, es besteht kein Zweifel!«

»Ich habe aber Sie gefragt, den Polizeibeamten, den Ermittler, denjenigen, der alles hinterfragen sollte. Also, was meinen Sie. Ist er es, ja oder nein?«

»Jetzt sag ich Ihnen einmal etwas, Frau Kollegin: Wenn ich ständig alles hinterfragen würde, bin ich irgendwann dabei, mir nur noch den Kopf darüber zu zerbrechen, wie das funktioniert mit dem Ein- und Ausatmen und erstick. Ende Gelände. Vier Menschen haben Walter Huber identifiziert, und wissen Sie, wer noch?«

»Sie werden es mir sagen.«

»Ich.«

»Sie?«

»Ganz genau. Ich werd doch wohl meinen jahrelangen Bankberater erkennen! Natürlich war er das. Einbeinig sogar.«

»Und das bis zur Unkenntlichkeit zerstörte Gesicht. Oder der Schnurrbart! Auf dem Totenbild hat Herr Huber keinen Schnurrbart.«

»Reicht Ihnen das noch immer nicht, meine Güte! Erstens, wer nimmt extra am Tag vor seinem Tod noch ein nettes Totenbild auf? Und zweitens: Ich wüsste nicht, dass ein Schnurrbart angeboren wäre, Frau Kollegin, aber vielleicht ist das ja dann in sechs Monaten bei Ihrer kleinen Angelina anders!«

»Der war jetzt ausnahmsweise lustig!«

»Na, das freut mich!«

»Und das Protokoll bleibt, wie es ist? Soll ich das dann so tippen?«

»Wie: so? Lesen Sie vor.«

»Dann in Stichworten: Walter Huber Selbstmord – Punkt – Aus Reue weil Mord an Svetlana – Punkt – Schlägt Opfer wahrscheinlich im Streit, Opfer stürzt, Kopfverletzung tödlich – Punkt – Ursache möglicherweise gekränkte Zurückweisung – Punkt – Zeugenaussage Salmutter: Walter Huber war Stammkunde, wollte immer mehr von ihr – Punkt – Täter bringt Opfer nach Mord ins Moor – Punkt – Verliert dabei Beinprothese – Punkt –«

»Was soll das dauernd mit dem Punkt! Telegrammstil wäre Stopp. Und Telegramm ist ausgestorben. Punkt!«

»Er dürfte sich dann noch ein Stück weitergeschleppt und an einem Baum aufgehängt haben. Stadlmüller hat ihn beim Joggen gefunden, heruntergeschnitten – und Kumpf verständigt. Der Ehefrau Hannelore Huber wurde die Bordelllüge aufgetischt, Herzinfarkt beim Geschlechtsverkehr, um aus Fürsorge zu verhindern, sie könnte ihren Mann noch einmal begutachten wollen und dabei feststellen müssen: Kein Herzinfarkt dieser Welt verpasst dir eine derartige Schürf- und Quetschwunde um den Hals! Und jetzt kommt es: Albin Kumpf, der Svetlana so geliebt hat, legt sich aus gebrochenem Herzen in den Sarg, betrinkt sich, wie wir mittlerweile dank Obduktion wissen, nicht mit Whisky, sondern einer Überdosis Energydrink, bekommt da eingeschlossen im Finstern zuerst Herzstolpern, aus Panik einen Asthmaanfall und stirbt. In der Früh wird der Sarg geholt, wie durch ein Wunder ist der Deckel sogar drobengeblieben, keiner schaut rein, man verschließt die Kiste sogar, und dann ab die Post, bis eben Absturz in die Grube. So in etwa.«

»Passt.«

»Und den ganzen Schmarrn wollen Sie wirklich glauben, Kollege Swoboda?«

»Na, logisch glaub ich das. Ein Bordellbesuch, Mord und Selbstmord des Ehemanns sind ein Urteil für eine Witwe, die dann weiter in diesem Kaff leben muss. Was ist daran so kompliziert?«

»Die Herren im Anzug sind kompliziert, die da in Glaubenthal ein bisschen Hollywood spielen, den Stadlmüller verfolgen, weil – wie hat Ihnen Stadlmüller das erklärt?«

»Mit seiner Spielsucht, den mittlerweile hohen Schulden bei zwielichtigen Gestalten, den Geldeintreibern, die ...«

»Die ihn mitsamt der Huberleiche zuerst in die Apfelplantage verfolgen, dann sogar ins Spital! Und die Huberleiche mitgenommen haben sie auch!«

»Und wieder ins Kühlfach der Bestattung gelegt. Das ist doch respektvoll!«

»So respektvoll, wie ein Haus abzubrennen, in dem ein Kind sitzt und dann davonläuft vor lauter Angst. Amen. Und all das passiert genau an einem Tag. Herrlich! Wenn ich Verbrecher wäre, Kollege Swoboda, würd ich mich in Ihrem Revier ansiedeln und kräftig fortpflanzen. Garten Eden.«

»O ja. Mögen Sie, werte Angelika geborene Unterberger, dieser Welt nicht nur eine Angelina schenken und dann einen Angelo, sondern ihrem Sattler Martin noch eine Martina, und dann ...«

»Roland!«, stößt da seine Kollegin plötzlich heraus, erhebt sich aufgeregt, starrt gebannt aus dem Fenster, und nur wenige ihrer schneller gewordenen Herzschläge später geht die Tür auf.

Wolfram Swoboda glaubt es nicht. So weichgespült wie jetzt hat er sie ja überhaupt noch nie erlebt.

Denn kann das sein? Er? Hier?

Staatssekretär für Inneres Roland Froschauer.

In gewisser Weise sein Vorgesetzter. Dieses Schaubild einer

Zukunftshoffnung schlechthin, da wird Wolfram Swoboda angst und bang. Aalglatt, fehlerlos, wesenslos, androidenhaft, perfekt programmiert. Von der Altherrenriege seiner Partei auserkoren und herangezüchtet. Der Vater Ronald Froschauer selbst noch ein hoher Funktionär, dem es seit Jahren massive Freude bereit, für seinen Buben alles zu richten. Ronald und Roland. Rony und Roly. Da weiß jeder auf Anhieb, worum es dem Papa geht. Zweites Leben.

Und der Sohn hat es von der Pike auf gelernt und beherrscht es in Reinkultur. Alles Ungehobelte, Direkte, Spürbare, ob in Freude oder Wut, jeder ehrliche Verbrecher ist Wolfram Swoboda lieber als dieses aufpolierte Ausstellungsstück. Innerlich eine wandelnde Gummizelle. Emotionen werden lächelnd abgefedert.

Eine ansteckende Krankheit dürfte dieses Grinsen sein, denn so wie Kollegin Unterbrenner nun dreinschaut, wäre ihr jede heranwachsende Angelina und dann Martina in ihrem Bauch, deren leiblicher Vater auf Roland Froschauer hört, deutlich lieber als auf Martin Sattler. Kann denn so etwas heutzutage reichen? Ein bisschen hübsch, kultiviert und redegewandt sein, und schon, zack, fliegen dir reihenweise Frauenherzen und Wählerstimmen zu!

Er selbst sollte in die Politik wechseln auf seine alten Tage, Wolfram Swoboda. Ecken und Kanten zeigen, unberechenbar sein, weder links noch rechts, sondern mit beiden Augen sehen, schön gnadenlos ehrlich im Ton, und …

»Ich wollte einfach wieder einmal Dienstluft schnuppern, um den Bezug zur Basis nicht zu verlieren. Denn die Basis ist das Wichtigste. Ihr Dienst an den Menschen trägt uns alle. Danke also für Ihre tolle Arbeit!«, beschleimt Roland Froschauer den Raum, einen Geschenkskorb in der Hand.

»Als hätten Sie schon jemals Dienstluft geschnuppert!«, würde Wolfram Swoboda gern von sich geben, bringt aber nur ein »Vielen Dank, Herr Staatssekretär!« heraus.

»Ein bisschen Kraftnahrung, alles aus dieser wunderbaren Region«, wird seiner schwangeren Kollegin, der Vegetarierin Untersattler, ein Geschenkkorb vor die Nase gestellt, Speck, Geselchtes, Hartwürste, Brot, Käse. Da wird sie eine Freude haben.

Hat sie auch: »Oh, wie fein. Das ist aber eine schöne Geste.«

Ohne Lüge hätte sich die Menschheit längst erschlagen, wär die Erde endlich tatsächlich ein Planet der Affen.

»Grandios, wie Sie beide den aktuellen Fall gelöst haben, mit Svetlana Putin und Herrn Huber, hab schon gehört. Nicht lockergelassen. Wolfram Swoboda, Männer wie Sie sind die Stütze unseres Landes!«

Na, wenigstens einen wahrhaftigen Satz bringt er zusammen, der Herr Staatssekretär.

»Und Sie, Angelika Unterberger-Sattler, sind unsere große Nachwuchshoffnung!« Logisch kennt er ihren exakten Namen.

Alles muss sich Wolfram Swoboda wirklich nicht anhören.

»Und in guter Hoffnung ist sie auch!«, greift er in seine Schublade, entnimmt daraus ein frisch gekauftes Büchlein, steckt es ein, steht nun doch auf, wodurch er natürlich leider nicht wirklich an Größe gewinnt, und erklärt: »Ich will nicht unhöflich erscheinen, Herr Staatssekretär, aber ich muss dienstlich dringend außer Haus! Sie finden sich zurecht. Mein Schreibtisch und meine Kollegin sind ganz die Ihren.«

»Bravo, Kollege Swoboda, immer im Dienst!«

Und weg ist er, der Wolfram, bevor ihm das Kotzen kommt.

Ein wenig auch die Wehmut, das Wissen, wie sehr er es selbst in den Sand gesetzt hat, so eine eigene kleine Angelina oder Martina in der Hand zu halten, als Großvater. Sein Enkel Hjalmar in Stockholm Södermalm wird ihn nämlich in fünf oder fünfzehn Jahren nicht viel besser kennen als jetzt, in Schwangerschaftswoche siebzehn.

Können ihm alle gestohlen bleiben. Soll Tochter Stefanie Weihnachten feiern, wo sie will, sein Herz gehört ohnedies jemand anderem. Ein Kaffee muss her.

»Na, wo ist mein kleiner Mohr im Hemd! Anwuliwuli. Nicht im Hemd oder Pulli, sondern, was seh ich da, um diese Uhrzeit bereits im grünen Schlafanzug.«

»Seien Sie gegrüßt, Bleichgesicht Swonbonda, das ...«

»Swoboda, Binduphala, mit Swonbonda wären wir wohl Stammesbrüder!«

»... das da ist kein Schlafanzug, sondern ein Oberall!«

»Ein Ober im All? Na, dann flieg mir bitte schnell zur Basisstation, Binduphala, und bring mir einen GS bitte, als Coffee to go!«

»Ein Coffee to go, weil Sie müssen ins Büro?«

»Ich weiß, du bist ein Dichter.«

»Wir kommen Sie bald besuchen, Anwuli und ich, Herr Swoboda!«

»Ich hab es befürchtet!«

»Weil, wie Sie sehen, Anwuli trägt schon grüne Uniform und will Polizist werden.«

»Das ist einerseits eine gute, andererseits eine tragische Nachricht, weil einen neuen Partner bräuchte ich jetzt schon. Dringend.«

»Wieso, wurde Kollegin Unterberger-Sattler versetzt?«

»Eben nicht! Sie wird Mutter, und ich befürchte, sie wird irgendwann wiederkommen und als Mutter noch anstrengender und kontrollsüchtiger sein. Schau, Bindu, ich hab dir etwas mitgebracht.«

»Mir? Etwas mitgebracht?«

»Ein Kinderbuch von Mira Lobe, illustriert von Susanne Weigel. Kennst du das?«

»Nein!«

»Ich beherrsche es fast auswendig und du hoffentlich spätestens dann, wenn Anwuli es verstehen kann! Der beste Ratgeber zum Thema Selbstfindung ist das. *Das kleine Ich bin Ich*. Ein Buch, um sich nicht unterkriegen zu lassen. Pass auf:

Auf der bunten Blumenwiese geht ein buntes Tier spazieren,
wandert zwischen grünen Halmen,
wandert unter Schierlingspalmen,
freut sich, dass die Vögel singen,
freut sich an den Schmetterlingen,
freut sich, dass sich's freuen kann.
Aber dann! ...

56 Ein Tag, so wunderschön wie heute

»Der Walter ein Mörder! Da tust du mir wirklich leid, Huberin. Gut, dass er endlich unter der Erde ist. Hoffentlich gönnt er dir jetzt endlich deine Ruh! Ich würd's dir wünschen.«

Luise Kappelberger scheint das Bedürfnis zu haben, ihre Fähigkeit des Kunstturnens unter Beweis stellen zu wollen und streckt sich, wie eine Moräne aus ihrer Felsspalte, entsprechend weit über die Blumenkisten.

»Übrigens: Hast schon g'hört, die Brucknerin war wieder schlafwandeln, und der Kurti hat sich vor ihren Rollstuhl geschmissen. Ohne den Buben hätte sie wahrscheinlich dieses kleine Mädchen überfahren!«

Ja, Kurti hat nun also tatsächlich wahrscheinlich ein Leben gerettet. Als stolzen Lohn dafür wird sich sein Ellbogen für die nächsten Wochen in einem fixen Beugezustand befinden, werden Ober- und Unterarm ausreichend weiße Fläche bieten, um darauf unterschreiben, sich mit Herzchen oder Totenköpfen verewigen zu können, oder einfach nur elendiglich darunter jucken. Schmerzfreies Heldentum gibt es nicht.

Der Elektrorollstuhl wird trotzdem, so Gott oder Göttin und vor allem Toni Bruckner will, die Besitzerin wechseln. Denn für Antonia war der Aufprall kein erfreulicher. Ihre Geschwindigkeit zu hoch, ebenso die Flugkurve, der Asphalt zu hart. Und so ein schweres Schädel-Hirn-Trauma ist zusätzlich zu ihrer Altersdemenz natürlich keine Verbesserung. Von dem Beckenbruch einmal abgesehen.

Die Kirchenglocken verkünden die vierte Stunde nach Mittag, und alles scheint sein gutes Ende genommen zu haben. Der Sarg ist beerdigt, das Prozedere war kurz, die Trauergemeinde überschaubar, logisch, wenn ein Mörder zur Hölle gelassen wird.

Friedrich Holzinger, Pavel Opek, der Birngruber Sepp und Schusterbauer Franz standen an den Tauen. Pfarrer Ulrich Feiler hinter der Grube, die alte Huber davor. Neben ihr die weinende Hertha Müller, dahinter auf Krücken gestützt der große Kurt mit Kopfverband, an der Seite des Vaters der kleine Kurti, ebenso mit Kopfverband und Gips, und schließlich im Abseits die Kleinfamilie Glück, Amelie mit Mutter Isabella. Alle hundemüde.

Und ja, da war eine Verbundenheit zu spüren, der endlich in seinem Sarg liegende Bertram Müller hätte sich seine Beerdigung nicht inniger wünschen können – auch wenn er ständig mit Walter angesprochen wurde.

»Von der Erde bist du genommen, Walter, und zur Erde kehrst du zurück. Erde zu Erde, Asche zu Asche, Staub zu Staub. Der Herr aber wird dich auferwecken.«

Und einige gab es in dieser Runde, die ans Auferwecken gar nicht denken wollten, sondern nur noch ans Schlafengehen.

War schließlich noch ein hartes Stück Arbeit, um so schnell so weit zu kommen. Zusammenarbeit. Nie hätte sich die alte Huber gedacht, jemals in dieser Konstellation derart friedlich etwas Sinnvolles zustande zu bringen, und seien es nur ein paar Weihnachtkekse. Und all das, weil Hertha Müller akzeptierte, zwecks Rettung aller Beteiligten ihren bereits verstorbenen Bertram körperlich noch weiter entstellen zu lassen, als er es ohnedies schon war. Ihn im Gewölbekeller der Pfarrkirche aufhängen, der Abdrücke wegen ein Weilchen baumeln lassen, den rechten Unterschenkel absägen, und schließlich das Wechseln seiner Kleidung in Richtung Walter Huber.

In den Morgenstunden dann das Verständigen des Polizisten Wolfram Swoboda, das Erzählen der gut abgesprochenen Geschichte, und schließlich die Beerdigung.

Das ging der alten Huber dann schon sehr zu Herzen, wie schließlich nach Ende der Bestattungszeremonie die kleine Amelie mit hochrotem Schädel ihre Mutter durch den Kies auf sie zuschob.

»Schau, Frau Huber, das ist meine Mama!«

»Schön, Sie kennenzulernen, Frau Huber. Auch wenn der Anlass traurig ist.«

Eine zarte Frau voll Güte in ihren Augen, mit Händen so schmal, weich, ein Hauch fast, wie das filigrane Blatt des Fenchels. Sanft auch die Stimme, ganz vertraulich: »Was immer Ihr Mann getan hat, er ist ein guter Mensch! Hat mir so geholfen. Seinetwegen sind wir hier in Glaubenthal gelandet!«

Hannelore verstand nicht recht. Und Isabella Glück sah es ihr an:

»Sie wissen nichts davon, Frau Huber, hab ich recht? Gehen wir ein wenig spazieren.« Dann erzählte sie, während ihre schmalen Hände die Räder ihres Rollstuhles bewegten, zusätzlich angeschoben zuerst von Amelie, »Lass mich das machen!«, dann Hannelore. Erzählte von ihrem Schlaganfall, der Scheidung, der hohen Miete für die Wohnung. »Im Spital hab ich Ihren Mann Walter kennengelernt. Er kam grad von seiner Chemotherapie, wie ich eingeliefert wurde, und hat Amelie damals so getröstet. Müssen Sie sich vorstellen, wie schrecklich das für sie war. Niemand da, der uns helfen konnte, meine Mutter ein paar Wochen zuvor plötzlich gestorben, die Nachbarin Frau Yüksel nicht zu Hause, und Amelie musste zu mir in die Rettung steigen, das alles mit ansehen. Und immer, wenn Ihr Mann dann im Spital war, kam er auch mich besuchen.

Eines Tages nahm er meine Hand und erklärte, keine eigenen Kinder zu haben, niemanden, dem er etwas vererben und weitergeben könnte, und dass er uns deshalb ein Haus gekauft hat, in das wir aber frühestens am Tag seiner Beerdigung einziehen können!«

Kein Wort brachte sie zustande, die alte Huber.

Ihr kommt das Theater mit der Wirklichkeit ja mittlerweile nur noch wie ein einziges Schauspiel vor. Vordergründig wie Blumenkisten, so ein ganzes Leben, Fuchsien, Pelargonien, Hängepetunien, Zauberglöckchen, die reinste Pflanzerei, weil was da alles im Innenhof passiert, ist eine völlig andere Geschichte.

»Huberin, bist du noch anwesend geistig, oder schläfst du grad im Stehen ein?« Und wenn sich Luise Kappelberger mit ihrer schrillen Stimme noch ein Stück weiter über das Geländer beugt, gehen nicht nur ihre Balkonblumen ein, sondern gibt es gleich die nächste Beerdigung.

»Aber auffangen werd ich dich nicht, Kappelbergerin!«

»Ich land ja eh auf dir. Doppelbegräbnis sozusagen!« Würden sich die beiden Damen nicht gar so wenig leiden können, es käme ihnen jetzt wahrscheinlich ein Lachen aus. Stattdessen aber bekommt die gute Hannelore jetzt eine Portion Eifersucht zu hören. Auch eine Form der Zuneigung in gewisser Weise.

»Und, Huberin? Machst jetzt ein Altersheim auf? Weil diese Müller ist ja sehr zeitig beim Schusterbauern ausgezogen und hat dann den ganzen Vormittag mit dir verbracht. Hast du die jetzt doch gekannt? Weil wie die vorhin in den Bus gestiegen ist, hat sie dich umarmt so lieb. Kommt die also wieder? Seid's jetzt beste Freundinnen?«

Möglich. Denn da hat Luise Kappelberger nun durchaus

recht, die Verabschiedung war innig, sogar ihr Vater ist der alten Huber mit bekanntem Wortlaut dabei im Ohr gesessen: ›Und der Garten liefert fast alle Lebensmittel, die eine vierköpfige Familie das ganze Jahr benötigt – und ihr wäret dann nur zu zweit. Gemüse, Obst, Wurzeln, Knollen, Kräuter, essbare Blüten. Dazu die paar Hühner für die Eier, eurer Hände Arbeit fürs Hirn, der Kopfsalat gegen den Kopfsalat, die Rankbohnen, um euch wieder aufzurichten, die Kartoffeln, um euch zu erden …!‹

»Bei mir zu Hause ist das Obergeschoß leer!«, so also ihre Worte: »Sie können mich gern einmal besuchen kommen, Frau Müller!«

»Oder machst statt dem Altersheim ein Hospiz für Haustiere auf. Bleibt der hässliche Köter jetzt bei dir?«

»Hast die Grippe ja offenbar überstanden, Kappelbergerin? Das ist fein!«

Einfach nur die Hand heben und endlich heim.

Sich umziehen. Das schwarze Kleid in den Kasten hängen, maximal für den Holzinger Friedrich wieder hervorholen oder den Eselböck Alfred, sollte einer der beiden vor ihr sterben, ansonsten aber ist Alltags- und Arbeitskleidung angesagt. Weil eines von den alten Weibern, die dann nach dem Tod des Gemahls für den Rest ihres Daseins in Trauer herumrennen, als würden sie sich schon für die eigene Beerdigung herrichten, wird sie garantiert nicht.

Eine schnelle Rahmsuppe hat sie sich dann gemacht, würfelig geschnittene Erdäpfel mit Salz und Kümmel weichkochen lassen, zwei versprudelte Eier hinein, dann das gut vermengte Rahm-Mehl-Gemisch mit einem Schneebesen eingerührt, aufkochen lassen und schließlich mit Pfeffer und einem Schuss

Apfelessig abgeschmeckt. Dazu das Schwarzbrot vom Schusterbauer.

Herrlich. Nach so einer Wohltat war es natürlich schwer, sich nicht dem so liebevoll nach ihr rufenden Wohnzimmerdiwan an die weiche Brust zu schmeißen.

»Hanni, komm in meine Arme!«

In Rückenlage.

Die großmaschige Häkeldecke bis zu den Schultern ziehen, die Augen schließen, die Hände auf den Bauch legen. Wie gesagt, zehn Minuten reichen da völlig, um wieder fit zu werden. Ja, und heute wäre ihr die Häkeldecke tatsächlich beinah ein Fangnetz, der Diwan ein Schlund geworden, hätte sie nicht ein schlimmer Traum aus dem Schlaf gerissen: Vor ihr ein schmatzendes Ungeheuer, sabbernd, will sie verschlingen, ihre mit Schleim überzogene Hand bereits tief in seinem Schlund ...

»Bello!«, wurde ihr klar, ihre zu Boden hängende Hand Opfer seiner Zunge. »Ich sollte dich füttern!«

Das Bild der schleimigen Hand bekam sie trotzdem nicht mehr aus dem Kopf und musste demzufolge in den Garten. Die Zeit passt genau. Der Tag geht zu Ende.

Bereits auf den ersten Blick kann sie es nun sehen, wie da in den Salatbeeten die Fühler ausgestreckt werden, und das trotz Mischbepflanzung. Kaum nehmen in den Abendstunden die Temperaturen ab und verkriecht sich die Sonne, kriechen die Damen- und Herrschaften in Generalunion gierig aus ihren Löchern. Elende Plage.

So eine braune spanische Weg- oder Kapuzinerschnecke mag eben, nackt wie sie ist, weder Wärme noch Sonnenlicht, und mittlerweile kommt es der alten Huber so vor, die ganze schleimige Glaubenthaler Sippschaft flüchtet vor den englischen Rasenflächen in der Umgebung und sucht in ihren schattigen Gartenbeeten Zuflucht. Gut, solange es nur die Schnecken sind, gibt es ja wenigstens ein wirksames Gegenmittel.

»Arbeit der Hände macht nicht nur den Kopf, sondern auch den Garten frei!«, so ihr Vater immer. Und das kommt der alten Huber natürlich ziemlich gelegen. Denn auch wenn da nun endlich der Sarg unter der Erde ist, die ganze Sache hakt noch gewaltig.

Das ist nämlich schon ganz schön viel Zufall auf einmal, wenn da Bertram offenbar schon zwei Wochen in der Warteschleife auf Eis liegt, und dann stirbt endlich auch Walter, Bertram kann somit beerdigt, Walter wie gewünscht irgendwo eingeäschert werden, und justament genau da braucht auch noch Svetlana ein Plätzchen.

Stadlmüller hat es erklärt mit: »Manchmal kommen die Dinge eben zusammen, Hanni, und es muss reagiert werden. Da ergibt das eine dann das andere, und zack, hat man einen Rattenschwanz an Problemen beisammen, steckt mit beiden Füßen im Morast, sprich im Kriminellen, und weiß sich eben keine Lösung mehr!«

Selbstverständlich hat die alte Huber also den üblen Verdacht, ihr wird immer noch etwas verheimlicht.

Und all ihre zwiespältigen Gefühle dürften sie ausbaden, die spanischen Kapuziner. Ausbaden im wahrsten Sinn des Wortes, denn da kennt die alte Huber keine Gnade. Was sich ihre Hühner nicht schnappen, kommt ab in den Eimer, wird mit heißem Wasser übergossen und beerdigt, weil einfach die Toten herumliegen zu lassen ist in diesem Fall keine so gute Idee. Sind eben bei der Menüwahl nicht zimperlich. Da kriecht dann gleich die ganze Trauergemeinde aus dem Gebüsch und versammelt sich zum Leichenschmaus.

So also hat sie bald eine reiche Ernte beisammen, kommt mit dem dampfenden Wasser in der Hand aus der Küche wieder zurück in den Garten, will es schon fließen lassen und erwischt vor Schreck beinah ihr rechtes Bein.

Schrill die Stimme: »Was machst du da, Frau Huber?«

»Du schon wieder! Das hätte jetzt ziemlich ins Auge gehen können!«

»Ich bring dir noch einmal Kirschen, hab ich ja versprochen! Also, was machst du da! Willst du mit dem Waser die ganzen Schnecken dadrinnen töten?«

Und mehr an Vorwurf kann in so Kinderaugen gar nicht stehen, dazu der Kopf leicht geneigt und die Hände in die Hüften gestützt.

»Suppe mach ich jedenfalls keine draus!«

»Dann bist du eine gemeine Quälerin, und eine Mörderin bist du auch!«

Na wunderbar. Jetzt, wo aller Voraussicht nach die alte Brucknerin nicht mehr mit ihrem Rollstuhl anrollt, kommt diese Plage nun zu Fuß.

»Dann gieße ich eben kein Wasser drüber, hol zwei Scheren aus der Küche, und du darfst mir helfen. Einfach in der Mitte auseinanderschneiden, auch ein schneller Tod! Oder in den Tiefkühler legen und dann zerbrechen. Dauert aber schon etwas länger.«

»Du bist grauslich. Meine Oma hat immer gesagt, sie macht es ganz menschlich, und …!«

»Na, da bin ich jetzt gespannt!«

»… und dann hat sie immer so Kugeln in ihren kleinen Schrebergarten gestreut!«

»Schneckenkorn. Dass ich nicht lach. Sein Gift verstreuen, sich umdrehen, auf keinen Fall zuschauen müssen, wie die Tiere dann ewig leiden und langsam verenden, das ist nur deshalb menschlich, weil feiger und grausamer geht es kaum. Weiß du, was mein Vater immer gesagt hat: ›Hilft ja nichts gegen jedes Übel, so schwer es auch zu greifen sein mag, als es beim Schopf zu packen!‹ Also hier hast du das heiße Wasser!«

»Das ist aber nicht sehr nett!«

War ja zu erwarten, dass so etwas passiert. Einzelkind, Prinzessin, hat immer recht, die alte Huber kennt sich da schließlich aus, war ja selbst Papas Liebling.

»Sag, weinst du jetzt?«

»Nein, tu ich nicht!«

»Natürlich weinst du!«

»Und mit heißem Wasser darf ich nichts machen, ich bin ein Kind!« Eine Nervensäge ist das.

»Du kannst sie gerne mit nach Hause nehmen und in deinen eigenen Garten kippen!«

»Wir könnten sie ja auch in den Wald bringen?«

Und dann marschieren sie schon, die beiden, das Stück die Wiese hinauf zu Kurtis imaginärem Starthäuschen, und eine Heerschar spanischer Kapuziner purzeln in den Glaubenthaler Forst.

»Schau, Frau Huber, wie glücklich sie jetzt sind!«

»Hab noch nie Tiere gesehen, die so viel Glück auf einmal ausstrahlen können.«

»Und jetzt essen wir die Kirschen«, wird zurückspaziert, während im Hintergrund ein Kreischen zu hören ist. Und die alte Huber bekommt es mit der Angst zu tun.

Amelies Angst. »Was war das?«

Denn da liegen plötzlich wie kleine, samtene Nadelkissen

diese wunderbar weichen, kindlichen Finger in ihrer Hand – und der guten Hannelore wird ganz komisch. Nein, kommt nicht infrage, unter keinen Umständen wird jetzt geweint. Schon gar nicht aus Rührung. Kinderkram.

Und wieder ein Kreischen.

»Ich würde sagen, da schnapsen sich zwei Saatkrähen und ein Bussard aus, wer das Abendessen bekommt, das du ihnen gerade gebracht hast!« Da gehen sie dahin:

Die Schnecken. Die alte Huber. Die kleine Glück.

Bis zur Hausbank wird diese weiche, faltige Frauenhand einfach nicht mehr losgelassen: »Wie bei Oma!«

Nach Verzehr einiger Kirschen verabschieden sich zuerst Amelie – »Bis morgen, Frau Huber!« – und schließlich der Tag.

Lange bleibt sie noch sitzen, die gute Hannelore.

Ganz ergriffen von der Schönheit des Ausblicks. Hier ist sie zu Hause, und hier wird sie eines Tages begraben liegen, direkt über Bertram Müller. Glaubenthal. Kleine Welt.

Und doch ein Abendrot, so groß und prall gefüllt mit unendlich vielen Gedanken und Gesichtern, Geschichten und Gedichten, Erinnerungen und Träumen, wer da vor dem Fernseher sitzt, hat sich das Leben hier nicht verdient, soll nach Peking ziehen, Neu-Delhi, Mexico City oder gleich Friedhof.

»Alles ist gut!«, flüstert sie.

Endlich die Seiten dieser Geschichte zuschlagen.

Und im Grunde gäbe es wohl keinen besseren Schlusssatz.

Nur leider. Denn das letzte Wort im Hause Huber hatte stets ein anderer.

57 Tanz der Glühwürmchen

Der Glaubenthaler Naturlehrpfad wird ausgebaut.

Bis dahin sollte auch der Postbus öfter fahren, die öffentliche Anbindung also wieder besser geworden sein, ist vermutlich auch der Kirchenplatz fertig ausgebessert, die Bepflanzung der Hauptstraße abgeschlossen, und irgendeinen Spatenstich wird es heuer wohl noch geben, vielleicht ein Wellnesshotel mit Schwerpunkt Moorbäder, ein Seminar-, hoffentlich kein Einkaufszentrum. Was weiß man schon.

Jedenfalls kamen reihenweise politische Abgesandte angereist, um kundzutun, ein Kleinod wie Glaubenthal, samt derart idyllisch-märchenhafter Umgebung, verdiene eine Starthilfe, eine Wiederbelebung, man werde Investoren finden.

Wunder geschehen.

Ja und wenn schon Wunder, dann wohl nicht nur Lourdes, Fátima, Bern, sondern eben doch auch Glaubenthal. Pilgerstätte. Heilige Svetlana und Heiliger Albin, bittet für uns. Ihr Tod erweckt ein Dorf zum Leben. Da darf sich der gute zukünftige Minister Roland Froschauer schön unberuhigt in Sicherheit wiegen, solang die alte Huber klar denken kann, wird seine Karriere im Auge behalten und gründlich in Rechnung gestellt.

Frühsommer ist es geworden.

Rotklee, Johanniskraut, Arnika strecken ihre leuchtenden Knospen der Sonne entgegen. Albin Kumpf ist mittlerweile beerdigt, Gras wächst schon auf seinem Grab. Die Kühe des Schusterbauern weiden nun wieder auf den ehemaligen Hubergründen. Denn wie Hannelore auf ihrer Hausbank erfahren muss, in diesem Fall die Zweigstelle in Glaubenthal, hat Walter nicht nur mit einer wunderbar ertragreichen Lebensversicherung zu ihren Ehren Vorsorge geleistet, sondern auch mit Januar dieses Jahres all seine Gründe an die Birngrubers verkauft und die Verantwortung abgegeben. Unter einer Auflage natürlich: Sepp Birngruber müsse über seinen Schatten springen und nach Walters Tod dann als neuer Eigentümer wieder ein paar Weiden an den Schusterbauer verpachten. Mit einem Teil der Verkaufssumme hat Walter dann heimlich Hannelores Elternhaus von Rosemarie Schaller zurückerworben und einer glücklichen Kleinfamilie überschrieben.

Ja, und genau dort kniet die alte Huber nun, in dem Gemüsegarten ihrer Kindheit, und dünnt ziemlich exakt an selber Stelle wie einst die Radieschen aus. Genauer gesagt lässt sie ausdünnen: »Lass dich nicht verunsichern, Amelie! Du machst das ganz richtig.«

Nur sie und die Kleine. Nebeneinander. In Bodennähe.

»Nur du entscheidest, was bleibt und was geht!«

Die Gesichter der beiden dreckig, die Knie dreckig, die Hände dreckig, bis weit unter die Fingernägel. Aber glücklich.

»Das eine macht Platz, damit das andere wachsen kann. Wie im Leben. Und was du herauszupfst, geben wir dann in den Salat. Ist ja auch alles für irgendwas noch gut genug! Also: Trau dich ruhig!«

Da hupt es. Vor dem Zaun.

Kurt Stadlmüller, der sehr zur Freude des kleinen Kurti vorübergehend in der leer stehenden Bestattung Kumpf eingezogen ist, und Pfarrer Feiler sitzen im Wagen.

»Hanni, komm, wir müssen fahren! Es ist dringend!«

Weder das Wohin noch das Warum wird ihr erklärt, nur:

»Nimm deinen Pass mit!«

Es wird eine stille Fahrt, eine Auslandsreise, die über die tschechische Grenze führt, durch dunkle Waldstrecken, hügeliges Land, tiefgrün alles, satter noch als rings um Glaubenthal, bis schließlich auf einer Wiese zwischen alten knorrigen Pappeln das Ziel erreicht ist. Ein allein stehendes Gebäude.

Sie muss nicht nachfragen, um dessen Bestimmung zu erkennen, so viele alte, sichtlich schwer kranke Menschen spazieren durch den Garten, sitzen auf Bänken, in Rollstühlen.

Ein weites Foyer, eine Treppe hinauf, den weiß getünchten Gang entlang. Freundlich die Gesichter des Personals und freundlich die der gebrechlichen Bewohner. Angekommen sein.

Dann sind sie am Ziel. Eine angelehnte Tür wird geöffnet.

»Hier, Hanni! Wir lassen euch allein.«

Ich habe es gewusst, denkt sie, im Grunde habe ich es die ganze Zeit gewusst. Warum auch sonst hätte Albin Kumpf all diesen Irrsinn auf sich nehmen sollen. Svetlanas Leiche ins Moor bringen, Walters Spuren hinterlassen, sich selbst in den Sarg legen und somit auf Walters Abwesenheit aufmerksam machen? Nur auf den Verdacht hin, Walter könnte doch nicht gestorben, sondern eines Mordes wegen nur untergetaucht sein? Dazu die fehlende Reserveprothese.

Albin muss ihn in jener Nacht bei Pavel gesehen haben, da war sie sich immer sicher. Nur was hätte dieses Wissen für einen Unterschied gemacht? Soll er nur bleiben, wo er ist.

Hier also.

Es ist ein langer Blick, den die beiden nun austauschen. Ein stilles Mustern, bis er das Schweigen bricht, mit dünner Stimme.

»Komm, setz dich her, Hanni!«

Neben seinem Bett nimmt sie Platz. Kein Licht.

Vor der offenen Terrassentüre wartet bereits die Nacht.

»Ich hatte mir gewünscht, dich noch einmal zu sehen.« Er streckt ihr die Hand entgegen. Nur noch Haut und Knochen.

»Kannst stolz auf mich sein, ich bin wahrscheinlich der erste Mensch, der dreimal beerdigt wird. Das letzte Mal dann aber wirklich mit Urne.«

»Ich verstreu dich auch, wenn du magst, von deiner Hausbank aus!«

Fühlt es sich nach tiefer Trauer an? Erstmals? Ist da ein Schmerz? Gar Dankbarkeit, ihn doch noch einmal sehen zu dürfen? Sie weiß nicht recht. Spürt nur diese Wärme in sich, dazu seine Hand in der ihren. Diese Wahrhaftigkeit.

»Nicht von der Hausbank, Hanni. Besser im Wald. Wär schad um das Gemüse!« Er hustet, hebt unter Kraftanstrengung seine Hand, wischt sich den Mund mit einem Taschentuch ab.

»Und?«, sagt er. »Ist der Garten so schön wie immer? Bist du zufrieden mit der Ernte?«

Nur ein Nicken als Antwort.

»Sei mir halt nicht bös, Hanni!«

»Bist eben ein Sturkopf!«, hört sie sich erwidern. »Hast also doch noch ein paar gute Dinge getan, auf deine alten Tage!«

Schwach, aber doch mit bejahender Stärke der Druck nun seiner Hand, dazu ein Lächeln.

»Das hat mich mitgenommen, Hanni: im Spital den Bertram kennenzulernen mit seiner Frau und zu sehen, wie die beiden ein Leben lang füreinander da waren, sich gegenseitig immer nur das Beste wollten. Ja, und dann hab ich uns gesehen, wie wir zwei nach dreiundfünfzig Ehejahren dastehen! So traurig. Dass jeder von uns eigentlich nichts sehnlicher will, als endlich allein sein zu können. Sogar den Tod hab ich dir manchmal gewünscht, Hanni. Ist das nicht schrecklich. Du mir doch sicher auch. Oder?«

Nähe kann sie spüren, wie an keinem Tag sonst ihres gemeinsamen Lebens.

»Wer will da auch noch einen sterbenskranken Mann, den man schon als Gesunden nicht mehr anschauen hat können, zu Hause herumliegen haben und vielleicht monatelang pflegen müssen? Oder eben umgekehrt. Ich wollte das nicht, Hanni. Wollte dir nichts erzählen von meiner Krankheit und wollte, dass es uns beiden die Tage, die dir und mir noch bleiben, gut geht. Uns vor der letzten Ruhe noch ein bisschen Ruhe voneinander gönnen. Hab es eh immer hinausgezögert, aber dann ist Svetlana umgekommen, der Bertram schon seit zwei Wochen im Kühlfach gelegen, und der Kurt hat gesagt: Jetzt muss es sein, Walter, wir brauchen den Sarg.«

»Ich bin dir nicht bös, Walter«, flüstert sie. »Und ich versteh dich!«

Da legt sich Frieden in sein Gesicht. »Der Pavel hat mir das alles organisiert. Und er wollte es dir immer sagen, aber ich hab es ihm verboten!«

»Jetzt hast du es mir ja selber gesagt, das ist besser so!«

»Und das war schon eine gute Zeit hier, Hanni. Alle so freundlich zu mir.«

»Das freut mich.«

»Nicht so wie die Affen daheim!«, müht er sich ein Lächeln ab. »Die werden sich alle nie ändern! Aber vielleicht …« – kurz muss er unterbrechen, hustet erneut mit schmerzverzogenem Gesicht in sein Taschentuch – »… vielleicht freust du dich ja über den Neuzuwachs, sogar einen Hund hast du jetzt, und dein Elternhaus gehört wieder zur Familie. Irgendwie. Nimm die zwei Glücks einfach an, als wären sie unsere Kinder, die wir nie gehabt haben! Findelkinder eben. Was bleibt dir auch sonst schon, so ganz allein.«

Dann bricht er ab und deutet in den Raum.

Inmitten des Zimmers wird getanzt, hat sich Leben durch die offene Terrassentür hereinverirrt, sendet ein männlicher Johanniskäfer sein suchendes Licht in die Nacht, bis er schließlich seine Glühwürmchenbraut aufleuchten sieht, auf sie herabschwebt – und irgendwo auf sicherem Boden werden sich die beiden näherkommen, werden nur wenige Tage nach Paarung und Eiablage sterben und es gut sein lassen. Kein Hinterfragen.

Die ganze Nacht noch ist die alte Huber neben ihrem Mann gesessen, immer wieder eingeschlafen, so wie auch Pfarrer Feiler und Kurt Stadlmüller, war dabei, wie Walter sein letztes Sakrament gespendet und von Kurt die Umarmung eines Freundes geschenkt wurde.

»Fahrt jetzt«, hat Walter sie schließlich liebevoll nach Hause geschickt.

»Danke, dass du da warst, Hanni! Danke für alles«, nahm er noch einmal die Hand seiner Frau, ließ sich von ihr über den Kopf streichen, lächelte ihr nach, bis sie die Tür erreichte und er, anders als sonst, auf sein letztes Wort verzichtete.

Nur noch ein friedlicher, liebevoller Blick.

58 Hinter dem Hozilont geht's weiter

So ganz bei sich, wie zu dieser frühen Stunde, ist die alte Huber schon lange nicht mehr zu Hause angekommen. Ausnahmsweise ein Glas des schon damals zwölf Jahre alten Whiskys hat sie Walters Sechziger-Geschenkkorb entnommen, sich auf die Hausbank zu dem dort schlafenden Bello gesetzt, tief eingeatmet, den Duft ihres Gartens in sich aufgesogen, in die Sterne geblickt und dem Himmel zugeprostet.

»Auf dich, Walter, lasst' es dir halt gut gehen da oben!«
Und jetzt wartet sie. Auf dieses tägliche Wunder.
Denkt nach.

Da suchen wir ein Leben lang in den abgelegendsten Winkeln nach verborgenen Schätzen, und doch ist der Mensch an unserer Seite das größte Geheimnis.

Da besichtigen wir fremde Länder und Städte, folgen Stadtplänen und Straßenkarten und kennen die Fassaden in unserer eigenen Gasse nicht, die Kräuter in unseren Gärten.

Da bauen wir Villen und Luftschlösser, befüllen unsere Zimmer und Keller und wissen mit der eigenen Leere nichts anzufangen.

Vor ihr dämmert der Morgen.
Ein Dorf erwacht.

Drüben beim Schusterbauer brennt schon das Licht in den Ställen. Die Gemischtwarenhändlerin Heike Schäfer betritt ihren Laden. Den alten Holzinger treibt seine Prostata das letzte Mal in dieser Nacht auf die Toilette, den Brucknerwirt seine erste Zigarette vor die Tür. Pfarrer Feiler müht sich in den Hinterhof und praktiziert seltsame Übungen, in alten Zeiten wäre dies wohl »Turnen« genannt worden, und irgendwo kräht der erste Hahn.

Dann geht es los.

Färbt sich der Himmel, breitet zur Begrüßung seinen roten Teppich aus, erhebt sich immer mehr der Vogelgesang, zieht es langsam den Tag über die Nacht und die Mundwinkel der alten Huber empor.

Denn auch wenn da in Glaubenthal Nummer acht sicher noch tief und fest geschlafen wird, kann sie es hören, laut und deutlich.

*»Schön ist es, auf der Welt zu sein,
sagt die Biene zu dem Stachelschwein.
Du und ich wir stimmen ein,
schön ist es auf der Welt zu sein.«*

Und sie hört es ganz ohne Küchenradio, ohne die sanfte Stimme Roy Blacks und die schrille irgendeiner fremden Göre, sondern tief in ihrem Inneren, mit ganz eigenen Worten.

Worte wie Musik in ihren Ohren.

»Frau Huber, schau, wie schön, dort drüben, dort drüben. Am Hozilont, am Hozilont …!«

Und über Glaubenthal geht die Sonne auf.

»Schwere Knochen« ist die Geschichte von Ferdinand Krutzler, der insgesamt elf Mal wegen tödlicher Notwehr freigesprochen wurde. Er hatte mehr Feinde als Freunde. Aber eine Geliebte. Diese küsste er nur einmal. Viele sagten, das sei sein Untergang gewesen. Ein fulminantes Epos über die schillernde Wiener Unterwelt der Nachkriegszeit.

»David Schalko sieht unbestritten aus wie ein Genie. Es spricht aber auch einiges dafür, dass er eins ist.« *Josef Hader*

Leseproben und mehr unter www.kiwi-verlag.de

Kiepenheuer & Witsch

Hochspannung aus Südtirol

Leseproben und mehr unter www.kiwi-verlag.de

Hollywood 1921: ein wahres Sündenbabel zur Zeit der Stummfilme und der Prohibition. Rätselhafte Todesfälle erschüttern die Stadt. Mittendrin: ein deutscher Privatdetektiv.

»Ein lebendiges Sittenbild der Roaring Twenties. Eine gute Mischung aus Fakten und Fiktion.« *hr2 Kultur*

Leseproben und mehr unter www.kiwi-verlag.de

Kiepenheuer & Witsch

Die lustige, traurige, spannende, lehrreiche, herzzerreißende Geschichte des zwölfjährigen Juri, Sohn des Zoodirektors, der ein so liebes Gesicht hat, dass ihm jeder ungefragt sofort seine Geheimnisse erzählt. Er gerät ins Räderwerk der Geschichte, als er ein paar Wochen in Stalins Datscha verbringt und sein Vertrauter und Vorkoster erster Klasse wird.

»Lust und Vergnügen wuchsen, je länger und enger ich mit Juri zu tun hatte. Ein großartiger Roman.« *Bernhard Robben, Übersetzer des Romans*

Kiepenheuer & Witsch